고양이 추리 소설_첫번째 이야기

felidae 펠리데

아키프 피린치

해문출판사

펠리데

2003년 6월 15일 초판 1쇄 발행

지은이 아키프 피린치
옮긴이 이지영
펴낸곳 해문출판사
펴낸이 이경선
편 집 서명현, 김선자

등 록 1978년 1월 28일 제3-82호
주 소 서울시 마포구 합정동 388-28 합정B/D 3층
전 화 325-4721~2 FAX 325-4725
홈페이지 www.agathachristie.co.kr

값 9,000원

ISBN 89-382-0351-4 04850
ISBN 89-382-0350-6 (세트)

최고의 친구 우쉬(Uschi)와 롤프(Rolf)에게!
그리고 최고로 똑똑한 쿠조(Cujo)와 점박이에게!

Felidae

by Akif Pirinçci

felidae

펠리데

"하나님이 땅의 짐승을 그 종류대로, 가축을 그 종류대로, 땅에 기는 모든 것을 그 종류대로 만드시니, 하나님이 보시기에 좋았더라."

- 창세기 -

세상은 지옥이다! 그 안에서 벌어지는 일들이 대체 무슨 의미가 있을까? 하나의 슬픔에 또 다른 슬픔이 꼬리 물어 일어나는 세상이다. 지구가 존재해 온 이래, 슬픔과 공포는 끝없이 되풀이되어 왔다. 하지만 어쩌면……또 다른 세상인 머나먼 혹성이나 별들, 은하계에서 생기는 일들이 이보다 더 나은 사정은 아닐지도……그 누가 알겠는가? 그러나 이 우주와 다른 미지의 우주 안에 있는 모든 추악한 것 중, 가장 최악의 것은 단연코 역시 인간이리라. 인간들, 그들은 정말……사악하고 비열하고 교활하며, 이기적이고 탐욕스럽고 잔인하고 미치광이 같다. 게다가 잔혹하고 기회주의적이고 피에 굶주려 있으며, 폭력적이고 불성실하고 위선적이고 시샘 많고, 그리고 무엇보다도 머리가 텅 빈 멍청이들이다! 인간들이란 바로 이런 존재이다.

그렇다면 다른 동물들은 어떨까?

I

정말로 당신이 내 이야기를 듣기 원한다면—나로선 반드시 들어보
라고 권하는 바이다—먼저 이 이야기가 결코 유쾌한 내용은 아니라
는 점을 미리 알아야 할 것이다. 유쾌하기는커녕 내가 지난 가을과
겨울 내내 겪어내야만 했던 그 기이한 사건은 나와 같은 종족들에게
조차, 조화롭고 평화로운 삶이란 '아주 잠깐 동안'에만 누릴 수 있을
뿐이라는 것을 뼈저리게 느끼게 하고야 말았다. 그 누구도 일상적으
로 벌어지는 공포로부터 벗어나 살아갈 수 없으며, 언제든지 엄청난
혼돈이 우리 모두를 덮쳐올 수 있다는 것을 그제서야 나는 알게 된
것이다. 하지만 어두운 멸망의 길을 향해 치닫고 있는 우리 존재에
대한 지루한 연설을 시작하기에 앞서, 먼저 슬프고도 사악한 이야기
를 하나 들려주고자 한다.

모든 것은 이 빌어먹을 집으로 이사오면서 시작되었다!

내가 가장 치를 떠는 것, 그리고 내가 철학 공부를 하면서 믿게
된 윤회설대로라면 내 전생에서도 싫어했을 것임에 틀림없는 그것은,
바로 이사와 그에 관련된 모든 일이다. 규칙적인 일상을 깨뜨리는 아
주 작은 무질서만으로도 나는 심한 우울증에 빠져서, 자기 극복을 위
한 숱한 노력을 통해서만 간신히 그 상태를 벗어나고는 한다. 그런데
내 단순하기 짝이 없는 동반자인 구스타프와 그의 동족들은 아마 가
능하다면 매주마다 '즐거운 내 집'을 바꾸려고 들 것이다. 그들은 거
의 광적이다시피한 주거 문화를 만들어 가고 있다. 심지어는 (계속
이사할 것을 공공연히 부추기는) 전문 잡지에 조언을 구하기도 하고,
밤 깊도록 인테리어에 대해 열띤 토론을 벌이기도 하며, 어떤 변기

모양이 좀더 건강 유지에 도움이 될 것인지에 대한 문제로 서로 머리채를 붙잡고 싸우다가도, 어느새 벌써 다음 주거지를 고르는 것이다.

미국에서는 한 사람이 일생 동안 30회 정도까지 이사를 한다고 한다. 그러는 동안 사고 능력에 돌이킬 수 없는 손상을 입으리라는 것은 자명한 일이다. 그들의 이런 나쁜 습성들에 대해 나는 이렇게 이해하고 있다. 즉, 이 불쌍한 멍청이들은 내적인 평안을 갖지 못한 것에서 오는 공허함을, 불굴의 거주지 교체를 통해 이겨내 보려고 한다는 것이다. 그러니까 결국, 이 모든 것은 만성화된 강박관념에 지나지 않는다. 조물주가 인간에게 손과 발을 만들어준 까닭이 끊임없이 가구와 그릇들을 한 곳에서 다른 곳으로 옮기게 하기 위함만은 아니지 않은가.

물론 이전에 살던 집에 사실상 문제가 있었다는 점은 인정할 수밖에 없다. 우선 아침부터 저녁까지 하루종일 오르내려야 했던 그 끝없는 계단들이 문제였다. 그놈의 계단 때문에 대도시의 로빈슨 크루소라도 된 양 집 안에 틀어박혀 썩어가고 싶지는 않았던 것이다. 그리 오래된 건물은 아니었는데도, 그것을 건축한 사람은 엘리베이터의 발명을 진짜 악마의 소행이라고 여겼음에 틀림없다. 그래서 자기가 만든 바벨탑 안에 살고 있는 사람들에게 건물 내부에서 보수적인 방식으로 이동할 것을 강요했던 것이다.

게다가 그 집은 너무 좁았다. 물론 구스타프와 내가 살기에는 충분했지만, 살다보면 욕심이 생기게 마련이다. 지금보다 좀더 넓은 집에서 살고 싶어지고, 좀더 안락하고, 값비싸며 세련된, 뭐 그런 식으로 말이다. 젊은 혁명가를 자처하는 시절엔 끝내주는 저택을 갖고 있지 않아도 나름대로 빛나는 이상을 품고 있기 마련이다. 그렇지만 나중에도 여전히 멋진 집을 갖지 못한데다, 그동안 사실은 멋진 혁명가도 되지 못했다는 걸 깨닫게 된다면 남겨진 선택은 무엇이겠는가? 바로 '부동산 정보지'를 열심히 구독하는 것이다!

이렇게 해서 우리는 이 저주받은 집으로 이사하게 되었던 것이다!

구스타프의 자동차 씨트로엥 CX-2000의 뒷좌석에서 차창을 통해 그 집을 처음 보았을 때, 나는 그가 웃기지도 않은 농담을 하고 있다고 생각했다. 구스타프의 미개한 유머 감각에 대해서는 더 이상 놀랄 것도 없는 일이다. 분명히 몇 달 전에 그에게서 '낡은 집'이라던지, '수리'가 어쨌다던지, '시간 좀 처들여야 될 것'이라는 둥의 이야기들을 들은 적은 있지만, 집수리에 대한 구스타프의 이해 능력이라는 게 기린이 주식 시세 동향을 이해하는 정도의 말도 안 되는 수준임을 알기에, 나는 '고작해야 현관에 문패를 못질하는 정도겠지'라고 여겼었다. 하지만 이제서야 나는 그가 '낡은 집'이라고 말했던 집의 실상을 확인하고, 경악하고야 말았다.

확실히 그 주변의 주택가는 무척 고상했으며, 낭만적이기도 했다. 치과 의사가 이 정도의 거리에 제대로 된 집 한 채를 갖기 위해서는 환자들을 희생양으로 삼아 엄청난 양의 땜질을 가해야 할 것이다. 그러나 하필이면 우리가 앞으로 살아야 할 그 집의 쓸쓸한 외관은, 이 모든 복고풍 인형 집 같은 집들 가운데서 한 개의 '썩은 이'처럼 두드러지고 있었다. 가로수가 줄지어 선, 그림 엽서에서 튀어나온 듯한 아름다운 거리 풍경 속에서 (이 거리엔 세금 포탈의 귀재들인 고소득층의 광기 어린 과시 욕구가 기승을 부리고 있었다), 그 위풍당당한 폐가는 마치 공포 소설 작가의 상상 속에서 빠져 나온 듯한 인상을 풍기고 있었다. 그 거리 전체에서 유일하게 수리되지 않은 채 내팽개쳐져 있는 그 집을 보면서 나는 그 이유에 대해 상상하지 않으려고 무진장 노력했다. 이 집의 주인은 이 쓰레기 더미 같은 집 안에 발을 들여 놓을 무모한 용기를 가진 멍청이를 몇 해 동안이나 수소문해왔음에 틀림없었다. 우리가 집 안으로 들어간다면 집 전체가 머리 위로 폭삭 주저앉을지도 모를 노릇이었다. 구스타프가 지능 검사 기록을 깨뜨릴 만한 높은 지능을 가진 인간이 못 된다는 것은 이미 알고 있었지만, 이제야말로 비로소 나는 그가 얼마나 한없이 멍청한 인간인지를 제대로 깨닫게 되었던 것이다.

그 건물의 전면은 엄청난 양의 싸구려 회반죽이 처발라져 있어서 마치 이집트 왕의 흉측한 미라 낯짝처럼 보였다. 이 풍화된, 회색의 기괴한 얼굴은 마치 악마의 사자(使者)가 아직 살아있는 자들을 노려보듯이 누군가를 뚫어지게 바라보고 있는 듯했다. 구스타프가 비어있다고 이야기했었던 2층과 3층의 여기저기 부서진 덧 창문들은 굳게 잠겨 있었다. 그곳에선 어딘지 음산한 기운이 풍겨져 나오고 있었다. 아래쪽에서는 지붕을 볼 수 없었지만 그곳도 역시 완전히 녹슬어 있으리라는 것은 내 목을 길고 상담할 만했다. 나의 저능아 친구와 내가 들어가 살게 될 1층은 길에서 약 2미터 정도 높은 곳에 자리 잡고 있었기 때문에, 더러운 창문을 통해서만 간신히 안을 들여다볼 수 있었다. 이글거리며 사정없이 내리쬐는 오후의 햇살 속에서, 나는 여기저기 얼룩진 바닥과 촌스러운 벽지를 알아볼 수 있었다.

구스타프는 내게 우스꽝스러운 유아 언어로만 말을 거는데—이 점에 대해선 별로 불만이 없다. 나도 그에게 말을 걸고 싶을 땐 마찬가지로 원시적인 언어를 사용해야 할 것이기 때문이다—, 우리가 마침내 그 집 앞에 차를 세웠을 때, 그는 목에 뭔가 걸린 듯한 경탄의 소리를 내질렀다.

당신은 이 글을 읽고 있는 동안 내가 내 삶의 동반자인 구스타프에게 악감정을 품고 있다는 인상을 받았을지도 모른다. 그렇지만, 그것은 부분적으로만 옳다.

구스타프라……하, 구스타프는 어떤 인간인가? 구스타프 뢰벨은 작가이다. 그러나 어떤 종류의 작가냐 하면, 지성 세계에 기여하는 바가 전화번호부에나 겨우 기록되고 인식될 만한 수준에 그치는 그런 인간이라 하겠다. 그는 '여성잡지'라는 것에 소위 '단편소설'이라는 걸 쓰고 있는데, 그 분량이 A4 용지 한 장에도 못 미치는 기막히게 짧은 내용이다. 그는 규칙적으로 지급 받는 250마르크(약 15만 원 - 역주) 수표 한 장의 환각작용으로—출판사는 그에게 절대로 그 이상

14

을 지불하는 법이 없다!—기발한 영감을 얻고 있다. 그러나 내가 너무나 자주 목격했듯이, 이 양심적인 작가는 좀더 재치 있는 결말과 자신의 장르에 걸맞는 흥미진진하면서도 극적인 효과, 혹은 전혀 새로운 간통 사연을 찾아 고군분투하기도 한다. 그는 유산을 노리는 사기꾼과 강간당한 여비서, 그리고 30년 동안이나 남편을 속이고 매춘을 해온 여자들의 남편들이 살고 있는 가상의 세계에서 아주 잠깐 동안 벗어나서, 자신이 정말 쓰고 싶어하는 것을 쓰기 위한 시간을 갖곤 한다. 대학에서 역사학과 고고학을 전공한 구스타프는 언제든지 시간이 날 때마다 이집트의 신들에 관한 전문 영역을 다루는 고대 문화 관련 논문들도 집필한다. 그러나 이 일을 너무 번잡스럽고 느릿느릿한 방식으로 해나가기 때문에 그 모든 작업들이 짧게든 길게든 결국 미완의 재고품으로 남고 만다. 애초에는 생생했을 착상이 시간이 지남에 따라 그 자신도 알 수 없는 미궁 속으로 빠져버리고 마는 것이다. 그는 내가 개인적으로 알고 지내는 생물들 중에 가장 거대한 몸집을 하고 있음에도 불구하고(정확히는 130킬로그램, 그렇지만 외모가 고릴라를 닮지는 않았다), 좋게 말하자면 어린아이에 머물러 있고, 솔직히 말하자면 머리 속이 텅 비어 있다고 할 수 있다. 그의 세계관은 안락함과 평온함, 그리고 느긋한 자기만족으로 이루어져 있다. 구스타프는 자신이 신성시 여기는 이 (안락함, 평온함, 자족함의) 삼각 구도를 파괴할 만한 위협이 엿보이는 일들은 회피하며 살아간다. 이 무사태평한 속물에게는 명예욕이나 열정이라는 말은 한없이 낯선 단어이며, 마늘 수프 안에 들어가는 홍합과 한 병의 샤블리 와인이 가파른 출세보다도 더 가치 있다.

구스타프는 이런 인간이고, 물론 이것은 나와 정반대인 것이다! 그렇기 때문에 이토록 다른 성격을 가진 우리가 툭하면 서로 으르렁거리게 되는 것은 결코 놀라운 일이 아니다. 그래도 이제 이 정도로만 해 두기로 하자. 그는 나를 돌봐주며, 모든 일상적이고 평범한 일신상의 문제들을 해결해주고, 위험으로부터 보호해 준다. 그리고 그가 자신의 외톨이 인생에서 무엇보다 가장 사랑하는 것은 변함없이 바로 이 몸인 것이다. 나는 그를 아끼고 존중한다. 때로는 이마저도 힘들게 느껴질 때가 있다는 것을 고백하지 않을 수 없지만.

구스타프가 자동차를 집 앞의 밤나무들 사이에 끌어다 댄 후에—구스타프는 자동차 주차의 세계를 결코 이해하지 못하고 있다. 그에게 주차란 순전히 양자물리학적인 일에 불과하다—, 우리 둘은 차에서 내렸다. 그가 자신의 경이로우리 만큼 거대한 몸집을 건물 앞으로 이동시킨 뒤, 그 집을 자신이 직접 건축하기라도 한 듯이 황홀한 눈빛으로 바라보고 있는 동안, 나는 즉시 냄새 탐지에 돌입했다.

끔찍한 썩는 냄새가 충격적으로 엄습해 왔다. 어디선가 느른한 바람이 불어오고 있었지만 집 안 가득 정체불명의 썩는 냄새가 너무 강렬해서, 콧구멍이 얼얼하게 마비될 정도였다. 나는 이 불쾌한 냄새가 건물의 아래쪽에서 위쪽으로 올라가고 있는 게 아니라, 위쪽에서 아래쪽으로 기어 내려오고 있다는 것을 재빨리 간파했다. 그리고 이제 그 냄새의 흐름이, 비록 내가 결코 원한 바는 아닐지라도 우리가 앞으로 살아가게 될, 젠장, 그 집 안으로 스며들고 있다는 것에 생각이 미쳤다. 거기엔 이질적이고, 기이하고, 그렇다, 뭔가 위협적인 요소가 있었다. 가식적인 겸손 따위는 제쳐두고, 2억 개의 후각세포들을 보유하고 있는 나조차(더욱이 내 동족들은 특출한 육감을 갖고 있다고 일컬어짐에도 불구하고), 알아채기 어려울 정도의 희미한 이 냄새는 그 성분을 분석하기가 대단히 힘들었다. 그토록 열심히 콩콩대며 냄새를 맡았지만 이 괴이한 냄새를 구성하고 있는 성분을 규명해내는 것은 거의 불가능했다. 그래서 결국 나는 믿음직한 J-기관(J-Organ)의 도움을 받기로 했다. 즉시 얼굴을 찡그리고 공기를 혀로 핥은 다음 입천장에 지긋이 눌러 보았다.[1]

이 방법으로 원하던 성과를 얻을 수 있었다. 이제 나는 우리의 새 거처에서 풍겨 나오는 부패 악취 속에 한 가지 독특한 냄새가 숨어 있다는 것을 알아냈다. 그러나 이 냄새는 자연적으로 발생한 냄새가 아니어서 그 정체를 파악하는 데 꽤 시간이 걸렸다. 마침내 그것이 다양한 화학 물질과 뒤섞여 풍겨나온 냄새라는 것을 알게 되었다. 여전히 냄새의 정확한 정체는 알 수 없었지만, 좀더 구체적이나마 이 유령의 성에서 풍겨나오는 그것이 어떤 합성 물질과 연관되었다는 것을 파악할 수 있었다. 그것이 병원이나 약국에 가면 흔하게 맡을 수 있는 냄새라는 것은 자명했다. 그리고 바로 이것을 나의 대책 없이 멍청한 철부지 친구가, 이 시체 같은 집의 역겨운 곰팡이 악취 속에서 끄집어내려고 하고 있었다. 나는 그때까지도 앞으로 닥칠 공포에 대해서 짐작도 못 한 채, 신분 상승의 기쁨에 얼굴을 빛내고 있는 내 친구의 곁에 서 있었다.

구스타프는 어수선한 태도로 바지 주머니를 뒤지더니 열쇠가 잔뜩 달린 닳아빠진 금속 고리를 끄집어냈다. 그는 고리 속으로 투실투실한 집게손가락을 끼워 넣은 뒤, 짤랑거리는 열쇠들을 약간 높이 들어올리며 내게로 몸을 수그렸다. 다른 손으로 내 머리를 쓰다듬으며, 그는 기뻐 어쩔 줄 모르겠다는 듯이 다시 꺽꺽대는 소리를 내기 시작했다. 아마도 그는 새신랑이 자신의 신부를 안고 문턱을 넘어가기 전에 바칠만한, 창창한 앞날에 대한 속삭임이라도 하려는 모양이었다. 그는 내게 열쇠와 집 사이의 연관성을 일깨워주려는 듯이 손에 든 열쇠를 쉴새없이 짤랑거리며 계속 1층을 가리켰다. 귀여운 구스타프, 그는 올리버 하디(Oliver Hardy;흑백 영화 시대의 '뚱뚱이와 홀쭉이 콤비' 중 뚱뚱이 역 코미디 배우-역주)의 매력과 돌팔이 기술자의 교육적 재능을 동시에 갖추고 있었다! 내 생각을 알아차리기라도 한 듯 친구의 얼굴 위로 사랑스러운 미소가 떠올랐다. 그러나 정말로 그가 나를 안고 문턱을 넘어가려고 작정하기 전에, 나는 얼른 그의 손 사이로 빠져 나와 야트막한 현관 계단으로 돌진했다. 여기저기 부서지고, 싯누렇게 바랜 가을 낙엽으로 뒤덮인 계단들을 올라가는 동안 문설주 옆 벽돌담의 환한 오른쪽 귀퉁이가 눈에 들어왔다. 그 구석에는 이미 오래 전에 녹슬어버린 나사들이 벽에 박혀 있었다. 나사 머리들은 잘려져 나간 채였다. 그것은 마치 걸려있던 문패를 다급하게 억지로 뜯어낸 듯이 보였다. 이 집은 예전에 병원이나 실험실이었을지도 모르겠다는 생각이 스쳤다. 그렇다면 여기서 감지되는 화학 물질 냄새도 설명될 것이었다.

그때 나의 천재적인 사고 흐름을 방해하는 일이 일어났다. 내가 앞으로 살게 될 집 현관 앞에 서서 (아마도 프랑켄슈타인 박사의) 문패가 떨어져 나간 자리를 바라보고 있는 동안, 다른 익숙한 냄새가 내 코를 자극해 온 것이다. 이 구역의 영역권에 대해 무지한 내 동족 하나가 뻔뻔스럽게도 문설주에 자기 권리를 주장하는 냄새를 묻혀놓고 갔던 것이다. 그러나 이제 이 집이 내 소유지가 된 것은 확실한 일이었으므로, 나는 당연히 문설주에 새로운 표식을 가하는 것을 주저하지 않았다. 180도 돌아선 후에 최대한 정신을 집중하고 한 발 갈겼다.

환경 친화적인 다용도 물줄기가 내 뒷다리 사이에서 발사되었고, 전임자가 자기 흔적을 남겨둔 바로 그 지점으로 흘러 넘쳤다. 이제 다시 세계 질서가 바로잡혀졌다. 적어도 위계 질서는 회복되었다.

구스타프는 내 등뒤에서 멍청하게 미소짓고 있었다. 마치 자기 아기가 생후 처음으로 '부-부'라고 발음하는 것을 본 아버지가 헤벌레 웃음 짓는 것처럼 말이다. 단순 무지한 웃음을 활짝 핀 환희의 미소로 바꾸고 그는 내 곁을 지나 뒤뚱뒤뚱 걸어가서는, 낡고 녹슨 열쇠로 문을 열었다. 몇 번인가 흔들린 끝에 문이 열렸다.

우리는 함께 현관문 앞의 서늘한 복도로 들어섰다. 그 복도를 바라보자 문득 관 뚜껑이 연상되었다. 여기서 왼쪽으로 이어져 있는 낡아빠진 나무 계단은 2, 3층으로 통하게 되어 있었는데, 마치 그 계단을 통해 죽음이 몸소 강림하실 듯이 보였다. 나는 그곳에 실제로 무엇이 있는지를 알아내기 위해 조만간 순찰을 나서기로 마음먹었다.

하지만 솔직히 이 끔찍한 장소들을 돌아다녀 볼 생각만으로도 온몸이 심한 불안감에 휩싸이는 느낌이었다는 사실을 고백한다. 구스타프는 우리를 빌어먹을 납골당으로 끌고 들어온 셈이었다. 그런데도 그는 그것을 알아차리지도 못하고 있었다!

그때 갑자기 문이 확 열렸고, 우리는 전쟁터 같은 곳으로 발맞춰 행군해 들어갔다.

확실히 인상적인 낡은 집이었다. 물론 일종의 우주적 혼란 속에 방치되어 있었지만 말이다. 하지만 이것은 문제도 아니었다. 진짜 문제는 구스타프였다. 내 사랑스런 친구는 육체적으로도 정신적으로도, 하물며 손재주에 있어서도 그런 엉망진창의 상태를 제대로 정돈해낼 만한 인간이 못 되었다. 그런데도 막상 그가 진지하게 해보려고 나설 때면, 이미 내가 오래 전부터 추측해오고 있듯이 뇌종양이 아닐까 하는 의구심이 들 만한 조치들을 취하곤 하는 것이다.

나는 느릿느릿 신중하게 모든 방들을 돌아다니며 세세한 것 하나하나를 기억해 두었다. 넓은 마루를 중심으로 오른쪽에는 세 개의 방들이 있었는데 서로 누가 더 부서지고 부패했는지 치열한 경쟁이라도 하는 듯한 상태였고, 칼리가리 박사의 밀실(Das Kabinnet des Dr. Caligari;1919년에 만들어진 독일의 표현주의 영화의 모태가 된 작품, 연쇄살인범과 정신병자가 등장하고 원근감과 사물의 형태를 과장·왜곡함으로써 불안과 과대망상으로 가득 찬 세계를 표현한 영화 – 역주)을 연상시켰다. 이 방들은 모두 정말 큼지막했으며, 남향이어서 화창한 봄날이나 여름날엔 햇살이 쏟아져 들어올 것임을 짐작할 수 있었다. 벌써 오후의 햇살이 서서히 물러가기 시작했기 때문에, 현재는 조광 효과가 충분히 드러나지 않고 있었다. 마루 끝에는 또 다른 방이 있었는데 아마도 침실이었을 것이라고 짐작되었다. 이 방에는 밖으로 나갈 수 있는 문이 있었다. 마루 왼쪽에는 바로 부엌이 이어져 있었고, 부엌을 지나 화장실과 욕실로 가게 되어 있었다. 모든 방들이 2차 대전 이후의(어쩌면 1차 대전일지도?) 상태로 보였는데, 온갖 벌레들과 바퀴벌레, 좀벌레, 쥐, 그리고 다양한 곤충들과 박테리아 제국을 끌어다 놓은 듯이 보였다. 이곳에 얼마 전까지도 인간들이 살았을 것이라고는 도저히 생각할 수 없게끔 보였다. 곰팡이 핀 바닥과 천장은 여기저기 파손되어 있었다. 뭔지 알 수는 없지만, 오줌을 눌 만큼의 고등 지능을 갖춘 생물들이 남긴 곰팡이와 오줌 냄새가 진동했다. 이 모든 끔찍한 장면을 앞두고도 내가 신경 발작을 일으키지 않은 것은 순전히 나의 탁월한 인내심과 지극히 정상적인 호르몬 관리 덕택이었다.

구스타프는 어쨌냐 하면, 그는 갑자기 정신 분열을 일으키고 있었다. 내가 아마도 침실인 듯한 마지막 방을 둘러보고 난 후에 상심에 젖은 채 마루로 돌아와 보니, 그 불쌍한 친구가 부엌 한가운데 서서 열심히 혼잣말을 하고 있었던 것이다. 나는 경악했지만, 이미 다음 순간 그가 이 연로하신 부엌 벽들을 상대로 나누고 있는 열광적인 대화가 이 소굴의 내팽개쳐진 듯한 상태에 대해서가 아니라 정반대로, 마침내 약속의 땅에 도달한 환희의 감동을 표현하고 있다는 것을 확인하고야 말았다. 그가 거기 선 채 계속 몸을 이리저리 기우뚱거리고 흔들다가 마치 기도를 하거나 제의 의식이라도 하듯 양팔을 활짝 벌려 앞으로 들어올리고, 온갖 곤충들과 박테리아들을 향해 연설을 하고 있는 모습을 보며, 나는 이 남자에게 일말의 연민을 느꼈다. 잠깐 동안 그가 마치 테네시 윌리암스(Tennessee Williams)의 연극에 조연으로 등장하는 그 초라한 알코올 중독자처럼 보였다. 구스타프는 그러나 종막에 죽음을 맞이하여 청중들의 눈물을 자아내게 할 만한 그런 비극적 영웅은 아니었다. 그의 삶은 너무나 평범하고, 끔찍하도록 지루한 드라마였다. 텔레비전 연출가가 "비만을 퇴치합시다!" 라든가 "당신의 콜레스테롤 수치를 낮추십시오!" 따위의 고발 프로그램의 재료로나 써먹을 만한 그런 인생이었다. 그는 대체 어떤 인간인가? 뚱뚱하고, 별로 총명하지도 못한 40대 중반의 남자로, 10년 만에 한 번씩 찾아오는 소위 친구라는 작자들에게 다정한 성탄 카드와 생일 축하 카드를 쓰곤 하는 남자, 그리고 점점 넓어져 가는 자신의 대머리를 치료할 기적의 약을 발명해줄 제약 산업에 일생의 모든 믿음과 희망을 걸고 살아가는 남자이다. 보험 외판원들의 이상적인 희생양이며, 불행한 성생활 중 서너 차례의 성 경험은 운 없게도 모두 사육제 월요일 밤에 소름끼치는 생물들과 함께 치러버렸던 남자이다. 그 혐오스러운 생물들은 그가 한 숨 푹 자고 다음 날 아침에 취기에서 막 깨어나려고 할 찰나에 생활비를 모두 털어 떠나버렸던 것이다. 그런데 이제 그는 다 허물어져 가는 이 집을 어찌 어찌 운 좋게 차지하게 되었다. 이것은 그의 일생에서 가장 큰 성공이었다. 나는 그의 비참한 존재 양상들로 인해 깊은 상념에 빠지게 되었다. 이 남자의 밋밋한 인생 역정을 고찰해 보면서, 운명에 대해 인정하기 시작했다. 이 세계의 모든 것들엔 하나의 순리, 목적, 그리고 보다 고고한 의미가 있지 않겠는가? 당연히 그랬을 것임에 틀림없다. 운명! 그래, 그것은 운명적이었을 것이다. 그렇지 않다면 낙천주의자들이 말하듯이, 뭐, 좋은 게 좋은 거지!

철학은 이 정도로 해두기로 하자. 결국 구스타프는 욥(구약 성경에 등장하는 '의인의 고난'을 상징하는 인물로, 자신의 운명에 대해 신을 상대로 논쟁한다 - 역주)이 아니니까. 친구가 새 거처의 화려함에 대해 계속 찬사를 바치고 있는 동안 나는 그에게서 시선을 돌려 화장실로 향했다. 화장실 문과 그 안의 커다란 창문은 활짝 열려 있었고, 마침내 이 건물의 뒤쪽을 살펴볼 수 있는 기회를 포착했다. 혼자 떠들어대고 있는 구스타프의 곁을 쏜살같이 지나쳐 화장실로 들어가 창가로 뛰어 올라갔다.

여기서 내려다보이는 풍경은 한 마디로 천국과도 같았다. 분명히 이 곳은 이 주거지의 중심부였다. 우리 집은 약 200×80미터 넓이의 오른쪽 귀퉁이에 위치해 있었으며, 그 주위를 앞에서 이야기한 태고 시대부터 있어온 듯한 전형적인 고풍스런 집들이 둘러싸고 있었다. 이 집들 뒤로, 즉 내 눈 정면으로는 높다란 낡은 벽돌담에 둘러싸인 크고 작은 정원들과 테라스들이 복잡한 그물처럼 펼쳐지고 있었다.

몇 개의 정원들엔 정말 그림 같이 아름다운 정자들과 별장들이 서 있었다. 그러나 다른 정원들은 완전히 황폐해져 있었고, 온갖 덩굴식물들이 담을 넘어 이웃 정원들을 침범하고 있었다. 여건이 허락된 적당한 자리에는 유행과 생태에 걸맞게 작은 연못이 조성되어 있었는데, 그 위로 대도시에 사는 신경질적인 파리들이 떼를 지어 정처 없이 날아다니고 있었다. 희귀한 나무들, 엄청나게 값비싼 대나무 파라솔들과 나란히 늘어선 그리스인들이 부조되어 있는 신고전적인 테라코타 화분들, 재활용 쓰레기통에 담긴 건전지들과 무성한 대마 밭, 플라스틱 조각품들, 그 모든 것들이 탈세해낸 돈을 어디에 써야 할지 주체를 못하는 중산층 벼락부자가 꿈꿀 만한 것들이었다.

게다가 이 정원 풍경은 '정원난쟁이-호러-픽쳐-쇼'(영국의 유명한 엽기적 블랙 코미디 연극인 '록키 호러 픽쳐 쇼'에 빗댐 - 역주)라는 개념으로 압축시킬 수 있을 만큼, 괴상한 개성을 자아내고 있었다. 이 볼 만한 장면들은 현대적 유행에 대한 갈망을 오로지 홈쇼핑 카탈로그에만 의존해 해결하는 사람들의 작품임이 분명했다.

우리 집으로 말하자면, 좀더 심각한 지경에 처해 있었다. 내 밑에는 즉 화장실 창문 아래에는 바닥에서 약 50㎝ 가량 떨어져 있는 낡아빠진 발코니가 있었는데, 그 난간은 손쓸 수 없을 정도로 녹슬어 있었다. 침실을 통해서만 발코니로 나갈 수 있었지만 아마도 나로선 화장실 창문을 통해서 밖으로 나가는 편이 나을 것 같았다. 발코니 아래에는 지하실까지 연결되는 부분에 맞는 지붕 역할을 했음직한 또 하나의 콘크리트 발코니가 이어져 있었다. 부실 공사의 결과로 이 콘크리트 발코니는 여기저기 쩍쩍 갈라져 있었고, 그 틈새로 뭔지 알 수 없는 풀들이 자라나고 있었다. 거기서 약 5미터 떨어진 곳엔, 야밤에 산책하다가 우묵한 작은 정원으로 떨어지는 것을 방지하기 위해 만들어진 또 하나의 녹슨 난간이 있었다. 이 완전히 쑥대밭이 된 정원 한가운데는 어쩌면 아틸라(5세기 흉노족의 왕 - 역주) 시대에 심어진 게 아닌가 추정될 만한 엄청나게 커다란 나무가 한 그루 서 있었는데, 지금은 가을이라서 잎이 모두 떨어져 있었다.

여기저기 둘러보다가 나는 또 다른 것을 발견했다. 대단히 인상적인 내 동족 하나를 본 것이다.

그는 내 쪽으로 등을 향한 채 테라스 난간을 뛰어넘어 작은 정원으로 뛰어 내려갔다. 그는 물리 치료용 고무공에 비견할 만한 몸집에 실험적으로 만들어진 점토 애니메이션 비디오에 등장하는 익살스런 고무 반죽 덩어리 캐릭터 같은 모습을 하고 있었으나, 그에게 꼬리가 없다는 것을 나는 금방 알아차릴 수 있었다. 아니, 그는 원래부터 꼬리가 없었던 것이 아니라 누군가에 의해 그 귀중한 부분이 싹둑 잘려져 있었다. 어쨌건 그렇게 보였다. 그는 확실히 메인 쿤(Maine-Coon)[2] 종이었다. 꼬리 잘린 메인 쿤 종 말이다. 그의 털 색깔을 묘사하는 것은 무척 어려운 일이었다. 그도 그럴 것이, 그는 실제로 걸어다니는 화가용 파레트처럼 보였던 것이다. 물론 그 색색의 물감들은 말라버리고, 더러워져 있었다. 주된 색조는 검정색이었지만, 여기저기 베이지색과 갈색, 노란색, 회색, 심지어는 빨간 얼룩까지 묻어 있어서 뒤에서 바라보니 마치 거대한 그릇에 담긴, 만든 지 한 달 보름 정도는 지난 듯한 과일 샐러드 같아 보였다. 게다가 그 자는 끔찍한 냄새를 풀풀 풍길 것 같았다.

그는 즉시 나를 알아차렸고 강력한 방어 자세를 취했다. 아마도 그의 증조부 때부터 이 테라스를 점유해왔기 때문이거나, 아니면 이미 1965년에 대법원을 상대로 매일 빌어먹을 오후 3시부터 4시까지 이 위에서 저 기막히게 아름다운 정원들을 내려다 볼 수 있는 특별 허가라도 받아놓았기 때문인지도 모르겠다.

어쨌건 이런 친구들은 성가신 존재들이었다.

나는 그냥 내버려두기로 했다. 달리 뭘 어쩌겠는가?

이 모든 것들이 내 머리 속을 스치던 찰나, 그는 마치 살아있는 전파 탐지기라도 되는 양 내 쪽으로 몸을 빙 돌리더니 나를 뚫어지게 바라보았다. 아니, 뚫어지게 바라보았다는 건 좀 과한 표현인 것 같다. 그는 눈이 한 쪽뿐이었다. 다른 한 쪽은 누군가가 신경질적으로 휘두른 스패너에 희생되었거나, 질병으로 인해 빠져버린 듯했다. 왼쪽 눈이 있었을 자리엔, 이제는 시간이 지나면서 점점 더 흉측하게 변해버린 쪼그라든 담홍색의 움푹한 살 자국이 있을 뿐이었다. 왼쪽 낯짝 전체가 반쪽의 마비로 인해 오그라들어 있었다. 그러나 그런 건 그다지 중요한 문제가 아니었다. 내가 매우 경계해야 할 사태에 처해 있는 것이 분명했다.

그는 일체의 동요도 보이지 않은 채 나를 검사하듯 바라보더니, 놀랍게도 다시 고개를 돌려 정원을 향해 시선을 떨구었다.

원래의 천성대로 예의바르게, 이 동정할 만한 친구에게 나를 소개하기로 결심했다. 새로운 주변 환경에 대한 보다 자세한 정보를 이 친구에게서 얻어내야겠다는 속셈에서였다.

나는 창턱에서 발코니로 뛰어내린 후 다시 테라스로 향했다. 천천히 일부러 거드름을 부리며 나는 그를 향해 다가갔다. 마치 우리가 벌써 모래판에서 서로 한바탕 붙었던 적이 있는 사이라도 된 듯이 말이다. 그는 내가 다가가는 것을 당당한 의연함으로 묵과하고는, 내게 단 한 번의 눈길조차 주지 않은 채 계속 정원 명상에 빠져 있었다. 마침내 그의 곁에 서서 슬쩍 옆으로 바라보기를 감행했다. 가까이에서 바라본 그의 인상은 멀리서 보았을 때의 인상보다 훨씬 강렬했다. 대략 34배 정도였다고 해 두자. 이 학대당한 생물과 비교한다면, 콰지모도(소설 '노틀담의 꼽추'에 나오는 '추남'의 대명사적 인물 – 역주)조차 맵시 좋은 남자 명단에 오를 가능성이 매우 높아 보일 정도였다. 나는 그사이 열심히 눈을 혹사시킨 끝에, 그가 눈과 꼬리에 심한 외상을 입은데다, 오른쪽 앞발도 잘려나가고 없다는 것을 발견하고야 말았다. 그럼에도 불구하고, 그는 자신의 심한 불구를 금욕적인 달관으로 감내하고 있는 듯이 보였다. 마치 그 모든 일들을 꽃가루 알레르기 정도로밖에 여기지 않는다는 듯이 말이다. 그의 머리 속도 이에 못지 않은 여러 가지 손상들을 입은 상태임이 분명했다. 내가 이미 약 1분 동안이나 그의 옆에 서 있었음에도 불구하고, 그가 나를 쳐다보지도 않은 채 계속 아래만 내려다보고 있었기 때문이다. 여전히 대단히 냉정한 태도로 말이다. 그래서 나는 그에게 친절을 베풀기로 하고, 머리를 숙여서 내 옆에 있는 자가 그토록 열심히 보고 있는 정원의 한 지점에 초점을 맞추어 보았다.

내가 거기에서 본 것은, 말하자면 나를 위한 환영 선물이었다. 높은 나무 아래 덤불 속에 반쯤 파묻힌 채로, 검정색의 내 동족 하나가 사지를 쭉 뻗은 채 누워 있었다. 그는 그냥 자고 있는 것이 아니었다. 그리고 앞으로도 그가 적극적으로든 소극적으로든 뭔가 행동을 취할 수 있으리라고는 거의 가정하기 어려웠다. 그는 저속한 표현대로 하자면, 쥐새끼처럼 뻗어있었다. 좀더 정확하게 말해서, 그것은 내 동족 중 하나의 이미 부패하기 시작한 시체였다. 그의 완전히 갈가리 찢어진 목으로부터 몸 속의 모든 피가 흘러나와 큰 웅덩이를 이루고 있었고, 그마저도 이미 말라붙어 있었다. 죽은 가축에게 달려드는 독수리처럼 흥분한 파리들이 그 위를 맴돌고 있었다.

그 광경은 놀라운 것이었으나, 이미 오늘 하루 동안 겪어야 했던 일련의 일들로 인해 나의 예민함은 한결 누그러져 있었다. 이제는 더 확실해진 이런 살인적인 장소로 나를 끌고 들어온 구스타프를 향해 마음 속으로 천 번째 저주를 퍼부었다. 나는 이제 지쳐버렸고, 이 모든 것이 꿈이거나 아니면 적어도 종종 우리 종족을 소재로 해서 만들어지곤 하는 그 잘난 척 하는 '리얼한' 속임수 영화들 중의 하나이기를 마음 속으로 빌었다.

"깡통따개들!" 내 옆에 있던 괴물이 갑자기 소리쳤다. 외양만큼이나 그의 목소리도 잔뜩 망가져 있었다. 마치 이 세계에 살고 있는 모든 존 웨인(John Wayne) 역의 더빙 성우들이 합창을 하는 듯한 목소리였다.

깡통따개라, 흠……나 참, 내가 괴물이 아니어서 그의 언어를 이해할 수 없는데, 도대체 뭐라고 대답을 해야 한단 말인가?

"깡통따개라고?" 나는 일단 물었다. "그게 어쨌단 말이야?"

"그 빌어먹을 깡통따개들 짓이란 말이다. 그놈들이 그랬어. 그놈들이 꼬맹이 사샤의 모가지를 따버렸단 말이다. 젠장!"

나는 잠깐 동안 깡통따개와 연관된 무엇인가를 생각해 내려고 노력하면서, 저 아래쪽에서 냄새를 풍기고 있는 시체와 내 옆에서 더심한 냄새를 풍기고 있는 반 시체를 연관시켰다. 그리고 나서 알아차리게 되었다.

"인간 말이냐? 인간들이 그를 죽였어?"

"당연하지." '죤 웨인'이 으르렁거렸다.

"빌어 처먹을 깡통따개들이었어!"

"그걸 봤어?"

"아냐, 젠장!"

그의 얼굴 위로 분노와 약오른 표정이 떠올랐다. 그 냉정한 낯짝이 동요를 일으키는 것처럼 보였다.

"어느 쳐죽일 깡통따개가 아니라면 대체 누가 그런 짓을 했겠어? 그래, 어떤 빌어먹을 깡통따개, 그놈들은 우리를 위해서 먹이 깡통을 따주는 것말고는 아무런 가치도 없는 놈들이야! 젠장, 그렇고말고!"

그는 이제 본격적으로 떠들기 시작했다.

"벌써 네 번째 차가운 자루란 말이다."

"저기 있는 게 벌써 네 번째 시체라는 말이냐?"

"너 여기 새로 온 놈이구나, 그렇지?"

그는 킬킬거리며 웃었다. 냉정함을 되찾은 듯이 보였다.

"저기 저 쓰레기 더미 같은 집으로 이사 왔냐? 좋은 곳이지. 내가 맨날 거기로 오줌 싸러 가거든!"

이제 그의 웃음소리는 재수없게 켈켈거리는 비웃음으로 발전했지만, 나는 아랑곳하지 않고 테라스에서 정원으로 뛰어내려 시체를 향해 다가갔다. 그것은 끔찍하고도 동시에 슬픈 광경이었다. 나는 시체의 목에 난 주먹만한 구멍을 자세히 살펴보고, 냄새를 맡았다. 그리

26

고 나서 다시 재빨리 테라스로 돌아왔다.

"깡통따개가 아니었어."라고 나는 말했다. "깡통따개들은 칼, 가위, 면도날, 스패너를 갖고 있지. 그래, 깡통따개들은 그것들말고도 수많은 멋진 살해도구들을 손에 넣을 수 있다고. 누군가를 끝장내겠다고 마음만 먹으면 말야. 하지만 여기 이 시체의 목은 완전히 갈기갈기 찢어지고, 너덜너덜해지고, 그래, 조각조각 찢어발겨졌어."

괴물은 불만스럽게 코를 찌푸리더니 돌아서서 가버렸다. 그렇다고 그 불쌍한 녀석이 제대로 걸을 수 있었던 것도 아니었다. 그는 정말로 왕년에 숙련된 운동 선수였다는 걸 입증하기라도 하듯, 절뚝거림과 비틀거림의 절묘한 배합을 보여주며 걸었다.

"무슨 상관이야!" 그는 고집스레 말하면서 이웃 정원의 담 위로, (아마도 신체 장애자 수용 시설을 향해서) 절뚝거리고 비틀거리며 걸어갔다. 하지만 몇 발자국 떼더니 갑자기 멈춰 서서는, 나를 향해 돌아서서 몸을 수그렸다.

"어이, 똑똑한 놈, 너 이름이 뭐냐?" 그는 여전히 냉정하고 무심한 태도로 물었다.

"프란시스." 나는 대답했다.

2

그 다음 주는 내내 침울한 가운데 지나갔다. 이사 우울증은 엄청난 양의 증기를 뿜어대는 화통처럼 엄습해 와서는, 내 뇌를 완전히 마비시켜버렸다. 나는 슬픔과 고통의 어두운 심연으로 곤두박질쳤고, 내게 일어나는 모든 일들은 우선, 우울함과 의욕상실의 침침한 구름 속을 통과해야지만 내부로 간신히 전달될 수 있었다. 물론 대개의 일들은 거의 즐거울 게 없는 일들뿐이었지만.

구스타프는 자신의 위협을 행동으로 옮겨 진짜로 수리 작업을 시작하고야 말았다. 마치 파괴신의 혼에 씌우기라도 한 듯이, 그는 먼저 낡아빠진 쪽마루를 모두 뜯어내서는 쓰레기 더미를 처리하기 위해 미리 대여해서 집 앞에 세워둔 컨테이너 안에 몽땅 처넣었다. 그는 새 쪽마루를 자기가 직접 깔겠다고 진심으로 작정하고 있었다. 정말, 농담이 아니다! 이건 마치 벙어리가 TV 토크쇼를 진행하겠다고 나선 꼴이다. 결론만 말하자면 그는 실패했다. 그가 한 일이라곤 저돌적으로 마루 뜯어내기 작업을 마친 후에 끔찍하게 비싼 마루 깔기 D.I.Y 책을 읽고는 이 작업이 얼마나 복잡한 일인지를 깨닫고 당황하더니, 우선 집의 다른 부분들을 철거하는 일을 희희낙락 계속해나가기로 결정한 것뿐이었다. 나는 벌써부터 이 용사가 미쳐 날뛰며, 집 전체를 초토화시켜 버리지는 않을까 라는 걱정이 들기 시작했다.

결국은 여기 도착했을 때부터 예상했던 일이 일어나고야 말았다. 그는 자신이 도저히 이런 규모의 수리 작업을 해낼 능력이 없다는 것을 인정할 수밖에 없었던 것이다. 늘 그랬듯이 그것은 구스타프에게 화가 나면서도, 동시에 슬픈 사태였다. 한밤중에, 나는 이 정신박

약아 같은 친구가 거실에 임시로 들여놓은 야전 침대 속에서 훌쩍거리는 소리를 들었다.

나 역시 울고 싶은 심정이었다. 새 거처의 근방에서 살해당한 동족의 시체를 발견했던 충격은 이곳에 빨리 적응하는 데 도움이 될 만한 일이 결코 아니었기 때문이다. 그날 나는 좀더 조사를 했었다. 그 괴물이 자기의 잘난 이름도 가르쳐주지 않은 채 가버리고 난 후에 나는 시체와 사건 현장을 좀더 면밀하게 살펴보았던 것이다.

한 가지 확실한 것은, 심한 몸싸움은 벌어지지 않았다는 사실이다. 피살자는 분명히 심하게 저항한 듯이 보였으나—시체 주위의 땅이 마구 긁혀져 있고, 꺾여진 가지와 덤불들이 그 주위에 흩어져 있는 것이 이를 증명하고 있었다—, 그것은 이미 그의 털가죽, 즉 목이 치명적으로 꿰뚫어진 순간 이후에 벌어졌던 일이었다. 그렇기 때문에 나는 이 피해자가 자신을 도살한 자와 잘 아는 사이였음에 틀림없다고 결론 내렸다. 그에게 마음놓고 등을 내보이며 돌아설 만큼 친숙한 사이였던 것이다. 기습적으로 목을 물어뜯긴 후엔 아마도 한 줌도 채 안 되는 절망적인 몸부림을 쳤을 테고, 그러고 나서 순식간에 속수무책으로 목숨이 끊어졌을 것이다.

한 가지 더 내 주의를 끄는 일이 있었다. 그것은 희생자가 죽는 순간에, 시적으로 표현하자면 '본능의 요구에 부응하는' 상태에 처해 있었다는 것이다. 그는 거세당한 행복한 무리들의 사교 클럽 회원이 아니었기 때문에—그것은 이 화려한 중산층 거주 지역에서는 거의 기적과도 같은 희귀한 경우였다—, 그에게선 아직도, 크고도 광활한 욕망의 세계에 속한 향기가 배어 나오고 있었다. 그는 이 정원들 곳곳에 강렬한 흔적들을 남겨놓고 있었는데, 그것은 그가 살해당하기 직전까지도 자신의 욕망을 제어하지 못했다는 것을 입증하고 있었다. 그래서 나는 즉시 그의 생식기를 살펴보았다. 내 추측이 확실했다. 그것은 완전히 발기해 있었다. 그는 여기에서 연모하던 미녀라도 만났던 것일까? 그녀는 이 변강쇠의 살아 생전 마지막으로, 유혹의 향기라도 내뿜었던 것일까, 아니면 그에게 죽음의 입맞춤을 선사했던 것일까, 그것도 아니라면, 그 괴물이 산뜻하게 표현했던 대로, 그를 차가운 자루로 만들어버린 당사자였을까? 발정기 때의 우리 아가씨들이 쾌락의 순간이 끝난 후에 보이곤 하는 그 유별나게 오만한 태도와 한없는 공격성을 고려해 본다면, 그녀가 살해자라고 해도 별로 놀라운 일이 아니긴 했다.[3] 그러나 어떤 결론을 내리기엔 아직 일렀다. 망가진 존 웨인 유사품이 선심 쓰듯 이야기했던 세 구의 다른 시체들에 대해 더 자세히 알게되기 전까지는 말이다. 다음 날에서야 구스타프도 이미 심한 악취를 풍기고 있던 시체를 발견해 냈고, 온갖 유치한 애도의 표현을 마구 해댄 끝에 시체가 발견된 그 자리에 매장했다.

하지만 도대체 이 빌어먹을 레이몬드 챈들러 범죄소설들과 연쇄적으로 차가운 자루들을 만들어냈던 살인마 잭이 나하고 무슨 상관이란 말인가! 나 자신의 문제만으로도 이미 충분하지 않은가? 옆방에선 내 동거인이 암호문서 같은 219마르크짜리(약 12만 원 – 역주) 비싼 쪽마루 깔기 전문 서적을 움켜쥔 채 자신의 무능함을 한탄하고 있고, 나 자신은 이 더러운 소굴에서 우울증과 싸우고 있는 마당에 말이다.

그러나 삶이 늘 그렇듯이, 점차 모든 것이 제자리를 찾기 시작했다. 비록 대개가 그렇듯이, 그 방식이 끔찍했다 하더라도, 어쨌든 그렇게 되긴 했다. 최후의 해결책은 지금까지 구스타프에게 위기가 닥칠 때마다 나타나곤 했던 바로 그 아치의 등장이었다!

아치발트 필립 푸푸르는 자타가 공인하는 낙천주의자이다. 이 호인에게는 단 한 치의 비관주의조차 전혀 용납이 되지 않았으니, 그는 결코 슬퍼할 수 없고, 슬퍼하려고도 하지 않는 인간이었던 것이다. 아치발트는 어디에 가든 어디에 있든 유행과 세계관, 그리고 삶의 기쁨에 관련된 일들을 스스로 나서서 찾아다니는 자였다. 이 호사스런 남자가 뭘 해서 돈을 벌고 있는지, 지금 무슨 일을 벌이고 있는지, 현재 어디를 돌아다니고 있는지 제대로 알고 있는 사람은 아무도 없었다. 그래도 모두가 아치를 알고 있었고, 모두 언제든 그를 만날 수 있었다. 아치가 자신의 '오, 너무나 멋진 인생'에서 해 보지 않은 일이나 가 보지 않은 곳, 할 수 없었던 일은 아마도, 아니 확실히 전혀 없었을 것이다.

누군가 케케묵은 시절의 추억인 뽀얗게 먼지 덮인 우드스탁(Woodstock;60년대 히피 시대를 상징하는 음악제, 1969년에 전설적인 첫 무대가 열림 – 역주) 레코드판을 끄집어 내와서 달콤했던 자유와 낭만의 히피 시대를 회상한다고 치자. 짠! 하고 벌써 우리의 아치 군이 나서서 떠들기 시작한다. 그는 즉시 지갑 속에서 누렇게 바랜 축제 티켓을 꺼내들고 모두에게 자랑스레 보여준다. 믿거나 말거나, 젊은 시절의 아치가 유명한 영화의 한 장면에서 히피 동지들과 마리화나를 나눠 피우는 모습까지도 볼 수 있게 된다. 물론 전형적인 히피 꼬랑지 머리를 하고서 말이다! 내가 아는 한, 그가 롤링스톤즈의 'Sympathy for the Devil'의 녹음 작업에 동참해서 우~ 우~ 코러스를 함께 불렀다는 것을 믹 재거(Mick Jagger;락 그룹 롤링스톤즈의 보컬 – 역주)가 직접 증언해 줄 것이다. 원시적 절규 요법? 그런 건 아치에겐 이미 오래 전에 경험했던 진부한 주제다. 그는 벌써 까마득한 옛적에 원시적 절규(억압된 감정을 절규로 발산시키는 심리 요법-역주)를 성공적으로 쏟아내었고, 윤회(輪廻) 체험을 통해 자신이 전생에는 발렌티노(Valentino)의 동성애 파트너였다는 것을 알았으며, 용케도 때맞춰 푸나(Poona)에 도착해서 바그완 라즈니쉬(Bhagwan-Lajneesh;오쇼 라즈니쉬. 다이나믹 명상 기법 등의 명상 치료 가르침으로 수많은 추종자를 갖게 된 인도의 종교 지도자 – 역주)의 가르침을 글로 옮겨 쓰게 했고, 그 결과 그 책들은 잘 알려진 대로 오늘날 밀리언셀러가 되었다는 것이다. 그는 또한 유기 비료만 사용하여 재배한 밀로 직접 빵을 굽기 시작한 최초의 농부 중 하나였다. 게다가 최초로 자연적인 피임을 위해 여자 친구의 체온을 직접 쟀던 사람들 중 하나이기도 했다. 우리가 '펑크(Punk)'라는 말을 어떻게 쓰는지 배우고 있을 때, 놀랍게도 아치는 벌써 펑크 스타일의 모히칸족 머리 모양을 하고 나타나서 엄청난 양의 캔 맥주를 벌컥벌컥 마셔대며, 본격적인 펑크 문화의 선두 주자가 되려 애쓰고 있었다. 누군가가 서핑하러 간다고 말을 꺼냈다면? 분명히 아치는 이미 말리부 해변으로 달려가 서핑 보드 위에 몸을 싣고 파도 위를 춤추고 있었을 것이다. 물론 그 서핑 보드에는 비치 보이즈(Beach Boys) 멤버들 모두의 사인이 새겨져 있었을 테고 말이다. 크레타(Creta) 섬의 히피 생활에서부터 맨하탄의 여피(Yuppie) 스트레스에 이르기까지, 코카인을 질정거리는 일에서부터 캘빈 클라인 청바지를 입는 일에 이르기까지, 그 모든 것들과 그 이상의 것들을 아치는 이미 모두 경험했던 것이다. 다만 그가 1969년에 나사(NASA)의 다른 친구들과 함께 달에 착륙하지는 못했다는 것이 솔직히 내겐 실망스러운 일이었다.

중요한 건 아치가 인생에서 어떤 경험을 놓쳐본 적이 있는가의 문제가 아니라, 과연 그가 정말로 존재하고 있는가 라는 점이다. 왜냐하면 그가 경험한 것처럼 보이는 일들이, 모두 환상인 것 같기 때문이다. 그의 존재가 시사 잡지 편집자의 상상력에 의존해 있다는 것이 너무나 명백하기 때문에, 등을 돌리자마자 그가 공기 속으로 녹아 사라져버릴 것 같다는 의심이 불가항력적으로 밀려오는 것이다. 최종적으로 분석해 본 결론은 이렇다. 아치발트는 끝없는 공허 속을 헤매고 있는 존재감 없는 인간으로, 부단한 유행 추구를 통해서 이 공허의 심연을 망각하고자 애쓰고 있는 사람이다. 그럼에도 불구하고 그는 구스타프의 가장 절친한 친구이며, 할 수 있는 한 최선을 다해 구스타프를 도와준다. 그리고 무엇보다 아치의 사전에 '할 수 없는 일'은 없다!

뜯어내기 작업을 시작한 지 나흘째 되던 날, 구스타프는 결국 아치에게 전화를 걸어 이 문제에 대해 의논했다. 그리고 5분 후 아치는 폭탄 구덩이 안에 서서—구스타프는 질리지도 않고 끊임없이 우리 집을 이렇게 불러댔다—, 완벽한 전투 계획을 구상했다. 그는 카

멜레온이었기 때문에 이번에는 마이애미 바이스(Miami Vice;TV 인기 형사물, 한국에서는 90년대 초에 방영됨 - 역주)의 쏘니 크로켓(Sonny Crocket)으로 변신해 있었고, 최신 유행의 선글라스에 달린 비닐 끈을 끊임없이 만지작거리고 있었다. 기대했던 대로, 그는 단지 쪽마루 깔기 분야에만 국한된 전문가가 아니라 집수리에 관련된 모든 문제에 대한 전문가를 자처했다. 비록 그 결과물이 최신 유행의 잡동사니로 이루어진 뒤죽박죽의 잡탕이 될 위험은 있었지만, 구스타프는 아치에게 지휘권을 넘겨주고 자신은 그의 조수가 되기로 했다. 그에겐 다른 선택의 여지가 없었다. 두 사람은 다음 날 즉시 일을 착수했고, 우리의 '엉망진창 빌라'를 정말로 수리하기 시작했던 것이다.

끔찍하고도 결코 끝날 것 같지 않은 망치와 드릴 소리, 달그락, 덜컹, 끽끽, 쿵쿵거리는 온갖 소음들이 나를 둘러싸기 시작했고, 이것은 우울증을 반감시키는 효과를 가져다주진 못했다. 오히려 정반대였다. 내가 대부분의 시간을 우울하게 멍하니 보내고 있던 침실 안에 구스타프는 커다란 구식 스테레오 라디오를 갖다두고, 내가 가장 좋아하는 말러의 '부활 교향곡'을 틀어주었지만, 여전히 이 칙칙한 우울의 늪을 벗어날 수 없었다.

그 우울한 시간을 보내는 동안에 단 한 번 나는 다시 테라스로 산책을 나갔는데, 나가자마자 또다시 재수 없는 사건과 맞닥뜨리고 말았다. 늙어빠진 새 몰이꾼 하나가 이제 더 이상 자신의 힘으로는 잡을 수 없게 된, 높은 나무 가지 사이로 날아다니는 새들을 흐리멍덩한 눈으로 바라보며 정원 담 위를 어슬렁거리며 돌아다니고 있었던 것이다. 그는 폭삭 늙어빠진데다, 자신에게 허락된 시간이 얼마 남지 않았다는 사실을 인식하고 있는 대부분의 늙은이들에게서 공통적으로 나타나곤 하는 증오심이 그의 얼굴을 가득 채우고 있었다. 그 표정은 질시 그 자체였다. 청년들과 소년들을 향한 질시, 한때는 누렸으나 이제 결코 다시 돌아갈 수 없는 그 모든 것들에 대한 질시 말이다. 우울한 기분에 걸맞게 언젠가 나 역시 저렇게 되고 말 거라고, 나도 모르게 되뇌고 있었다. 후각이 약해지고, 시력이 약해지고, 청력도 약해지고, 강렬한 사랑의 모험들에 대한 기억조차 흐릿해질 것이다. 아, 이다지도 슬픈 삶이라니! 이 세상에 태어나, 지루한 칵테일 파티에 몇 번 가고 나면, 어느새 마지막 숨을 내뱉을 때가 오는 것이다.

그러나 정원 담 위의 할아범은 내게 더 나은 가르침을 주고 싶은 모양이었다. 그의 노쇠한 눈이 내 미미한 존재를 알아차리기가 무섭게, 그는 마치 꼬리라도 밟힌 듯이 지독한 비명을 내질렀다. 갑자기 그의 온몸에서 일종의 신적인 에너지가 내뿜어져 나오는 것처럼 보였다. 그는 곧바로 더욱 심한 증오와 혐오의 기운을 전력 가동했다.

"여긴 빌어먹을 내 구역이야!" 덜덜거리며 노인네가 입을 열었다. "듣고 있냐, 이 빌어먹을 놈아! 내 구역이라구! 내 구역! 내 구역……!" 그리고 계속 그렇게 고장난 말하는 인형처럼 떠들어댔다. 그러더니 그는 엄청나게 몸을 부풀리고는 내게로 달려들었다.

나는 그와 충돌하기 전에 얼른 테라스에서 창턱으로 냉큼 뛰어 올라갔다. 그는 테라스 중앙에 멈춰 서서 자신의 승리를 만끽했다.

그런데도 여전히 "내 구역! 내 구역……!" 하면서 앵무새처럼 계속 떠들어대는 것이었다.

나로 말하자면, 이 근방이 정말 지긋지긋해졌다.

"그럼 벌레들이나 버글거리게 될 당신 구역에 처박혀 있으라고!" 나는 한 마디 해주고 다시 화장실을 지나 집 안으로 돌아왔다. 그것은 그 늙은 얼간이한테 응분의 대가로 제대로 한 방 후려갈긴 재치 있는 한 마디였다. 하지만 그게 무슨 소용인가? 도대체 무슨 의미가 있단 말인가? 세상은 비탄의 계곡이며, 이런 관점에 이의를 제기하고 구역 따위의 무의미한 것들에나 신경 쓰는 작자들은 그냥 불쌍한 어릿광대일 뿐이다.

이 적대적이고 추악한 환경 속에서 내가 할 수 있는 일이라곤, 황후의 묘실 같은 내 침실에 다시 틀어박혀서, 고통을 달래주는 신묘한 말러의 음률에 몸을 맡기는 것뿐……

……그리고 꿈꾸는 것뿐.

나는 무섭다기보다는 기괴한 꿈을 꾸었다. 꿈속에서 나는 구스타프와 아치가 수리를 끝낸―오, 기적 중의 기적이로다―, 우리의 새 집을 즐거운 기분으로 여기저기 돌아다니고 있었다. 그런데 그들의 작업 결과는 괴이하기 짝이 없었다. 집의 모든 벽들은 마치 장례식장처럼 칠흑같이 검은 벨벳 커튼으로 둘러쳐져 있었고, 벽에 걸린 흐릿한 조명들은 방을 밝게 하기보다는 더 어두컴컴하게 보이게끔 하고 있었다. 가구들도 모두 예외 없이 어느 고색 창연한 프랑스 왕 시대의 유물을 모아놓은 듯한 모습으로 검게 칠해져 있거나 아주 어두운 색조를 띠고 있었다. 침대와 소파에는 검은 비단천이 씌워져 있었고, 꽃병과 재떨이, 도자기 인형들과 액자 등 보금자리를 아늑하게 만들어주는 인테리어 소품들조차 모두 죽음의 색을 입고 있었다. 간단히 말하자면, 온 집이 석탄처럼 시커먼 대리석 타일이 깔린 거대하고 사치스러운 가족 납골당 그 자체로 보였다.

나는 이제 복도에 서서 열려있는 문을 통해 거실을 들여다보고 있었다. 말할 것도 없이 거실도 '검은 마술'로 치장되어 있었다. 구스타프와 아치는 아주 화려한 턱시도 차림이었고, 거대한 검은 대리석 식탁에 마주 앉아 만찬을 나누고 있었다. 게다가 그들 주위를 수많은 어마어마한 샹들리에들이 둘러싸고 있었는데, 거기 꽂혀 있는 수천 개의 촛불들이 그들의 얼굴 위로 일렁이는 빛을 드리워 마치 유령같이 보이게끔 하고 있었다. 값비싼 은식기들이 쨍그랑거리는 소리가 끊임없이 울려 퍼지는 가운데 검은 옷차림의 두 사람은 접시 위에 놓인 털투성이의 덩어리를 처리하고 있었다. 그들은 무언지 알 수 없는 이 덩어리를 한 입 크기로 조각조각 잘라내어 입으로 가져가고 있었다. 그들은 내 존재를 알아차리고는 하던 행동을 멈추고 고개를 돌려 텅 빈 눈으로 나를 바라보았다.

그 순간 갑자기 현관문이 활짝 열리더니 강한 바람이 불어닥쳐 왔다. 아득한 저 먼 곳에서부터, 신음소리가 뒤섞인 기묘한 소리가 들려왔다.

나는 문지방 앞으로 다가가서 거기 선 채로 이 신음소리가 어디서 들려오는지 알아내고자 귀를 기울였다. 의심할 여지없이, 그 소리는 위층에서 들려오고 있었다. 가슴을 찢는 듯한 구슬피 우는 소리에 머리끝이 쭈뼛하고 곤두섰지만, 나는 그 소리를 쫓아가고 싶은 충동을 억누를 수 없었다. 병적인 호기심 반, 파괴적인 용기 반으로 이루어진, 설명할 수 없는 자극에 쫓겨 어두운 복도를 지나 썩어 가는 나무 계단 위로 느릿느릿 올라가고 있었다.

내 심장은 두려움으로 쿵쾅거리고 있었고, 계단을 반쯤 올라가 갑자기 오른쪽으로 180도 휘어지는 지점에 이르렀을 때 다시 되돌아갈 뻔했다. 너무나 기이한 일이었다. 점점 더 높이 올라갈수록 음산한 층계참은 점점 더 밝아지고 있었다.

마침내 나는 2층에 도착했고 반쯤 열려진 문 앞에 서 있었다. 문 안쪽에서 번쩍거리는 빛이 층계참을 향해 쏟아져 나와 모든 것을 대낮처럼 밝게 비추고 있었다. 경련하는 듯한 기이한 울음소리가 더 크고 강하게 들려왔다.

하지만 이미 여기까지 온 이상, 이 하얀 지옥 안으로 진군해 들어가리라고 마음먹었다. 다른 선택의 여지가 없을 것 같았다. 나는 얼마 남지 않은 용기를 모두 끌어 모아 집 안으로 발을 디뎠다. 아래층과는 달리 이 곳엔 거대한 홀 하나만이 있을 뿐이었다. 아니, 그것은 홀이 아니었다. 그것은 그저 눈부신 흰 공허였다. 나는 온통 흰빛의 다른 세상에 와 있었다. 그곳엔 경계도, 차원도, 실재도 존재하지 않는 것 같았다. 마치 흰 우주 저편에 빛나는 미지의 별처럼, 밝은 불빛이 멀리서 끊임없이 깜빡거리고 있었다. 고도의 복잡한 기계처럼 보이는 구조물이 움직이기라도 하는 것 마냥 아주 짧은 순간, 언뜻 나타났다가 사라져버렸다. 온통 흰 빛 속에서도 울음소리는 점점 더 뼛속까지 시리도록 날카롭게 이어지고 있었다. 나는 문득 그것이 내 동족 하나가 용서를 구하며 울부짖는 처절한 비명이라는 것을 알아차렸다.

그때 갑자기 이 괴이한 장면 속에서 흰색의 긴 코트를 입은 한 남자가 마치 무(無)에서 솟아나듯 눈앞에 나타났다. 그러나 내가 소스라치게 놀랐던 것은 그 남자의 갑작스런 등장 때문이 아니었다. 그가 내 쪽으로 고개를 돌렸을 때, 나는 보았던 것이다. 그에게 얼굴이 없다는 것을.

그는 한 손에 사슬이나 목걸이같이 보이는 것을 들고 있었다. 그것은 주위에서 빛나고 있던 별들보다 더 강한 빛을 발하고 있었다. 이 기이한 꿈에 현혹된 채 나는 느릿느릿 그 얼굴 없는 남자를 향해 다가갔다. 그는 이제 그 빛나는 끈을 마치 진자처럼 이리저리 흔들기 시작하고 있었다. 그리고는 그 어떤 천사의 목소리보다 달콤한 듯한 부드러운 목소리로 말하기 시작했다. 최고급 비단처럼 부드럽고, 하프의 종지 화음처럼 너무나 아름답게 울리는 매혹적인 남자의 음성이었다. 비록 나의 내면 깊은 곳에서 이 비현실적인 음성에 대한 경고가 울렸음에도 불구하고, 그저 기꺼이 이 목소리에 최면당하고, 그 명령을 무엇이든 따라야 할 것 같은 느낌에 사로잡혔다.

"이리 오렴, 귀여운 꼬마야." 얼굴 없는 남자가 유혹하듯 말을 건넸다. "어서 내게로 오렴. 여기 너를 위해 준비한 아주 좋은 게 있단다."

나는 그 앞에 멈춰 서서 홀린 듯이 그를 멍하니 바라보았다. 그의 손에서는 은으로 만든 목걸이가 빛나고 있었다. 거기엔 내가 여태껏 단 한 번도 본 적이 없을 만큼 아름답고 값비싼 수천 개의 빛나는 다이아몬드 조각들이 박혀 있었다. 원래 나는 목걸이를 끔찍하게 혐오해서 그것을 착용하는 걸 완강하게 거부해 왔었다. 그러나 이 목걸이는 계시와도 같은 것이었다. 다이아몬드의 광채로 인해 눈이 아프기 시작했다. 얼굴 없는 남자는 내게로 몸을 숙이더니, 목걸이를 내 코앞으로 들이밀었다.

"자, 마음에 드니?" 그는 부드럽게 말을 건넸다. "정말 아름답지 않니? 이걸 목에 걸면 좋을 것 같지? 보렴, 이걸 너한테 주마! 그냥 이렇게……"

그리고 내가 소리를 내기도 전에, 그는 재빨리 그 귀한 물건을 내 목에 감고는 고리를 걸어버렸다. 그러나 내가 갑자기 닥친 행운에 미처 어쩌지도 못하고 있는 사이, 순식간에 주위가 어두워지기 시작했다. 먼저 흰빛이 회색으로 변하더니 다시 서서히 까맣게 물들어 갔다. 이제야 나는 목걸이에서 녹슨 사슬이 솟아 나와 얼굴 없는 남자의 손으로 뻗어간 것을 알아차렸다. 이 음울한 어둠이 주변의 밝음을 집어삼키는 동안, 그리고 별들이 제 빛을 잃어 가는 동안에 그 남자는 사슬을 더욱 더 세게 잡아당기고 있었다. 이제 올가미로 변해버린 목걸이가 내 목을 파고들어 숨통을 조였다.

나는 몸부림치고, 울부짖고, 그 얼굴 없는 남자에게서 도망치고자 했다. 그러나 오히려 목걸이는 더 심하게 조여와 상황은 악화될 뿐이었다. 수초 만에, 더 이상 숨을 쉴 수 없게 되었고 공포로 인해 심하게 버둥거리기 시작했다. 얼굴 없는 남자는 사슬을 더 강하게 잡아당기더니 마침내 나를 높이 끌어올렸고, 나는 허공에 매달린 채 목구멍을 찌르는 듯한 고통을 느꼈다.

죽음이 임박했음을 느끼며, 나는 숨을 헐떡거리면서 원래 이 사악한 남자의 얼굴이 있었어야 할 자리인 그 어두운 공간을 바라보았다. 갑자기 그곳에서 두 개의 노란 눈이 인광(燐光)을 발하며 번뜩였다. 그것은 내 동족의 눈이었다. 그리고 그것은 눈물을 흘리고 있었다. 진주처럼 굵은 눈물 방울들이 흘러나와, 마치 열기구가 땅 위에 착륙하듯이 아주 느릿느릿 바닥으로 뚝뚝 떨어져 내리고 있었다. 이제 나는 그 신음소리와 울음소리의 진원지를 알게 되었다. 하지만 이제 와서 그것이 무슨 의미가 있겠는가? 올가미가 내 숨통을 완전히 조르고 있었고, 폐 속에 그나마 남아있던 약간의 산소마저 바닥나고 있었다. 주위의 모든 것들이 마치 느린 동작으로 분열해 가는 모자이크처럼 서서히 해체되기 시작했다. 나는 꿈속의 비밀을 풀지도 못한 채 죽어갔다.

다시 깨어 있는 자들의 세상으로 돌아왔을 때, 나는 비명을 지르려고 했다. 그러나 목은 완전히 메말라 있었고, 그것이 왜 내가 목 졸려 죽는 꿈을 꾸었는지를 설명해 줬다. 심장은 방금 마라톤을 끝내고 온 것처럼 미친 듯이 쿵쾅거리고 있었고, 온몸이 마치 고철 압착기에 깔리기라도 한 듯이 경련을 일으키고 있었다. 눈물을 흘리던 그 눈이 아직도 선명히 떠올랐다. 고뇌에 찬, 고통스러운 듯 보이는 상처 입은 두 눈동자! 동시에 나는 깨달았다. 그것이 살인자의 눈이었다는 것을. 그렇다면 왜 그 눈은 울고 있었던 걸까?

나는 불안한 심정으로 침실을 둘러보았다. 구스타프와 아치가 정말로 이 곳을 장례식장 모습으로 꾸며놓았는지 확인하기 위해서였다. 그것은 우스운 일이었지만, 그만큼 꿈이 생생했다는 것을 입증하고 있었다. 충격은 서서히 가라앉았다. 아무것도 달라진 게 없었다. 침실은 여전히 정신분열증에 걸린 예술가가 가재도구 쓰레기들을 모아서 만든, 구역질나는 전위 예술 작품 같은 꼬락서니를 하고 있었다.

이미 충분할 만큼의 혈액순환이 이루어지고 있었음에도 불구하고, 그만둘 수 없는 단순한 습관에 따라 유연 체조를 시작했다. 하품을 하며 몸을 일으킨 후, 등을 구부리고, 앞다리와 뒷다리를 늘여 힘껏 뻗었다.[4] 내가 막 몸단장을 시작하려고 했을 때, 조금 열려진 발코니 문틈 사이로 흉측한 머리가 비집고 들어왔다.

그 괴물은 얼굴이 심하게 손상되어서 표정만 보고 내면의 격동 상태를 파악하기 어려웠지만, 그래도 이번엔 그 모진 관상 위로도 깊은 근심이 확연히 드러나 있었다. 그는 속마음을 들키지 않으려고 무척 애쓰고 있는 듯했다. 그는 단지 자신의 공식적인 오줌 싸는 장소 중 한 곳을 일상적으로 순찰하고 있다는 듯한 태도로 가장하고 있었으나, 그의 멀쩡한 한 쪽 눈은 이제 심하게 깜빡이고 있었고, 귀는 양 옆으로 축 처져 있어서 내면의 공포와 불안을 여실히 드러내고 있었다. 그럼에도 불구하고 그는 여전히 태연하게 무관심을 가장한 채로, 내게는 눈길조차 주지 않았다.

"또 차가운 자루냐?" 나는 직설적으로 물어보았다.

그는 심하게 놀란 눈치였으나, 즉시 자세를 추스리고는 냉정한 험프리 보가트(1899~1957, 미국 영화배우로 냉혹한 캐릭터로 유명함 – 역주) 시늉을 하는 것이었다.

"그래, 또 차가운 자루다!" 잠시 후 그는 수긍했다.

나는 오른쪽 뒷발을 잭나이프처럼 잽싸게 들어올려 목을 긁적였다.

"이번엔 어떤 놈이 경건한 우리 동족을 건드렸냐? 잠깐, 기다려봐. 이번에도 수컷이 죽었겠지? 다른 시체 넷처럼 말야."

이번에는 그도 자신의 놀라움을 그대로 드러냈다.

"맞아, 젠장! 도대체 그걸 어떻게 알았냐?"

"아, 그냥 한번 넘겨짚어 본 거야."

목은 이제 충분히 손봤다. 다음엔 가슴을 단장하기로 하고, 나는 꼼꼼히 가슴 털을 혀로 핥았다. 그사이 계속 털 속에 이를 박아 넣고 기생충들을 쓸어내었다.[5]

괴물은 씩씩거리면서 방 안을 절뚝거리며 돌아다니더니, 근심 어린 표정으로 내 곁에 쭈그려 앉았다.

"이번엔 늙다리 '딥 퍼플'이 골로 갔어. 어떤 놈이 새로 장만한 얼음 송곳을 시험해 보기라도 한 꼴로 그 자식 목을 파헤쳐 놨더라고. 누가 그딴 빌어먹을 새끼를 개 먹이로 다져놓든지 나는 상관없단 말야. 하지만 이제는 이런 일들이 점점 내 신경을 긁어댄다고. 혹시 또 알겠냐, 이 미친 취미를 가진 놈이 내 목도 노리고 있을지 말야."

"딥 퍼플이 누군데?"

이제는 꼬리 차례다. 나는 꼬리를 완벽한 U자 모양으로 구부려서

뿌리 쪽에서 끝 쪽으로 샅샅이 핥아 나갔다.

"딥 퍼플? 기네스 북에 최고의 꼴통으로 오를 만한 진짜 꼴통. 잔소리꾼이라는 말이 이 세상에 없었다면 이 왕잔소리꾼을 위해서 따로 만들어냈어야 할 거라고. 그놈은 진짜 늙어빠졌었는데도 말야, 여전히 '빳데리'에 국물이 넘쳐서 그놈의 곰팡내 나는 행동 규칙들을 지키라고 밤낮으로 쨍알거렸다고. 그 멍청한 놈은 정말 충치 같은 골칫거리였어. 사사건건 꼬투리를 잡아서 잔소리를 해대니 돌아버릴 지경이었다고."

"그런데 왜 '딥 퍼플'이라고 부르는 건데?"

"뭐, 사연이 있지. 그놈 주인은 완전히 그놈하고 반대였거든. 그 주인이라는 자는 딥 퍼플, 딥 퍼플에 목을 멘 광신자였어. 자기도 딥 퍼플 같은 헤비메탈 족속이라고 여기고 있었다고. 말하자면 월급쟁이 '이지 라이더(Easy Rider;1969년에 만들어진 미국 영화 제목. 락 음악, 마약, 섹스, 히피 등의 코드를 담고 있는 오토바이 로드 무비. 데니스 호퍼와 피터 폰다가 주연. 이 영화의 문화적 코드를 표방하는 오토바이족들을 일컫는 표현이기도 함 - 역주)'였다고나 할까. 일을 끝내고 돌아오면 헤비메탈족들이 입는 가죽옷을 걸치고, 그 미친 블랙 사바스(Black Sabbath) 옛 앨범들을 레코드판에 걸어놓고 쾅쾅 울려대는 거야. 자기 궁둥이에다가 해골 문신을 새겨 넣고, 코끼리 다리 같은 가죽 장화로 창문을 차 부수고, 지나가는 사람들 머리 위로 빈 맥주 깡통을 던져대는 거지. 실컷 그러다가 좀 진정이 되면 마리화나를 줄줄이 피워대다가 맛이 가서 쓰러지는 거야."

"직업이 뭐였는데?"

"우체국 직원."

"오, 그거 그럴듯하구먼."

몸단장의 마무리로, 나는 앞발을 핥아 적신 후에 그걸로 얼굴과 귀를 샅샅이 문질렀다. 어쨌건 이런 혼란스러운 사건을 다루기 위해서는 머리를 맑게 해야만 했다.

"물론 그 깡통 따개는 더 이상 제정신이 아니었지! 어쨌거나 퍼플은 그 늙다리 데니스 호퍼 같은 작자를 먼발치에서만 봐도 치를 떨었으니까. 그자는 퍼플이 생각하는 제대로 된 인생과는 거리가 멀었거든. 하지만 뭐 별 수 있었겠어? 자기 깡통 따개를 마음대로 고를 수도 없는 노릇이니까 말야, 그렇잖아? 그 둘을 보면 그야말로 진짜 호러 쇼였다고. 한 쪽은 양반 중의 상 양반 딥 퍼플이라고. 누가 몰래 자기 구역에 들어와서 지린내 나는 누런 웅덩이라도 남겨놓고 갈까 봐 하루종일 불침번을 서고, 그 자칭 터프가이 녀석이 한 번도 제 때 시간 맞춰 밥을 주는 법이 없어서 아침부터 밤까지 신경쇠약 직전인데다, 요즘 젊은것들이 전통적인 우리 동족의 인사법을 제대로 지키지 않는다고 항상 화가 나서 부글거리고 있었단 말야. 그런데 다른 쪽은 그런 웃기는 주인이라니. 어느 정도냐면, 새로 나온 모틀리크루(Motley Crue) 레코드판을 헤드폰으로 있는 대로 크게 틀어놓고 듣다가 귀청이 찢어져버린 인간이라니까."

"하나 물어 보자. 딥 퍼플은 거세당했었나?"

"퍼플이 거세당하다니! 말도 안 돼! 그 히피는 자기 귀염둥이를 거세시키느니 차라리 골수 프랭크 시내트라(Frank Sinatra) 팬이 되었을 거라고. 하지만 퍼플은 어차피 그런 재미보는 일에는 초탈해 있었다고. 벌써 말했지만, 그놈은 노아가 방주 타기 전보다 더 늙어 있었으니까. 오히려 겉으로는 더 늙어 보였을걸!"

그는 일어서서 내게로 등을 돌리더니, 발코니 문의 흐린 창 너머로 멍하니 하늘을 올려다보았다.

"웃기게도 말야," 그는 서글프게 중얼거렸다. "지금은 왠지 그 둘이 딱하다는 생각이 들어. 그 잔소리쟁이 빌어먹을 자식하고 그 어설픈 헤비메탈 광신도 놈보다 더 심하게 차이가 나는 놈들은 없을 것 같은데도 말야, 그 둘은 어떤 식으로든 서로 좋아했던 것 같아. 그렇게나 오래 함께 살았으니까 말이지. 그래, 정말 웃기는 한 쌍이었지. 딥 퍼플과 우체국 직원. 그 깡통 따개 녀석은 퍼플 없이 어떻게 살게 될까? 같이 살 다른 녀석을 구하게 될까? 그놈한테는 무슨 이름을 지어주려나? 주다스 프리스트(Judas Priest;여기 나오는 딥 퍼플, 블랙 사바스, 모틀리 크루, 주다스 프리스트는 모두 유명한 헤비메탈 밴드 이름 - 역주)?"

나는 딥 퍼플이 누구인지에 대해 불안스레 짐작하고 있었다. 성가신 몸단장을 완전히 끝내고 난 후에, 이 괴물에게로 다가갔다. 그는 그답지 않게 의외로 긴 수다를 끝내고 이제 침묵하고 있었다.

"딥 퍼플의 시체는 지금 어디 있냐?"

"피터 폰다의 차고 안에 있지. 왜, 그 잘난 수사를 또 해보려고?"

"네가 반대하지만 않으면. 좀 데려다 줄래?"

"안 될 건 없지." 그는 벌써 흉내낼 수 없는 냉정함을 회복하고는 느긋하게 하품을 했다. 마치 앞서 보여줬던 감상적인 모습이 침묵의 옷자락으로 덮어버려야 할 나약함의 소치이기라도 하듯이 말이다. 그는 돌아서서 걷기 시작했다. 하지만 그가 제대로 걸음을 내딛기 전에, 나는 재빨리 뛰어올라 그를 앞질렀다. 그리고 그의 한 쪽뿐인, 그래서 더 강렬하게 빛나고 있는 멀쩡한 눈을 뚫어지게 들여다보았다.

"이봐, 똑똑한 놈, 네 이름은 뭐냐?" 나는 도전적으로 물었다.

그는 쓸쓸히 웃고는 내 곁을 조용히 스쳐 지나가 발코니 문을 통해 나갔다.

"블라우바트(푸른 수염)!" 그는 밖에서 소리쳤다. "하지만 내 깡통 따개가 누구인지는 묻지 마라, 아주 질색이니까!"

나는 절뚝거리는 왕을 좇아 발코니로 가서 테라스로 껑충 뛰어 내려갔다. 그사이 완연히 무르익은 가을은 그림 같은 정원 풍경 위로 음울한 광채를 드리우고 있었다. 마치 보이지 않는 흡혈귀처럼 가을은 모든 초목들의 녹색 기운을 빨아들여 빛바랜 연갈색의 핏기 없는 황폐한 모습만을 남겨두고 있었다. 하늘은 불길한 잿빛 구름으로 뒤덮였고, 구름 사이로 막 저물어 가는 태양이 희미한 붉은 빛줄기를 이 고상한 구역 여기저기에 뿌려주고 있었다. 서늘한 바람이 불어와 말라 비틀어져버린 잎새들과 잔가지들로 이루어진 낙엽 쓰레기 더미를 헤집어 잘 깎여진 잔디밭 위로, 반쯤 열려 있는 낡은 정원 오두막 안으로, 그리고 인공 연못 속으로 날려보내고 있었다. 확실히 그 모든 것들은 거대한 죽음을 준비하는 것처럼 보였다. 다시 깨어나기를 희망하는 깊은 잠 속으로.

우리는 수많은 정원 사이를 복잡하게 가로지르고 있는, 그물처럼 어지럽게 이어진 정원 담 위를 걸어가고 있었다. 그 담 위에서 내려 다보면 모든 것이 미로처럼 보일 만한 광경이었다. 블라우바트는 내 앞에서 힘겹게 절뚝거리며 걸어가고 있었는데, 그 모습은 마치 선물 가게에서 파는, 오직 우스꽝스러운 동작만을 보여주기 위해 만들어진 웃기는 장난감처럼 보였다. 게다가 그가 내 쪽으로 꼬리 없는 뒷모습을 고스란히 내보이면서 가고 있었기 때문에, 나는 그의 양 허벅지 사이로 이리저리 흔들거리는 위풍 당당한 남성의 상징을 목격할 수 있었다. 그토록 심한 온갖 불구 투성이 몸에 그 귀중한 부분이 그대로 남겨져 있다는 것은 거의 기적에 가까운 일이라 하겠다.

이 거만한 병자의 뒤를 쫓아 걸어가면서 그의 비참한 전신을 바라보면 볼수록, 도대체 누가 혹은 무엇이 그를 이 지경으로 만들어 놓았는가에 대한 의구심이 점점 더 커져갔다. 사고, 특히 교통사고는 우리 동족들이 가장 흔하게 직면하는 사인(死因)이다. 길을 건너다가 잠깐 방심하고 타이밍을 놓치거나, 부주의하게 걷다가 깜짝 놀라 공포로 얼어붙게 되면, 이미 자동차 바퀴에 내장이 들러붙어 버리고 마는 것이다. 오직 극소수만이 메르세데스 벤츠나 골프 GTI자동차와의 거창한 대면에서 살아남는다. 그리고 아마도 거기서 살아남은 자의 몰골이 바로 저렇지 않을까?

나는 종종 그런 유사한 사고와 그 뒷얘기들을 접할 기회가 있었다. 대개 그런 사고의 희생자들은 세 가지 범주로 나뉜다. 99퍼센트는 그 자리에서 즉사하며, 아스팔트 위에 형체를 알아보기 어려운 불쾌한 자화상만을 남기고 사라진다. 거의 죽다 살아나는 두 번째 충돌 후보들은 약 일 주일 정도 뇌진탕의 안개 속을 헤매다가, 다시 회복된 후엔 문명의 진보와 기술 발전에 대해 이전과는 완전히 다른 입장을 취하게 된다. 가장 심한 경우는 세 번째 범주에 속하는 희생자들이다. 이들은 육체적 불구로 우울하게 살아가거나 혹은 그보다 더 심각한 정신적 박탈감에 시달리다가, 대부분은 곧 죽어버린다. 여하간 어떤 경우에든 이득을 보는 자들은 수의사들과 애완견을 기르는 사람들뿐이다. 후자는 우리 동족들의 지능에 대해 냉소적으로 비아냥거릴 기회를 다시 얻게 되기 때문이다. 하지만 도대체 어떤 끔찍한 교통 사고가 일어났기에, 한 쪽 눈이 빠지고, 꼬리가 싹독 잘려나가며, 오른쪽 앞발을 절게 되었던 것일까?

이건 정말 어느 노련한 액션 필름 시나리오 작가가 일부러 그런 불행한 결과를 노리고 만들어낸, 상상을 통해서나 일어날 법한 사고가 아니겠는가. 그러나 내 상상력은 날개를 달고 훨훨 날아서 차마 상상하고 싶지 않은 다른 가능성마저 머릿속에 그려내고 있었다. 즉, 블라우바트의 불구는 교통사고로 인한 것이 아니라, 완전히 맛이 가버린 어떤 새디스트 깡통 따개의 소행이라는 것이었다. 하지만 그런 가능성을 반박할 만한 의문도 고개를 들었는데, 외과 의사의 능력을 갖춘 새디스트는 결코 흔치 않으며, 대개의 새디스트들은 미친 짓거리를 해댈 대상을 완전히 아마추어다운 방식으로 괴롭힌다는 것이다.

간단히 말하자면, 블라우바트의 현재 상태에 대한 논리적인 설명을 찾아내려고 하는 나의 지대한 노력에도 불구하고, 그럴듯한 결론을 얻어낼 수는 없었다. 물론 그에게 직접 물어볼 수도 있겠지만, 내가 그동안 이 친구의 완고한 스타일에 대해 파악한 바에 의하면, 확실한 대답을 직접적으로 듣게 될 가능성은 매우 희박해 보였다. 아마도 그의 상처투성이 역사에 대해 듣게 되기까지는 좀더 많은 시간이 걸려야 할 것임을 나는 짐작할 수 있었다.

그사이 우리는 집으로부터 꽤 멀리 떨어진 곳까지 와 있어서 담들과 나무들이 시야에서 사라져 있었다. 이제 우리는 동네 한가운데, 즉 '낯선 땅'에 와 있었다. 이 사실로 인해 나는 솔직히 좀 당황하고 있었다. 내가 충분히 짐작하고도 남을 만큼, 내 친절한 동족들은 낯선 자가 자기 영역에 침범하면 태도가 돌변할 것이기 때문이었다. 어느 순간 내 존재를 알아차린 동족 하나가 정신병적 발작을 보이며 덤벼들 것 같아서, 나는 감옥에서 도망쳐 나온 탈옥수처럼 계속 불안스레 주위를 둘러보았다. 그럼에도 불구하고 이제부터 이 곳이 내 터전이 될 것임이 확실했으므로, 주변의 지형을 샅샅이 눈여겨 봐두는 것도 잊지 않았다.

내 눈길이 망상증 환자처럼 전후좌우 배회하던 와중에, 나는 낡은 집들의 뒤에 있는 창문 너머를 들여다보게 되었다. 이 오른쪽 구역에서 흔히 볼 수 있는 광경들이 저녁 빛에 물든 가운데 펼쳐지고 있었다. 저물어 가는 붉은 햇살이 황금빛으로 따뜻하게 빛나고 있는 창들 너머로는 신뢰와 안심과 사랑, 그런 것으로 이루어진 너무나도 온전한 세계가 자리잡고 있는 듯했다. 온 가족이 커다란 밤나무 식탁 주위에 둘러앉아 저녁 식사를 하면서, 어린아이들은 정신없이 재잘거리고, 아버지는 가끔씩 야한 농담을 던지고, 어머니는 그런 아버지에게 아이들이 눈치채지 못하게 슬쩍 눈을 흘기는 그런 광경을 상상해 볼 수 있었다. 그리고 어쩌면 그 식탁 밑에 앉아서 가족 중 누군가가, 아니 아마도 가족 모두가 가끔씩 몰래 식탁 아래로 떨어뜨려 주는 맛난 음식을 기다리고 있는 자신의 모습을, 그렇다, 바로 내 자신의 모습을 상상해볼 수도 있었다. 저녁 빛에 물든 그 창문들 안쪽엔 성탄절이, 영원한 성탄절 축제가 있었다!

물론 내 머리 속 한쪽에 도사리고 있다가, 내가 좀 심하게 감상에 젖는다 싶으면 얼른 진실을 고해바치려고 드는 고약한 주름투성이 노인네는, 사실은 성탄절 따위는 전혀 없다고 내게 말하고 있었다. 그 창문들 안쪽엔 어리석은 사고 방식으로 어리석은 삶을 살아가고 있는, 한결같이 어리석은 인간들만 앉아 있을 뿐이었다. 항상 진부한 이야기들……어디에나 있는 흔하디 흔한 부부생활 위기, 누가 누구랑 바람을 피우고, 어떤 이는 성공적으로 이혼 재판을 끝냈고, 어느 아이는 학대를 당하고, 누군가는 악성종양이 생겨서 그 검사 결과를 실험실에서 받자마자 마음씨 좋은 의사 선생이 그 놀라운 발견에 대해 얼른 알려줬고, 또 다른 이는 알코올 중독으로 대책 없는 인생 패배자가 되고, 어쩌면 그 옆집에 살고 있을지도 모를 노인은 영원히 쓸쓸하게 혼자 살아가며, 비참한 자살을 시도하지만 대부분은 실패하곤 하는 젊은이도 있고, 허비해버린 인생에 대해 불평하고 한탄하는 뚱보 아줌마, 텔레비전에 나오는 천박한 배우의 뼈있는 천박한 농담에 발작적으로 웃어대는 사람들―, 그 모든 멍청하고, 무의미하고, 우스운 사연들, 그리고 사람들……. 창문 안쪽에서는 프랭크 카프라(Frank Capra;30∼40년대 미국 영화 감독. 기이하면서 희극적인 내용의 영화들이 많음 - 역주) 영화 같은 일들은 결코 벌어지지 않으며, 항상 천편일률적인 시시한 상업 광고만이, 살아가야 할 확실한 이유도 없이 그저 무작정 계속 살아가라고 부추기고 있을 뿐이다.

갑자기, 마치 대성당에서 훔쳐 내온 박공창(삼각형 모양의 창)처럼 보이는 거대한 창문 뒤에 있는 '동물' 하나가 시야에 들어왔다. 내가 내 동족에 대해 '동물'이라는 단어를 사용한 것이 괴상하게 들릴 것이라는 점을 인정한다. 그러나 나는 첫눈에, 옛 모습을 알아보기 어려울 정도로 개량된 이 오래된 집들 중 하나의 창가에 서 있는 그 특이한 생물이, 내 동족과는 아주 조금밖에 닮지 않았다는 것을 알아챌 수 있었다. 그는 너무 어려서 거의 아기로 보였는데, 그렇기 때문에 아직 주된 특징들이 뚜렷이 나타나지 않고 있었다. 문외한이라면 그를 아무 주저 없이 우리 동족 중 하나로 간주했을 것이며, 아마도 그와 함께 살고 있는 사람들도 그렇게 여기고 있음이 분명했다. 그는 밝은 모래 색의 털과 조그맣고 납작한 귀를 갖고 있었다. 머리는 아주 동그랗고, 몸통은 땅딸막했다. 하지만 가장 매혹적인 것은 바로 눈이었다. 마치 두 개의 빛나는 태양처럼 그 눈은 어둠 속에서 밝게 빛나고 있었으며, 무언가 아주 특별한 일이 벌어지기를 기다리고 있는 것처럼 보였다. 그의 텁수룩한 꼬리는 유리창을 끊임없이 두드려 대고 있었으나, 그 외엔 석상처럼 미동도 하지 않고 있었다. 그때 그가 조용히 우리를 바라보고 서 있던 그 방에 불이 밝혀졌다. 그는 창턱에서 뛰어 내려가 사라져버렸다.

나는 신비로운 분위기를 풍기는 그를 보다 넓이 나가버려서, 갑자기 우리 앞의 담 위로 얼간이 두 놈이 불쑥 나타났을 때는 깜짝 놀라 뒷걸음질을 치고 말았다. 이 두 놈은 내게 이후로 한동안 계속 골칫거리가 되는 놈들이었다.

놈들은 아주 전형적인 뒷골목 양아치들로 기회만 있으면 밤낮으로 죄 없는 자들을 괴롭히고, 싸움질을 해대고, 약한 놈이 걸리면 인정사정 없이 두드려 패는 것을 업으로 삼고 살아가는 놈들이었다. 지능의 대부분을(만약 지능이 있기나 하다면 말이다) 어떻게 하면 자기 자신과 다른 이들을 망가뜨릴 수 있는가에 대해 끊임없이 궁리하는 데 사용할 것임이 분명했다. 쥐새끼처럼 생긴 낯짝에 교활하게 생겨먹은, 이 '짧은 털 오리엔탈 변종'들은 분명히 남의 밥그릇에서 음식을 훔쳐먹고, 값비싼 양탄자에 오줌을 갈겨댈 놈들이었다. 비겁하면서도 동시에 미친놈들로, 한 놈은 다른 놈에 비해 더 너저분하고 혐오스러운 몰골이었다. 이 어둠의 형제들 중 좀더 잘난 척하는 놈은 눈이 한가운데로 몰려 있어서, 세상에 무슨 일이 벌어지고 있는지 보려면 대략 180번을 봐야 할 것 같았다. 그의 특이한 유전적 결함은, 의학적인 연구 성과보다는 성격적인 특성을 더 잘 드러내고 있었다. 다른 멍청한 놈은 히죽거리면서 재수없는 비뚤어진 웃음을 보이고 있었는데, 놈이 보유하고 있는 유머 감각은 정확히 어떤 종류의 것인지를 여실히 보여주려는 듯했다.

놈들은 우리 맞은 편 담 위에 서서 길을 가로막고 있었다. 그리고는 즉시 전투 태세를 취하는 것이었다. 하긴 참새가 방앗간을 그냥 지나가겠는가? 두 비열한 놈들은 우리를 뚫어지게 노려보더니 공격적인 소리를 내질렀다. 그들의 귀는 촛대처럼 뻣뻣이 곤두서 있었고, 동공은 수축되어 있었으며, 난로 연통처럼 가늘고 긴 몸통을 꼬리로 팽팽히 휘감고 있었다.

블라우바트는 멈춰 서서 하품을 하더니, 그들 곁을 스쳐 바라보며, 마치 개똥 정도밖에 안 되는 장애물을 대하는 듯한 태도를 취했다.

"아, 이런 빌어먹을!" 그는 거의 기분 좋다는 듯이 웃으며 말했다. "헤르만과 또 하나의 헤르만, 두 후레자식 놈들이 행차하셨구먼. 이런 귀한 분들을 만나게 되니 기뻐서 몸둘 바를 모르겠네. 하지만 네 놈들이 거세당해서 좋은 점을 나한테 또다시 떠벌릴 필요는 없다니까. 아, 나는 네 놈들 말을 믿는다고. 알주머니가 없으면 몸이 한결 가볍단 말이지?!"

두 놈은 서로 신경질적인 시선을 교환하더니 더 날카롭게 으르렁거리기 시작했다. 블라우바트는 큰 소리로 웃음을 터뜨리더니 담 위에서 아래를 내려다보았다.

"콩!" 그는 도전적으로 누군가를 불렀다. "세상이 곡할 노릇이구먼. 너 왜 아직도 이런 빌어먹을 겁쟁이 새끼들하고 어울려 다니는 거냐? 이 새끼들은 네 놈 꼴만 우습게 만들 뿐이라고. 텔레비전에 볼만한 게 없으니까 그나마 이 내시 놈들하고라도 재미를 보려는거냐?!"

담 옆의 바로 아래 있는 딸기 덤불로부터, '잘도-지껄여-댔겠다'라는 듯한 불쾌한 웃음소리가 울려나왔다.

"블라우바트, 이 고철 양동이 같은 놈!" 덤불 속에서 울려나온 그 목소리가 의도적으로 모욕적인 어조를 내뱉었다. "보아 하니, 네 놈의 호모 짝짓기가 아주 성공적인 모양이군. 귀여운 놈들이 네 뒤꽁무니를 졸졸 쫓아다니는 걸 보니. 네 놈 뒤에 서 있는 그 꼬맹이는 정말 근사한 견본이군. 그래, 그 새끼가 너한테 그 짓거리 하는 법을 가르쳐 주더냐?"

"아니, 너한테만 몸소 가르쳐 주겠단다. 그는 너희 세 놈들 모두 어디에 좋은 구멍을 갖고 있는지 잘 알고 있거든."

느닷없이 딸기 덤불 속에서 빌어먹을 냉장고 크기 만한 짐승이 솟구쳐 오르더니 우리 코앞에 바싹 내려앉았다. 그는 정말 거짓말 안 보태고, 내가 지금껏 보아온 중 가장 크고 가장 무시무시해 보이는 동족이었다. 컬러포인트 종[6]을 좋아하는 사람들은 그들의 개성을 사랑스럽고 우둔한 페르시안 종에 비견하지만, 지금 내 앞에 있는 이 흉악한 매머드는 모든 상투적인 묘사를 무색하게 만들고 있었다. (킹콩에서 비롯된 듯한) 그의 이름 '콩'은 그야말로 외양에 딱 알맞았다. 지저분한 흰색의 텁수룩한 털은 생전 한 빈도 빗이라는 물건을 구경도 못 해 본 듯했고, 그래서 마치 긴 머리 어릿광대들이 서로 머리카락이 엉켜서 버둥대는 것처럼 대책 없이 엉켜 있었다. 그 위로 잘 익은 수박만한 시커먼 머리가 솟아올라와 있었다. 남색 눈, 조그만 귀, 거의 있는 것 같지도 않은 납작한 코, 보통은 드러나 보일 법한 모든 감각 기관들과 팔다리들이 이 오물투성이의 거대한 털 뭉치 안에 파묻혀 있어서, 콩이 어떤 의도를 갖고 있는지 알아차리기 어려웠다.

두 오리엔탈 족은 황송하다는 듯 뒤로 몇 발자국 물러나서 자신들의 군주를 위해 자리를 만들었다. 콩은 한동안 꿰뚫는 듯한 눈길을 우리에게 고정시키더니, 마침내 우렁찬 웃음소리를 터뜨렸다. 내게는 그 웃음소리가 정원 담들뿐 아니라 우주 전체를 뒤흔들 것처럼 들렸다. 그러나 나의 용감한 친구는 전혀 눈도 깜짝하지 않은 채, 냉정한 멸시와 차가운 우월감이 성공적으로 조합된 표정으로 그의 얼굴을 바라볼 뿐이었다.

"영역권에 대한 확실한 법과 규칙이 있다는 걸 잊어버린 모양이지, 불구자 친구?"

거구가 물어왔다.

"이봐, 콩, 그러지 말라고. 너 같은 모래판 조폭이 그딴 영역권 따위에 골머리 썩는 척하지 말란 말야. 헛소리는 집어치우고 본론으로 들어가자고. 보아하니, 한 판 붙고 싶은 모양인데, 좋아, 해보자구.

물론 네가 나하고 싸우고 싶어서 털이 근질거리지는 않을 것 같지만 말야. 너도 아마 기억하겠지만, 우린 지금까지 딱 한 번 서로 의견이 달랐었지. 내가 기억하기로는 아마 그때 네가 엉덩이에 돌이킬 수 없는 손상을 입었지. 확실히, 그때 네 놈은 아직 꼬맹이여서, 주인이 쓰다듬어줄 때마다 그 손에다가 오줌을 질질 싸대며 좋아 죽으려고 했지. 어쨌건 이미 말한 대로, 그때 일로 어딘가 불편한 데가 있다면 내가 언제든 기꺼이 치료해 주마. 하지만 지금은 네가 나보다는 내 친구 프란시스한테 관심이 있는 모양인데 말야, 이런 경우라면 네 놈이 꼭 알아둬야 할 게 있지. 내가 그런 불공평한 싸움을 그대로 방관할 리가 없다는 거야. 그러니까 무슨 짓거리를 하기 전에 먼저 잘 생각해 보라고. 나중에 후회하지 않도록 말야. 아니, 네 엉덩이가 후회하지 않도록 이라고 해야 할려나? 네 놈 뒤에 있는 그 곡마단 원숭이 새끼들도 마찬가지야!"

콩은 그사이 분노로 인해 자기 몸집의 두 배 정도로 몸을 부풀리고 있었다. 그의 파란 눈이 생리학적인 마술 트릭을 통해 핏빛으로 새빨갛게 물든 것처럼 보였다. 그 거대한 짐승은 당장이라도 폭발을 일으켜서, 이 아슬아슬한 장면에 동참하고 있는 이 모든 것들을 모조리 싹 쓸어가버릴 듯한 인상을 풍겼다.

나로 말하자면, 이 쓰레기 같은 놈이 확실히 이 지역을 지배하는 폭군이라는 것을 이미 진작에 깨닫고 있었다. 이런 부류를 나는 잘 알고 있었다. 내가 지금까지 살아왔던 어느 곳이든, 이런 웃기지도 않은 '구역 짱'이라는 놈이 늘 있기 마련이었다. 암컷들이 지쳐 쓰러질 때까지 박아대고, 자연이 선물해 준 근력 덕택으로 남들이 치통 정도로 여길 문제를 짐승 같은 폭력으로 해결하며, 평화를 사랑하는 이들에게 가뜩이나 어려운 삶을 더 힘들게 만드는 일에 삶의 모든 에너지를 아낌없이 쏟아 붓는 놈들이다.

하지만 어떤 이유에서인지 독재자에게도 한계가 있었다. 그 이유 중 하나가 블라우바트인 것이 분명했다. 자기 대적자가 가지지 못한 모든 것을 넘치게 소유하고 있는 콩 같은 자가, 어째서 블라우바트 같은 초라한 불구자를 두려워하는지 나는 도무지 짐작할 수조차 없었다. 마치 그 모든 상황이 만우절 농담이었다는 듯이 갑자기 수탉이 홰를 치며 꼬꼬댁거렸다. "하하하!" 콩은 떠들어댔다. "이봐, 친구, 무서워서 바지에 오줌 쌀 뻔했잖아. 네 놈이 뭉툭한 앞발로 날리는 위력이야 세상이 다 알아주지. 하지만 우리 둘이서 한바탕 춤판을 벌이기로 약속한 건 걱정 말라고. 때가 되면 계산을 끝낼 거니까. 어떤 계산이든 언젠가는 끝나는 법이니까 말야."

그리고는 내게로 몸을 돌리더니 나를 싸늘하게 바라보는 것이었다.

"그리고 너 말인데, 귀염둥이. 너하고는 조만간 단둘이서 쉽게 잊지 못할 재미 좀 보게 해줄 테니까 기대하고 있으라고. 그럼 나중에 보자고, 친구들……" 이 말과 동시에 그는 담 위에서 아래로 뛰어 내려갔다. 쥐새끼 낯짝을 한 그의 두 추종자들도 그 뒤를 쫓아 뛰어내려가 덤불 속으로 사라졌다.

그들에게 눈길도 주지 않은 채 블라우바트는 즉시 다시 걷기 시작했다. 하지만 나는 속으로 조용히 웃었다.

"이봐!" 나는 뒤에서 그를 불렀다. 그는 잠시 멈추어 서더니 뒤를 돌아봤다.

"네 원칙을 점점 어기고 있는 것 같아 걱정인데."

"설마 그럴 리가. 왜 그렇게 생각하는데?"

"그 새끼들한테 내가 네 친구라고 말했잖아!"

'피터 폰다'의 차고 안에 도착해서 나는 놀라운 광경을 목격했다. 터프가이 우체국 직원의 번쩍번쩍 광이 나는 할리 데이비슨(Harley-Davidson) 오토바이 위에, 딥 퍼플이 천장을 향해 눈을 부릅뜬 채 누워 있었다. 그는 몸의 유연성을 과시하기라도 하듯이, 등을 납작하게 편 채로 사지를 모두 쭉 뻗고 있는 모습이었다. 내 예감은 적중했다. 딥 퍼플은 내가 며칠 전에 맞닥뜨렸던, 그토록 격렬하게 자기 영역을 수호하던 공격적인 그 영감이었다.

차고 뒤편으로 다가가는 동안 우리는 퍼플이 남긴 피 얼룩과 핏방울이 길게 불규칙적으로 이어져 있는 자국을 발견했다.

내 생각대로라면, 그의 최후의 시간은 이렇게 진행되었다. 딥 퍼플의 영역 경계선 담 위에서 누군가가 그의 목을 여러 번 물어뜯었다. 그 후 그는 담 위에서 정원으로 추락했다. 그러나 고령에도 불구하고 놀랍게도 그는 즉사하지 않았다. 살해자가 자기 일을 성공적으로 끝냈다고 확신하고 가버린 후에, 거의 기적과도 같은 일이 벌어졌다. 엄청난 출혈량에도 불구하고 퍼플은 다시 정신을 차렸고, 자기가 죽어야 할 장소에 대해서 잠시 생각해본 모양이었다. 이 추측이 옳을지, 아니면 단지 제정신이 아니어서 그랬든지 간에, 어쨌건 그는 기어서 집으로 비틀거리며 돌아왔던 것이다. 그가 그토록 사랑했던, 그리고 동시에 증오했던 그 우체국 직원에게로 말이다. 차고 뒤편에 도착한 퍼플은 가장 어려운 장애에 봉착했다. 이 무너질 것 같이 불안하게 지어진 자작 창고 안으로 들어가는 길은, 양철 골판 지붕 밑에 벽돌이 떨어져 나간 작은 틈새를 통해 뛰어내리는 방법밖에 없었기 때문이었다. 그래서 딥 퍼플은 생애 마지막으로 위험한 점프를 감행했다. 그는 자기 몸길이의 5배에 달하는 2미터 높이에서 뛰어내렸던 것이다. 그리고 성공했다. 그는 틈새를 통해 비집고 들어가 차고 안으로 떨어졌다. 그리고 다시 일어나 오토바이를 향해 절뚝거리며 다가갔다. 고통에 시달리면서 그는 기계 위로 기어올라갔고, 새로 광을 낸 가죽 시트 위에 앉아 취한 듯이 사방을 둘러보았다.

그리고 그는 차갑게 식어갔다. 다시는 온기를 되찾을 수 없을 만큼 너무나 차갑게 말이다. 그는 무슨 일이, 왜 벌어졌는지 알지 못했다. 아니, 어쩌면 알았을지도? 그가 무슨 실수라도 했던 것일까? 자신이 왜 그런 피비린내 나는 습격을 당했는지, 그 까닭을 알았을까? 그는 잔악 무도하게 자신을 죽인 살해자를 알고 있었을까? 의문들……꼬리를 무는 의문들. 그러나 그에 대한 해답은 영원히 주어지지 않을 것 같았다.

갑자기 그는 쓰러졌다. 마치 총에 맞은 초원의 코끼리처럼 딥 퍼플은 검은 가죽 위에 쓰러져 네 다리를 쭉 뻗어버렸다.

"정원에서 핏자국을 보고 여기까지 따라와 본 거야." 블라우바트가 말했다.

아래에서 올려다보니 오토바이는 인디언들의 무덤 언덕처럼 보였고, 퍼플은 그 위에 누워 있는 전설적인 구시대의 추장처럼 보였다. 나는 시트 위로 뛰어 올라가서 시체를 면밀히 살펴보았다. 이 노인네가 목에 이렇게나 큰 구멍이 뚫리고도 여기까지 돌아올 수 있었다는 것은 실로 믿기 어려운 노릇이었다. 가까이 다가서니 목뿐만 아니라, 몸 전체가 비틀어 짜지고 피에 적셔진 쑤세미처럼 보였다. 보아하니, 그는 십자가를 지고 골고다 언덕을 올라가는 예수처럼 여기까지 오는 동안 수없이 넘어지고 자기가 흘린 피 속을 굴러서, 온통 털에 피칠갑을 하고 있었다.

그러나 블라우바트가 또다시 간과해버린 것이 있었다. 그는 이 끔찍한 공포영화 같은 사건에서 가장 중요한 세부사항을 놓쳐버렸던 것이다.

나는 퍼플에게서 몸을 돌려 내 절름발이 친구를 나무라는 듯한 시선으로 내려다보았다.

"그는 '재미보는 일'에 초탈하지 않았던 모양이군." 나는 말했다.

"무슨 소리야?"

"그는 여전히 영원한 존재로 남고 싶어했단 말이지."

"영원한 존재라니?"

"그야, 자식을 만드는 거지 뭐겠어."

"뭐라고? 퍼플이 그 짓을 했다고? 이거야 원, 누가 또 여기서 황혼기에도 정력은 건재하다고 주장하고 싶은 모양인데 말야. 당치도 않은 소리 하지 말란 말이다. 그 정도 나이에는 안경알 두 쪽하고 돈

54

보기 한 개로 '발기'라는 단어만 읽을 수 있어도 기뻐할 일이라고. 그것만으로도 암컷들이 기겁을 할 테니까!"

"이리 올라와서 직접 한번 보시지?"

"천만에, 사양하겠어. 오늘은 한 달에 딱 한 번 간을 먹는 날이라고. 나는 그런 악취 나는 죽은 장화나 들여다보면서 입맛을 망칠 정도로 멍청한 놈이 아냐. 게다가 그런 빌어먹을 자식을 위해서 눈물 한 방울 흘려 줄 생각도 없단 말이다."

그럼에도 불구하고 그는 뭔가 석연치 않게 생각하고 있는 눈치였다.

"그런데 너 정말로 퍼플이 몰래 혼자서 씨뿌리고 다니는 놈이었다고 생각하는 거냐? 젠장, 이거 믿을 수가 없구먼! 대체 어떻게 돼먹은 세상이야?"

나는 속으로 물었다. 왜, 너처럼 사내구실 하는 놈이 꼭 그걸 믿을 수 있어야만 하는 거냐?

도대체 살해당한 자들 사이에 어떤 비밀스런 관계가 있었던 것일까? 만약 그들 사이에 여하간 어떤 형태든 관계라는 것이 존재했다면 말이다. 마치 원자핵 주위를 핑핑 도는 전자들처럼 머리 속에 온갖 엉클어진 생각들이 마구 소용돌이쳤다. 그러나 이 두서없는 생각들을 제대로 정돈해야만 했고, 모든 핵심 사항을 순서대로 끼워 맞춰야만 했다. 이 연쇄 살해 사건의 가장 중요한 실마리는 섹스였다. 물론 아무런 인과관계 없이 닥치는 대로 살생을 저지르는 정신병자의 소행일 가능성도 배제할 수는 없었다. 그러나 정신병자라는 가설은 그냥 내버려도 될 것 같았다. 동물의 세계에서 정신병자란 거의 없다고 봐도 무방하며, 설사 있다 하더라도 오래 버티지 못하고 벌써 어릴 때 저승으로 끌려가기 마련이다. 한편으론, 물론 그 암흑 속의 살해자가 사내구실 하는 수컷들만 습격한 것이 순전히 우연일 가능성도 있었다. 그러나 우연이 아니라면 누군가가, 1) 짝짓기 행위 자체에 대해 왠지 적대감을 갖고 있거나, 2) 자기도 사내구실 하는 놈이면서 이 구역에서의 힘 겨루기 투쟁에 대해 매우 특이한 관점을 갖고 있거나, 3) 어떤 특정한 숙녀를 다른 놈들이 덮치지 못하도록 하려는 것이다.

말이 많았지만 쓸 만한 말은 없군. 결국 궁리 끝에 내린 결론은 우리 중에 미친놈이 하나 있다는 것을 인정하는 것이었다.

"어떤 빌어먹을 깡통따개의 짓이 분명해!" 블라우바트가 아래쪽에서 으르렁거렸다. "젠장, 그렇고말고! 어떤 바보 같은 이유로 우리 중에 누군가가 이런 더러운 짓을 벌이겠냐? 그럴듯한 설명이라도 할 수 있어? 응?! 이 꼬챙이 주둥아리를 가진 빌어먹을 자식은 어차피 한 달도 못 가서 저절로 뒈져버렸을 수도 있다고. 애새끼를 또 싸질렀든지 어쨌든지 상관없이 말야!"

"하, 나도 너처럼 아무것도 모르기는 마찬가지야. 하지만 우리 자신을 속이지는 말자고! 이 피투성이 흔적은 물어뜯긴 자국이지 얼음송곳 같은 도구로 찔린 게 아니야. 어쨌거나 이 저주받은 동네와 저주받은 주민들에 대해서 좀더 자세히 알아야 할 때가 된 것 같군. 날 도와줄 거지, 블라우바트?"

"아, 그래야 합니까, 탐정 나리?"

"너도 나 못지 않게 이 악몽을 끝내고 싶다면 그래야겠지. 자, 어떻게 할래?"

"뭐, 정 그렇다면, 너한테 누굴 소개시켜 주지. 그놈은 나보다 여길 더 잘 아니까 말야. 게다가 아주 똑똑한 놈이거든. 이 멍청이들이 모여 사는 재수없는 동네에서 너만 유일하게 똑똑한 놈은 아니라는 거지, 알겠냐?"

"지금 바로?"

"아냐, 제길! 오늘은 탐정놀이에 충분히 진력이 났어. 게다가 간하고 랑데부할 일이 기다리고 있다고. 내일 아침 일찍 데려다 줄게, 우리 교수한테."

나는 오토바이 시트에서 뛰어내려와 블라우바트 옆에 섰다. 그리고 한 번 더 딥 퍼플을 올려다보았다. 그는 마치 사악한 신의 제단 위에 바쳐진 희생양처럼 보였다. 피로 얼룩지고 섬광이 번뜩이는 제단 위에서 살육당한 제물 말이다. 영혼을 달랜다던가……그걸 그렇게들 말했지. 오토바이의 금속 도장 위로는 여전히 피가 흘러 내려, 이미 가장자리가 쩍쩍 말라가고 있는 피 웅덩이 속으로 떨어지고 있었다. 딥 퍼플의 시체를 바라보면서 나는 묘한 연민을 느꼈다. 그의 독특한 개성으로, 그의 존재 자체만으로도 많은 이들, 특히 인간들에게 행복과 기쁨을 가져다 주었으리라고 나는 상상했다. 그는 좀더 나은 죽음을 맞아야 했다. 분명히 좀더 나은 삶도 누릴 만했을 것이다. 역시 그건 우리 모두에게 해당하는 일이 아니던가?

3

그날 밤 나는 또다시 악몽을 꾸었다. 그것도 두 개씩이나 말이다! 게다가 그 중 두 번째 악몽은 그야말로 '말짱한 정신으로' 겪어야만 했다.

그 끔찍한 시체 검시 이후에 나는 블라우바트와 헤어졌고, 갑자기 쏟아진 소나기를 맞으며 집으로 돌아왔다. 홍수를 방불케 하는 폭우와 심한 천둥 번개로 인해 정원에 나와 있던 동족들이 모두 사라져 버린 덕에, 나는 콩 같은 무리들로부터 또다시 괴롭힘당하는 성가신 일을 면할 수 있었다.

여기서 하나 짚고 넘어가야 할 문제가 있다. 만용을 부린다거나 잘난 체한다는 오해와 비난을 피하기 위해 꼭 밝히고 지나가야 할 것은, 나 역시 천둥과 번개를 엄청나게 무서워한다는 사실이다. 그리고 그것은 당연한 일이다. 인간들, 특히 지구의 부유한 제1세계에 살고 있는 인간들은 자연을 '숭고한 야생'으로 간주하려는 경향이 있다. 그것은 인디언들에 대해 환상을 가지는 것과 같은 맥락일 것이다(실상을 말하자면 그들은 백인들이 가져다 준 술로 알코올 중독이 되어 버렸는데도 말이다). 그들은 자연의 강력한 힘을, 기껏해야 경외심을 불러일으키는 구식 여흥 정도로 여긴다. 그러나 이것은 잘못된 생각이다. 자연에 대한 지식을 대부분 '내셔널 지오그래픽(National Geographic)' 잡지의 화려한 사진을 통해서나, 텔레비전의 자연 다큐멘터리 프로그램들 몇 개를 보고 얻어들인 게 전부인, 얼간이 같은 생물들이나 가질 만한 생각이다. '어머니 자연'은 사실은 피에 굶주린 마녀이며, 특히 문명의 발전과 그 놀라운 성과들을 누리지 못하며 살아가고 있는 자들에게 더욱 가혹하게 군다. 오늘날에도 수많은 사람들이 자연의 습격을 받아 처참하게 죽어가고 있다. 번개에 맞아 죽는 사람들만 전세계적으로 연간 7,000명에 이른다. 그 희생자들 중 기어다니거나 날아다니는 소위 '동물류'를 제외한다고 해도 말이다. 내 동족들로 말하자면, '기상학적 깡패들'이 들이닥치기가 무섭게 최대한 빨리 옷장이나 침대 밑으로 숨는 신중을 기한다. 얼간이들이야 '자연의 웅장한 무대 연출'을 경탄하며 즐기도록 내버려두고 나라면 얼른 서랍장 밑에 숨어서, 그 얼간이들이 두개골에 신의 벼락을 맞아 거대한 통닭구이로 변신하는 광경을 지켜보는 편을 택하겠다.

집에 와보니 그날 분량의 집수리 전쟁은 끝나 있었다. 아치는 사라져버렸는지 보이지 않았다. 구스타프를 찾아내고 보니, 그는 거실 한가운데 서서 최면에 걸린 토끼 새끼처럼, 자기들 둘이 저질러 놓은 참상을 멍하니 바라보고 있었다. 원래 반 시체 같았던 실내 풍경이, 이제는 소위 '마침내 죽어 무덤에 묻혔다'는 형상으로 바뀌어 있었다. 이 웅장한 돼지우리에 남아있는 것이라곤 방 사이의 벽들뿐인 것처럼 보였기 때문이다. 두 무자비한 폭군들은 이스라엘 민족이 약속의 땅에서 추방당했던 것처럼, 그 모든 벌레 연방국들을 이 집에서 싹 쓸어 몰아내버렸다. 게다가 거기서 그치지 않고, 나의 바람직한 종족적 행동 양식을 눈곱만큼도 배려해주지 않은 채, 그 긍지 높은 설치류(齧齒類;여기서는 특히 '쥐'를 가리킴 – 역주)들을 실향민들로 만들어버린 것이었다. 이 상황에서 유일하게 긍정적인 사실은 이제 이 집이 그야말로 엄청나게 깨끗해 보인다는 것이었다. 적어도 그것만은 해낸 것이다.

구스타프는 내게 (살짝 구운 간 조각들과 깡통 먹이를 절묘하게 섞어 만든)식사를 차려준 후에 일찌감치 잠자리에 들었다. 그는 그날 하루 온종일 탄광촌 광부처럼 고되게 일했기 때문에 침상에 눕자마자 바로 곯아 떨어져 버렸다. 나도 그를 본받아 즉시 잠자리에 들기로 했다. 여기서 잠깐, 어째서, 무엇 때문에, 우리 종족이 생애의

65%에 달하는 시간을 잠으로 소비하는지 의문을 제기할지도 모르겠다. 어떤 까닭으로 우리들이, 일 중독자들과 아침 일찍 일어나는 자들이 득세하는 이 시대에 또 하나의 예외적 존재가 되고 있는지에 대한 과학적 설명을 요구하고 나선다면, 나로선 대답해줄 길이 없다. 다만 이 정도로만 이야기해두기로 하자(물론 이것은 과학적인 연구 결과이기도 하다!). 즉, 잠꾸러기들은 조물주가 만든 이 세상에서 가장 성공적인 존재는 아닐지도 모르나, 분명한 것은 잠을 적게 자는 자들 중에서 천재를 찾기란 전혀 불가능한 일이라는 것이다!

그사이 기온이 꽤 떨어진데다 '텅 비어버린' 방 안이 더 썰렁해져서 구스타프는 마침내 어쩔 수 없이 난방 온도를 높여 두었다. 그 덕에 침실은 아주 따뜻하고 아늑해져 있었다. 그래서 나는 곧장 깊은 잠에 빠져들었다.

나는 다시 한 번 그 끔찍한 차고 안에 가 있는 꿈을 꾸었다. 그러나 이번에 딥 퍼플은 죽어 나자빠져 있는 것이 아니라 생생하게 살아 있었고, 마치 인간처럼 할리 데이비슨 시트 위에 똑바로 앉아 있었다. 그의 목에 뚫린 커다란 상처에서는 분수 같은 핏줄기가 수직으로 콸콸 솟구쳐 오르다가 다시 밑으로 떨어져 그의 몸과 오토바이를 적시고 있었다. 그것은 정말 섬뜩한 광경이었다. 마치 공포 영화의 한 장면을 보는 듯한 느낌이었다. 반 시체 같은 영감의 얼굴 위로는 음험한 미소가 떠올라 있었다. 그는 앞다리를 거칠게 흔들어 댔다.

"여긴 빌어먹을 내 구역이야!" 딥 퍼플이 소리질렀다.

"그리고 나는 여전히 애새끼도 만들 수 있다고! 잘 보란 말이다!"

그는 앞발을 어깨 위로 들어올리더니, 피가 솟구치는 뻥 뚫린 목에서 꼬맹이 하나를 끄집어내었다. 그 조그맣고 불쌍한 녀석은 딥 퍼플의 축소판처럼 보였으며, 겁에 질려 어쩔 줄 몰라 하며 사방을 둘러보고 있었다. 퍼플은 득의 만만한 표정으로 으르렁대면서 아기를 마구 흔들어댔다.

"내가 어떻게 이렇게 할 수 있는지 알고 싶나? 바로 혁신적인 치료법 덕분이지. 이 친구야, 잘 들어! 혁신적인 치료법 덕분이라고! 발작 억제제, 혈관 조영법, 심전도 검사, 장기 이식, 섬유소 분해, 근육 주사, 정맥 주사, 수혈, 바늘로 꿰매기, 붕대로 감기, 압박 붕대로 칭칭 감기, 그리고 기타 등등! 그래, 알파에서 오메가까지 이 시대의 의료 행위라는 것은 전부 받았다고! 요즘 시대에는 현대 의학의 도움 없이, 되는 일이 없단 말이다!"

그러더니 갑자기, 괴상한 방식으로 태어난 그 꼬맹이를 높이 들어 올려서는 야구공처럼 휘둘러 집어던졌다. 철퍼덕하는 소리와 함께 아기는 양철 벽에 부딪혀, 그곳에 커다란 피 얼룩을 남긴 채 죽어 바닥으로 떨어졌다. 그러나 퍼플은 미친 듯이 웃어대더니 또다시 상처에 앞발을 집어넣어 새로운 아기를 끄집어냈다.

"삶은 어차피 이런 거야, 세상은 어차피 이런 거라고, 이 친구야!" 잔혹한 아버지가 말했다. "오래 살고 싶나? 아흔 아홉 살이 되어서도 발기하고 싶나? 그럼 네 몸을 모두 현대 의학에 맡기란 말이다!"

그는 두 번째 아기도 벽으로 집어던졌다. 그것은 철퍼덕 소리를 내며 벽에 부딪혀, 마치 빨간 물감이 채워진 풍선이 터지듯이 산산조각 나버렸다.

이제 퍼플은 회전 의자에 앉아있는 것처럼 엉덩이를 빙글빙글 돌리기 시작했다. 그러나 그사이에도 쉴새없이 계속 상처 속을 헤집어 새로운 아기들을 끄집어내서는 테니스 공을 던지듯이 차고 벽을 향해 연거푸 집어던졌다. 그의 몸이 돌아가는 속도가 점점 더 빨라질수록 그의 미친 듯한 웃음소리도 점점 더 커져갔고, 마침내 울부짖는 듯한 소리로 변해갔다.

"하하호호헤헤!" 그는 부르짖었다. "불로 장생 정력제를 처방 받으란 말이다! 발기 촉진 연고도! 발기 촉진을 위해! 발기 촉진! 발기 촉진……!"

그는 점점 더 빠른 속도로 돌아, 나중에는 진동하는 흐릿한 얼룩처럼 보일 정도가 되었다. 그 와중에도 불쌍한 아기들은 끝없이 계속 끄집어내져 벽을 향해 찰싹 찰싹 내던져졌다.

수초도 걸리지 않아, 바닥은 벽에서 흘러나온 피로 피바다가 되었다. 아기들의 시체는 산을 이룰 듯 점점 더 높아만 갔고, 도살장에서나 맡을 수 있을 듯한 달콤한 시체 썩는 냄새가 진동하기 시작했다. 퍼플의 웃음소리는 점차 유령의 흐느낌 같은 야옹 거리는 소리로 변해갔고, 그것은 내가 지난번 악몽에서 들었던 것과 비슷한 소리였다. 그러나 이번엔 동족 하나가 내는 울음소리가 아니라, 수많은 동족들이 한꺼번에 울어대는 것 같은 소리였다.

이제 서서히 일어나야만 할 때였다. 내 신경계가 이 강렬한 인상들로 인해 심각한 손상을 입기 전에 깨어나야 했다. 억눌린 비명 소리와 함께 나는 어느새 다시 침실로 돌아와 있었다. 그러나 그 꿈이 너무 생생했기 때문에, 수백 개의 울음소리와 신음소리들이 여전히 내 귓가에 울려대고 있었다.

나는 벌떡 일어나서, 생애 최고라 할 만큼 등을 크게 부풀려 보았다. 그런데도 그 울음소리들은 그치지 않았다! 이 열악한 환경 때문에 내 머리 속에 있는 나사 몇 개가 풀려버리지는 않았을까 라는 의심을 품고 있을 때, 점점 더 생생하게 들려오는 울음소리의 진원지가 어디인지 깨달았다. 그것은 내 첫번째 악몽과 같았다. 그 소리는 바로 위층에서 들려오고 있었던 것이다. 이런 소리를 들으면서도 구스타프가 여전히 자고 있다는 것이 놀라웠다.

나는 너무 놀라 소금 기둥처럼 굳어진 채로 귀를 의심했다. 아마도 저 위에서는 마침 발정기가 된 암컷 하나가 동네 남성 합창단원들을 불러모으고 있거나, 아니면 이미 그녀 주위로 모여든 신사들이 서로 헐떡이고 악을 쓰며 으르렁거리고 있을 거라고 추측하며, 나는 스스로 두려움을 달래보았다. 그러나 동시에 내 안의 좀더 합리적인 이성은 이 울음소리가 고통에 찬 비명소리라고 말하고 있었다.

도대체 어떻게 해야 한단 말인가? 이 사태를 조사해보지 않는다면, 두려움 앞에 수치스럽게 항복하는 결과일 뿐더러 살해 사건에 관련된 중요한 단서를 놓치게 될 가능성도 있었다. 지금 이 순간, 위층에서 아무도 살해당하고 있지 않다고 어떻게 장담할 수 있겠는가? 이 소리는 바로 지금이 그런 상황이라고 말하는 것처럼 들렸던 것이다!

억제할 수 없는 이 빌어먹을 놈의 호기심! 나의 가장 큰 괴로움이 무어냐고 묻는다면 바로 호기심이라고 말하겠다. 이 세상에는 너무나 멋진 취미들과 세련된 취향들이 존재한다. 어떤 사람들은 도색잡지 수집에 열을 올리며, 사진에 나오는 딜도(모조 성기 – 역주)의 크기에 따라 그 잡지들을 차곡차곡 분류해 가며 모은다. 또 다른 사람들은 여가 시간에 UFO를 연구하여, 열심히 외계인과의 접촉을 시도한 끝에 결국은 어느 날 자신의 소원을 성취한다. 그리고 나서는 정신 병원에서, 자신의 기적적인 체험에 관해 끝없이 되풀이되는 담당 의사의 질문에 답하며 살아가게 되는 것이다. 많은 사람들이 그림을 그린다. 그리고는 직접 만든 물건이 특별히 상대방을 기쁘게 할 수 있을 거라고 믿으면서 친구들에게 생일 선물로 자신의 '작품'을 억지로 안겨준다. 많은 사람들이 정자 기증에 열을 올린다. 아주, 아주 많은 사람들이 알코올 음료 감정가를 자처하며 매일매일 이 분야에 대한 전문 지식을 쌓아간다……아, 이 세상에는 얼마나 멋진 취미들이 많단 말인가! 그런데도 나는 빌어먹게도, 온갖 큰 위험이 도사리고 있는 곳마다 나의 예민한 코를 여기저기 쑤셔대며 돌아다니고나 있으니, 이러다가 결국 크게 한 방 당하고 말 것이다.

그사이 울음소리는 더 커져가고 있었다. 나는 살금살금 복도로 걸어나갔다. 다리가 약간 후들거렸다. 이 조사가 불행한 결과로 이어질 수 있다는 것을 나는 잘 알고 있었다. 위층에 한 번도 가본 적이 없기 때문이었다. 하지만 아래층에 남아서 저 모든 소리를 먼발치서만 듣고 있는다면, 나는 호기심과 양심의 가책으로 인해 서서히 그러나 분명히, 결국은 견뎌내지 못할 것이다. 그래서 비밀을 밝혀내기로 확고한 결의를 다지고야 말았다. 설령 이것 때문에 위험한 함정에 빠지게 될지라도 말이다.

구스타프가 한심하게도 현관문 잠그는 걸 잊어버린 덕에, 뒷다리로 높이 서서 앞발로 문손잡이를 눌러 손쉽게 문을 열 수 있었다. 밖으로 나와보니 층계참은 칠흑같이 캄캄했다. 내 눈이 인간에 비해 6분의 1만큼의 밝기만으로도 사물의 외양과 움직임을 분간할 수 있음에도 불구하고, 이런 어둠 속에서 무언가를 정확히 알아보는 것은 불가능한 일이었다. 그러나 이것은 전혀 '볼 수 없었다'는 말은 아니다![7] 내 콧수염이 살짝 진동했다. 그러자 내 '마음의 눈' 앞에, 흐릿하지만 목표를 이루기에는 충분한 형태의 도면이 떠올랐다. 그것은 다양한 형태의 공기 흐름으로 만들어진 주변 층계참의 구조를 그려낸 도면이었다.

나는 느릿느릿 계단을 올라갔다. 계단 위의 울음소리는 점점 더 신경을 긁어대고 있었다. 층계참이 좀 전의 악몽에서처럼 갑자기 오른쪽으로 180도 휘어지기 시작했을 때, 극도의 공포와 긴장으로 거의 토할 지경이었다. 내 꿈과 유일하게 다른 점은 한 뼘 정도 열려 있는 2층의 문에서 꿈속에서와 같은 흰빛이 쏟아져 나오는 대신, 용접기 불꽃을 연상시키는 시뻘겋게 너울거리는 불빛이 흘러나오고 있다는 것이었다. 그러나 잠깐 사이에 이 불빛마저 사그라들어, 나는 다시 캄캄한 어둠 속에 서 있게 되었다.

하지만 가장 섬뜩한 것은 목소리였다. 거의 곡조(曲調)에 가깝게 지독한 화음을 이루며 울려 퍼지는 고통의 비명소리는, 마치 화답 기도 송가처럼 서로 엇갈려 주고받으면서 건물 전체에 끝없이 메아리치고 있었다. 이사하던 날 감지했던 그 역겨운 화학 약품 냄새가 점점 지독해졌다. 이제 더 이상 J기관에 의존할 필요도 없이 그냥 후각만으로도 감지할 수 있을 정도였다. 그 냄새에 섞여, 사람이 살지 않아 썩어 가는 빈집의 곰팡이 냄새가 느껴졌다.

마침내 문 앞에 다다랐다. 조심스레 코를 문설주에 대고 안을 들여다보았다. 이때부터 모든 것은 더 이상 내 악몽과 같은 모습으로 진행되지 않았다. 그보다 훨씬 더 나쁜 상황이었던 것이다! 먼저 수백 마리에 달하는 내 동족들의 냄새가 엄습해왔다. 그들을 볼 수 있었던 것은 아니다. 그들은 문 안쪽으로 멀리 떨어진 커다란 방 안에 있고, 나는 단지 캄캄한 복도를 들여다봤을 뿐이기 때문이다. 그러나 방문이 살짝 열려 있었기 때문에 계속 달그락대는 소리와 쿵쿵거리는 소리를 들을 수 있었고, 그들의 냄새도 맡을 수 있었다. 고통에 찬 비명소리들과 함께, 이제 뭔가 의미심장한 연설을 하는 듯이 들리는 강한 베이스 음성이 들려왔다. 물론 그 의미를 이해할 수는 없었다.

맙소사, 여기는 도대체 어디란 말인가? '여호와의 증인' 집회 장소인가? 나는 안으로 그냥 쳐들어가기만 하면 저절로 해답을 알게 될 질문을 나 스스로에게 던져보았다. 그러나 물론 그런 일은 일어나지 않을 것이다. 저 안으로 들어가느니 차라리 개한테 입을 맞추겠다. 그러나 이런 모험을 감행해본다는 생각만으로도 나의 상상력은 공포의 꽃을 피우고 있었다. 지금껏 내 상상들은 계속 적중해오지 않았는가. 호기심이 솟구쳤지만, 나는 아직은 말짱한 판단력을 유지하고 있었다. 저런 곳으로 발을 들여놓을 생각은 꿈에도 없었다. 수백 마리의 야만적인 짐승들이 한군데 모여서, 흥에 겨워 서로를 죽이고, 그런 그들을 인도하는 목자가 설교를 늘어놓고 있는 장소라니!

훔쳐보고 있던 장소에서 슬금슬금 빠져 나오려던 찰나, 우연히 복도 천장이 눈에 들어왔다. 오랜 세월 동안 부식되어 온 천장에는 작은 구멍이 뚫려 있어서, 그 구멍을 통해 3층 내부를 올려다볼 수 있었다. 물론 그 구멍을 통해 무언가를 보았다는 것은 아니다. 위층 집도 캄캄한 어둠 속에 놓여 있었기 때문이다. 그러나 나는 '파티'가 열리고 있는 방의 천장 역시 부식되어 있으리라는 것을 어렵지 않게 짐작할 수 있었다. 즉, 위층으로 올라가기만 한다면, 2층에서 벌어지고 있는 음산한 연극을 1등석에서 관람할 수 있을 것임이 분명했다. 내 추측이 옳다면, 나는 저 위에서 아무런 방해도 받지 않고 조용히,

팝콘이라도 씹으면서 이 소동을 지켜 볼 수 있을 것이었다. 이 살해 집단에게 들킬 염려도 없이 말이다.

나는 재빨리 위층으로 이어진 계단으로 올라갔다. 놀랍게도, 그리고 다행히도, 이 곳엔 더 이상 현관문이 남아 있지 않다는 것이 확인되었다. 너무 심하게 부식되어 아예 문틀에서 떨어져 나간 채였기 때문이다. 아마 강한 바람도 한 몫 했을 것이다. 기술적인 문제들과 씨름하지 않고 곧장 안으로 들어갈 수 있게 되었으니 나로선 정말 잘된 일이었다.

여기도 한 치 앞을 볼 수 없을 만큼 어두웠지만, 아래층보다 이 집이 내 악몽 속에 보았던 장소와 더 흡사하다는 것을 금방 알아차릴 수 있었다. 공중 변소처럼 모든 방이 흰 타일로 덮여 있었다. 물론 대부분의 타일은 부서져 있었고, 곰팡이와 오물로 뒤덮여 있었지만, 전체적인 인상은 악몽에서 보았던 그 흰 공간과 비슷했다. 정체를 알 수 없는 오물들이 흩어져 있는 것 외엔, 수년 동안 방치되어 왔음이 분명한 이 빈집은 완전히 텅 비어 있었다. 이상적인 관찰 지점일 것이라는 예상은 적중하고도 남았다. 허물어진 바닥 곳곳에 아래층을 내려다볼 수 있는 구멍들이 뚫려 있었던 것이다. 여기저기 폭탄 구덩이가 패여 있는 축소판 모형 전쟁터의 풍경을 보는 듯했다. 집 안쪽으로 깊숙이 들어가자 아래층에서 올라오는 일렁이는 불빛이 보이기 시작했다. 그리고 마침내 나는 커다란 방에 다다랐다. 그 방은 상상했던 모습 그대로였다. 마치 산 자들 위를 떠돌아다니는 유령처럼, 나는 조용히 방 한가운데로 미끄러져 들어갔다. 그리고 바닥에 뚫려 있는 직경 약 1미터 정도의 구멍을 통해 아래를 내려다보았다.

위에서 내려다본 광경은, 단 한 장의 스냅 사진만으로도 그걸 찍은 사진 기자를 하룻밤 사이에 백만장자로 만들어줄 만한 충격적인 장면이었다. 그것은 한마디로, 믿기 힘든 모습이었다. 2백 마리에 달하는 형제, 자매들이 더러운 방 한가운데 모여 서로 밀치고 부대끼며 북적거리고 있었다. 그리고 그 가운데에는 끝이 벗겨진 느슨한 전깃

66

줄 두 가닥이 얽혀 있었는데, 거기에서는 불꽃이 끊임없이 튀어 오르고 있었다. 희고 무성하게 부풀어오른 털을 가진 늙수그레한 동족 하나가 제의적인 기도문을 읊조려대면서, 전선 중 하나를 앞발로 누른 채, 계속 뗐다 눌렀다 하며 전기 접촉을 조절하고 있었다. 그리고 주위의 동족들은 하나씩 차례로 그 번쩍이는 전기 불꽃 속으로 뛰어들고 있었다. 그들은 강한 전기 충격을 받아 여기저기 털이 그슬렸고, 꼬챙이에 찔린 듯 날카로운 비명소리를 내질러댔다. 전기 충격으로 인해 정신을 잃고 기진맥진한 채 바닥으로 나가떨어지고도, 그들 중 완전히 미쳐버린 듯한 자들은 여전히 질리지도 않고 또다시 그 고통을 향해 몸을 던지려고 드는 것이었다. 하지만 그들의 바람은 이루어지지 않았다. 그들 뒤에 서 있던 다른 정신병자들이, 이 광기어린 쾌락의 차례가 돌아오기를 더 이상 기다리지 못하고 억지로 그들을 끌어내었던 것이다.

"클라우단두스 형제의 이름으로!" 교주가 자기 어린양들을 향해 일갈했다. "우리를 위해 희생하시고, 우리의 하느님이 되신 클라우단두스 형제의 이름으로! 클라우단두스, 오 거룩하신 클라우단두스여, 우리의 고통에 귀기울여 주시고, 우리의 목소리를 들어주소서, 우리의 기도를 들어주소서! 우리의 제물을 받아주소서!"

"우리 제물을 받아주소서!" 신도들이 모두 한목소리로 부르짖었다.

"의로우신 클라우단두스의 영혼은 하느님의 손에 있나이다. 이제 그 어떤 고통도 그를 괴롭힐 수 없도다. 어리석은 자들의 눈에는 그가 죽은 자로 보이고, 그의 종말이 불행으로 여겨지며, 그가 우리를 떠나심이 파멸로 보일지어다. 그러나 그는 평안 가운데 거하시도다!"

"할렐루야, 클라우단두스는 평안 가운데 거하시도다!" 신도들이 부르짖듯이 화답했다.

그들은 이제 완전한 무아지경에 빠져 있었다. 경련하는 듯한 전율과 떨림이 그들의 온몸을 휘감고 있었고, 그 모습은 마치 혼수상태에 돌입한 듯이 보였다. 흐느끼며, 부들부들 떨면서 앞으로 나아간 폭도들은 불꽃이 튀고 있는 전깃줄을 점점 더 급히 뛰어 넘어 전기 불꽃을 향해 몸을 던졌다. 전선에 닿은 자들에게 전기 충격은 더 이상 문제가 되지 않는 것 같았다. 오히려 집단적인 돌격 행위가 그들을 더욱 더 무모한 광기로 몰아가고 있었다. 교주는 이제 전선을 점점 더 빨리 눌렀다 뗐다 하면서 접촉의 빈도를 높이고 있었고, 튀어 오르는 불꽃이 방 안 가득 음산한 불빛을 퍼뜨리고 있었다.

"저 사악한 자들의 눈에는 그가 단지 고난을 당한 것처럼 보일지라도, 그의 소망은 영원 불멸하도다. 잠시 동안의 연단을 받으신 후에 그는 크신 은혜를 받으셨으니, 하느님께서 그를 시험하신 후에 그의 고귀함을 입증하셨도다. 용광로 속의 황금처럼 그를 단련하셨고, 완벽한 희생 제물로 받으셨도다. 그는 잿더미 속에서 살아남은 불씨처럼, 찬란한 빛을 발하며 하늘의 새 거처로 승천하셨도다. 그는 모든 민족을 심판하시며, 모든 나라를 통치하시리로다. 우리 주 하느님께서 영원토록 그의 왕이 되시리로다! 그를 믿는 자마다 진리를 깨닫게 될지어다. 그에게 충성하는 자마다 그의 은총을 입을지어다. 그의 택하심을 입은 모든 자들에게 은혜와 자비가 충만하리로다!"

발작적인 신음소리와 울부짖음이 군중들 속에서 끝없이 울려나왔다. 그것은 고장난 롤러 코스터가 레일 꼭대기를 향해 멈추지 못하고 계속 질주해 나가는 것 같은 광경이었다. 이리저리 서로 밀쳐지고 부대끼는 가운데 부상자들이 속출하고 있었다. '부상자'라는 건 아마도 잘못된 표현일 것이다. 왜냐면 스스로 불러들인 고통 속에서, 그들은 얼굴 가득 미소를 떠올린 채 쓰러져 있었기 때문이다.

교주가 이 미치광이들을 살살 녹일 것 같은 달콤한 혀로 세뇌시키며, 그들이 더 미쳐가도록 몰아가는 동안, "할렐루야!"와 "클라우단두스여, 우리를 구원하소서!"라는 외침이 사방에서 터져나왔다.

정말로, 이 끝내주는 소동은 아리스토캣츠(Aristocats;디즈니 만화영화로, 부유한 노부인의 유산 상속자인 고양이들이 재산을 가로채려는 인간에 의해 위기에 처하나, 들고양이의 도움을 받아 행복해진다는 내용. 많은 고양이 떼가 등장함. 한국에는 1999년에 비디오로 출시됨 - 역주)를 능가하는 것이었다! 이들은 소위 클라우단두스라는 자를 숭배하며, 그를 위해 전기 충격을 통한 영적 충전을 도모하고 있는 사이비 종교 집단이었다. 자끄 쿠스또(Jacques Cousteau;스쿠버, 즉 압축 공기 잠수 기구를 발명하여 해양 잠수를 가능케 한 인물 - 역주)와 베른하르트 그르치멕(Bernhard Grzimek;그르치멕 동물학 사전을 집필한 동물학자 - 역주) 이후로 자연의 신비는 모두 밝혀져 버렸다고 그 누가 말했던가!

클라우단두스(Claudandus)……성자의 이름으로는 전혀 어울리지 않는 이름이었다. 이 이름의 원래 의미는 무엇이었을까? 구스타프가 경제적인 궁핍으로 인해서, 자나깨나 자위 행위에나 푹 빠져 있는 돌대가리 고등학생 녀석들의 라틴어 가정교사 노릇을 하던 그 비참한 시절 이래, 내 라틴어 실력은 조금도 향상되지 못한 채 제자리걸음이었다. 그러나 잠시 고심한 끝에, 나는 거미줄쳐진 내 뇌 속의 어느 한 구석에서 '클라우데레(Claudere)' 라는 라틴어 단어를 찾아낼 수 있었다. 그것은 '닫다'라는 의미의 단어였다. 만약 '클라우데레'가 부정사라면, 수동태 완료 분사형인 '클라우단두스'는 '닫히다'를 의미할 것이다. 그러나 '클라우데레'가 동명사라면, 어떤 일이 이루어져야만 한다는 필연성이나 당위성을 의미하는 수동태 동사적 형용사로 사용된 '클라우단두스'는, 대략적으로 '닫혀져야 할 자'를 의미할 것이다.

'닫혀져야 할' 필연과 당위를 가진 자라니……성자를 지칭하는 말치고는 너무나 괴상했다. 더욱이 이 교주의 주장대로 그가 '순교자'라면, 더더욱 이상한 이름이 아닐 수 없었다. 도대체 이 불길한 이름을 가진 클라우단두스라는 자는 어떤 무시무시한 신화적인 고통을 겪었기에 이런 사교(邪教) 집단이 만들어지기까지 한 것일까? 한 가지는 분명했다. 이런 파괴적인 행동에 기꺼이 동참할 수 있는 자라면, 자기 이웃은 물론이고, 종교적인 대적자나 혹은 이런 믿음을 비웃는 자에게 얼마든지 위해(危害)를 가하리라는 것이다. 간단히 말해서, 이 미치광이 광신도 폭도들은 무슨 일이든, 심지어 살해라도 저지를 수 있을 것이다.

이 가설은 또 한 가지 사실로 인해 더욱 확실해졌다. 물론 이 또한 아주 서서히 깨닫게 되었지만 말이다. 즉, 위에 서서 아래를 내려다보기 시작한 이후로, 나 역시도 걷잡을 수 없는 기이한 흥분 상태에 빠져들고 있음을 느낀 것이다. 나 또한 거의 선동당할 지경이었다. 아래에서 벌어지고 있는 섬뜩한 광경에 영향을 받아서만이 아니라, 이 집 전체에 퍼져 있는 화학 약품 냄새로 인해서 이런 반응이 일어나고 있다는 사실은 어느 정도 시간이 지나서야 깨달을 수 있었다. 의심할 나위 없이, 아마도 이 화학 약품 냄새는 내 동족들이나 심지어 인간들에게까지 영향을 끼쳐, 어떤 감정선을 심하게 자극해서 몰입하게끔 만드는 것 같았다. 이것은 소위 기체 형태의 각성제였다. 누구라도 이런 광폭한 제의 의식을 통해 자극 받고, 이런 화학 약품으로 부추겨진다면, 평범한 상태에서는 결코 하지 않을 일들도 쉽게 할 수 있으리라고 생각되었다.

이 천재적인 가설로 모든 사건이 자동적으로 설명될 수 있을 것 같았다. 그러나 이 가설에는 한 가지 작은 결점이 있었다. 콩과 그의 부록 똘마니들인 헤르만 형제가 이 클라우단두스 교도들 틈에 끼어 있다는 것은 내게 전혀 놀랄 만한 일이 아니었다. 그건 마치 똥더미 주위로 수백 킬로미터 반경 안에 있는 파리들이 꼬여드는 것과 마찬가지로, 이 불한당 트리오가 이런 냄새나는 일에 꼬여들지 않을 리가 없기 때문이었다. 말하자면 지저분한 일에 관련되지 않고서는 그냥 지나치지 못하는 것이 그들의 숙명이라고나 할까. 이런 이유로 그들 역시 이 무리의 한가운데 줄을 서서, 자신들의 무모함 내지는 왜곡된 신앙을 입증할 수 있는 기회를 참을성 있게 기다리고 있는 중이었다. 그러나 이 소름끼치는 광경에 전혀 어울릴 것같지 않은 자가 있었으니, 바로 블라우바트였다! 그는 방 저편의 어두컴컴한 구석에서 몸을 웅크린 채 노래와 기도 소리의 리듬에 맞춰 이리저리 머리를 흔들고 있었다. 자신의 심한 불구를 의식해서인지, 그는 이 무모한 무리들

속으로 끼여들어 짜부라들거나 짓밟히는 위험을 감수할 생각은 없는
것 같았다. 그러나 그가 이 소동에 자신의 몸과 마음을 모두 몰입시
키고 있으며, 또한 무아지경에 빠져 있음은 분명히 알 수 있었다.

나는 이 경악할 만한 발견으로 인해 내 총명한 가설을 멀리 집어
던져 버리고 말았다. 내 친구 블라우바트가 이런 피에 굶주린 사이비
종교 집단의 일원이라는 것은 절대로 상상조차 하기 싫었기 때문이
다. 아니, 어쩌면 나는 그에게 속고 있었던 것일까? 사실은 그가 나
한테 내내 거짓말을 하면서 아무 것도 모르는 척 속이고 있었던 것
일까? 나는 놀랄 만한 심리적 감정이입 능력을 갖추고 있다고 자부
한다. 그래서 스치는 눈빛만으로도 상대방의 생각과 의도를 알아차릴
수 있다고 장담할 수 있다. 그러나 진실마저도 무의식적으로 거짓말
로 여기게끔 만드는 숱한 거짓에 둘러싸인 이 세상에서, 무언가를 확
신한다는 것은 결코 간단하지 않은 일이다. 그래도 만약 블라우바트
가 나를 속여온 것이 아니라면, 이 클라우단두스 사이비 집단과 살해
사건들 사이에 (솔직히 믿기 어려운 일이지만) 아무런 관련이 없을
수도 있다.

이제 흥겨운 예배는 정점으로 치닫고 있었다. 모두가 한목소리로
끔찍한 노래를 불러대기 시작했다. 언뜻 알아들은 구절들로 미루어보
아, 이 노래는 피와 고통을 갈구하는 내용이었다. 폭도들 중에 완전
히 미쳐버린 몇몇은, 앞에 있는 다른 자들의 머리 위를 뛰어 넘어 조
금이라도 빨리 전선을 향해 다가가려 들었다. 그리고는 전선에 닿자
마자 비명을 질러댔다. 그러나 경외심을 불러일으키는 그들의 늙은
지도자는, 마치 능숙한 쇼 진행자처럼 태연하게 화려한 미사여구를
지껄여대고 있었다.

"오, 클라우단두스, 고통과 빛의 아들이시여! 주님의 상처가 피투
성이였듯이, 우리의 상처도 피투성이가 되었나이다. 우리의 고통을
들어주시고, 우리의 보잘 것 없는 제물을 받아주소서!"

나는 이 현란한 광경을 지켜보는 일에 정신없이 빠져들어, 그만

모든 경계심을 잊어버리고 구멍 안쪽으로 점점 더 몸을 기울였다. 그래서 나도 모르게 앞발로 부식된 구멍 가장자리를 누르고 말았던 것이다. 갑자기 가장자리 한 쪽이 아래로 푹 떨어져 나갔다. 작은 돌멩이들과 나무 조각들, 벗겨진 페인트 조각들과 시멘트 먼지가 교주의 머리 위로 우박처럼 후두둑 떨어져 내렸다. 깜짝 놀라 뒷걸음질 쳤지만 이미 엎질러진 물이었다. 노인네가 재빨리 고개를 들어 위를 쳐다보고는, 뒤로 물러서던 내 그림자를 알아차렸던 것이다.

"저 위에 누가 있다! 누군가 우리를 훔쳐보고 있다! 우리를 훔쳐보고 있다!" 그는 신도들을 향해 소리질렀고, 즉시 제의 의식은 중단되었다. 수백 개의 머리가 재빨리 천장 쪽을 향해 들어올려졌고, 커다란 구멍 건너편 어둠 속에 무엇이 있는지 살펴보기 시작했다. 이제야말로 정말 이 우스꽝스러운 소동이 그저 악몽에 불과하기를 간절히 빌어야 할 때가 온 것이었다. 그러나 이 화려한 여흥의 제목은 '현실'이었고, 이제 곧 내가 주인공으로 등장할 차례였다. 아래층에서는 엄청난 소란이 벌어지고 있었지만, 그들이 나를 상대로 어떤 계책을 세우고 있는지 알아볼 엄두도 나지 않았고, 그럴 시간도 없었다. 불과 몇 초 후면 그들이 이 위로 들이닥칠 것임이 분명했다.

나는 황급히 주위를 둘러보았다. 천장 한쪽 끝의 부식된 들보가 떨어져 밑으로 내려앉아 있는 것이 눈에 뜨였다. 바로 그 너머로 내 몸이 빠져나갈 만한 크기의 틈새가 보였다. 아마 그 틈새는 다락방으로 이어질 것이었다. 또 다른 대안으로 층계참을 떠올렸다. 물론 이쪽은 어디로 이어질지 훨씬 더 불확실했다. 층계참을 통해서 지붕 위로 빠져나갈 길을 찾는다는 것은 모험에 가까운 일이었으나 한결 시간을 단축시켜줄 수 있을 것 같았다. 물론 두 개의 가능성을 모두 검토해볼 수 있는 상황은 아니었다.

"뭘 꾸물거리고 있나, 이 멍청이들아! 당장 올라가란 말이다! 그놈을 여기로 끌어내려!" 교주가 외쳐대고 있었다. 즉시 수백 개의 발들이 쿵쾅거리며 저벅거리는 소리가 들려왔다. 그들은 이미 위로 올라오는 중이었다.

나는 본능적으로 들보 쪽을 선택했다. 황급히 위로 기어올라가 들보 틈새를 발톱으로 끌어내리기 시작했다. 널빤지가 끽끽 소리를 내며 벌어져 틈새가 조금 넓어졌다. 그러나 약간의 충격이 더 가해진다면 들보 전체가 분리되어 아래로 떨어져버릴 것 같았다. 그렇다면 어떻게 해야 할까? 도대체 어떻게 해야만 이 지옥에서 벗어날 수 있단 말인가?

계단을 올라오는 성난 발자국 소리가 더 커졌다. 그들은 곧 방 안으로 들이닥칠 것이었다. 더 이상 다른 선택의 여지가 없었다. 나는 있는 힘껏 뒷다리를 위로 박차 올리고는, 몸을 뻗어 머리와 앞발을 작은 구멍 속으로 쑤셔 넣었다. 바로 그 순간, 요란한 소리와 함께 내 몸 아래쪽의 들보가 천장에서 떨어져 나와 이제 막 방 안으로 들이닥친 성난 무리들의 발 앞으로 부서져 내렸다. 나는 재빨리 구멍을 빠져나가 마침내 다락방으로 올라왔다. 마지막으로 언뜻 아래를 내려다보자 두려워하던 상황이 벌어지고 있었다. 분노에 휩싸인 추적자들 중 몇몇이 벌써 방 밖으로 뛰쳐나와 내가 있는 다락방으로 이어진 계단을 뛰어오르고 있었던 것이다.

아주 잠깐 동안 간신히 나는 주위를 살펴볼 수 있었다. 미로처럼 복잡하게 뒤엉켜 있는 이 작은 공간은, '프랑켄슈타인 박사의 실험실'에서나 볼 수 있음직한 도구들로 가득 채워져 있었다. 사실 이 집에 도착한 이후, 내내 이 수상한 존재를 감지해오지 않았던가. 거기에는 무시무시해 보이는 뾰족하거나 혹은 구부러진 형태의 수많은 외과용 의료 기구들과 수술용 램프들, 마취용 장비들, 심전도 기구와 피하주사기들, 시약용 비커들, 증류기, 현미경들, 그리고 거의 식별하기 어려운 훨씬 더 정교한 기계들과 장비들이 놓여 있었다. 그 장비들은 모두 지독히 먼지를 뒤집어쓰고 있어서 원래의 기능을 추측하기조차 어려웠다. 그 대부분은 부식되어 있거나 완전히 부서진 상태였고, 거기에는 단지 음산한 기운만 남아 있었다.

왜 이런 기구들이 여기서 이렇게 서서히 녹슬어가도록 팽개쳐져 있는가에 대해 나는 의문을 가졌다. 확실히 요즘 의사들은 자신들의 의료실 안에, 한 부대 규모의 컴퓨터 전문가들이 동원되어야 가동할 수 있는 기구가 아니라면 1년 이상 내버려두는 법이 없다. 하지만 이 잡동사니들 중 일부는 제3세계에서 요긴하게 거래될 수도 있을 만한 것들이었다. 원래의 위협적인 기능이 반감된 채 버려져 있는 이 죽어버린 실험실을 바라보면서, 왠지 서글픈 심정이 되었다. 내가 이들을 다시 살려낼 수 있는 마법사라면 좋았을 것이다.

그러나 이 모든 부조리한 일들에 대해 숙고하기에는 현재 상황이 너무 급박하게 돌아가고 있었다. 나는 지금 사이비 광신도 집단에게 쫓기고 있는 중이다. 그들은 끊임없이 희생 제물을 찾아 혈안이 되어 있고, 어쩌면 이미 여러 번 그런 희생 제물들을 발견해 왔을지도 모를 노릇이다.

그러나 바로 다음 순간, 신이든, 클라우단두스든, 여하간 기적을 일으킬 능력이 있는 누군가가 내게 가호를 베풀어줬다. 이 집으로 이사오자마자 짐작했던 그대로, 지붕 위 곳곳이 심하게 파손되어 있어서 여기저기 커다란 구멍들이 뚫려 있었던 것이다! 나는 곧장 건너편 박공 벽을 향해 달려갔다. 지붕 오른쪽 경사면과 다락방 바닥이 이어지는 그 지점에 약 30cm 너비의 좁은 틈새가 만들어져 있었다.

내가 틈새를 통해 밖으로 빠져나가자마자 약 30마리 가량의 동족들이 다락방 안으로 난입했다. 그들은 물론 나한테 자기들의 경전(經典)을 팔러 온 것 같지는 않았다. 사실 우리 동족은 달리기를 잘 못한다. 뛰어오르는 게 우리 전문 분야다. 그렇기 때문에 그 폭도들 중 일부 힘이 넘치는 자들만이 여기까지 쫓아올 수 있었던 것이다. 게다가 여기까지 맹렬히 추적해온 자들은 단지 나를 잡겠다는 일념에만 사로잡혀 있었을 뿐이지, 막상 그 후에 어떻게 해야 할지에 대해서는 아무런 대책이 없을 것이다.

홈통 안에 서서 잠시 숨을 몰아쉬고 있는 사이, 우리가 살고 있는 거주지 전체가 내 눈앞에 거침없이 펼쳐지고 있었다. 이미 날이 밝아오고 있었다. 태양은 아직 모습을 드러내지 않았지만, 벌써 그 엷푸른 오렌지빛 광채가 마술처럼 세상을 물들이기 시작하면서 감동적인 장면이 연출되고 있었던 것이다. 이곳의 수많은 지붕들과 테라스들을 바라보며, 나는 탈출의 희망을 품을 수 있었다. 이 복잡한 구역 어느 곳엔가, 추적자들을 따돌리고 몸을 숨길 만한 구석 하나쯤은 있을 것이었다. 물론 현기증이 날 듯한 발 밑의 높이를 생각하면, 목이 부러질 위험을 감수해야만 하는 모험일 거라는 점도 분명했다. 위에서 내려다보니, 복잡하게 얽혀 있는 정원 담들이 마치 풀기 어려운 미로 정원 수수께끼처럼 보였다. 이 모든 뒤엉킨 사건들처럼 결코 풀 수 없을 것만 같은 수수께끼, 나는 원하든 원치 않든, 이미 그 수수께끼 속으로 들어와버린 상태인 것이다.

이끼 긴 지붕 위를 정신없이 달려간 끝에 첫번째 지붕에 도착한 나는, 재빨리 옆 건물로 뛰어 넘어갔다. 추적자들의 수는 이제 약 10마리 정도로 줄어 있었다. 그러나 그들의 단호함과 맹렬함은 최소한 백 마리에 비견될 만한 것이었다. 그들은 얼굴을 일그러뜨린 채 바싹 추격해오고 있었다. 그들의 눈을 피해 따돌린다는 것은 거의 불가능해 보였다. 나는 맹렬한 속도로 이 지붕 위에서 저 지붕 위로 쉴 새 없이 건너 뛰어갔다. 이웃 지붕의 홈통들이 거의 맞닿아 있다시피 했기 때문에 가능한 일이었다.

그러나 내게 비축된 힘이 서서히 소진되어 가고 있음을 느끼고 있었다. 몇 분 안에 하늘에서 거대한 구원의 손길이라도 내려와서 이 비참한 게임을 끝내주지 않는다면, 심장 마비를 일으켜 쓰러져버릴 것이 분명했다. 그러나 나를 바싹 추적해 오고 있는 동족들에겐 이 정도 아침 운동이 전혀 대수롭지 않은 듯했다. 그들과 나 사이의 간격이 점점 더 좁혀지고 있었기 때문이다.

마침내 이 구역의 세로면 가장자리에 도착했다. 다행스럽게도 여기부터는 지붕 풍경이 한결 복잡해지고 있었다. 더 이상 단조로운 박공 구조의 지붕들이 이어지고 있지 않았기 때문이다. 둥근 지붕들과 톱니 모양의 지붕들, 옥상 정원들과 굴뚝들, 계단 출구들, 그리고 화재용 비상 사다리들이 뒤죽박죽 혼란스럽게 있어서, 내 안에 잠재된 태고의 정글 감각을 일깨워줬다. 그래서 나는 오직 본능에만 따르기로 했다. 그 결과, 추적자들을 따돌리는 데 성공할 수 있었다. 그러나 그 즉시, 그들은 서로 텔레파시 신호라도 주고받는 것처럼 고대의 사냥 전술을 펼치기 시작했다. 추적자들은 뿔뿔이 흩어져서 지붕 정글 구석구석에서 각자 나를 추적하기 시작했던 것이다.

네 개의 거대한 굴뚝 사이에 처박힌 채로, 나는 지쳐 쓰러져 가쁜 숨만 헐떡였다. 결국은 이 패거리들에게 포위당하고 말 것이라는 불길한 예감이 엄습해왔다. 그러나 이미 계속 도망칠 기력도, 잡히지 않을 거라는 확신도 없었다.

그때 갑자기 삐걱거리는 소리가 들려왔다! 어디서 들려오는 소리인지 정확히 알 수는 없었다. 어쨌거나 이 상황에서 그게 무슨 의미가 있단 말인가? 그들은 이미 원하던 곳으로 나를 몰아넣지 않았던가. 바로 함정 속으로 말이다! 이제 그들은 나를 죽이고야 말 것이다. 이것은 클라우단두스가 하늘로 승천한 것만큼이나 확실한 사실이었다. 겁에 질려 뻣뻣이 경직된 채로 아주 느릿느릿 뒷걸음질 쳤다. 그리고 그 순간, 믿기 어려운 일이 벌어졌다. 내 뒷발이 닿았던 지붕 위 창문 하나가 밑으로 기울어져 열렸던 것이다. 미처 제대로 놀랄 틈도 없이, 나는 마치 이상한 나라의 앨리스처럼 미지의 어둠 속으로 추락했다. 물론 타고난 종족적 유연성 덕택으로 나는 네 발로 사뿐히 착륙할 수 있었다. 그러나 이 무사 착륙이 연이은 행운으로 이어질 거라는 보장은 전혀 없었다. 도대체 이번에는 또 어떤 빌어먹을 장소로 떨어졌단 말인가?

나는 조심스레 주위를 둘러보았다. 눈이 주위의 어둠에 익숙해질수록 점점 더 마음이 놓였다. 이 아늑한 공간은 안전한 곳임이 분명했기 때문이다. 비단 커튼이 창문을 반쯤 가리고 있었다. 벽난로 안에서 길게 연기를 피워 올리고 있는 장작불의 흐릿한 불씨 외에는 빛이라곤 없는 어둑한 방이었다. 영국풍의 고전 가구들로 둘러싸인 방을 둘러보자니, 지금이라도 당장 흰 수염에 빨간 망토를 걸친 노인이 걸어 들어와 편안한 흔들의자에 자리를 잡고 앉아서 동화를 들려주기 시작할 것만 같았다. 그러나 산타 클로스 대신 러시안 블루 종하나가, 흔들의자에 앉아 초록색 눈을 반짝이며 나를 기묘한 눈길로 바라보고 있었다.

그녀는 대단히 아름다웠다. 그녀의 털은 짧고 부드럽고 촘촘했으며, 마치 바다표범이나 비버의 털처럼 온몸을 매끈하게 감싸고 있었다. 은빛이 살짝 섞인 엷은 파란 색조의 털빛이 그녀를 반짝반짝 빛나게 하고 있었다. 그녀는 내가 어디에 있는지 알 수 없다는 듯이 살짝 고개를 갸웃거렸다.

"새로운 손님이야, 그렇지?" 그녀는 부드러운 목소리로 물었다.

"맞아. 내 이름은 프란시스야. 지난주에 이 근처로 이사왔어." 나는 대답했다.

"친구야, 적이야?"

"친구야!" 나는 열렬히 외쳤다. "영원한 친구!"

"그렇다면 정말 안심이야. 불쾌한 일들을 겪지 않아도 될 테니까."

그녀의 유혹적인 아름다움이 내 피를 끓어오르게 했다. 나는 넋을 잃고 정신없이 그녀를 바라보았다. 왠지 얼어붙은 바다를 연상시키는 그녀의 한없이 차가운 눈은, 무언가 기이한 느낌을 자아내고 있었다. 그렇다, 그것은 마치 죽어버린 듯한 눈이었다.

그녀는 몸을 일으켰다. 흔들의자에서 뛰어내려올 듯하다가 멈추고는, 다시 고개를 갸웃거리는 것이었다. 이 기묘한 의식적 행동을 한 후에야 그녀는 아래로 내려와 내게로 다가왔다.

"여기서는 손님이 하늘에서 떨어져 내려오는 일은 흔치 않아. 그리고 그런 일이 일어난다면 대개는 못된 마음을 먹고 있는 자들이지."

"난 아냐." 얼른 변명했다. "나도 하늘에서 떨어진 건 아니야. 그

냥 실수로 지붕 창을 밟아서 떨어진 것뿐이라고. 나는, 에⋯⋯말하자
면 쫓기는 중이었거든."

"그래? 누구한테?"

"클라우단두스 교도들한테 쫓기고 있었어. 누가 자기들의 우스꽝스
러운 제의 의식을 구경하는 걸 싫어하는 모양인가 봐."

"그런 멍청이들은 어디나 똑같다니까!"

그녀는 천천히 창가로 다가가서는 정원을 내려다보았다.

"저 밖은 벌써 밝아졌니?"

"보면 모르겠⋯⋯" 나는 말을 삼켰다. 이제야 비로소 그녀의 눈에
담긴 슬픈 비밀을 알아차렸던 것이다. 나는 그녀에게로 다가가서 내
발 밑을 내려다보았다.

"너, 장님이구나." 나는 말했다.

"난 장님이 아니야, 단지 볼 수 없을 뿐이야!"

그녀는 창가에서 몸을 돌려 벽난로 쪽으로 돌아갔다. 나는 그녀를
따라갔다. 그녀는 멍한 눈길로, 꺼져가고 있는 장작불을 바라보았다.
이미 대답을 알고 있으면서도 나는 질문을 꺼내고야 말았다.

"항상 이 안에서만 지내니, 아니면 가끔 밖으로 나가기도 하는 거
니?"

"아니. 저 바깥 세상은 친절하신 형제 자매들 덕에 내키지 않는
일들이 너무 많이 벌어져. 그들은 항상 싸움을 일으키려 들지. 온 세
상이 싸움 투성이야. 그래도 지금까지, 이 사악한 세상을 보고 싶다
는 생각을 안 한 날이 단 하루도 없었어."

가슴이 찢어질 듯 아파 왔다. 어둠 속의 삶, 벽들 사이에 갇혀 지
내는 삶이라니. 동굴 속에 갇힌 채, 미궁(迷宮) 속에서—출구조차 없
는, 보이지 않는 미궁 속에서 살아가는 삶이라니! 끊임없이 짐작하고
더듬고 귀기울이고 냄새맡고, 그런데도 결코 눈으로 볼 수는 없는 삶
인 것이다. 그녀는 한 번도 하늘을 바라보지 못했고, 흰 눈도 본 적
이 없으며, 투명하게 빛나는 수면 위에 자신의 눈동자를 비춰볼 수도

없었다. 태양이 빛나건 말건, 꽃들이 피어나건 말건, 두루미들이 남쪽으로 날아가건 말건, 모든 것이 언제나 똑같고, 언제나 검은색, 검은색보다 더 어두운 검은색인 것이다. 게다가 빌어먹게도, 그녀는 이토록 아름답단 말이다! 하늘을 향해 울부짖고 싶어질 만한 이런 불공평한 일이 또 있을 수 있단 말인가. 신은 없다! 만약 있다면, 그 신은 정말 냉혹한 새디스트임에 틀림없다!

"유감이야." 나는 중얼거렸다. 이것은 정말 시시하고 불필요한 말이었지만, 내 슬픈 심정을 표현할 만한 더 나은 말을 찾을 수 없었다. 이것은 진심이었다. 그녀의 불행이 내겐 정말 유감스러웠던 것이다.

"뭐가?" 그녀는 물었다. "훨씬 더 나쁜 일도 벌어지는 게 삶이야. 다들 그렇게 말하지, 그렇잖아? 훨씬 더 심한 일들이 항상 일어나고 있는 게 우리 삶이라고 말야."

"그야 물론 그렇지. 하지만 어디까지가 한계인 걸까?"

"아마 그런 건 없을 거야. 개 미용실에서 살아야만 하는 게 아니라면, 뭐든 참고 견뎌내야만 하겠지."

우리는 동시에 웃음을 터뜨렸다. 그녀는 타고난 유머 감각의 소유자였다. 그 점도 마음에 들었다.

"너 언제부터 그렇게……말하자면, 그……"

"그렇게 눈이 멀어 있었냐고?" 그녀는 빙긋 웃으면서 나를 궁지에서 끌어올려 줬다. "그래, 날 때부터야. 하지만 이상한 일이지. 내 기억 속에는 어떤 그림들이 들어 있거든."

"그림들?"

"그래. 물론 어떤 그림들이었는지는 희미하게밖에 떠올릴 수 없지만. 그런데도 가끔씩 내 기억 속에 떠오르거든. 꿈속에서도. 언제나 되풀이되곤 해."

"어떤 그림들인데?"

그녀의 얼굴에 경계하는 듯한 기묘한 표정이 떠올랐다. 그러나 즉시 그녀는 온 힘을 다해 자신의 내면의 눈에 보이는, 혹은 보인다고 믿고 있는 것에 집중하기 시작했다. 우리가 볼 수 있는 사물들을, 단지 상상만으로 구현해낸다는 것은 정말 대단히 힘든 일이었을 것이다.

"모든 게 너무 뒤죽박죽이고 흐릿해. 나는 인간들을 보고 있어. 수많은 인간들이 내 주위에 모여 있어. 그들은 굉장히 크고 굉장히, 굉장히 또렷하고, 굉장히 환해. 그들은 모두 신비한 흰옷을 입고 있어. 아마 누군가가 나한테 그런 옷에 대해서 자주 이야기해준 게 아닐까? 그건 모르겠어. 그들은 마구 떠들며 옷이대고 있어. 나는 너무나 무서워서 엄마한테 돌아가고 싶어!

인간들 중 하나가 나한테로 몸을 숙이고 웃고 있어. 하지만 거짓된 웃음이야. 거짓말쟁이의 웃음이야. 이 남자가 뭔가 반짝거리는 걸 손에 들고 있어. 그리고 그걸 아주 재빨리 움직여. 나는 아픔을 느껴. 그리고 잠이 들어. 하지만 이 잠은 무서운 잠이야. 깊고, 답답하고, 캄캄한 잠이야. 더 이상 깨어날 수가 없어. 잠의 어둠 속에서 인간들의 목소리가 들려와. 그들은 이제 화가 나 있어. 서로 소리 지르고 욕을 하고 있어. 뭔가가 잘못 되어 가고 있어. 나는 계속 잠을 자. 마치 천년 동안 잠을 자고 있는 것 같이 느껴져. 그런데 갑자기 무언가 끔찍한 일이 벌어지는 거야. 너무 끔찍해서 내 기억이 영원히 지워져버리고 말아. 하지만 아니야. 한 가지는 기억에 남아 있어. 내가 다른 자들하고 함께 어디론가 도망가고 있어. 그래, 다른 자들도 있어. 수백 마리야. 하지만 나는 이제 볼 수가 없어. 나는 눈이 멀어버렸어. 더 이상 아무것도 볼 수가 없어서 너무나 슬퍼. 모든 게 적막하고 죽어버린 것처럼 느껴져. 나는 한참 동안 헤매고 다니다가 어딘가에 누워 있어. 비가 내리고, 나는 흠뻑 젖어 있어. 이제 모든 희망을 잃었어. 결국 죽게 되리라는 걸 알아. 이제 죽는 것밖에 남아 있지 않아.

그 후엔 그림들의 색과 형태가 사라져버려. 마치 누가 약품으로

80

녹여서 지워버리는 것처럼 말야. 완전히 없어져버리는 거야. 그리고 이제 아무 그림도 남아 있지 않아……"

그녀의 눈에서 눈물이 흘러내렸다. 그 눈물 때문에 그녀는 조금 부끄러워하는 것 같았다. 내게서 얼굴을 가리려고, 그녀는 다시 창가로 돌아가 등을 돌리고 섰다. 나는 그 자리에 서서, 깊은 생각에 잠긴 채 그녀를 바라보았다.

"너는 어릴 적 일을 기억하고 있는 거야." 나는 그녀에게 말을 건넸다. "너는 날 때부터 눈이 멀었던 게 아냐. 과거에 뭔가 끔찍한 일이 벌어졌던 거지. 어떤 인간이 너한테 무슨 짓을 저지른 거야. 그래서 네가 눈이 멀게 되었던 거지."

"내가 비밀 한 가지 말해줄까?" 그녀가 물었다. 그녀의 목소리에 어딘가 모순된 어조가 깔려 있다는 것을 감지할 수 있었다. "내가 알고 있는 가장 친절한 생물은 여전히 인간일 뿐이야. 인간이 아니면 도대체 누가 나처럼 눈먼 암탉을 보살펴주겠어?"

그녀는 다시 웃었다. 그 미소는 정말, 빌어먹게도, 보기 좋았다.

"우리 동족 중 누군가가 우연히 길을 잃고 여기로 흘러 들어왔다고 상상해 봐. 그들은 꼭 정신병자나 괴물, 혹은 짐승처럼 돌변해서 그 낯선 자를 몰아내려고 할 거야. 그들은 저 세상 밖에서 벌어지고 있는 싸움이 이 안에서도 계속되어야 한다고 믿고 있어. 그런데다가 자기들이 상대하고 있는 낯선 자가 어딘지 보통이 아닌 이상한 생물이라는 것을 알아차리게 되면 어떻게 할 것 같아? 그들은 미친 듯이 더 심한 분노와 혐오로 반응하지. 웃기지도 않은 서커스야. 난 벌써 오래 전부터 여기 이렇게 앉아서, 직접 경험하지도 않은 채 별별 일들을 다 보아 왔어. 하지만 놓쳐버린 일은 하나도 없을 거야. 저 밖에서 벌어지고 있는 그 끝도 없는 싸움들을 말야."

그녀는 다시 생각에 잠겼다. 나는 그녀가 방금 말한 것에 대해서 자기 스스로도 진심으로 믿지는 않는다는 것을 알고 있었다. 그래, 사악한 삶은 마치 태양 빛에 쫓겨가는 안개처럼 그녀 곁을 스쳐 지나가 버렸을지도 모른다. 하지만 그녀는 위대하고 놀라운 삶을 위한 투쟁조차도 놓쳐버리고 말았던 것이다.

"이상한 질문 하나 해도 될까? 아, 그 전에……음……너 이름이 뭐야?"

"펠리시타(至福;지고한 복)." 그녀가 얼른 대답했다.

"펠리시타, 내가 비록 여기 산 지는 얼마 되지 않았지만 말야, 얼마 전부터 이 구역에서 괴상한 일들이 벌어지고 있다는 건 알고 있어. 그리고 방금 전까지 네가 이야기했던 내용들로 미루어보건대 말야, 너는 말하자면, 그……청각적인 방법으로 이 농네에서 벌어지고 있는 온갖 일들을 잘 파악하고 있는 것 같아.

내 생각에는, 네 귀가 저 밖에 있는 무식한 싸움꾼들 귀보다 훨씬 쓸모 있을 것 같거든. 그래서 물어보는 거야. 혹시 너 지난 몇 주 동안 뭔가 이상한……"

"비명 소리 말야?"

내 아래턱이 쑥 빠져버렸다. 벼락을 맞은 것처럼 놀랐다. 조금만 움직이면 온몸이 당장 가루가 되어 흩어져버릴 것만 같았다. 이제야말로 나는 첫번째 증인을 찾아낸 것이었다. 물론, 말하자면 절반의 증인이긴 하지만, 그러나 전혀 없는 것보다는 훨씬 낫지 않은가? 게다가 하나님도 이 세상을 단 하루 만에 창조한 것은 아니었다.

"놀랐니? 네 말대로 내 귀는 다른 이들보다 훨씬 예민하지. 놀랄 일도 아니지, 그렇잖아? 난 여기 창가에 앉아 있는 걸 제일 좋아해. 그러니까 저 밑에 있는 이들보다 어쩌면 거기서 벌어지는 일들에 대해서 더 잘 들을 수도 있지."

"그럼 나한테 자세히 이야기 해줘. 하나도 빠뜨리지 말고 전부. 정확히 어떤 소리를 들었어?"

"왜 이런 일에 그렇게 관심이 있는 건데?" 그녀는 알고 싶어했다.

"글쎄……일단은 뭐 살해 사건이니까 말야."

"이 일들을 정말로 그렇게 극적인 개념으로 설명할 생각이야? 내가 보기엔 그냥 지나친 세력 싸움에 관련된 일로만 보이는데."

"왜 그렇게 생각하는데?"

"아주 간단한 일이지. 나는 모든 동족들의 목소리를 구별할 수 있거든. 그리고 특히 이 구역에서 수컷들이 섹시한 마돈나들을 불러들이느라고 질러대는 소리 같은 건, 그냥 듣기만 해도 무슨 의도인지 알아낼 수 있어.[8] 내가 지난주에 들었던 소리들, 아니, 비명 소리들은 말야, 전부 수컷들이 내는 소리였어. 이미 경쟁자하고 한 판 싸우고 난 후에 자기를 유혹하는 그녀에게로 가고 있는 중에 내는 소리였지. 그런데 아직도 한창 큰 소리로 야옹거리고 있는 도중에 갑자기 누군가가 나타난 거야. 분명히 그들이 잘 알고 있고, 특히 존경심을 갖고 있는 자였을 거야. 왜냐면 그 누군가가 나타났을 때, 그런 상태에서도 호전적인 태세를 누그러뜨렸으니까 말야."

"내 가설도 바로 그거야. 그 누군가를 알고 있어?"

"아니."

"그가 그 죽을 자들하고 뭔가 이야기를 나눴어?"

"그래. 하지만 무슨 이야기를 하는지 알아들을 수가 없었어. 하지만 한 가지는 분명히 계속 들을 수 있었어. 그 알 수 없는 자가 굉장히 다급하고 심각하게 말을 하는 것 같았어. 뭔가를 상대방한테 설득하고 있는 것처럼 들렸어"

"뭔가를 설득하는 것 같았다고?"

"그렇게 들렸어."

"그 후엔 어떻게 됐어?"

"이야기를 나눈 후에 대개는 잠깐 동안 조용해졌어."

"그리고 나서 비명소리가 들렸겠지?!"

"맞아. 내 생각엔 그 낯선 자가 그들을 물어뜯어 죽였던 것 같아."

"바로 그거야. 그건 우리가 사냥할 때 하는 것 같이 목을 노리고 물어뜯는 거라고. 사실상 경쟁자를 상대로는 거의 불가능한 전법이지. 대개 그런 경우에는 상대방하고 크기나 힘, 빠르기가 비슷할 테니까 말야. 단지 희생자가 그런 일이 벌어지리라고는 전혀 예상도 못하고, 잠깐 동안 살해자한테 등을 내보였을 때에만 가능한 일이지. 그렇다면 분명, 그 정도로 믿을 수 있는 상대였다는 뜻일 거야."

"어쩌면 성가신 일을 피하고 싶었던 암컷이 그랬을지도 모르지."

"귀찮은 사내를 쫓아버리는 방법치고는 좀 괴상하잖아. 아냐, 아니라고. 이 살해 사건들은 모두 치밀하고 냉혹하게 계획된 일이었어. 내 생각으로는, 그 클라우단두스 광신도들이 이 목을 물어뜯는 살해자들일 가능성이 농후한 것 같아. 특히 그 교주가 수상해. 분명히 과거에 부두교(서인도제도 및 미국 남부 흑인들 사이에 성행했던 일종의 악마 숭배 종교 – 역주) 물건들을 파는 가게라도 열었을 거야. 이 집단에 대해서 뭔가 이야기해줄 수 있겠어?"

"조금밖에 몰라. 내가 알고 있는 건, 그들이 클라우단두스라는 순교자를 숭배하는 집단이라는 거야. 그 클라우단두스라는 자는 아주 옛날에 이 구역 어딘가에서 살았다고 해. 날 때부터 괴롭힘당하고 고문을 당했다는 거야. 누가 그랬고, 왜 그랬는지는 아무도 정확히 몰라. 어쨌거나 고통이 너무나 심해서 어느 날은 더 이상 참지 못하고 하느님에게 구해달라고 기도를 했대. 그랬더니, 하느님이 그 기도를 들어주셨다는 거야. 하느님이 그에게 내려와서 그를 고통에서 해방시켜줬어. 그를 괴롭히던 자는 잔인하게 살해당했지. 그 반면에 착한 클라우단두스는 곧장 하느님의 성소로 데려갔다는 거야.

어쨌거나 그 후로 아무도 그를 볼 수 없었다니까. 모든 전설이 그런 것처럼 이 전설에도 뭔가 '사실'과 관련된 핵심이 들어 있겠지. 하지만 그게 뭔지는 모르겠어."

"너, 그거 알고 있어? 이 클라우단두스라는 이름은 라틴어로 '닫혀져야만 할 자'라는 뜻을 갖고 있어."

"몰랐어. 그런 건 전혀 생각도 안 해봤거든. 하지만 내가 보기엔 네가 뭔가 잘못 생각하고 있는 것 같아. 그 교도들 중에 누군가가 범인이라는 의심은 머리 속에서 떨어내버리는 게 나을 거야. 클라우단두스를 숭배한답시고 자해나 저지르는 그런 멍청이들은 전혀 위험하지 않아. 그들은 그냥 뭔가 애매한 종교심리나 헌신 같은 것에 끌려서 그런 미친 짓들을 하고 있는 것뿐이야. 어쩌면 그냥 심심해서 그럴지도 모르지. 절대로 그런 일로 남을 해칠 리가 없어. 그런데 살해라고? ……글쎄, 난 모르겠어."

"클라우단두스에 대한 네 말은 새겨들을게. 하지만 그래도 혐의가 가는 건 어쩔 수가 없어. 이 광신도들은 아무래도 진짜……"

내가 말을 끝맺기도 전에 그녀가 갑자기 얼른 고개를 위로 쳐들었다. 나도 역시 고개를 들고, 펠리시타의 보이지 않는 눈이 기대 섞인 열성을 가득 담아 바라보는 그 지점을 같이 올려다보았다.

블라우바트가 열려진 지붕 창 틈으로 고개를 들이밀고 있었다. 그는 미안하다는 듯한 눈빛으로 우리들을 내려다보고 있었다.

"너 왜 토껴버렸냐? 우린 그냥 너하고 좀 떠들어볼 생각이었다고." 그는 결국 변명에 가까운 말을 꺼냈다.

"내 혓바닥을 360볼트 전기로 지져버릴 생각이었나 보지? 응?" 나는 화가 나서 맞받아쳤다.

펠리시타는 다시 마음을 놓는 것 같아 보였다. 그녀의 얼굴 위로 막 떠오른 아침 태양이 은빛 빛줄기들을 흩뿌리고 있었다. 매혹적인 눈 먼 미소가 그녀의 얼굴 가득 피어올랐다. 그녀는 싸움이 일어나지 않는 것에 대해 안심하는 것 같았다. 싸움꾼도 없고, 싸울 일도 없고, 삶도 없었다.

4

블라우바트가 나타난 직후 펠리시타의 주인이 잠에서 깨어났고(외눈 안경을 쓰고, 실크 파자마를 입고 있었으며, 해포석 파이프를 문 손가락에는 인장 반지를 끼고 있는 몰락한 귀족이었다), 그는 구스타프와 별다를 게 없는 이런저런 유치한 몸짓과 소음으로 우리 둘에게 인사를 건넸다. 이 귀족 '나리'에게는 몸종이 없었기 때문에, 그는 손수 아침 신문과 빵을 가지러 갔고, 나는 그 기회를 틈타서 열려진 거실 문을 통해 밖으로 슬쩍 빠져 나왔다. 그 전에 물론 펠리시타에게 작별을 고하며 나중에 다시 찾아오겠다고 약속했다.

나는 다시 지붕 위로 올라가 그곳에서 기다리고 있던 블라우바트를 만났다. 그는 지난밤에 벌어진 사건에 대해 이야기하는 것을 무척 당혹스러워했지만, 나는 그의 기분 따위는 신경 써주고 싶은 마음이 전혀 없었다.

"너 말야, 나한테 이 살해 사건을 해결해달라고 부탁해 놓고, 정작 중요한 이야기는 빠뜨렸단 말이지. 다음엔 또 어떤 기막힌 일이 기다리고 있을지 모를 노릇이구먼." 나는 이를 갈 듯이 내뱉었다.

"중요하다니, 뭐가 중요한데? 세상에, 도대체 누가 그 따위 걸 중요하다고 생각했겠냐! 이 클라우단두스 짓거리는 그냥 일종의 시간 때우기 놀이란 말이다. 그냥 좀 스릴 있는, 담력시험 같은 거라고. 뭐라고 부르든지 그건 네 맘이지만 말야. 이런 제기랄! 그런 게 그 목 물어뜯는 미치광이하고 무슨 상관이 있다고 그러는 건데?"

나는 화가 나서 폭발하기 일보 직전이었다. 녀석은 일부러 이렇게 바보처럼 구는 것일까?

"물론 아무 상관없지, 이 멍청아! 온갖 쓰레기 같은 일당들이 잔뜩 모여서는, 무슨 끔찍한 일이 벌어질지, 아니면 이미 벌어졌는지도 모를 그런 폭력적인 흥분 상태에 몰입해 있었다고. 그런데 그 모든 일이 당연히 살해 사건과는 아무 상관도 없단 말이지. 너는 나를 속였어, 블라우바트! 아니, 정확히 말하자면 중요한 정보를 숨겼다고 해야겠지. 그 사실은 너 스스로 아주 잘 알고 있을 거야. 하지만 도대체 네가 왜 그랬는지는 여전히 이해할 수 없군."

"난 그냥, 그게 별로 중요하지 않은 일이라고 생각했다고." 그는 당혹스럽다는 듯이 중얼거렸다.

"별로 중요하지 않다고? 이렇게 괴상한 사건을 해결하려면 모든 세부사항들이 중요하다고. 블라우바트, 모든 일이! 모든 사소한 일들이 경우에 따라서는 예상치 못한 의미를 갖게 될 수 있어. 앞으로 이것 한 가지는 꼭 명심하도록 해. 나한테 모든 걸 솔직하게 털어놓지 않는다면 우린 절대로 함께 일할 수 없어!"

떠오르던 태양이 지붕 위를 짙은 오렌지빛으로 물들이고 있었다. 날씨가 맑고 쾌청해서, 햇빛이 더욱 눈부시게 빛나고 있었다. 우리가 다시 구스타프의 집을 향해 돌아가는 동안, 블라우바트는 힘겹게 발을 절뚝거리며 내 옆을 걸으면서, 그제서야 제대로 된 이야기를 털어놓았다. 사이비 종교 집단은 벌써 몇 년 전부터 존재해오고 있었다. 그러나 그 등장 배경에 대해서는 알려진 바가 거의 없었다. 다만 분명한 것은 '조커'가―백발의 교주― 고통으로 가득한 클라우단두스의 가르침을 널리 전파하기 시작한 최초의 전도자였다는 것이다. 수년 동안 그는 이 일을 위해 수많은 추종자들을 계속 찾아냈고, 결국엔 제대로 설명하기 힘든 어떤 이유로 거의 모두가 동참하게 되었다. 펠리시타가 정확히 추측해낸 것처럼, 그것은 분명 종교에 대한 강한 욕구와 응분의 배당과 보호를 받을 수 있는 활동에 참여하고 싶은 마음에서 비롯되었을 것이다. 예배의 일부로 자리잡게 된 괴상한 전기 충격 외에는, 집회를 하는 동안 그다지 이상하게 느껴질 만한 특이한 점들은 없었다는 것이 블라우바트의 생각이었다. 일단 그 교파 자체가 매우 특이한 집단이라는 사실을 제쳐둔다면 말이다. 낡은 집에서 흘러나온 화학 약품 냄새가 신도들에게 공격성을 부추기는 작용을 했을 수도 있다는 내 주장에 대해 블라우바트는 동의하지 않았다. 그는 어쨌건 소동이 벌어진 후에는 늘 곧장 잠들어버렸고, 공격적이라기보다 아무 생각 없이 멍하고 나른한 상태였다는 것이다. 그리고 클라우단두스가 실제로 누구였는지도, 그는 역시 알지 못했다.

이 모든 이야기를 다 듣고도 전혀 만족할 수 없었다. 그 정반대로, 이미 내 안의 모든 의문들은 새로운 물음들을 낳고 있었다. 마치 아주 복잡한 신체 조직 안에 숨어든 바이러스처럼, 살해자는 비밀과 반쪽 진실의 수렁 속에 몸을 숨긴 채 은밀하고도 소리 없이 죽음의 전보를 보내고 있었다.

우리 집 지붕을 향해 다가가던 중, 나는 문득 지붕 아래 집들과 정원들을 내려다보았다. 그사이 태양은 눈부신 황금빛으로 세상을 물들이고 있었다. 그래, 이 세상에는 인간만 살고 있는 게 아니다, 라고 나는 생각했다. 비록 그들이 이 모든 것을 만들었고, 스스로를 만물의 영장이라고 여기고 있다 해도 말이다. 모든 우주에는 소우주도 존재하며, 불행하게도 늘 소우주는 우주를 비추는 추악한 반대개념으로 여겨졌다. 하지만 왜 꼭 그래야만 하는 것일까? 어째서 세상을 단순히 좋은 쪽과 나쁜 쪽으로 양분해야 하는 것일까? 회색은 흔히 불안감을 불러일으키곤 한다. 회색은 사물을 복잡하고 절망적으로 보이게끔 하며, 흑백 논리를 파괴한다. 그러나 선과 악은 없다. 약간 선한 것과 약간 악한 것, 약간 검은 색과 약간 흰색이 있을 뿐이다. 회색은 혐오스러운 색이지만 현실적인, 아마도 가장 현실적인 색일 것이다. 지구가 존재해온 이래로, 끔찍한 사건들의 진상과 살해 동기와 살해자들에 관한 진실은 모두, 이 가장 완벽하게 위장된 회색 뒤에 감춰져 온 것이다.

집에 도착하자 내장을 꺼내 손질한 싱싱한 대구가 그릇에 담겨진 채, 블라우바트와 나를 기다리고 있었다. 구스타프가 좀 유별난 인간이긴 하지만, (아니 그보다는 오히려 전적으로 별난 짓만 하는 인간이지만)자신의 가장 귀중한 친구에게 훌륭한 먹이를 대접하는 일에 관해선 흠잡을 데가 전혀 없다. 물론 이런 수준에 이르기까지는 오랜 시간의 교육과 확실한 실력행사가 필요했다.

인간들은 자신들 외에 다른 존재들도 미식가로서의 즐거움을 누릴 수 있다는 것을 자신들의 능력으로는 결코 깨닫지 못하기 때문이다. 그들 자신의 먹이를 비교하고 선별하는 일에 관해서는 하나의 문화로, 심지어는 종종 하나의 이데올로기로까지 치켜세우면서, 다른 생물들도 뛰어난 미각을 갖고 있다는 것은 인정하려 들지 않는다. 그런 편협한 사고방식에 대처하는 방법은 한 가지뿐이다. 즉 먹기를 거부하는 것이다! 이 오물과 음식 쓰레기 따위의 구역질나는 적선을 거부하고 굶고 또 굶는 것이다![9] 그것은 죄수들이 감옥 안의 생활 여건 개선을 요구하며 단식 투쟁을 통해 인내와 긍지를 입증하는 것에 비견될 만한 투지와 노력을 요하는 일이었다.

이런 소박한 저항을 통해, 나는 구스타프와의 관계가 시작되던 처음부터 그가 제멋대로 추측해서 나를 위한 소위 '맛있는 냠냠이' 라고 주는 먹이를, 실상은 내가 쓰레기로 여기고 있다는 것과 그 따위의 것은 냄새조차 맡고 싶지 않다는 것을 확실히 그에게 이해시켰다. 그러나 내가 여러 번 말했듯이, 구스타프의 지능은 그 유명한 말하는 원숭이 코코와 러시아의 우주비행견 사이 어디쯤에나 겨우 미칠까 싶은 수준이다. 그런 이유로, 그가 자신의 잘못을 깨닫고 나를 위해 제대로 된 음식을 준비하게 되기까지는 많은 시간이 걸렸다. 점차 나는 그에게 고기를 살짝 굽고 심지어 양념을 더하게까지 만들 수 있었다. 그리고 문자 그대로 우리의 관계는 역전되어, 곧 오히려 그가 '내 손에서 먹이를 받아먹을' 정도로 내 비위를 맞추게 되었던 것이다. 마지막으로 덧붙여야 할 것은, 사실상 압제라는 것은 존재하지 않으며 단지 압제 아래 스스로 굴복하는 자들만 있을 뿐이라는 것이다. 아멘!

불라우바트의 뱃속에서 울리는 꼬르륵 소리가 내 뱃속에서 나는 소리보다 네 배는 더 시끄러웠기 때문인지, 내가 배불리 먹고 난 후에도 그는 여전히 미친 듯이 대구를 입 속에 처넣고 있는 중이었다. 일단 그를 내버려둔 채로, 나는 수리된 집의 상태를 평가하기 위해 거실 검사를 감행했다.

두 일꾼들은 상당히 많은 일을 해치워 놓은 상태였다. 아치가 벌써 쪽마루를 다 깔아놓을 동안, 구스타프는 땀을 뻘뻘 흘리면서 꼭 그래야 한다는 듯이 입 밖으로 늘어뜨린 혀를 이리저리 정신없이 꼬아가며 최신 유행의 인조벽지라는 것을 벽에 바르고 있었다. 나를 발견하자 그는 하던 일을 모두 내팽개치고는 내게로 뒤뚱뒤뚱 걸어왔다. 그는 나를 안아 올리더니 소시지 같은 두툼한 손가락으로 내 털을 쓰다듬으며 그가 즐겨 말하는 소위 '반드시 필요한 스킨십'을 했다.

그사이에 완벽한 가내 수공업자로서의 역할에 완전히 몰입하게 된 아치는 온갖 쓸모 없는 기계들을 집 안에 늘어놓고 있었다. 그렇다, 내가 보기엔 전혀 쓸모 없을 것 같은 기계들을 그는 근방 100킬로미터 이내에서 찾아내어 온 것이었다. 심지어는 콧구멍에서 코딱지 파내는 기계까지 있을 것 같아 보였다. 비록 우리가 서로 무척 호감을 갖고 있는 사이이긴 해도, 그가 너무 비현실적인 세계에 혼자 동떨어져 있는 것 같아 보여 더 이상 내가 좋아했던 예전의 그 남자가 아니라는 생각이 드는 것은 어쩔 수 없었다.

구스타프는 아치가 가져온 기계들에 대해 짜증스런 말들을 내뱉으며 나더러 못된 아치 아저씨 말을 듣지 말라고 떠들어댔다. 나는 개의치 않고 내 친구의 무릎에서 뛰어 내려가 다시 욕실로 돌아갔다. 욕실에서 블라우바트는 깨끗이 핥아먹은 빈 그릇과 함께 나를 기다리고 있었다. 블라우바트는 나의 융숭한 대접에 대한 감사의 표시로, 어제 일어났던 일들에 대해 모두 털어놓겠다고 하면서 '다른 똑똑한 녀석'을 소개시켜 주기로 했다.

다른 똑똑한 놈과의 만남은, 가던 도중에 블라우바트가 쉴새없이 떠들어댔던 그 모든 허풍보다도 훨씬 놀라운, 기대 이상의 만남이었다. 이제부터 일어날 일에 대한 나의 보고가 많은 독자들에게 의심스럽게 여겨질 만하다는 것을 분명히 인정해두겠다. 모든 일을 내 눈으로 직접 보지 않았더라면, 솔직히 말해 나 자신도 그것을 믿지 않았을 것이다. 그러나 일단 그것이 사실임이 분명한 이상, 나는 적어도 더 이상 과장하지는 않도록 주의하며 그 사건을 기록해 보고자 한다.

블라우바트는 이 지역에서도 가장 외지고 한적한 구석에 세워져 있는, 온통 담쟁이덩굴로 뒤덮인 한 낡은 건물로 나를 데리고 갔다. 동화 속 마녀 집처럼 보이는 그 낡고 음산한 건물은, 그러나 그 내부는 호사스럽기 짝이 없었다. 텔레비전 드라마 속에 종종 등장하는 과소비를 조장하는 오만한 비벌리 힐스 귀족들처럼 살게 될 날을 꿈꾸는, 야심 가득한 젊은 매니저의 취향을 그려놓은 듯한 모습이었다. 그것은 고통의 극한까지 수행을 하고 있는 고행자의 가족 중에 요행히 출세한 인테리어 디자이너가 있어서, 그 고행자의 초라한 오두막에 실내 장식을 해준 듯한 꼴이었다. 이 집의 가장 두드러진 특징은 텅 빈 듯한 공간 배치에 있었다. 모든 방마다 가장 눈에 띄는 것은 매우 희귀한 양탄자가 깔린 거울처럼 반짝거리는 흰 대리석 바닥이었다. 가구와 다른 비품들은 그 위에 드문드문 놓여 있어, 마치 전람회장을 둘러보는 느낌이었다.

그것은 매우 위화감을 주는 광경이었다. 여기 사는 인간들은 도대체 반짇고리라든가 구두솔 같은 것들을 어디에 두는 것일까? 그들은 어린 시절의 추억이 담긴 물건들을 하나도 갖고 있지 않은 것일까? 세월이 지나면서 어떻게든 늘어나기 마련인 생활의 흔적이 묻은 온갖 성가신 잡동사니들을 도대체 어디에 숨겨두고 있는 것일까? 그런 것들 대신 이 곳에는 뉴욕의 현대 미술 박물관을 옮겨온 듯한 인상을 풍기는 물건들만이 놓여져 있을 뿐이었다.

반쯤 열려진 문을 통해 블라우바트와 나는 정원에서 거실로 곧장 들어갔다. 거실에는 묵직한 가죽소파와 CD플레이어 장비, 그리고 클래식 CD 한 세트만이 놓여 있었다. 흰 벽에는 단 두 장의 사진이 걸려 있었다. 첫번째 것은 여성의 생식기 부분이 아주 크게 확대된 사진이었고, 두 번째는 남성의 생식기 사진이었다. 이 곳엔 진짜 예술 애호가가 살고 있었던 것이다! 구스타프의 취향, 아니 더 정확히 말하자면 그의 악취미에 비해 얼마나 다른가! 그 인간은 언젠가는 심지어 달력에 인쇄된 반 고흐의 해바라기 그림을 찢어내서는 압정으로 (내가 분명히 목격했듯 압정으로!) 벽에 꽂아두는 뻔뻔스러운 짓을 했던 것이다. 결국 내가 반 미친 듯이 짜증을 내며 그것을 박박 찢어 버렸지만 말이다. 나는 과연 이 현대적인 미술 감각을 갖춘 집에서 살고 있는 인간들도, 구스타프처럼 욕실에 고무로 만든 끔찍한 목욕 친구 오리를 갖고 있을지 라는 의문이 들었다. 혹은 그들도 할머니가 짜주신 자신의 이름이 새겨진 식탁보를 갖고 있을런지, 만약 할머니가 있을 경우에 말이다. 분명히 그들은 고기도 먹지 않을 것이다. 설령 고기를 먹는다 해도 절대로 구스타프처럼 지독한 냄새를 풍기지는 않을 것이다.

블라우바트는 음흉한 미소를 지은 채 거대한 여성 성기 사진 앞에 뿌리 박힌 듯 서 있었다.

"대단히 인상적이군," 하고 나는 말을 건넸다. "여기는 포주나 미대 교수의 집인가 보지?"

"아, 젠장, 그건 나도 정확히 몰라." 그는 골똘히 기억을 더듬었다.

"내 생각에는 이 쓰러져 가는 집의 주인이라는 작자는 뭔가 학문에 관계된 일을 하는 것 같아. 수학인지, 생물학인지, 아니면 초심리학인지는 알게 뭐냐. 어쨌거나 그 짓으로 돈을 잔뜩 벌어들이는 건 틀림없겠지, 이런 온갖 어처구니없는 것들을 사댈 정도면 말야."

"자, 그럼 잘난 네 놈이 인정하는 그 똑똑한 놈은 어디 있는데?"

그는 어깨를 으쓱했다.

"몰라. 한번 찾아보지 뭐."

우리는 양탄자에서 대리석으로, 대리석에서 양탄자로 이리저리 돌아다녔다. 계속 그렇게 돌아다니던 끝에 이 초현대적 인테리어의 불가사의한 세계에서 울려나오는 듯한, 온갖 비명 소리를 느끼며 토할 지경에 이르고 말았다. 우리는 지금까지 봐온 방 중, 유일하게 가구가 갖추어져 있는 듯한 어떤 방에서 아프리카 토속품들을 질린 채 바라보았다. 르 꼬르뷔지에 소파, 토네트 의자들, 수많은 멤피스들과 비더마이어 가구들, 아마도 이것들을 수리하는 데 든 비용은 사과 한 개와 달걀 하나 따위로 이 물건들을 갈취당했을 어떤 어리석은 농부가 평생 동안 번 돈보다 더 많을 것이다.

그리고 마침내 우리는 찾고 있던 목표물을 발견했다. 이 우연한 만남은 실로 '똑똑한 놈 찾기 대 작전'의 결정판이었다!

우리가 1층에 있는 서재로 들어섰을 때, 나는 오른쪽 벽에 걸린 액자에 온통 눈을 빼앗기고 있었기 때문에 처음엔 그의 존재를 눈치채지 못했다. 그 거대한 액자엔 넓은 어깨를 가진 대단히 여유로워 보이는 40대 중반의 남자의 사진이 들어있었다. 그는 머리가 크고, 이마가 넓으며 금테 안경을 낀, 친절해 보이지만 꿰뚫어보는 듯한 파란 눈을 가진 남자였다. 그의 눈빛은 지성과 호기심을 드러내고 있었으며, 꾹 다문 입가는 장난기를 감추고 있었다. 그는 수도회 수사들이 입는 평상복 차림이었는데, 검은 색의 넉넉한 프록 코트에 목이 긴 튼튼한 장화 안으로 바지를 쑤셔 넣은 채였다. 그는 이름 모를 식물들 한가운데 서 있었는데 가지들과 나뭇잎들이 그를 둘러싸고 있는 모습이 마치 그 자신이, 이 모든 녹색 생물들 속에서 자라 나온 하나의 식물인 듯한 인상을 주고 있었다. 사진 아래의 왼쪽 구석에는 날아가는 듯한 우아한 글씨체로 그레고르 요한 멘델('멘델의 법칙'을 발견한 식물학자이자 어거스틴 수도회 수사 - 역주) 이라고 쓰여 있었다. 아마도 이 집 주인이 성직자이거나, 아니면 이 사진은 단순히 그의 친척, 아마도 그의 아버지를 찍은 사진인 것 같았다.

나는 액자로부터 눈을 떼어 번쩍거리는 책상 위에 놓여진 컴퓨터로 시선을 돌렸다. 그 컬러 모니터 앞에 우리의 친구가 앉아 있었다! 처음에 나는 그가 잠들어 있다고 생각했다. 그러나 다음 순간 그가 오른쪽 앞발을 움직여 대단히 빠른 속도로 키보드를 조작하고 있는 것이 보였다. 그것은 한 마디로 믿을 수 없는 광경이었다. 마침 이 작자는 주식 시황 판을 조작해서 마지막 주식공황을 일으키고 있었던 것이다! 나는 이미 우리 종족에 관한 믿기 어려운 이야기들을 많이 들어왔지만, 이 장면은 그야말로 자연을 역행하는, 아니 그보다 더 심하게도 브렘의 동물생태(동물학자 브렘이 쓴 고전적인 동물학 저서 - 역주)를 역행하는 허무맹랑한 것이었다!

내가 너무 놀라서 숨을 멈추고 있는 동안 그는 화면으로부터 몸을 돌려 우리를 향해 미소 지으며 눈을 깜빡였다.

"어서 오게, 친구들!" 그는 열광적으로 우리를 맞았다. "자네들이 도대체 어디에 있는지 궁금해하던 참이었네. 블라우바트가 나한테……" 그는 나의 놀란 눈빛을 알아차리고는 낄낄거리며 머리를 흔들었다.

"아, 내 장난을 들켜버렸군. 이렇게, 마이크로 전자 공학의 성과는 이 세계를 최악의 길로 인도하고 말았지. 쫄딱 망하게 될 때까지 게임에 몰두하라! 그러니 이 기적의 기계를 순전히 합리적인 목적으로만 사용한다고 잘난 척하는 컴퓨터 소유자에 관한 이야기는 내 앞에서 꺼내지 말게. 대부분은 이 물건을 장난감처럼 갖고 놀게 될 거야. 물론 나도 예외는 아니지."

그는 지적 능력과 통찰력에 있어 다른 모든 종을 압도한다는 그 '브라운 하바나 종'이었다. 독특한 아메리카 종으로 알려진 얼굴이 좀 갸름하고 코가 눈 사이에 뚜렷하게 우뚝 선 모양을 한 종이었다. 그의 특이한 주둥이 형태와 끝이 앞으로 향한 유난히 큰 귀로 인해, 그는 내가 지금까지 보아온 어떤 동족과도 달라 보였다. 강인하고 따뜻한 초콜릿 브라운 색의, 그러나 흐릿한 불빛에서 보면 검정색으로 보일 수 있는 그의 부드러운 털은, 책상 뒤의 거대한 유리창을 통해 쏟아져 들어온 저물어 가는 가을 햇살을 듬뿍 머금고 있었다. 그렇다, 그는 너무나 아름다웠다. 하지만 이 근방에 살고 있는 거의 모든 동족들이 그렇듯이, 그도 어딘가 부자연스러운 모습이었다. 무엇이 이상한지 정확히 설명할 수는 없었지만 그는 어딘가 마치, 이를테면 서로 그다지 조화를 이루지 못하는 이질적인 조각들을 이리저리 끼워 맞춘 조잡한 어린이용 퍼즐을 보는 듯한 인상이었다. 아마도 이런 인상은 그의 나이로 인한 것이리라. 그는 벌써 노년으로 접어들기 시작한 나이였던 것이다. 그러나 어쩌면 펠리시타의 경우처럼 그도 오래 전 언젠가 어떤 끔찍한 일을 겪었을지도 모른다.

"자, 여기 이 녀석은 프란시스예요. 그리고 저기 저 똑똑한 양반은 파스칼이라고 해." 블라우바트가 우리를 서로 소개시켰다.

그가 책상에서 뛰어 내려와 우리를 향해 다가오는 동안 나는 잠깐 모니터를 훔쳐볼 수 있었다. 그러나 몇 개의 컬러 그래픽이 표시된 판독 불가능한 암호문서 외에는 아무것도 알아볼 수 없었다.

"자네를 만나게 되어 기쁘고 영광이네, 프란시스." 파스칼은 진심 어린 어조로 말을 건네며 우리 앞에 섰다. "자네들 둘에게 뭔가 간단한 음식을 대접해도 되겠나? 여기 새우가 들어있는 랏찌캇쯔(고양이 먹이 상표 – 역주)가 있네만."

"고맙지만, 방금 먹고 왔어요."

나는 이 예의범절놀이에 점점 피로를 느끼고 있었다.

"에헴, 저는 개인적으로 한 입 정도는 사양하지 않을랍니다. 오늘 아침엔 왠지 입맛이 없었거든요. 그런 일이 있고 난 후라서……둘 다 무슨 소린지 알겠지만 말이죠."

블라우바트는 멀쩡한 한 쪽 눈으로 당혹스런 눈길을 내게 던지며 말없이 눈짓으로 양해를 구했다.

"그야 당연하지, 친애하는 블라우바트 군. 식욕감퇴는 심각하게 받아들일 만한 사태라네. 아마도 병원에 가서 검진을 받는 편이 좋을 것 같네만. 그런 사소한 고통은 간과되기 쉬우니 말일세."

"아, 아니, 아니에요." 블라우바트는 얼른 수습에 나섰다. "그냥 좀……에, 뭐라고 해야할지, 그냥 약간의 불쾌감이랄까. 아마 뱃속에 뭔가 좀 집어넣고 나면 바로 좋아질 것 같구먼요."

"좋아, 좋아, 그럼 그러게나. 랏찌캇쯔는 부엌에 차려져 있으니."

그는 타고난 듯한 친절한 태도로 우리를 그곳으로 안내하려 했다. 하지만 블라우바트가 말이 끝나기가 무섭게 부엌 쪽을 향해 서둘러 가고 있을 때, 나는 재빨리 이 컴퓨터전문가 앞을 가로막고 나섰다.

"실례합니다만, 파스칼. 나는 우리 동족 중에 누군가가 그런 기계를 다룰 수 있으리라고는 꿈에도 생각해본 적이 없었어요. 혹시 내게도 그걸 다루는 법을 보여주실 수 있을까요?"

그의 얼굴 위로 감격의 미소가 피어올랐다. 이 얼마나 사랑스런 작자인가!

"그야 물론이지, 프란시스. 그보다 더 즐거운 일은 없을걸세. 자네가 원한다면 사용법을 가르쳐줄 수도 있네. 그건 그렇고, 블라우바트가 자네에 관해 많은 이야기를 해주었지. 물론 좋은 이야기들뿐이었네. 자네가 이 구역에서 벌어진 살해 사건을 해결하려고 애쓰는 것에 대해서 나는 참으로 고무적인 일이라고 생각한다네. 나도 내 나름의 소박한 방식으로 이 잔인한 도살자의 술책을 알아내려고 노력하고 있는 중이네. 만약 우리가 힘을 합친다면 범인을 잡아낼 수 있으리라고 믿네만. 자, 보게나, 어떻게 해야 하냐면……"

우리는 책상 위로 훌쩍 뛰어 올라가, 컴퓨터 본체 위에 세워져 있는 모니터 앞에 섰다. 집주인의 호사스러움은 여기서도 잘 드러나고 있었다. 그 물건은 진짜 IBM 컴퓨터였던 것이다. 모니터에 떠 있던 문서는 무슨 학문적인 에세이 같았는데, 그걸 몇 줄 읽어보자마자, 뚜껑 열린 향수병에서 향기가 퍼져 나가듯이 내 집중력이 마구 흩어져버리기 시작하는 것을 느꼈다.

"내 주인은 물론, 자기가 없는 동안 내가 자기 작업도구를 갖고 놀고 있는 줄은 꿈에도 모른다네. 하지만 그는 하루 종일 집에 없는 데다 여긴 끔찍할 만큼 지루한 곳이거든. 이건 정말 믿어도 되네. 그리고 내 나이쯤 되면, 저 밖에 나가 돌아다닐 의욕이 별로 안 생긴다네."

'저 밖'에 대해 두려워하던 또 다른 누군가가 생각났다. 이 근방에는 수도사들만 잔뜩 살고 있는 모양이다. 하긴 '저 밖'에 웬 정신병자가 돌아다니고 있다는 사실을 염두에 둔다면 충분히 납득이 갈 일이긴 하다.

"정말 놀라운 일이군요, 파스칼. 도대체 어떻게 이런 걸 배우셨나요?"

"아주 간단하네. 내 동거인이 보는 프로그래밍 책들이 항상 이 서재 어딘가에 펼쳐져 있거든. 그냥 들여다보고 혼자 터득해버렸지. 디스켓은 그의 물건 중에서 슬쩍 꺼내온다네. 그리고 그가 모르게 컴퓨터를 조작해놓고, 하드디스크에 몰래 폴더를 만들어서……"

"잠깐, 잠깐만요. 너무 빨라요." 나는 항의했다. "정말 당신 이야기를 알아듣길 바란다면 좀 천천히 말해주세요. 프로그래밍 책이며, 디스켓이며, 하드디스크라니……무슨 소리인지 전혀 모르겠단 말입니다."

그는 쑥스러운 듯한 미소를 띠었다.

"그래, 그래, 이 늙은 파스칼에겐 하루가 워낙 길게 느껴지기 때문에, 그만 한없이 수다를 늘어놓고 말았네. 게다가 멍청한 소리만 해대고 말일세. 이거야 원, 나이 탓이려니 하게나. 너무 외롭게 지내다 보면 오히려 말이 많아지거든. 하지만 걱정 말게나, 프란시스. 자네에게 모든 걸 가르쳐줄 테니. 이건 정말 아주 쉬운 일이라네. 논리적이니까 말일세. 그리고 자네 눈을 보니, 자네는 타고난 논리주의자거든."

"내 논리적인 자질이 이 연쇄 살해 사건을 해결하는 데 도움이 되면 좋겠네요. 하지만 지금까지 그렇게 많은 단서와 실마리들을 모을 수 있었는데도 전혀 진전된 게 없단 말입니다."

"그럼 다시 본론으로 돌아가서, 그 문제에 대해 얘기해 보세."

파스칼은 키보드의 위쪽에 있는 기능키 하나를 만졌다. 그러자 모니터가 위에서 아래쪽으로 점점 어두워지더니 완전히 까맣게 변해버렸다. 그리고는 이 검은 화면 위로, 엄청나게 많은 로마 숫자들이 매겨져 있는 제목들로 이루어진 목록 하나가 떠오르는 것이었다. 제일 위에 이 목록의 제목이 써 있었다. 펠리데(FELIDAE)

"이 단어가 무슨 뜻인지 알고 있니?" 파스칼이 물었다.

"물론이죠." 나는 대답했다. "우리 동족에 관련된 학문적인 상위 개념들 아닌가요? 판테라, 아키노닉스, 네오펠리스, 링크스, 그리고 레오파르두스 이렇게 말이죠. 동물학자들 사이에선 아직도 분류 논쟁이 계속되고 있다지만, 어쨌거나 현재로선 이 모든 속명(屬名)이 공식적으로 주된 과(科) 기원인 펠리데에 포함되죠."

파스칼은 마치 신비로 가득한 태고 시대를 바라보는 듯한 아득한 눈빛이 되었다.

"펠리데라……" 그는 거의 선망한다는 듯한 표정으로 속삭였다. "진화는 엄청나게 많은 수의 생물들을 만들어냈지. 백만 종 이상의 동물들이 오늘날 이 지구 위에 살고 있다네. 하지만 그 중 어떤 종도 펠리데만큼 존경과 경탄을 받을 수 없네. 펠리데는 겨우 40개 정도의 하위 종개념으로 분류될 뿐이지만, 그들은 절대적으로 가장 매혹적인 피조물에 속하지. 진부하게 들릴지도 모르지만, 자연의 기적일세!"

"하지만 이 목록들은 뭡니까, 파스칼? 이 컴퓨터로 계보학 연구라도 하고 있나요? 그리고 이게 전부 살해 사건하고 무슨 관계가 있습니까?" 그는 장난꾸러기처럼 웃었다.

"기다려 보게, 젊은 친구. 조금만 더 기다려 보라고. 노인네하고 대화를 하려면 무엇보다 두 가지 자질이 필요하지. 입 냄새에 대한 철저한 면역과 인내심 말일세!"

키를 하나 눌러서 그는 목록의 점 하나 하나를 차례대로 훑어 내려갔다. 그리고 '공동체'라는 항목에 다다르자 다른 키를 눌렀다. 목록이 사라지고 이제 모니터에는 수없이 많은 이름 명부들이 나타났다. 그리고 그 각각엔 약 반 페이지 가량의 문서들이 첨부되어 있었다.

"여기 이건 우리 공동체 일원들, 그러니까 우리 지역에 살고 있는 거주자들의 자세한 신상 기록이라네." 파스칼은 설명했다. "모든 동족들이 각각 이름과 나이, 성별, 종, 털의 특징, 가족, 주인, 성격적 특징, 두드러진 신체적 특징, 건강 상태 등등에 따라서 기록되어 있지. 특히 각각의 동족들 사이의 다중적인 관계들을 기록해놓았네. 중요한 맥락에 따라서 복잡한 검색과 배열 시스템을 구축해놓았지. 그러고 보니 자네도 여기에 기록을 해야겠군. 여기에는 대략 200마리의 형제 자매들의 신상이 요약되어 있어. 이 목록은 내가 처음 컴퓨터를 배우기 시작할 때 만들었지. 이 복잡한 자료들을 가지고 데이터 관리 프로그램의 기능들을 연습해볼 수 있었다네. 말하자면 그냥 심심풀이로 말일세. 하지만 물론 그사이에 이 기록들은 완전히 새로운 의미를 갖게 되었지."

그는 다시 다른 키를 만졌다. 그러자 화면 오른쪽 위에 반짝거리는 작은 물음표가 나타났다. 파스칼은 그 옆에 '살해'라는 단어를 입력했다. 컴퓨터가 신음하는 듯한 소리를 냈고, 목록들은 엄청난 속도로 위 아래로 움직이더니 마침내 '아틀라스'라는 이름에서 멈췄다. 이 이름과 그에 속한 자료들은 검은 테가 둘러져 있었고, 그 글자들엔 새빨간 밑줄이 그어져 있었으며, 제일 아래쪽엔 굵고 검은 십자가 표시가 되어 있었다.

"아틀라스가 첫번째 희생자였군. 그는 작은 카사노바였지. 젊고, 무모하고, 오직 삶과 사랑에 대한 만족할 줄 모르는 굶주림으로 가득 찬 녀석이었어. 생전 적이라고는 만들 일이 없었을 거야. 그는 거세되지 않았기 때문에 이 구역 대장의 눈에 종종 거슬릴 만한 일도 있었겠지. 하지만 다른 모든 거세되지 않은 수컷들처럼 그도 영역권에 대해서는 꽤 관대한 태도를 취했었네."

"알고 있나요? 그 희생자들이 전부 살해당할 당시에……"

"그래, 그들 모두 살해당하던 순간에 사랑에 빠져 있었지. 그러니까 어느 발정기의 암컷을 따라가고 있었단 말일세. 그들 모두가 수컷이라는 사실과 그 가족들 사이에 긴밀한 관계가 있다는 점을 제외한다면 바로 그 점이 희생자들 사이의 유일한 공통점이네. 하지만 그 문제는 잠시 동안 제쳐두기로 하세."

그는 다시 마법의 키보드 조작을 했고, 그러자 다시 십자가로 표시된 이름 하나가 나타났다.

"두 번째 희생자인 톰톰일세. 끊임없이 쫓기고 있다는 망상증 환자였지. 지나치게 겁이 많고 생활능력도 없었어. 결국 언젠가는 끔찍한 종말을 맞았을 거야……시체 번호 3번은 이름 모를 동족이군. 매일이 구역 저 구역으로 돌아다니는 노숙자 방랑객이었을 거야. 틀림없이 동냥을 하거나 쓰레기통을 뒤지며 살았을 걸세. 하필 그가 우리구역에서 회춘한 건 순전히 우연일 거야. 네 번째 시체는 사샤구먼. 그는 아직 어린애나 다름없어. 분명히 목을 물어 뜯겨 죽기 몇 주전부터야 사내 구실을 하기 시작했을걸세. 특별 표시를 해둬야겠군. 죽기엔 너무 어렸음. 그리고 마지막으로 다섯 번째는 바로 딥 퍼플일세. 블라우바트는 자네가 벌써 그에 대해서는 알고 있다고 이야기하더군. 이 결벽증 신사가 남몰래 그런 정력을 과시할 줄이야 그 누가 알았겠나."

"한 가지 제의하고 싶은데요," 나는 말을 꺼냈다. "컴퓨터로 희생자들의 종류에 대해서 검색해보세요."

"나쁘지 않은 생각이군." 파스칼은 즐거이 응수했다. 그는 지금 물속에서 노니는 물고기같이 신명이 나 있었다. 마침내 자기처럼 열심히 놀이에 몰두할 동료를 찾아냈다는 기쁨이 그의 얼굴 위에 쓰여 있었다. 그 자료들을 직접 입력했기 때문에 그 자신은 이미 답을 알고 있었을 텐데도 그는 재빠른 속도로 키보드를 두드려댔다.

몇 초 후에 컴퓨터가 검색 결과를 내놓았다. 모니터 위쪽에 노란색의 작은 창이 나타났다.

이 름	종
아틀라스	유럽계 짧은 털
톰 톰	유럽계 짧은 털
펠리데 X	유럽계 짧은 털
사 샤	유럽계 짧은 털
딥 퍼플	유럽계 짧은 털

"다섯 모두 특정한 펠리데 종류에 속하지 않는군." 파스칼이 논평했다.

"그래도 한 가지 공통점은 있군요." 내가 고집스레 응수했다.

"이보게 친구, 그건 아무런 증거도 못 된다네. 유럽계 짧은 털이란 건 전세계에 잔뜩 퍼져 있는 흔한 종이야. 이렇게 표현할 수 있겠군. 유럽계 짧은 털은 가장 평균적인 우리 종족이라고 말일세! 아마 이 구역의 70퍼센트가 이 종에 속할걸세."

그가 옳았다. 하지만 나의 직감으로는, 이것이 분명 내 가설과 이어지는 어떤 연결 고리를 갖고 있을 것 같았다.

"그렇지만 괴상한 일이군요. 모든 희생자가 수컷이고, 발정기중이었고, 유럽계 짧은 털이었다니 말이죠."

"아니, 전부는 아닐세." 그의 얼굴이 갑자기 어두워졌다. 반짝이던 눈에서 그 열성이 사라져버렸다.

"아직 여섯 번째 희생자를 입력하지 않았거든."

"여섯 번째 희생자라뇨?"

나는 몹시 당황했다. 블라우바트가 또 내게 무엇인가를 숨긴 것일까? 내게 아무런 대답도 하지 않은 채 파스칼은 다시 키보드를 조작했다. 컴퓨터는 잠시 동안 검색을 하더니 F로 시작하는 이름의 동족 목록을 뱉어냈다.

끔찍한 생각 하나가 내 머리 속을 휘젓기 시작했다. 하지만 그 생각을 계속 하느니 차라리 죽어버리고만 싶었다. 아니, 이 상상은 한 마디로 가당치도 않다. 그것은 머리 속의 모든 논리를 뒤죽박죽으로 만들어버리고 말 것이었다.

공포가 현실화되었다. 파스칼은 목록의 위쪽으로 훑어 올라가 펠리시타의 이름에서 멈추고는, 키보드를 조작하여 그 부분을 빨갛게 칠하기 시작했다.

"펠리시타가?" 나는 발작적으로 웃어버렸다.

파스칼은 무표정하게 작업을 계속했다.

"그래, 유감스럽게도 펠리시타도 포함되었네."

"아냐, 아닙니다. 파스칼. 그건 말도 안 돼요. 뭔가 착각하신 모양이군요. 겨우 30분 전에 그녀하고 이야기를 나눴단 말입니다. 그녀는 그때 생생히 살아 있었다고요."

"자네와 블라우바트가 도착하기 바로 전에 소식이 들어왔네."

"누가 그러던가요?"

"아가테. 그녀는 부랑자야. 여기저기서 많은 걸 주워 듣지."

"그런데 왜 그걸 바로 알려주지 않았죠?"

"우리의 첫만남을 그런 끔찍한 소식으로 시작하고 싶지 않았네."

"하지만 도대체 언제 어떻게⋯⋯"

그때 갑자기 내 눈에서 비늘이 떨어져 나가는 듯한 느낌이 들었다. 그 열려져 있던 지붕 창⋯⋯! 그녀의 주인은 아침 식사와 신문을 사려고, 나와 함께 그 집을 나왔었다. 그 후에 그녀는 완전히 혼자 있었던 것이다. 갑자기 눈에서 눈물이 솟구쳤다. 왜? 무엇 때문에? 이미 충분히 괴롭힘을 당했던 이 가엾은 생물을 죽일 이유가 도대체 무엇이란 말인가?

나는 책상에서 뛰어 내려 집밖으로 달려 나왔다. 밖으로 나오자 파스칼의 말이 사실이 아닐 것이라는 억지스러운 감정이 나를 사로 잡았다. 그는 다른 펠리시타를 말한 것이리라. 그래, 틀림없이 그럴 것이다. 단지 내 눈으로 그녀가 살아 있다는 것을 확인할 수만 있다면 지구를 거꾸로 돌릴 수도 있을 것 같았다.

나는 아무 생각 없이 정원 담 위를 달려갔다. 내 눈은 지붕 위로 올라갈 길을 간절히 찾아 헤맸다. 주위의 모든 것들이 찢어발겨져서 공중으로 내던져진 달력 종이들처럼 마구 흩어진 채 지나쳐갔다. 그때 소방 사다리 하나가 보였다! 정신없이 사다리를 타고 기어올라가, 숨이 가빠 헐떡거리며 지붕 위에 도달했다. 지금 쉴 수는 없다. 그녀를 봐야만 했다. 반드시 당장 봐야만 했다. 그녀는 죽지 않았을 것이다. 이런 생각이 머릿속을 가득 채운 끝에, 세뇌당한 것 같은 확신으로 변해갔다.

마침내 그 지붕 창에 도착했고, 창은 여전히 열려 있었다. 미친 듯이 쿵쾅대는 심장으로, 창 너머로 고개를 들이밀고 아래를 내려다보았다. 그것은 마치 공포영화의 한 장면 같았다. 그 귀족 노인이 흔들의자에 앉아 울고 있었다. 그의 발 앞에는 펠리시타가……머리가 몸통에서 거의 잘려져 나간 채 죽어 있었다. 살해자는 이번엔 유난히 더 끔찍한 잔혹성을 휘둘러댔던 것이다. 목을 물어뜯어 죽이는 것으로 만족하지 않고, 이미 죽어버린 그녀의 목을 잔인하게 찢어발겨 놓았던 것이다. 너무나 많은 피가 몸에서 흘러나와 바닥을 적시고 있어서, 펠리시타는 마치 그 붉은 즙 속에서 헤엄치고 있는 듯이 보였다. 분명히 그 괴물은 그녀의 목을 완전히 찢어내버릴 속셈이었던 것 같다. 그러다가 갑자기 노인의 발자국 소리를 듣고, 믿을 수 없을 정도의 점프 능력으로 지붕 창을 통해 빠져 달아났던 것이다. 펠리시타의 눈은 한껏 벌어져 있었다. 죽음을 당하던 그 순간조차, 무언가를 보기를 간절히 원했던 것처럼……

이 세상에 이토록 심한 증오와 투쟁과 사악함이 있다니! 그녀가

'저 바깥 세상'을 두려워할 이유가 충분하고도 남았던 것이다. 저 밖에는 다른 자들, 바로 살해자들이 있었던 것이다! 참담한 심정 속에서도, 파스칼에게 말했던 내 가설이 여전히 옳았다는 것을 확신할 수 있었다. 펠리시타를 살해한 것은 나머지 다섯 건의 살해와는 분명히 다른 동기로 이루어졌던 것이다. 그녀는 목격자이기 때문에 살해당했다. 그녀는 어쩌면 내게 더 중요한 사실들을 알려주려 했기 때문에 살해당했던 것이다.

갑자기 얼음 같은 냉기가 온몸을 휩쓸었다. 이것은 결론적으로, 누군가가 내내 나를 미행해왔다는 것을 의미하는 것이 아니겠는가? 살해자는 광폭하고 맛이 간 정신 이상자 따위가 결코 아니었다. 그는 대단히 지능적이며, 자신의 계획을 누군가가 망치는 것을 결코 내버려 둘 생각이 아니었다.

나는 펠리시타를 자세히 살펴보았다. 그녀의 은빛으로 빛나는 털은 핏자국으로 더럽혀져 있었고, 세상을 보고 싶다는 열망이 담겨있던 그녀의 초록빛으로 일렁이던 눈은 이제 생명의 빛을 잃었다. 이 모든 빌어먹을 불의를 보며, 나는 복수를 맹세했다. 누구 짓이든 간에, 그 자도 펠리시타가 당한 것처럼 그대로 당하게 하고야 말리라!

5

악몽들은 더욱 잔혹한 색조를 띠어갔다.

잔뜩 일그러진 감정 상태로 인해 외부의 자극에 완전히 무감각해진 채로, 나는 형언할 수 없는 슬픔에 사로잡혀, 마치 몽유병 환자처럼 집으로 돌아왔다. 잠깐 동안 내 가슴을 할퀴고 지나갔던 분노는 이제 체념과 절망으로 변해 있었다. 기묘한 피로감이 엄습해 와서, 우선은 몇 시간 정도라도 쉬는 편이 낫겠다는 생각이 들었다.

침실에 들어오자마자 베개에 몸을 묻고, 리하르트 슈트라우스(Richard Strauß)의 네 개의 마지막 노래(Vier letzte Lieder)를 들으며 나는 어두운 꿈속으로 빠져 들어갔다. 나는 어느새 세계 멸망의 날을 그린 영화 속 한 장면에나 나올 것 같은 장소에 서 있었다. 세상은 완전히 멸망해버린 것 같았다. 핵 폭탄 때문인지, 세균 전쟁의 결과인지는 그 누가 알겠냐만. 참혹한 문명의 잔해만이 (과연 문명이 존재하기라도 했다면 말이지만), 내 눈앞에 펼쳐져 있었다. 이 황폐한 곳이 바로 우리 구역이라는 사실을 깨닫게 되기까지는 다소 시간이 걸렸다. 근사하게 개조되었던 집들은 모두 폐허로 변해 있었다. 허물어지고, 파괴되었으며 심지어 부분적으로는 폭격을 맞아 산산조각 나 있었다. 건물 전면에는 여기저기 거대한 구멍들이 뚫려 있었고, 그 구멍들 뒤로는 무언가 끔찍한 비밀들이 도사리고 있을 것 같아 보였다. 하지만 가장 기괴한 것은 식물들이었다. 생장을 멈출 수 없다는 듯이 마구 뻗어 나온 미끈거리는 거대한 점액질의 융단이 온 지역을 진한 초록색으로 뒤덮고 있었다. 게다가 살아있는 덩굴 식물처럼 아주 작은 틈새조차 남기지 않고 파고들어가 있었다. 좀더 자세히 살펴보니 그것은 거대한 크기로 자라난 완두콩 줄기와 잎들이었다. 말도 안 되는 광경이었지만, 원래 꿈이란 상식으로 이해할 수 있는 내용으로만 이루어지는 게 아니지 않은가. 인간들은 이 거대한 진화의 무대에서 완전히 퇴장당했고, 이제 콩 나무들이 주역을 차지한 모양이었다. 그 광경은 어딘지 '잠자는 숲 속의 미녀' 동화를 연상시켰지만, 단 한 가지 차이점이 있다면 어디에도 잠들어 있는 인간은 보이지 않는다는 것이다.

그 비현실적인 장면을 실컷 바라본 후에, 나는 정처없이 정원 담 위를 걸었다. 이 멸망해버린 세계에서 정원 담들은, 마치 불교 사원의 유적들처럼 보였다. 가끔씩 멈춰 서서, 파괴의 원인으로 여겨질 만한 단서를 찾아 주위를 둘러보았다. 하지만 소용없는 일이었다. 콩 식물들이 집 안으로까지 뻗어 들어가 모든 걸 잠식하고 있다는 사실 외에는 다른 아무것도 발견해낼 수 없었다.

녹색의 지옥은 점점 더 빽빽해지고 울창해져 갔다. 내 마음 속에서 절망의 신음 소리가 막 울려나오기 시작했을 때, 울창한 식물들 사이로 아주 작은 틈이 하나 보였다. 환한 빛이 그 틈새에서 새어 나오고 있었다. 나는 얼른 그곳으로 달려가, 먼저 그 구멍으로 머리를 들이민 다음, 온몸을 구멍 속으로 밀어넣었다. 그곳에서 본 것은 형언할 수 없이 끔찍한 광경이었다.

앞에는 내 동족의 수없이 많은 시체들이 밝은 빛 속에 잠긴 채 끝없이 널려 있었다. 이 종말의 대서사시에서 멸종당한 것은 인간들만이 아니었나 보다. 산처럼 쌓인 시체들이 마치 쓰레기장에 버려진 오물처럼 겹겹이 층을 이뤄 쌓아 올려져 있었고, 그 위로 피의 소나기가 뿌려지기라도 한 것 같았다. 활짝 벌어진 수백만 개의 눈들이, 찢어발겨진 수백만 개의 목에서 흘러나오는 시뻘건 핏물을 묵묵히 바라보고 있었다. 시체 중 일부는 이미 썩어가고 있었다. 털 여기저기에 구멍이 뚫려 있었고, 그 구멍들을 통해 몸 속이 들여다보였다. 그런데도 땅 속에서 보이지 않는 펌프가 빨아들이기라도 하듯이, 그들의 몸에선 쉴새 없이 피가 흘러나오고 있었다.

이 광경을 보자마자 눈에선 눈물이 솟구쳤지만, 슬픔의 장막 속에서도 바로 옆의 시체 더미들 위에 놓여있는 친숙한 모습들을 알아볼 수 있었다. 펠리시타뿐 아니라 사샤, 딥 퍼플, 블라우바트, 콩, 헤르만 형제, 파스칼 그리고 내가 예전에 살던 곳의 친구들도 이 말없는 파티에 참석해 있었고, 그들의 죽은 눈은 파티 초대자의 건배를 기다리고 있는 듯한 기대감으로 가득 차 있었다. 심지어는 아틀라스와 톰톰, 그리고 본 적은 없지만 아마도 알아볼 수는 있을 것 같은 이름 모를 동족도 이 공포의 무덤 속에 자리를 차지하고 있었다. 인간들은 그들의 유서 깊은 익숙한 습성대로, 자신들의 멸망에 다른 생물들까지 모두 끌어들였던 것이다.

하지만 고요함은 오래가지 않았다. 갑자기 발 밑, 겨우 몇 센티미터 아래로 지하철이 지나가기라도 하듯이 온 땅이 흔들리기 시작했다. 그리고는 고막을 찢을 듯한 거대한 소음이 울려 퍼지기 시작했다. 그것은 이 세계를 멸망으로 몰아넣은 주범임이 분명한 '수소폭탄'이 다시 땅 속에서 솟아 나와 공중으로 솟구치는 것같이 들리는 소리였다(마치 영화 필름을 되감기라도 해서 말이다). 시체들이 마구 뒤엉켜 흔들리기 시작했다. 땅 속에 숨겨져 있는 자석을 따라 이리저리 빠르게 움직이는 것처럼 그것들은 점점 더 거세게 요동쳤다. 우르릉거리는 소리는 이제 고통스러울 정도로 강해져 갔고, 시체들은 땅 위로 끌어올린 갓 잡은 물고기들처럼 퍼덕거렸다. 하늘은 검붉은 빛으로 물들었고, 강한 바람이 불어닥쳤다.

갑자기 귀가 먹먹해질 정도의 폭발음과 함께 시체들 한가운데서 **그가** 솟아올랐다. 거의 30미터 높이에 이르는 거인 같은 몸집에다, 붉은 하늘빛을 반사하고 있는 안경 너머로는 불길한 눈빛을 빛내고 있었다. 그의 사제복은 바람에 마구 휘날리고 있었고, 머리털은 곤두서 있었으며, 타오르는 화염처럼 소용돌이치고 있었다. 그는 웃었다. 그러나 그 웃음소리는 비명 소리처럼 들렸다. 그는 그 벽에 걸려 있던 액자 속의 남자, 그레고르 요한 멘델이었다. 그는 괴물로 변해 있었다.

"프란시스, 이 수수께끼의 해답은 아주 간단하지. 왜냐면 논리 정연하거든." 그는 경멸하듯이 내뱉었다. "그리고 자네의 눈을 보니, 자네는 타고난 논리주의자야."

그는 발 밑에 흩어져 있는 시체들을 바라보며 흉측한 미소를 지었다.

"판테라, 아키노닉스, 네오펠리스, 링크스, 레오파르두스 : 펠리데! 백만 종 이상의 동물들이 오늘날 이 지구상에 살고 있지. 하지만 그 중 어떤 종도 이 대단한 펠리데만큼 존경받고 찬탄받을 수는 없어! 진부하게 들릴지도 모르지만, 자연의 기적이지! 하지만 조심하게, 프란시스! 호모 사피엔스를 과소평가하지 말란 말이네."

이제서야 나는 그가 오른손을 등 뒤로 숨기고 있다는 것을 알아차렸다. 여전히 혐오스러운 조소를 머금은 채, 그는 이제 손을 앞으로 내밀었다. 그 손엔 꼭두각시 인형을 끈에 매달아 조종하는 거대한 십자가 모양의 막대기가 들려 있었다. 그러나 보통의 물건과는 달리 그 십자가 막대기에는 인형 줄 대신 셀 수 없이 많은 나무 조각들이 달려 있었다.

거인 멘델은 거만한 태도로, 마치 마술을 부리기라도 하듯이 그 물건을 조종했다.

"절망하지 말게, 내 친구여. 죽음은 단지 영원의 길로 향하는 첫 걸음일 뿐이야. 잘 기억해보게. 예수가 죽은 나사로를 무덤에서 어떻게 불러 나오게 했는지를 말야. 그리고 클라우단두스의 경우에 대해서도 잘 생각해보게. 나는 이미 오래 전에 죽었지만, 아직도 이렇게 살아 있다네. 잘 보게나……!"

그는 십자가 막대기를 채찍처럼 아래로 휘둘렀다. 그러자 갑자기 나무 조각들에서 수천 개의 검은 줄들이 솟아 나오더니 부채꼴 모양으로 퍼지는 것이었다. 그 각각의 끝은 낚시 바늘처럼 시체들의 팔다리로 파고 들어갔다.

멘델은 조종 막대기를 높이 들어올리고는 흥겹게 외쳐댔다.

"자, 일어나라, 벌떡, 벌떡, 벌떡……!"

마치 장송곡을 거꾸로 돌리는 듯한 음산하고 무시무시한 울음소리가 다시 깨어난 시체들의 주둥이에서 울려나오기 시작하면서 끝없는 소용돌이를 일으켰다. 내 등 털이 모두 송곳처럼 빳빳이 곤두섰다. 이 미치광이 놀음에 더 이상 동참하다가는 제정신을 잃고 말 것 같았다. 그러나 빠져나갈 길은 없었다.

시체들은 죽음의 잠에서 깨어나, 빳빳한 다리로 걸어 나와 한 줄로 나란히 서기 시작했다. 꼭두각시 조종사는 지휘자처럼 거침없이 조종 막대기를 휘둘러, 능숙하게 그 많은 줄들을 끌어당겼다. 울부짖는 합창 소리와 함께 좀비 부대는 로봇들같이 삐걱거리며 춤을 추기 시작했다. 그들 몸에 박혀 있는 줄이 당겨지는 대로, 앞으로, 뒤로, 그리고 펄쩍 뛰어 오르고, 빙글빙글 돌았다. 나는 펠리시타가 끔찍한 음악 소리의 리듬에 맞춰 머리를 위아래로 기계적으로 끄덕거리는 모습을 보았다. 블라우바트는 각종 신체적 불구에도 아랑곳없이, 괴이해 보이는 발레 포즈를 취하려고 애쓰고 있었다. 그러나 그렇게 맹렬한 속도로 몸을 흔들고 춤을 추면서도, 그들의 얼굴엔 강요된 부활에 대한 강한 혐오와 저항이 드러나 있었다.

그러나 멘델은 미친 듯이 점점 더 손놀림에 박차를 가하며 조종 막대기를 앞뒤로, 위아래로 흔들어대더니, 마침내는 스스로 펄쩍 펄쩍 뛰며 춤추기 시작했다. 펠리데 시체 군단은 그의 잔혹한 지휘에 따라 무모할 정도로 몸을 비틀고 열광적으로 발을 굴러댔다.

"자, 뛰어라, 펄쩍, 펄쩍, 펄쩍!" 거인은 미치광이처럼 노래 불렀다.

"식물 교배 실험! 식물 교배 실험! 식물 교배 실험! 더 많은 식물 교배 실험이 필요해! 그 비밀의 핵심은 완두콩 속에 숨어 있다! 식물 교배 실험! 식물 교배 실험을……!"

그가 돌아버린 앵무새처럼 그렇게 계속 지껄여대면서 볼썽사나운 춤사위를 계속하는 동안, 그의 키는 점점 더 높이 자라나 마침내 고층 아파트 크기에 다다랐다. 그러나 빈사의 시체들은 더 이상 거친 춤을 배겨내지 못하고, 조각조각 흩어져 떨어져 내리기 시작했다. 떨어져 나간 팔다리들, 부패된 머리들, 정체를 알 수 없는 신체 기관들이 폭발물 잔해처럼 끝없이 날아 올라 시커먼 악취가 나는 짙은 구름을 이루었고, 그레고르 요한 멘델은 실성한 듯한 미소를 얼굴 가득 띤 채 돌풍처럼 그 구름 한 가운데 우뚝 서있었다.

눈을 뜨자, 멘델이 내 코앞에 바싹 얼굴을 들이밀고 기묘한 미소를 짓고 있었다. 나는 비명을 지르려고 했으나 곧, 내 앞에 있는 인간이 그 춤추는 괴물이 아니라 구스타프라는 것을 알아차렸다. 그는 내 바로 옆에 무릎을 꿇고 앉아 나를 다정하게 쓰다듬고 있었다. 나는 밤새 냉장고 속에 들어가 있기라도 하듯이 온몸을 마구 떨고 있었던 것이다.

어느새 날이 저물어 있었고, 폭풍 같은 바람이 집 주위에서 울어대고 있었다. 빗장이 떨어져 나간 창들이 거센 바람을 못 이겨 마구 외벽에 부딪혀 대면서 소름 끼치는 소음을 만들어 내고 있었다. 구스타프는 방에 네 개의 촛불을 켜 놓았는데, 그 일렁이는 희미한 그림자가 방 분위기를 더욱 음산하게 만들어 놓았다. 그는 곧 방에서 나가더니, 잠시 후에 한 손에는 휴대용 TV를, 다른 한 손에는 야전 침대를 들고 돌아왔다. 나는 오늘이 무슨 날인지 알아차렸다. 오늘은 토요일이었고, 구스타프가 심야 영화를 즐기는 날이다. 지난 며칠 동안의 온갖 무시무시한 사건들 때문에, 그리고 특히 오늘 겪었던 끔찍한 일들로 인해, 나는 시간 감각을 잃고 있었다.

구스타프는 몇 번 더 들락거리면서, 이불과 온갖 베개와 쿠션들, 그리고 그의 '토요일 밤-아이스크림'을 방으로 날아 왔다. 그 아이스크림의 4분의 1은 항상 내 몫이었다. 그는 벌써 오랫동안 우리의 즐거운 습관이 되어온(내 입장에서 솔직히 말하자면, 어쩔 수 없는 지겨운 습관이 돼버린), '함께 보내는 토요일 밤'을 준비하고 있었다. 물론 매번 그는 영화를 보는 도중에 꿈나라로 가버리곤 한다. 하지만 나는 막 끔찍한 영화 같은 악몽 속에서 돌아온 참이었기 때문에, 늘 해오던 대로의 저녁 시간을 보내고 싶은 마음이 전혀 없었다. 그럼에도 불구하고 구스타프를 위해서, 이미 셀 수 없이 보았던 영화 '레베카'의 딱 중간 즈음에서 그가 곯아떨어져 버릴 때까지, 조용히 그의 곁에 있어 주었다. 그리고 그가 잠들자마자 곧장 텔레비전에서 몸을 돌려 살금살금 방에서 빠져 나왔다. 내가 머리를 맑게 하기 위해서 그리고 심한 스트레스를 해소하는 방편으로 반드시 해야 하고, 늘 해오고 있는 일을 하기 위해서였다. 그것은 바로 쥐잡기다!

여기서 일단 동물 애호가들을 위해 한 마디 해두겠다. 많은 인간들이, 우리 동족들이 이 페스트 덩어리, 아니, 이 설치류를 이빨 사이에 끼고 있는 모습을 끔찍스럽게 여기곤 한다. 그들은 이 페스트 덩어리들, 아니, 이 설치류를 불쌍하게 여기며, 먹는 자와 먹히는 자의 잔혹한 철학에 대해 한탄을 늘어놓는다. 거기서 그치지 않고, 어떤 인간들은 이 페스트 덩어리들, 아니, 이 설치류를 애완 동물로 삼기까지 한다. 이런 사람들을 비난할 수는 없다. 그들이 어떻게 자신들의 '애완 동물'이 과대망상증 환자들이라는 사실을 알 수 있겠는가? 그러나 이것은 자명한 사실이다. 그들은 세계 지배를 노리고 있는 것이다! 게다가 그들의 세계 지배 야욕이 조만간 달성되리라는 명확한 징후들이 도처에 나타나고 있다. 선입견이라고? 지나친 과장이라고? 우리 동족 특유의 편집증적 망상이라고? 자, 몇 가지 수식적 증거들을 보여주겠다. 겨우 백 마리의 쥐들이 1년 동안 1톤에서 1톤 반 가량의 곡식을 먹어치운다. 전세계적으로 쥐들로 인한 경제적 손실은 해마다 500억 달러에 이른다. 또 다른 수식적 증거를 보여줄까? 오늘날 독일에 살고 있는 쥐들 수만 헤아려도 12억 마리에 달한다. 그리고 뉴욕에 살고 있는 주민 한 사람 당 10마리의 쥐와 동거를 하고 있다. 즉 뉴욕 인구 구백만 명이 구천만 마리의 쥐와 함께 살고 있다고 보면 된다. 여기서 이 익살스런 친구들이 퍼뜨리고 다니는 페스트 질병과 그 외 온갖 사랑스러운 전염성 병균들에 대한 강의는 생략하기로 하자. 인간들은 오래 전부터 이 불행을 몰고 오는 존재들을 박멸할 방법들을 궁리해왔다. 그러나 쿠마린 추출물로 만들어진 기적의 무기나, 심지어는 쥐들에게만 피하 출혈을 일으키는 그 교묘한 화학 약품들까지도, 결국은 실패로 끝났다. 이런 물질에 대한 저항력을 가진 개체들이 출몰했기 때문이다. 하지만 통탄할 일이로다. 만약 우리 동족 중 누군가가, 이 세계 정복을 꿈꾸는 '찍찍이들'을 끝장내고자 노력을 기울였다 치자. 과연 인간들이 그 질질 짜는 감상주의적 발상을 극복하고 우리에게 응원을 보내줄 것인가? 만약 그렇게만 된다면 이 일은 단번에 해결될 노릇인데도 말이다. 물론 나는 하늘에 맹세코, 결코 람보 스타일의 우격다짐 이데올로기를 옹호하지 않는다. 그러나 우리가 이 세상에서 살아가면서 직면하는 문제들 중에는 오직 한 가지 방법으로만 해결되는 것들도 있다. 즉, 이 방법 말이다. 준비-조준-발사![10]

솔직히 말해, 위층으로 올라가 사냥을 감행할 용기가 나지 않았다. 그래서 이번엔 지하실로 가보기로 했다. 지하실이야말로 잘 알려진 대로, 이 민폐 끼치는 짐승들의 전통적인 거주 지역이 아니겠는가.

복도를 지나 지하실 문에 다다랐을 때, 원통하게도 문이 잠겨 있다는 사실을 발견했다. 그러나 문 위쪽에는 두 개의 유리창문이 달려 있었다. 유리창 한 쪽이 깨져 있었고, 정확히 조준해서 뛰어 넘을 수만 있다면, 삐죽삐죽한 깨진 유리 날에 찔리지 않고도 그 구멍을 통과할 수 있을 것 같았다. 그러나 이 문 건너편은 어떤 상태일까? 틀림없이 낡아빠진, 아주 가파른 나무 계단이 기다리고 있을 테고, 내가 이 구멍을 통과해서 뛰어내린다면 약 3미터 아래로 추락하게 될 가능성이 매우 높았다. 그리고 발 밑에 제대로 된 착지 지점을 찾지 못한다면, 그대로 미끄러져 '우당탕 쿵탕' 계단 아래로 굴러 떨어지게 될 것이다.

하지만 선택의 여지가 없었다. 사냥 욕구가 너무 급했기 때문이다. 그래서 신중하게 거리를 재고 뛰어 올랐다.

틈새를 통과하자마자 예상했던 최악의 상황이 현실로 닥쳐왔다. 나무 계단은 상상했던 것보다 훨씬 더 가파르게 기울어져 있었던 것이다. 다시 돌아갈 수만 있다면……그러나 너무 늦었다, 너무 늦었어……!

나는 3, 4미터 가량을 추락한 끝에 계단 아래쪽으로 요란스레 부딪히며 떨어졌다. 끔찍한 고통이, 소리굽쇠가 진동하듯이 앞발에서부터 수염 끝까지 부르르 치밀어 올라왔다. 추락의 충격에서 벗어나 자세를 바로 잡으려 했으나, 계단이 너무 좁아서 균형을 잡기가 어려웠다. 조심스레 몸을 일으킨 후, 여전히 통증에 휩싸여 있는 온 몸을 늘여 유연체조를 했다. 서서히 고통이 가라앉았다. 이제 나는 귀를 곤두세우고 치밀한 소리 탐지에 돌입했다.

내 귀가 잘못된 게 아니라면, 저 아래서 이 친구들은 축제라도 벌이고 있는 모양이었다. 지하실 구석구석에서 울려 나오는 긁는 소리, 후루룩대는 소리, 찍찍거리는 소리들이 나를 무척이나 기쁘게 해주었다. 정말 운 좋게도, 제대로 통통하게 살집 오르고, 느긋하게 배를 두드리며 싱글거리고 있을 쥐새끼 한 마리를 만나게 되려나? 그 이상의 행운은 없을 것이다!

나는 '소리내지 않기-모드'를 가동했다. 다시 말해서, 모든 움직임을 아주 부드럽고 느릿느릿하게 진행해서, 마치 발레 댄서의 슬로우 모션을 보는 듯한 동작으로 움직였다. 이미 내 눈은 광량(光量) 변화에 적응을 마쳤기 때문에, 주위의 모든 것을 샅샅이 볼 수 있었다. 계단 끝에는 아주 비좁은 공간이 이어져 있었고, 그곳엔 온갖 의학 기구들과 장비들이 잔뜩 쌓여 있었다. 얼마 전에 위층 다락방에서도 보았던 그대로였다. 나는 이미 이런 '프랑켄슈타인 박사의 흔적들'에 익숙해져서, 이젠 그 물건들에 관심도 가지지 않았다. 그 방에서 지하실 미궁으로 이어진 문은 살짝 열려 있었다. 나는 폭탄의 뇌관을 제거하러 들어간 특수 요원처럼, 아주 조심스럽게 다가갔다. 문설주에 바싹 다가선 채로 나는 일단 슬쩍 안을 들여다보았다.

오, 천국이로다! 게다가 성경에나 나올 법한 바로 그대로! 적어도 네 마리의 쥐들이 한 눈에 잡혔는데, 그 중 특히 통통하게 살이 오른 쥐 사령관 한 놈이 높은 곳에 올라앉아 대천사(大天使) 같은 자세를 취하고는, 아랫것들을 느긋하지만 다소 지루하다는 듯한 눈빛으로 내려다보고 있는 것이었다.

다른 방들과는 달리, 이 어둡고 키다란 방은 종이로 가득 차 있었다. 서류 뭉치들과 컴퓨터 출력지들, 책들, 서식 용지들과 편지 꾸러미들이 하나의 웅장한 '그랜드 캐넌-경관'을 이루어내고 있었다. 종이로 만들어진 온갖 협곡들과 분화구, 어지러운 단층들과 골짜기들이 눈앞에 펼쳐져 있었다. 그리고 그 위에, 그 아래에 또 그 사이사이로 우리 친구들이 우글거리고 있었다. 언제나 바지런하고, 항상 사교적이며 또한 늘 깔깔거리는, 세계 정복의 그 날이 오기를 참을성 있게 기다리고 있는 그 친구들이!

분홍빛 전망이 눈앞에 펼쳐지고 있음에도 불구하고, 갑자기 우울증과 패배감이 몰려왔다. 순간 그 악몽들이 생각나버렸던 것이다. 펠리시타와 처참하게 살해당한 다른 희생자들이 떠올랐다. 나는 피비린내로 가득 찬 미친 집에 살고 있으며, 주변에 도사리고 있는 온갖 공포로부터 도망치기 위해 거친 속임수에 몰두하고 있다. 이런 구호를 내걸고서 말이다. '광기가 너를 비웃으면, 너도 광기를 비웃어라!' 이 구호에 대해 웃어야 할지 울어야 할지 알 수가 없었다.

갑자기 차가운 분노가 엄습해왔다. 이런 파괴적인 생각들에 압도당할 수는 없다. 적극적인 생각으로 전환할 때가 온 것이다! 이것 역시 좋은 구호가 아닌가. 사냥은 이제 막 시작될 찰나였고, 나는 태고로부터 전해 내려온 본능이 내 온 존재를 장악해 오는 것을 느꼈다. 리모콘으로 조종당하는 자동 기계들처럼 아둔한 머리로, 그저 항상 번식과 음식에만 매달려 살아가는 이 쥐새끼들을 나는 항상 증오해왔었다. 이제 이들에게 지옥이 어떤 건지를 보여줄 때가 온 것이다. 바로 지금!

금속 화살처럼 빠르게 몸을 날려, 나는 제일 높은 종이 더미 위에 앉아 있는 사령관 쥐의 목을 물어뜯었다. 그놈은 너무 놀라고 충격을 받아서, 순간적으로 종이 더미 위에 오줌을 질질 싸댔다. 하지만 나는 단지 치명상을 입혔을 뿐, 숨통을 완전히 끊어놓진 못했다. 이제 놈은 내 이빨 사이에서 울부짖으며 몸부림쳐댔고, 아래쪽에 있던 다른 쥐새끼들은 흥분해서 어쩔 줄 몰라하며 우왕좌왕하다 숨을 곳을 찾아 헤매고 있었다. 나도 안심할 수는 없었다. 이 악취 나는 짐승들도 나 못지 않게 날카로운 이를 갖고 있기 때문이다. 놈을 내려놓고 몇 대 강하게 후려갈겼다. 도살당하는 암퇘지처럼 피투성이가 된 채로, 놈은 아무 생각 없이 그저 도망치려고 버둥댔고, 마침내 종이 더미 아래로 곤두박질쳤다.

아래로 떨어진 놈은 다시 힘을 되찾은 듯이 보였고, 황급히 도망치려 했다. 나는 풀쩍 뛰어내려가 정확히 놈의 등 위를 밟고 섰다. 놈은 주둥이를 쩍 벌리고는 새된 비명소리를 내질렀다. 나는 온 힘을 다해 놈의 목을 물어뜯었다. 사령관 놈의 목이 우지직 소리를 내며 부러졌고, 비명소리는 그쳤다. 놈은 서서히 잠드는 것처럼 눈을 감고는, 무의미한 쥐새끼 삶의 마지막 숨을 내뱉었다.

그게 다였다. 다른 놈들은 흔적도 없이 사라져버렸다. 놈들은 곤경에 처한 동료를 모른 체하고, 괴물의 먹이로 내던지고는 저희들끼리만 쥐 살려라 내빼버렸던 것이다. 비겁한 새끼들, 모두 함께 덤벼들었다면 나 따위는 조각조각 찢어버릴 수도 있었을 것이다. 이런 생각을 하자, 다시 몸 속에서 분노와 증오가 솟구쳐 올랐다. 놈의 시체를 어금니 사이에 끼운 채 바닥에 주저앉았다. 그리고 네 발로 놈의 몸뚱이를 갈기갈기 찢어발겼다. 놈을 이런 식으로 난도질하면서 내 안의 공격적 본성이 점차 누그러져 가는 것을 느꼈다.

마침내 완전히 지쳐 거친 숨을 몰아 쉬면서, 문득 이 걷잡을 수 없었던 분노의 폭발이 이 보잘 것 없는 쥐 때문이 아니라, 지난 며칠 동안 겪었던 악몽 같던 일들 때문이라는 것을 깨달았다. 나는 단지 분풀이 상대가 필요했던 것이다.

나는 사냥감을 내려놓고, 서글픈 심정으로 눈길을 아래로 떨구었다. 울고 싶었지만, 오늘은 더 이상 흘릴 눈물도 남아 있지 않았다. 죽은 쥐는 조리 준비가 끝난 고깃덩어리 같은 모습으로 내 앞에 놓여져 있었다. 놈의 몸에서 흘러나온 피가, 마치 관처럼 놈의 몸 아래 놓여져 있던 갈색 얼룩으로 뒤덮인 두툼한 책 위로 고이고 있었다. 깊은 상념에 잠긴 채, 나는 손으로 휘갈겨 쓴 듯한 책 제목으로 멍하니 눈길을 던졌다. 더럽혀지고 축축해진 책 표지는 심하게 얼룩져 있었다. 맨 위에는 큼직한 활자체로 '일기' 라고 쓰여져 있었고, 그 아래는 '풀루스 프레테리우스 교수' 라고 써 있었다. 쥐똥과 아마도 천장에서 떨어졌을 듯한 알 수 없는 미끈거리는 물질들이 얼룩덜룩 뒤섞여, 일부 글자들은 알아볼 수 없었다.

호기심! 그 오래되고도, 지긋지긋한 짐스러운 아니, 질병에 가까운 호기심이 고개를 쳐들었다. 아마 나는 언젠가는, 지옥의 온도가 몇 도나 되는지 알고 싶어서 눈도 깜짝 않고 거기로 기어 내려갈지도 모를 노릇이다. 그렇게 어느새 내 앞발은 자동적으로 죽은 쥐를 한 옆으로 밀어내고 있었고, 호기심에 중독된 내 병든 뇌는 다시 본격적으로 가동되기 시작하고 있었다.

일기 ……라.

당연히 원래대로라면, 나는 첫눈에 이 책 제목을 알아차릴 수 있었을 것이다. 그러나 나의 병든 뇌는 그렇게 하지 않았다. 내 뇌세포들은 간단한 해답을 거부하고, 수수께끼를 풀기 원했다. 갑자기 섬광처럼 해답이 떠올랐다. 웃기는 노릇이었다. 왜 금방 알아차리지 못했던 것일까?

일기 = 일기

그 다음은 저절로 풀렸다.

율ㄹㅜ스 = 율리우스

ㅛ수 = 교수

율리우스 프레테리우스 교수의 일기. 마침내 찾아냈다. 그 비밀스러운 프랑켄슈타인 박사의 정체를 말이다. 이 악당은 일기를 남겨 놓았던 것이다. 하지만 무슨 목적으로? 그리고 어째서 이런 중요한 문서가 이 쓰레기 더미 속에 파묻혀 있단 말인가?

떨리는 앞발로 나는 책 표지를 넘겼다. 심하게 바랜 첫장에는 무료하거나 또는 잔뜩 긴장하고 있는 사람이 (이를테면 전화 통화를 하는 동안)끄적여 댄 것 같은 낙서들이 여기저기 가득했다. 그러나 특이하게도 이 낙서들은 모두 내 동족의 모습을, 때론 우스꽝스러운 자세로, 혹은 괴이한 자세로 그려놓은 그림들뿐이었다. 그 모든 그림들은 내 동족의 초상화를 그리기 위한, 기괴한 연습용 밑그림들처럼 보였다. 첫장을 넘겨 다음 장으로 넘어가자, 율리우스 프레테리우스 교수의 비밀스런 기록이 시작되고 있었다. 밖에는 폭풍을 동반한 폭우가 쏟아지고 있었다. 벽 위쪽의 갈라진 틈새로 섬광이 내리 꽂혔다. 정원에서 자연의 레이저 쇼가 펼쳐지고 있는 모양이었다. 그러나 지금은 번개도, 천둥도 두렵지 않았다.

나는 읽고 또 읽었다. 그리고 두려움에 몸서리를 쳤다. 이 남자가 품고 있던 끔찍한 생각이 나를 사로잡았다. 그것은 죄책감과 공포, 그리고 광기였다. 아니, 어쩌면 니체(Nietzsche)가 표현했던 그대로이리라. "오랫동안 지옥을 들여다보고 있으면, 지옥도 너를 들여다보기 시작한다……"

6

1980년 1월 15일

나는 행복하다. 아니, 나는 세상에서 제일 행복한 사람이다! 한 달 전부터 내내 마치 마약에 취한 듯한 기분에 빠져 있다. 하지만 마약에 취한 느낌은 이런 '생생한' 기분과는 다를 것이다. 마약 같은 흥분제가 주는 도취 상태는 결국 비현실적인 환상일 뿐이니까 말이다. 지금 내 상태는 그런 때와는 다른 것이다. 나는 숲 전체를 갈아엎을 수도 있을 것만 같다. 길을 가는 사람 아무나 붙잡고, 껴안고 입맞추고 싶을 정도다. 로잘리는 정말 빈말이 아니라, 내가 10년은 더 젊어진 것 같아 보인다고 했다.

나는 생각들을 정리해 둘 필요성을 느낀다. 이 일기에 앞으로 일어날 일들을 기록해 두어 후세를 위해 남겨야 할 것이다. 글을 쓰는 일이라면 두 개의 실험일지 기록과 그 스위스 사람과의 서신 왕래만으로도 벅찬 일이지만, 이 실험에 관해 아주 개인적이고, 전혀 비학문적인 관점에서 무언가 사적인 기록을 더하고 싶다. 물론 내가 자만심에 차 있다는 것은 시인한다. 하지만 지난달 이후, 나는 그럴 만한 이유를 충분히 갖게 된 것이다!

꿈은 이루어졌다. 지난 수십 년 간의 연구소 생활을 돌아보면 정말 악몽 같았다. 나의 창의적인 발상들에 일일이 트집을 잡으며 지긋지긋한 나팔을 불어대던 그 크노르 교수의 비웃음 소리도 이제 모두 과거지사다. 20년 동안이나 그 한심한 연구소를 위해 일해왔었다. 그 연구소의 유일한 장점이라곤 유럽에서 제일 맛있는 구내 식당 음식뿐이었다. 그리고 그에 대한 감사 인사로 한 마디만 해주겠다.

"친애하는 동료 여러분, 여러분들의 머리 속에 들어 있는 것들은 모두 헛된 환상에 불과할 뿐이라는 것을 알게 될 것이오."

모두 지옥에나 떨어져 버려라! 그들에 대해선 증오조차 남아 있지 않다. 왜냐면 그들은 단지 시시한 관료주의자들일 뿐이기 때문이다. 정부에 비용 예산이나 속여먹을 궁리를 하는 것으로 모든 정신적 에너지를 소비하며 귀한 하루하루를 허비하며 살아가는 족속들이다. 모두 나 없이 잘들 살아보라고!

파르마록스(PHARMAROX) 회사도 관료주의자들이 차지하고는 있다. 하지만 주 정부 연구소에서 일하는 부류와는 달리, 그들은 언젠가 그 값비싼 사무실 가구들과 함께 모두 길거리로 쫓겨 나가는 일이 없도록 하기 위해, 가끔은 제대로 된 연구 결과들을 내놓아야만 하는 것이다. 그래서 가이벨 씨와 모프 박사는 내게 실험실 하나를 '기증'했고, 연구 기간을 1년으로 제한했다. 그때까지 연구 성과를 내놓지 못한다면 더 이상의 관용은 없다는 것이다.

전능하신 하나님께 감사할 뿐이다.

1980년 1월 24일

꿈처럼 완벽한 실험실이다! 오래된 3층 건물로, 현대적인 실험 장비들과 의료 기구들을 갖추고 있다.

내게 돌아온 행운을 아직도 믿을 수 없을 지경이다. 매달 10,000 프랑의 스위스 급여를 받으며 이런 천국 같은 실험실에서 일할 수 있는데다, 실험이 성공적으로 끝나면 1,500만 프랑을 보너스로 받고, 특허권 수입을 제외하고 이윤의 3퍼센트를 받게 된다. 스위스 사람들이 구두쇠라고 그 누가 말했던가!

나는 종종 자문해보곤 한다. 내가 작년 겨울에 파르마록스 회사를 직접 찾아가서 가이벨 씨와의 면담을 요청하지 않았더라면, 지금쯤 나는 어떤 처지에 처해 있었을까?

그 대성당 같은 회사의 정문 홀을 지키던 늙은 문지기는 나를 미치광이로 여겼음에 틀림없다. 그런데도 그는 일단 인터폰 연결을 허락해줬었다. 다행스럽게도 가이벨은 내가 '사이언티픽 아메리칸(Scientific American)' 잡지에 기고했던 논문을 읽어본 적이 있었고, 접견을 기꺼이 허락해줬다. 그 나머지는 그야말로 일사천리로 이루어졌다.

하지만 만약 일이 제대로 풀리지 않았더라면 어떻게 되었을까? 나는 벌써 51세나 되었고, 반쯤 벗겨진 머리 가죽엔 단 한 오라기의 검은 머리카락도 남아 있지 않다.

어린 시절부터 나는 의미 있는 삶을 살게 되기를 바라왔다. 죽기 전에 이 세상에 어떤 흔적을 남기고 싶었다. 수없이 많은 작은 불꽃들 중의 하나로 그냥 꺼져버리고 싶지는 않았다. 그렇게 드라마틱한 엄청난 흔적이 아니어도 좋았다. 단지 뭔가 의미 있는 흔적을 남기고 싶었을 뿐이다.

그런데 지긋지긋할 정도로 이 회사 저 회사 찾아다니고, 온 세계 제약 회사들에 계속 편지를 보내고, 끝없이 헛수고를 되풀이하고, 회사 간부들을 설득하느라 내 신경과 힘을 모두 소진해야만 했다. 솔직히 말하자면, 파르마록스야말로 내가 후원자를 얻기 위해 마지막으로 찾아갔던 회사였다.

그러나 이제 와서 이런 어두운 생각들이 무슨 필요가 있단 말인가? 내 삶은 이제 더 이상 암담하지도, 불확실하지도 않다. 그 정반대다. 지금 이 문장을 이렇게 종이에 쓰면서, 나는 2층에 있는 내 연구실 창을 통해 밝은 태양을 바라보고 있다. 태양은 저렇게 환하게 빛나고 있다. 내가 이곳으로 이사해 온 것을 환영해 주듯이 말이다.

분하게도, 여전히 그 정부 연구소와는 연락을 계속해야만 한다. 크노르와 그의 빌어먹을 동료들이, 동물 실험 허가권을 갖고 있는 수의학 관계 부서에 무시할 수 없는 영향력을 행사하고 있기 때문이다. 내가 입수한 정보에 의하면 그 무리들 중 일부는 심지어 심의위원회에 소속되어 있기까지 하다. 악몽은 계속되어야 하는 것일까?

1980년 2월 1일

마침내 우리 연구팀이 완성되었다. 치볼트와 미국인 분자 생물학자인 그레이가 오늘 우리 팀에 합류한 것이다. 오늘은 샴페인을 큰 병으로 한 병 땄고, 나도 조금 마셨다. 부하 직원들을 잘 다독거리지 못하면 일을 망치기 십상이다. 이건 내 자신의 혹독한 경험으로 깨닫게 된 사실이다. 혹독한 경험이라는 말이 나왔으니 말이지만, 파르마 록스가 나를 이 곳에서 아무런 감시 없이 자유롭게 일할 수 있도록 해줬으면 하는 게 나의 간절한 희망이다. 그들은 나한테 가브리엘 박사라는 작자를 감시 역으로 붙여놓았다. 이 자는 공식적으로는 의학자로 일하고 있지만, 사실은 더럽고 시시한 스파이일 뿐이다. 그 사실을 그도 알고, 나도 알고, 모두가 알고 있다. 나는 이 끝없는 감시를 따돌려야만 한다.

치볼트는 내가 연구소에서 '빼내왔다'. 처음엔 그가 직업을 잘못 선택했다고 생각했었다. 왜냐면 그의 날마다 바뀌는 화려한 옷차림과 멋부리는 태도는, 오히려 학자보다는 패션 모델에나 어울릴 법하다고 생각했기 때문이다. 하지만 그는 일을 시작하면 무시무시할 정도의 변모를 보여주곤 한다. 완전히 일에 몰두해버리는 것이다. 그리고는 천재적인 착상들을 끝없이 내놓는다. 젊고, 풍부한 상상력을 갖춘 무모한 출세주의자. 그는 고비 사막 한가운데서도 자신이 애용하는 200마르크짜리 애프터 쉐이브 로션을 꼭 챙길 사람이다. 다음 세대의 연구자들은 바로 이런 모습인 것이다.

그와 반대로 그레이는 정말 마음에 들지 않는다. 하지만 유감스럽게도 그를 포기할 수도 없다. 그가 자기 분야에서는 그야말로 마법 같은 실력을 갖추고 있기 때문이다. 그는 벌써 내 착상에 대해, 본인이 나보다도 더 잘 이해하고 있다고 여기고 있다. 그의 화술이 어찌나 정교한지 나 자신도 내 생각들에 모순된 점이 있다고 설득당할 정도도. 언제쯤 되면 학자들이 이 분야의 직업에서 가장 중요한 것이 바로 상상력이라는 것을 인정하게 될 것인가? 하지만 나는 불평하지 않겠다. 오직 내게 주어진 이 유일무이한 기회에 감사할 따름이다.

12일 내로 우리는 재료 성분들의 혼합을 시작할 것이다. 첫번째 동물 실험이 성공한다면, 로잘리를 만나러 로마로 가서 일주일 내내 치안티 클라시코 와인을 실컷 마시며 보낼 생각이다. 정말 멋진 기념이 될 것이다!

1980년 3월 2일

수프가 준비되었다!

우리는 실험용 혼합 용액을 농담삼아 이렇게 부르고 있다. '수프'라고. 이 '수프'는 각각 다양한 성분들로 이루어진 일흔 여섯 가지의 조제로 구성되어 있다. 하지만 성분 차이는 아주 미묘하게 조절되어서, 모두가 본질적으로는 하나의 동일한 물질이라고 볼 수 있다. 아주 요란스럽게 진행되었던 연구 회의에서 우리는 그레이의 제안을 받아들여서, 응고 효소의 생성을 촉진시키는 박테리아 배양액을 조제해서 '수프'에 집어넣기로 했다. 현재 상황으로 미루어볼 때, 우리는 수천 번의 실험을 하게 될 것 같다. 나는 다른 연구원들의 그 어떤 황당한 착상이라도 수용할 태세가 되어 있다. 다만 우선적으로 이 문제를 화학 분야에 적용한다는 당초의 주안점에서는 후퇴하지 않을 것이다. 누가 뭐라던 간에, 핵심 물질은 자동 중합 반응을 일으키는 합성 수지여야만 한다. 오직 이 물질만이 분자 구조에 기초해서, 두 개의 대상 물질을 서로 신속하고 단단하게 결합시킬 수 있다. 살아 있는 세포도 예외가 아니다.

이 '수프'에 대한 착상은 10년 전에 찾아 왔다. 그때 나는 신문에서 개인적인 수집용 기사를 오려내다가 그만 가위에 베어 손을 크게 다쳤다. 오려내기에 열중하고 있던 나는, 멍하니 손바닥의 상처에서 흘러나오는 피를 바라보다가, 내 앞의 탁자 위에 있던 문구용 접착제를 문득 보게 되었다. 그때 갑자기 영감이 떠올랐다. 만약 이런 접착제로 가볍게 베인 상처를 바로 붙일 수 있다면 얼마나 편리할까 라는 생각이 들었던 것이다. 그러면 상처에 소독약을 뿌리고, 붕대로 감고, 고통스러운 세포 재생 과정을 기다릴 필요도 없을 테니 말이다.

이 착상에 사로잡혀 생각에 생각을 거듭하는 동안에도, 상처에서는 피가 계속 흘러나와 신문지를 붉게 물들이고 있었다. 나는 소위 2종 성분 섬유소 접착제로 불리는 조직 접착제에 대해 생각했다. 이것은 이미 사용하고 있는 물질로, 가벼운 상처나 손으로 꿰매는 것이 불가능한 부위, 이를테면 비장(脾臟)이나 다른 내장 기관들처럼 탄력이 없는 세포 조직으로 이루어진 부위를 수술할 때 사용하고 있다. 그러나 이 섬유소 접착제는 당초 예상했던 만큼의 효과를 보여주지 못했다. 조직에 쉽게 상응해 유기 조직에는 무난하게 흡수되었지만, 벌어진 상처나 기계에 의해 손상된 상처에 대해서는 효과를 나타내지 못했던 것이다. 결국은 전통적인 외과용 봉합 처치와 병행해서만 사용하게 되었다. 이렇게 된 것은 놀라운 일이 아니다. 외과 의사들은 결코 이런 물질의 사용을 선호하지 않기 때문이다. 그들은 자신들의 기술을 발휘할 수 있는 전통적인 봉합 방식을 철통같이 고수하려 한다.

그러나 이제 상황은 달라질 것이다. 아주 혁신적인 해결 방안이 나한테 있으니 말이다. 나의 '수프'로 노벨상을 받지는 못할지라도, 이것이 의학계에 혁명을 불러올 것이 틀림없다. 노벨상이 무슨 소용이란 말인가? 전구를 발명한 사람도 노벨상을 받지는 못했다. 원자핵의 분열보다 전구의 발명이 금세기에 더 큰 사회 변동을 일으켰는데도 말이다. 보이지 않는, 작은 혁명이 시작될 것이다!

나의 주된 관심은 번거롭고 시간 소모가 많으며, 오직 전문가들에 의해서만 시술될 수 있는 봉합 수술을 완전히 없애버리는 데 있다. 한 발 더 나가자면, 언젠가 나의 '순간 접착제'가 모든 응급처치용 구급상자 안에 들어있게 되리라고 믿는다. 베인 상처는 바로 그 자리에서 즉시 다시 붙일 수 있게 될 것이다. 이것은 특히 교통 사고

나 전쟁시에 꼭 필요한 약품이 될 것이다!

　우리가 도달해야 할 목표들은 이런 것들이다. 1차적인 상처 치유 과정은 사실상 오직 자연적으로만 이루어진다. 문제는 2차적인 상처 치유 과정에서 발생한다. 대부분의 경우에 상처 가장자리는 정확히 맞물려 붙지 않는다. 종종 상처가 벌어지거나, 조직이 일부 떨어져 나가거나, 아니면 조직의 손상이 너무 심해서 손상된 부위의 조직이 괴사(怪死)하기도 한다. 찢어진 조직 속으로 세균들이 급속히 침투한다. 그렇기 때문에 상처에 대한 처치가 필요한데, 즉, 상처 가장자리를 꿰매거나, 꺾쇠로 고정하거나, 또는 접착제로 붙여 연결해줘야만 하는 것이다. 물론 나의 '세포 조직 접착제' 역시, 숙련된 외과 의사가 손으로 직접 처치한 만큼의 역할을 할 수는 없다. 그러나 전방에서 부상당한 군인들이나 교통 사고를 당해 피 흘리고 있는 어린아이들은 이 구급 약품으로 응급 처치를 받을 수 있을 것이다.

　그런 경우에 사용될 때, 이 약품은 즉각적인 효력을 발휘할 것이나, 아래와 같은 병행 조처들이 따라야 할 것이다.

1. 세균 소독이 선행되어야 한다. 즉, 이미 상처 부위에 침투한 세균들을 '차단해야' 한다.
2. 세포에 중합 반응을 일으키는 이 약품의 속성으로 인해 상처 가장자리는 신속히 봉합될 것이다. 그러나 결코 상처 부위를 덮어서 공기를 차단해선 안 된다. 산소가 부족하면 감염의 확장이 촉진된다.
3. 이 약품에 저항하는 면역 체계가 가동되거나, 혹은 너무 빨리 가동되어선 안 된다.
4. 이 '수프'는 말하자면 인간의 신체에 침투한 악마와도 같은 존재다. 그러므로 어느 정도 시간이 경과한 후엔 다시 공기 중으로 증발해야 한다. 그 과정은 실제로 2주에서 3주 가량 소요되리라고 생각한다.

5. 이 약품은 아주 간단하게 사용할 수 있어야만 한다. 튜브에 들어있는 편리한 악마라고나 할까.

이 목표들이 달성될 수 있다면, 우리는 실로 인류 역사에 길이 빛나는 기여를 하게 되는 것이다. 지금까지는 인정을 받거나 꿈을 성취하는 일에 대해서는 늘 좌절만을 겪어 왔다. 하지만 나라고 해서 언제까지나 행운을 움켜잡지 말라는 법은 없지 않겠는가?

1980년 3월 17일
모든 일이 순조롭게 풀려가고 있다. 지나치게 순조로울 정도이다. 몇 차례 더, 동맥의 혈액 응고 작용을 검사한 후에 우리는 곧장 동물 실험을 시작할 수 있을 것이다. 로잘리는 내가 너무 과로하고 있다면서, 적어도 주말에는 휴식을 취할 필요가 있다고 권했다. 마음 착한 그녀는 상상도 못할 것이다. 일단 일에 사로잡혀 버리면, 더 이상 전통적인 사고 방식으로 그 일을 다룰 수 없게 된다는 것을.
지금은 벌써 밤 1시다. 하지만 나는 아직도 로잘리의 팬지꽃들로 장식된 내 멋진 사무실에 앉아 있다. 다른 연구원들은 이미 모두 집으로 돌아갔다. 이 건물에서 유일하게 켜져 있는 불은 내 방 책상 위의 고풍스런 스탠드뿐이다. 적포도주를 몇 잔 마시고 나서 슬슬 사색의 시간에 빠져들고 있는 중이다.
가끔씩 로베르트와 리디아, 그들이 둘 다 순진한 어린아이였던, 그 행복했던 시절이 생각난다. 이제 그 애들은 성탄절에나 의례적인 방문을 할 뿐이지만, 그리고는 지루하다는 표정으로 마지못해 어울리다가 돌아가곤 하지만, 나는 여전히 그 애들을 진심으로 사랑하고 있다. 그 의례적인 시간들은 정말 한심하고도 우울한 기분을 느끼게 만든다. 우리는 이제 서로 너무나 서먹해져 버렸고, 몇 마디 시시한 잡담말고는 할 이야기도 없게 되어버렸다.
나의 이 놀라운 출세조차 그들은 그다지 특별한 인상을 받은 것 같지 않다. 거짓말, 무심함과 냉담함이 내 아이들과 나 사이의 관계를 장악하고 있다.

세상은 결국 이렇게 흘러가는 것일까? 이것이 간절히 아이들을 원했던 모든 사람들이 겪어야 하는 운명인 것일까? 온통 쓰디쓴 심정으로, 단지 낯선 타인들을 낳았을 뿐이라는 것을 확인해야 하는 것이?

내게 남아 있는 유일한 친구는 오직 일과 로잘리뿐이다. 아니, 어쩌면 로잘리조차도 '인생이 꾸며낸 허상'에 불과할까? 그녀도 단지 친숙해진 습관에 불과한 존재가 아닐까? 나는 그녀가 그저 하나의 일상화된 습관에 지나지 않고, 오랜 세월 동안 그저 헛소동을 부려온 것뿐이라는 것을 인정하기가 수치스러워서 그녀에게 집착하고 있는 것은 아닐까? 아니, 그렇지 않기를 바란다.

나는 지금껏 어떤 여자도 정열적으로 사랑해본 적이 없다. 그들을 이해하지도 못했고, 특별히 매력을 느끼지도 못했다. 젊은 시절조차도 그랬다. 나는 제일 처음 교제했던 여자와 결혼했다. 시인들이 묘사하곤 하는 정말 살아갈 만한 가치가 있는 인생, 그런 인생의 입구를 나는 아직도 발견하지 못했다. 지금까지의 내 인생은 도대체 무슨 의미가 있을까?

이런 기운 빠지는 우울한 생각들은 그만 접어야겠다. 허무할 뿐이다. 밤이 깊었다. 내일 오전에는 동물들이 수송되어 올 테고, 내가 직접 그들을 맞아야만 한다. 침팬지 실험을 신청했지만, 예상했던 대로 그들은 허가를 내주지 않았다. 영장류는 프로젝트의 마지막 단계에나 허용될 수 있다는 것이, 그들이 내세운 속 들여다보이는 이유였다. 무식한 놈들! 여기서 무언가 획기적인 일이 이루어지리라는 것을 그들은 여전히 알아차리지 못하고 있는 것이다.

하지만 화를 가라앉혀야 한다. 아니, 적어도 쥐로 실험하지 않게 된 것만으로도 기뻐할 일이다. 쥐는 피부가 너무 얇아서 내 실험 대상으로는 정말 쓸모 없었을 테니 말이다.

1980년 3월 18일

동물들이 도착했다! 건물 가득 야옹거리는 소리가 끝없이 이어지고 있다. 연구원들은 모두 이 생기 넘치는 동물들의 익살스런 행동에 즐거워 어쩔 줄을 모르고 있다. 우리는 모두 함께 그들을 먹이고 쓰다듬어 줬다. 그들은 우리 곁에서 잘 지내게 될 것이다. 그건 장담한다.

1980년 3월 27일

첫실험은 실패로 끝났다. 우리는 마취 없이 다섯 마리 동물들의 머리에 각각 조금씩 벤 상처를 만든 후, 그 상처 가장자리에 '수프'를 발랐다. 하지만 상처 부위가 달라붙는 대신, 그 혼합 용액은 피부를 완전히 녹여버리고는, 마치 산성 물질처럼 뼈를 녹이고 뇌까지 침투해 들어갔다. 동물들은 즉시 안락사 시켜야만 했다.

결국 실패한 것이다. 처음부터 성공하리라고는 기대하지 않았지만, 이 물질이 이렇게까지 끔찍한 독성을 가질 것이라고는 미처 생각하지 못했다. 뭔가 근본적인 문제가 있다. 좀더 철저히 작업을 해야만 한다. 로마행은 물건너갔다.

1980년 4월 2일 01시 20분

정신없이 마시고 취해버렸다. 지금 이렇게 글을 쓸 수 있다는 것이 놀라울 정도다. 지난 한 주 동안의 실패는, 내가 처음에 내세웠던 그 자부심을 형편없이 무너뜨리고야 말았다. 정말 이상한 일이다. 우리는 성공할 확률이 매우 높은 성분 비율을 가진 혼합액들로 실험을 해왔다. 그런 끔찍한 결과가 나오리라고는 아무도 예상하지 못했다. 모든 일에 회의적인 태도를 고수하는 그레이조차도, 예상치 못한 실험 결과에 동요했을 정도다.

미리 짐작했던 대로, 내가 보고서를 작성해서 스위스로 보내기도 전에, 그 독선적인 가브리엘 박사가 벌써 자기 한패한테 전갈을 보낸 모양이다. 곧장 가이벨씨가 전화를 해서는 직접 그 참담한 사태에 대해 자세히 듣고자 했다. 이런 식으로 당황하는 태도를 과장하는 것은 수치스러운 일이며, 팀 윤리를 해칠 뿐이다. 동물 부검을 마친 후에 우리는 이 실험들이 실패한 원인이 말레산(酸) 농도가 너무 강했기 때문이라고 추측했다. 실험체의 머리 가죽과 머리뼈, 그리고 뇌는 마치 열에 녹아버린 플라스틱 같은 모습을 하고 있었다. 다음 달에 시행될 실험에서 농도를 낮추면 해결될 것이다.

이제는 전보다 두 배로 열심히 일해야만 한다. 로잘리는 주말에만 내 얼굴을 보게 되는 것에 익숙해져야 할 것이다.

1980년 4월 11일

운명의 장난이다. 우리는 이미 30마리의 동물들을 이 곳에 데리고 있는데, 오늘 아침에 또 한 마리의 멋진 녀석이 우리한테로 찾아왔다. 실험실 건너편에 자동차를 주차시키고 있을 때, 녀석이 문 앞에서 이리저리 어슬렁거리면서 자꾸만 문을 힘껏 긁어대고 있는 것을 보았다. 용감한 녀석이다. 집 없는 놈으로 보이지만, 그의 근육질 몸매는 최고급의 체격을 과시하고 있다. 연구원들은 그가 떠돌이라고 믿고 있다. 그래서 우리는 이 불손한 녀석을 데리고 있기로 하고, 녀석을 우리 마스코트로 삼기로 했다. 녀석은 건물 안을 자유로이 돌아다니며, 모두에게 쓰다듬을 받고, 맛난 먹이를 얻어먹곤 한다. 녀석이 철장 우리 안에 갇혀 있는 자기 동족들에 대해 어떻게 생각할지 궁금하다.

1980년 4월 25일

새로운 실험, 또 다른 실패.

동물 세 마리의 배 옆 털을 밀어내고 메스로 배를 깨끗이 갈랐다. 그리고 상처 가장자리에 '수프'를 바르고, 상처를 고정 장치로 붙여두었다. 5시간 후에 우리는 실망스러운 결과를 확인해야 했다. 접착

효과는 거의 나타나지 않았던 것이다. 내 생각으로는 이번 실패의 원인이 아무래도 산성 성분들의 농도를 너무 낮췄기 때문인 것 같다. 이 성분이 혼합액 안에서 일으키는 작용에 대해서는 전혀 알 수가 없다. 솔직히 고백하건대, 다른 성분들도 서로 그다지 조화를 이루지 못하고 있다. 성공하게 되기까지 더 많은 동물 실험을 해야할 것 같다. 그러기 위해서는 우리가 처음 예상했던 것보다 더 많은 실험 동물들이 필요하다.

그리고 무엇보다 더 많은 시간이 필요하다. 그래서 이런 상황에 대해 너무나 화가 나는 것이다. 일단 이 문제를 해결하고 약품 개발에 성공한다 하더라도, 그 후엔 약품의 면역체계에 대한 내성을 시험해야 하고, 또 그 과정에서도 상당히 많은 시간이 지체될 만한 거부 반응을 예상해야 하는 것이다. 그것은 결코 수월한 일이 아닐 것임에 분명하다.

이제 바로 보고서를 작성해서 스위스로 보내야 한다. 또다시 나쁜 소식을 전해야 한다는 것이 너무나 부담스럽지만 어쩔 수 없는 일이다. 파르마룩스가 이미 가브리엘 박사로부터 보고를 받았으리라는 것은 확실히 짐작할 수 있다. 그건 그렇고, 이 잘난 분께서는 이제는 자기 정체를 아주 뻔뻔하게 드러내 놓다시피 하고 있다. 더 견딜 수 없는 일은 주 정부 연구소의 그 지긋지긋한 크노르가 우리를 찾아오겠다고 연락을 해 온 것이다. 동료를 격려하기 위해 방문한다는 허울을 뒤집어쓰고는, 사실은 내 실패를 눈으로 확인하고 싶은 것이다.

이 모든 일에 대해 쓰다 보니 정말 울고 싶어진다. 신이여, 이 딜레마를 극복할 수 있도록 힘을 주소서. 얼마 전에 주워온 그 떠돌이 녀석이 지금 내 책상 위에 앉아서, 숭배하는 듯한 눈빛으로 나를 바라보고 있다. 아마도 치볼트 외에는, 이 녀석이 유일하게 내 슬픔을 이해하고 있는 것 같다. 다른 연구원들은 그사이 이 프로젝트에 대해 아주 무심한 태도를 취하게 되었다. 그들은 모두 일류 고급 인력들이고, 언제라도 다른 회사나 연구소로 갈 수 있는 사람들이다. 확실히 그들은 내가 이런 유치한 착상에 매달려 있다는 이유로, 나를 멍청한 인간으로 여기고 있을지도 모르겠다. 어쩌면 그들이 아주 틀린 것도 아닐 것이다.

1980년 5월 7일

건물 뒤 정원에 화려하고도 요란한 자태를 뽐내며 봄이 찾아왔다. 어지러울 정도로 화사한 형형색색의 꽃들이 활짝 피어났다. 한없이 눈부신 태양과 향기의 향연에 둘러싸여 기쁨의 탄성을 내질러야 마땅할 것이다. 그런데도 나는 이 세상에서 가장 불행한 인간인 것 같다. 오늘 아침에 우리는 10마리의 동물들에게 새로운 실험을 가했다. 그 결과는 지금까지 겪어온 것 중에 가장 최악의 실패였다. 실험체의 다양한 신체 부위를 길게 베어서, 벌어진 큰 상처를 만들었다. 그 베어진 자리에 '수프'를 바른 후에, 우리는 외과용 집게로 상처를 고정해두었다. 그러자 끔찍한 일이 벌어졌던 것이다! 처음엔 상처 가장자리가 정말로 들러붙었다. 그러나 바로 수초 안에 혼합액이 살 속으로 스며들더니, 세포 조직을 녹여서 풀처럼 걸쭉하게 만들어버리는 것이었다. 상처는 점점 더 크게 벌어졌고, 결국은 콸콸 쏟아져 나온 피와 흘러 넘친 고름으로, 형체를 알아볼 수 없게 변해버렸다.

모든 작용이 끝난 후엔 10마리 모두 죽어 있었다. 이 모든 일을 이해할 수 없다. 한 마디로 비논리적이다. 우리가 이미 산성으로 인한 문제를 어떻게 처리해야 할지 터득했음에도 불구하고, 여전히 살아 있는 세포에는 이 약품에 대한 내성이 생기지 않고 있다.

수치와 분노와 절망에 휩싸여서 온몸이 부들부들 떨린다. 지금 당장이라도 실험 단계를 더 강화해서 밀어붙이고 싶지만, 팀을 어떻게 설득해야 할지조차 모르겠다……

23시 25분

다른 연구원들이 건물을 떠난 후부터 계속 혼자 적포도주를 마시며 스스로 위로하고 있는 중이다. 이 풀리지 않는 문젯 거리가 끊임 없이 내 머리 속을 맴돌고 있다. 하지만 아무리 고민해 봐도 특별한 묘안이 떠오르질 않는다. 내 구상에 아무런 결점을 발견할 수 없기 때문이다. 그렇기 때문에 곧장 새로운 실험을 재개할 생각이다.

아무에게도 변명할 필요가 없는 일이라고 생각하지만, 그래도 이 실험에 대해서는 비밀로 할 생각이다. 솔직히 말하자면 나 스스로도 그 근거가 확실하지 않기 때문이다. 이름 없는 떠돌이 녀석이 그것을 믿어줄는지 모르겠다.

02시 30분

기적이 일어났다! 단 한 번에 성공한 것이다!

사실 조금 과장하는 것일지도 모르지만, 실험은 실제로 시작하자 마자 성공했다고 말할 만하다. 간단한 수술을 집도하는 동안, 내가 이런 한밤중에 수술실에서 무슨 짓을 하고 있는 걸까 라는 생각이 문득 들었다. 내가 범죄자라도 된 것처럼 느껴지고, 이 모든 행동들 이 너무나 무의미하고 미친 짓으로 여겨졌다.

처음부터 단번에 성공하리라고는 예상하지도 않았다. 그것은 절망 한 어린아이가 무엇이든 할 수 있는 아버지를 상대로 하여, 애초에 이길 가능성이 전혀 없다는 것을 잘 알면서도 고집을 부리는 것과 같은 행동이었다. 그런데 지금 이렇게 여기에……

나는 떠돌이의 털을 밀어낸 후, 그에게 근육이완 주사를 놓았다. 그리고 수술대 위에 사지를 벌린 채 묶어 두고, 그의 배를 약 15센 티미터 가량 길게 베었다. 그는 끔찍하게 비명을 지르고 으르렁거리 며 나를 물어뜯으려고 했다. 상처에서 피가 솟아 나오기 전에, 얼른 혼합액을 발랐다. 그리고는 상처 가장자리를 엄지손가락과 집게손가 락으로 꽉 눌러 붙잡았다. 눈 깜짝할 사이에 기적이 일어났다. 상처 가 즉시 붙었던 것이다. 나는 너무 놀라서, 내가 보고 있는 광경이 적포도주가 불러일으킨 착각이 아닌가 의심했다. 솔직히 술에 취해 좀 몽롱해져 있었던 것이다. 그러자 갑자기 술이 확 깨버렸다. 수천 개의 질문들이 머리 속을 떠돌았지만, 오랫동안 간절히 기다려온 이 승전보 앞에서는 그 모든 것이 의미를 잃었다. 불과 16시간 전에 실패했던 바로 그 똑같은 물질이 어째서 이번에는 성공한 것일까? 분량의 문제일까? 내 동료들이 건성으로 일했던 것일까? 나는 의자에 앉아서 담배를 한 대 피우며 환자를 관찰했다. 그는 이 순간적인 치유에 스스로도 놀라고 있는 것처럼 보였다. 1시간 반이 흘러갔다. 그사이 수술실을 청소하고, 행복의 구름 속에 둥둥 떠 있는 자신을 다시 끌어 내리고자 애썼다. 그리고 나서 한 번 더 상처를 살펴봤다. 상처 가장자리는 그사이 약간 벌어져 있었고 느슨해져 있었지만, 그 거야 우리가 이제 겨우 첫단계에 있기 때문일 것이다. 일단 나는 베어진 부분을 꿰매어 안전 조치를 한 후에, 환자를 우리 안에 다시 집어넣었다. 그는 마치 이 모든 일이 무슨 영문인지 알고 싶다는 듯이 당황스러운 표정으로 나를 바라보고 있었다. 나는 조용히 웃고는 그 방을 나가려고 했지만, 그때 갑자기 이 환자에게 아직 이름조차 없다는 것이 생각났다. 잠시 동안 생각해본 끝에 마침내 고전적인 작명법이 떠올랐다. 나는 이 조력자이자 친구에게 '클라우단두스(닫혀져야 할 자)'라는 이름을 지어주었다.

1980년 5월 10일

그들은 이 일에 대해 아무렇지도 않다는 듯이 무관심한 태도를 취했다. 내가 클라우단두스를 실험을 위해 학대했기 때문이 아니라, 내가 그들 모르게 이 일을 했기 때문이다. 그럼 내가 실험용 유리관을 닦기 위해서도 일일이 허락을 받아야만 하는 시시한 실험실 조교라도 된다는 말인가? 그들은 여전히 나를 무시하고 있는 것이다. 이것은 전환점이다. 사람들이 나의 권위를(내가 그런 걸 갖고 있기라도 하다면 말이지만) 의심할 만한 어떤 근거가 내 표정이나, 내 행동이나, 내 존재 전체에 놓여 있는 것이 틀림없다. 하지만 어쨌거나 상관

없다. 중요한 것은 오직 '수프'뿐이다.

클라우단두스는 수술을 아주 성공적으로 이겨냈고, 대부분의 시간을 자면서 보낸다. 예상된 시간 안에 그의 면역 체계가 접착제에 대한 거부 반응을 시작할지 기다리고 있는 중이다. 녀석이 상처 부위를 핥거나 꿰맨 부분을 물어뜯지 못하도록, 배 옆면 전체에 역겨운 맛이 나는 물질을 발라두었다. 몇 주 안에 우리는 다시 여러 마리의 동물들에게 실험을 가할 것이다. 물론 내가 그 기적의 밤에 했던 것과 정확히 똑같은 과정을 적용할 것이다.

승전보만 찾아오는 일은 흔치 않다. 그 백치 같은 크노르의 끔찍스러운 방문은 무사히 지나갔다. 그는 그토록 원했던 만족을 얻지 못하고 갔다. 결국 우리가 클라우단두스를 보여줄 수 있었기 때문이다.

1980년 6월 1일

돌아버리기 직전이다. 내가 이미 오래 전에 달성해냈다고 여겼던 해결책이 완전히 착각이었다는 것이 드러났다. 5마리의 동물 실험이 모두 실패로 끝났다. 혼합액은 아무런 효과를 나타내지 않았고, 전혀 설명할 수 없는 무언가가 자연적인 혈액 응고 현상을 저해시켜서 동물들은 모두 고통스럽게 피를 흘리며 죽어갔다. 불길한 예감이 든다. 우리는 일단 클라우단두스의 배의 상처가 완치될 때를 기다리고 있다. 그 후엔 그를 다시 '열어 놓아야' 할 것이다.

1980년 6월 14일

내가 추측했던 그대로였다. 클라우단두스는 일종의 돌연변이다. 그와 다른 동물들의 차이점이 무엇인지는 알 수 없다. 하지만 그의 유전 형질 중 어떤 인자로 인해, 그의 신체 조직이 '수프'를 아무 문제 없이 받아들이고 있는 것이다. 오늘 우리는 이 동물의 옆구리 살에 실험을 가했고, 여러 개의 길고 깊은 상처들을 만들었다. 그의 내장 표면에도 몇 개의 상처를 냈다. 혼합액을 바른 후에 상처 가장자리는 완전히 아물어 봉합되었고, 이번에는 안전 조처를 위해 꿰맬 필요도 없었다.

그 후에 다른 동물로 똑같은 실험을 되풀이한 결과 이번에는 완전히 실패했다. 우리는 이제 더 이상 상처 입은 동물을 힘들여 다시 꿰매지도 않고, 그냥 그 자리에서 안락사시켜 버렸다.

다행스럽게도 우리에겐 그레이가 있다. 이제부터 우리의 망가진 '연구 열차'는 유전학 분야로 진로 수정할 예정이기 때문이다. 우리는 클라우단두스의 '비밀'을 밝히기 위해 수없이 많은 실험을 그에게 가해야 할 것이다. 물론 다른 동물들에 대한 실험도 계속 병행해 나갈 것이다. 파르마록스가 점점 불확실해져 가는 성공에 대해서 의심을 갖고, 이 프로젝트를 등한시하거나 아예 포기해버리는 게 아닐지 너무나 걱정된다. 만약 그렇게 된다면 나는 어떻게 될 것인가? 연구소로는 절대로 다시 돌아갈 수 없다!

1980년 7월 2일

그레이와 치볼트는 클라우단두스의 유전 정보 분석을 위해 모든 시간을 투자하고 있다. 적어도 우리가 보유하고 있는 보잘 것 없는 수단들이 미치는 범위에서 말이다. 이 동물은 전혀 부러워할 만한 상태가 아니다. 온갖 형언할 수 없는 고통을 당하고 있기 때문이다. 계속 조직 검사를 위해 신체 조직을 떼어내고, 주사를 놓고, 고통을 유발하는 물질들을 주입하고, 내장을 열어보고 있다. 너무나 가슴아픈 광경이다. 우리는 이미 주어진 시간의 절반 이상을 허비했기 때문에 지금은 모두 심한 압박감 속에서 일하고 있다. 매일 거의 12마리 이상의 동물들을 자르고, 다시 꿰맨다. 종종 불구가 되거나 즉시 안락사당하기도 한다. 이런 일들이 무시무시한 일상이 되고 있다.

게다가 나의 지나친 음주로 인해 점점 더 자주 로잘리와 말다툼이 벌어지곤 한다. 나는 스트레스와 패배감으로 인해 폭발하기 일보 직전의 상태이며, 적어도 밤에라도 마음을 가라앉힐 수단이 필요한데도, 이 여자는 전혀 아랑곳하지 않는 것이다. 나는 원래 술을 좋아하는 편이 아니었다. 자유시간에도 마찬가지였다. 적포도주를 즐기는 건 순전히 식도락적인 취미일 뿐이었다. 하지만 지난 몇 달 동안 오직 술이 나의 모든 감각을 자극해주고, 명확한 사고를 가능하게 해주며, 내게 너무나 간절히 필요한 긴장 이완을 허락해주게 된 것이다. 로잘리는 이 모든 것을 이해하지 못한다. 그녀가 언제는 뭔들 이해했던가? 내 일을, 내 꿈들을, 내가 인생에 부여하고자 하는 의미들을 그녀가 과연 이해했었는가 말이다. 두 사람이 함께 살더라도 영원히 서로를 알지도, 이해하지도 못할 수도 있나 보다. 이런 생각이 나를 더 괴롭고 슬프게 만든다. 그래, 여기의 모든 일들처럼 그렇게 슬프다.

1980년 7월 17일

발전이 없다. 하지만 이것이 가장 불행한 사태는 아니다. 더 불행한 사태는, 내 동료들이 이제 더 이상 이 프로젝트에 계속 참여할 흥미도, 의욕도 없다는 것이다. 젊은 사람들, 특히 야망 있는 젊은이들은 실패를 감지하는 정확한 육감을 갖고 있는 것 같다. 그래서 잘못 올라탄 말에서 떨어지기 전에 먼저 얼른 뛰어 내리는 것이다. 그들은 아무런 내색도 않으려고 애쓰면서 부지런히 하루 일과에 참여하고, 내 농담에 맞춰 억지로 웃어주고, 해결책을 향한 모든 무의미한 행보에 발맞추는 듯이 보이고 있다. 하지만 아주 둔한 사람이 아니라면, 그들 모두가 이미 오래 전에 체념의 화살에 관통당해, 이 프로젝트에 대한 희망이 마비되어 버렸다는 것을 알아차릴 수밖에 없다. 어째서 젊은 사람들이 이토록 근시안적이고 허약한 것일까? 오직 큰 용기와 넓은 마음을 가진 인간들만이 위대한 일을 이룰 수 있다는 것을 왜 모르는 걸까? 이 서글픈 사태에도 한 가지 부차적인 즐거움이 있다. 이 동물들을 점점 더 많이 다룰수록 그리고 그들에 대해 경험하게 될수록, 점점 더 그들에게 매혹된다. 이 프로젝트가 어떻게 끝나게 되든 상관없이, 나는 앞으로는 연구를 완전히 그만두고, 아니, 아예 아무 일도 하지 않을 작정이다. 엄격한 학문적인 기초 위에서 이 동물들을 기르는 것도 아주 근사하고 멋진 취미 생활이 될 것 같다. 솔직히 말하자면, 나는 이미 몰래 이 취미 생활을 시작했다.

1980년 8월 4일

하루에 세 가지 나쁜 소식이 찾아왔다. 이번에는 공식적으로. 오늘 아침, 파르마록스에서 날아온 편지 한 장이 내 책상 위에 놓여 있었다. 그 편지에는 가이벨이 내게 맡긴 프로젝트 과제를 3분의 1로 축소한다는 통보가 담겨 있었다. 그 무의미한 축소의 구체적인 결과는 이렇다. 거의 모든 연구원들과 한 사람의 생물학 조교를 해고하고, 급료를 인하하며, 실험 동물 수를 극도로 제한하고, 그 외 다양한 사소한 문제들을 제한한다는 것이다. 이렇게 되면 이미 충분히 난항을 겪고 있는 우리의 연구는 훨씬 더 힘들어질 뿐이다. 이 구두쇠들은 사태를 오히려 악화시키고 있다. 우리가 연구를 거의 진척시키지 못하고 있고, 그렇기 때문에 더 많은 경제적 지원을 필요로 하고 있는 이런 힘든 상황에서, 그들은 오히려 예산을 삭감한 것이다. 게다가 그레이까지 사직을 신청했다. 그는 나중에 자기 이름이 실패와 연관되기를 바라지 않는 것 같다. 솔직히 말하자면, 그의 높은 지능 수준을 보여주는 판단이라고 생각한다.

세 번째 재앙의 소식은, 위의 소식들과는 달리 상대적으로 덜 심각한 문제이다. 수의학 관청에서 우리가 신청한 것보다 더 적은 수의 동물 실험을 허가했다. 심의위원회 의원들은, 지금까지 허가되었던 수치를 정확히 고수하기 위해, 실험 내용을 자세히 보고하기를 요구했다. 쉬운 말로 하자면, 그들도 결과를 보기 원하는 것이다. 거기다 대고 무슨 말을 하겠는가! 마치 이 프로젝트가 파르마록스가 아닌, 이 빌어먹을 자들에게서 경제적 지원을 받고 있기라도 하다는 듯이 굴다니. 이 위협적인 사태의 배후에 누가 도사리고 있는지 충분히 짐작이 간다. 크노르와 그 패거리 짓이겠지. 내 연구를 망칠 다른 방법이 없으니, 이런 치사한 수단을 강구한 것이다.

지금은 밤 2시다. 건물 전체가 찌는 듯한 더위에 휩싸여 있다. 나는 또다시 만취 상태고, 내 모든 감각은 죽어버린 듯하다. 방금 동물들이 수용된 방에 가서, 환자들을 살펴보고 물을 주고 왔다. 그들은 모두 털을 밀었던 자리를 쉽게 알아볼 수 있을 만큼 크고 흉측한 흉터들을 달고 있다. 그들 중 몇몇이 심한 불구가 되어버렸다는 것은 애석한 일이다. 하지만 우리에겐 다른 선택의 여지가 없었다. 특히 클라우단두스는 최악의 상태이다. 우리는 아직도 그의 유전학적 정보를 해명해내지 못했다. 셀 수 없이 많은 실험을 거치는 동안, 그는 이제 거의 괴물에 가까운 외양을 갖게 되었다. 그는 잠들어 있었지만, 자면서도 고통으로 인해 신음했다. 만약 또 한 번의 기적이 정말로 일어난다면, 나는 그를 위해 기념비를 세울 작정이다. 나는 이 약품을 '클라우단두스'라고 부를 생각이다.

1980년 8월 23일

오늘 나는 그 일을 해치웠다. 새벽 3시에 실험실을 떠나, 포도주를 너무 많이 마셔서 방향 감각을 잃고 비틀거리며 자동차를 향해 가는 도중에, 나는 그들을 발견했다. 거의 모든 집 앞에 이 기이한 생물들이 한 마리씩 앉아서, 자기 영역을 지키고 있었다. 이들은 원래 야행성이기 때문에 주로 한밤중에 돌아다닌다. 밤에는 이 도시가 이들의 것이다. 그것은 누구나 인정해야만 할 일이다. 그들은 실제로 이 도시를 장악하고 있다. 갑자기 우스꽝스러운 의심이 들었다. 그들은 우리 인간들보다 우월하다고 느끼고 있는 게 아닐까. 언젠가 적절한 시점에 이르면, 우리를 굴복시킬 수 있다고 생각하는 게 아닐까. 언젠가 들었던 식인 식물에 대한 이야기가 생각났다. 어떤 사람이 그 식물의 씨를 집으로 가지고 와서 심고, 돌보았다. 그리고 마침내 어느 화창한 날에, 크고 강하게 자라난 그 식물은 그 집 가족 모두를 먹어치워버린 것이다.

나는 지쳐 비틀거리며 거리를 따라 걸었다. 그러다가 강해 보이는 두 놈이 정원 담 위에 앉아 있는 모습을 보게 되었다. 그들은 마치 우주의 무한함에 대해 사색하고 있는 듯이 철학적인 표정을 짓고 있었다. 나는 이런 생각에 매혹되면서도, 한편으로는 우리에게 부족한 실험 동물들과 끝없이 우리를 괴롭히는 수의학 관청의 간섭에 대해 생각했다.

바로 이 순간 내가 실행에 옮긴 일에 대해서 나는 아무런 죄책감도 느끼지 않는다. 나는 더 이상 생각하지 않고, 그 철학자 두 놈을 바로 옆구리에 끼고, 곧장 실험실로 돌아와서 녀석들을 우리 안에 가두어 놓았다. 그들은 나를 사납게 노려보았다. 확실히 그들은 이제는 더 이상 우주의 무한함에 대해 사색하지는 않고 있었다.

나는 이제 내 머리 속에 있는 가공의 판사에게 질문을 던졌다. 실험을 위해 두 마리 생물을 이용한다는 것만으로 나는 범죄자가 된 것일까? 그 실험의 성공에, 동물들의 생명도 포함한 수많은 생명이 달려 있는데도 말이다. 학문을 위해 무언가를 희생시킨다는 이유로, 내가 추악한 악당이 되는 것일까? 그러나 내 머리 속 판사는 침묵했다. 아무런 대답도 하지 않았다. 그것은 그가 나한테 판결을 내린 것보다 더 나쁜 일이었다. 내 혈관의 피를 공포로 얼어붙게 만든 것은 판사의 침묵이 아니라, 희생자들이었기 때문이다.

1980년 9월 15일

쥐들은 배의 침몰을 미리 알아채고 떠난다. 오늘 치볼트가 우리에게 작별을 고했다. 자신이 사직하는 확실한 이유에 대해 그는 아주 정확하게 표현해냈다. 우리가 내 사무실에서 슬픈 이별의 대화를 나누고 있는 동안, 이 남자는 내내 수수께끼 같은 말만 떠들어댔다. 하지만 나는 수수께끼의 달인이기 때문에, 그의 말속에 들어 있는 암호와 반쪽 진실들의 의미를 정확히 읽어낼 수 있었다. 나는 여기 있는 모든 사람이 나를 저주하고 있다는 것과 그들 모두가 내가 밑바닥까지 주저앉아 망해버리기를 간절히 기다리고 있다는 것을 느끼고 있다. 분명히 처음부터 실패하도록 계획되었을 것이다. 즉, 어째서 치볼트는 내 연구에 동참하기 위해 그렇게 기꺼이 연구소를 떠났던 것일까. 그는 그 전에 한 번도 연구소에 불만이 있다는 말을 한 적이 없었다. 단 한 마디의 권유로 그는 나의 프로젝트에 동참하기로 결정했었다. 아니, 어쩌면 내가 그 당시에 너무 순진했던 것일지도 모른다. 하지만 이제는 그것을 깨달았다. 오늘 나는 알게 되었다. 이미 처음부터 내 프로젝트를 방해할 공작이 이루어지고 있었다는 것을. 지금까지 오직 나 혼자만 작은 성과를 이뤄냈다는 것은 정말 이상한 일이 아닐 수 없다. 그래, 틀림없이 그런 것이다. 그들은 나를 파멸시키려고 작정했던 것이다.

분명히 내 전화를 도청하겠지. 하지만 이제는 아무것도 들키지 않을 것이다. 나는 여기서 비참한 종말을 맞을 때까지 최선을 다해 일할 것이다. 그들 모두 나를 떠나버려도 상관없다. 그들 없이도 혼자 해낼 수 있다.

03시 20분

로잘리도 그들과 한편이라는 의심이 든다. 그렇지 않다면 왜 그녀가 매일매일 나를 끔찍하게 비난해대겠는가?

오직 내 정신적인 기력을 소진시켜서, 일을 망치게 하려고 그러는 것이 분명하다. 그래서 더 이상 집에 돌아가지 않기로 했다. 집으로 가는 건 어차피 멍청한 습관에 지나지 않는 일이었다. 게다가 밤새 실험 동물들을 '조달하는' 일을 하느라 바쁘다.

1980년 9월 29일

오늘 실험실에서 영화의 한 장면 같은 난투극이 벌어졌다. 크노르와 가브리엘 그리고 나, 이렇게 모두가 눈이 시퍼렇게 멍들고, 몸 여기저기에도 멍이 들었다.

지금까지 나는 한 번도 폭력적이라는 평을 들어본 적이 없다. 하지만 여기서 벌어지고 있는 모든 뻔뻔스런 작태를 본다면 간디조차도 화가 나서 날뛸 것이다.

오늘 오전에 일과에 따라 건물 전체를 돌아보고 있다가, 갑자기 가브리엘 박사를 발견했다. 그는 실험실에서, 연락도 없이 나타난 그 돌대가리 크노르에게 우리의 실험 경과에 대해 보여주고 있었다. 내가 보건대, 그는 우리의 비밀들을 처음부터 끝까지 몽땅 고자질하고 있었고, 마치 내가 아니라 자기가 이 실험실의 대표라도 되는 듯이 굴고 있었다. 그들이 그렇게 사이좋게 서로 수근대고 있는 걸 보자니 갑자기 화가 치밀었다. 나는 그들에게 달려들어 닥치는 대로 두들겨 팼다. 그 스파이들은 저항하려 했지만, 나는 용사 같은 힘을 발휘하여 그들을 철저히 응징했고, 결국은 서둘러 달려온 조교들과 연구원들이 우리를 갈라놓았다.

이 일로 그들은 교훈을 얻었을 것이다. 나는 이 끝없는 방해 공작이 지긋지긋해졌다. 그래서 확고히 결심했다. 꼭 그래야 한다면 내 피를 뿌려서라도 이 실험실을 지키고야 말겠다!

1980년 10월 17일

스위스에서 보내오는 편지나 전화 공격에도 나는 더 이상 아무런 반응도 않기로 했다. 돈은 이미 실험실 유지비용을 대는 것조차 부족할 정도다. 그리고 이제 나 외에는 이 건물에서 단 한 명의 생물학 조교와 두 명의 연구원이 일하고 있을 뿐이다.

최악의 뻔뻔스러운 소식이 오늘 아침에 도착했다. 내년에는 크노르가 내 자리를 차지하게 될 것이라는 소식이다. 이 프로젝트가 연구소의 가증스런 음모와 비밀 협정에 희생당하게 되리라는 혐의가 이로써 확실하게 입증되었다. 나의 과제는 단지 파르마록스를 위한 기초 연구를 수행하라는 것이었다. 그게 다였다. 성공에 대한 모든 공로는 이 구역질나고 표리부동한 크노르에게로 돌아갈 것이다.

그러나 그들은 나의 저항을 계산에 넣지 못했다. 그들이 온다면, 나는 무기를 들고 맞을 것이다. 그들은 내 의도를 탐지해내려고, 여전히 수없이 많은 도청장치를 곳곳에 설치해 놓았을 수도 있고, 수시로 검은 리무진을 탄 스파이들을 건물 앞으로 지나다니게 하고 있다.

나는 아직 여기 남아 있던 사람들을 모두 해고했다. 이제 나는 다음주부터 완전히 혼자서 조용히 일에 몰두할 수 있게 되었다. 그들의 더러운 돈이나 더러운 인력은 더 이상 필요하지 않다. 아무도 필요 없다!

가끔씩 벽 위에 나타나는 이 괴이한 공식이 무얼 의미하는지 알수만 있다면 좋겠다.

12월

혼자 일하니 정말 좋다! 라디오를 크게 틀어놓아도 되고, 얼마든지 술을 마실 수도 있고, 하고 싶은 일은 무엇이든 마음대로 할 수 있다. 스파이들의 방해 공작으로 훼방당하지 않고 훨씬 더 빨리 연구를 진행시키고 있다.

물론 내가 심하게 감시당하고 있다는 사실은 한 순간도 잊지 않고 있다. 그렇게 하지 않는다면, '그들'이 내게 연구실을 맡겨두겠는가? 물론 매일 '그들'은 내게 편지를 보내서, 이 건물을 떠나라고 요구하고 있다. 하지만 '그들'은 그걸 위해서 바로 경찰을 부를 수는 없을 것이다. 왜 안 되냐고? 왜 안 되냐고? 내가 '그들'의 시커먼 계획을 잘 알고 있기 때문이다. '그들'은 미치광이에게 실험하게 만들었던 것이다. 그가 자신이 무엇을 찾고 있는지, '그들'이 무엇을 찾고 있는지 깨닫게 될 때까지 말이다.

그사이에도 나는 변함 없는 열광에 빠진 채로, 계속 동물들 일을 처리해 왔다. 그들은 내 위업의 가치를 알고 있는 유일한 증인들이다. 그들은 용감하고도 순종적으로 자신들의 작은 몸을 나를 위해 기꺼이 바치고 있으며, 내가 주는 약간의 먹이에도 감사해 한다. 그리고 헤아릴 수 없을 만큼 가치 있는 학문에 대한 기여에 비해, 자신들의 생명이 얼마나 무가치한 것인지를 그들은 잘 알고 있는 것이다.

나는 하루에 평균적으로 7마리 정도의 동물을 실험하고 있다. 혼합액이 아직도 전혀 접착 효과를 나타내지 않고 있기 때문에, 사실상 거의 하루 종일 수술을 하고 있는 셈이다. 모든 신체 부위를 베어 낸다. 목과 엉덩이, 창자, 근육, 눈……모두 다.

내 천재적인 사육 프로그램 덕분에 암컷들 중 몇 마리가 새끼를 낳았다. 그래서 실험에 필요한 예비분은 충분하다. 하지만 가장 심혈을 기울이고 있는 대상은 물론 클라우단두스다. 하지만 그는 여전히 자신의 비밀을 내게 밝히지 않고 있다.

이제 잠시 휴식을 취하고 실험실을 청소해야겠다. 피와 동물 시체들로 인해 지독한 악취가 풍기고 있다.

12월

로잘리, 오 나의 가엾은 로잘리, 나를 위해 염려하지 마오, 용감한 여인이여. 당신은 지금 문 앞에 서서 오랫동안 벨을 누르고 있군요. 비록 이렇게 창문 뒤에서 당신을 훔쳐보고 있지만, 문을 열어주진 않을 것이오. 당신의 얼굴에 수심이 가득한 것을 분명히 볼 수 있소. 당신이 누구보다 사랑하고 있는 당신 남편은 이 작업을 완성하고 나면 당신에게로 돌아갈 것이오. 그러면 모든 것이 다시 예전처럼 돌아갈 것이라오.

예전처럼? 예전이 어땠는지 이제는 기억할 수가 없구려. 명료한 생각을 하거나 무언가를 판별하기가 너무 어렵소. 낮인지 밤인지도.

오, 로잘리, 당신은 알고 있소? 피에는 마술같이 끌어당기는 힘이 있다는 것과 포유류 동물의 몸은 인간과 거의 흡사하다는 것을? 피와 잘라진 살덩이에 너무 열심히 몰입해선 안 된다오. 내가 이미 오랫동안 해온 것처럼 말이오. 그러면 이렇게 머리가 이상해진다오. 더 이상 잠들 수도 없고, 만약 잠든다 해도 끔찍하게 무서운 악몽들이 닥쳐 온다오. 그 악몽 속에서 잘려져 나간 시체들이 다시 살아나고, 당신을 향해 잔뜩 비난을 하듯이 벌어진 상처를 내밀고, 비명을 지르지. 다시 붙여 놔! 다시 붙여 놔! 라고. 하지만 당신은 이 세상의 모든 상처들을 다시 붙일 수가 없어. 왜냐면 당신이 만드는 접착제가 계속 실패하기 때문이지. 하지만 상처로 가득한 작은 몸뚱이들은 계속 다급하게 외쳐대지. 붙여! 붙여! 우리를 다시 멀쩡하게 만들어 놔! 라고. 그리고 당신은 비명을 지르며 깨어나서는 땀으로 푹 젖어 있는 거야. 하지만 현실로 돌아온다고 아무런 위안이 되진 못해. 왜냐면 그 찢어진 몸들이 모두 당신 곁에 놓여 있고, 당신의 온몸은 그들의 피로 흠뻑 젖어 있으니까.

로잘리, 수없이 다양한 지옥들이 있어. 그리고 그 모두가 죽기 전에 이미 시작되고 있어. 클라우단두스에게 물어 봐. 그가 확실히 알려줄 거야. 나는 종종 그의 우리 앞에 앉아서, 몇 시간이건 때로는 심지어 하루 종일토록 그를 바라 봐. 그는 고통스런 시간을 보내는 동안 아주 달라졌어. 신체적으로만이 아니야. 그는 나를 아주 잘 안다는 듯이 증오에 가득한 눈으로 뚫어지게 바라보곤 해. 마치 사람처럼. 그래, 그의 슬픈 눈 속에는 뭔가 인간적으로 보이는 게 담겨 있어. 그는 천진함을 잃어버린 것 같아 보여. 그는 미쳐버렸어. 하지만 가끔은 마치 그가 나하고 이야기를 하고 싶어하는 것처럼 느껴져. 그런데 무슨 말을 하고 싶은 걸까? 나에게 고통을 호소하고 싶은 걸까? 내게 자비를 구하려는 걸까? 아니, 안 되지. 그건 전혀 고려해 줄 수가 없어. 나는 학자야. 스스로 자각할 능력이 있는 포유류 동물이지.

로잘리, 내 사랑하는 아내, 우리는 분명히 다시 사랑하게 될 거야. 나를 믿어. 그러면 우리에겐 훨씬 더 좋은 날들이 올 거야. 나는 노벨상을 받게 될 테고, 계속 텔레비전에 출연하게 될 거야. 전혀 모르는 사람들이 나에게 길거리에서 축하 인사를 건네고, 환자들은 나에게 감사해할 거야. 고맙습니다, 프레테리우스 교수님, 감사합니다. 고마워, 클라우단두스. 이 접착제가 우리 모두의 생명을 구했어요 라고. 그리고 동물들도 나한테 고마워할 거야. 고맙습니다, 프레테리우스 교수님, 당신은 우리를 자르고 다시 붙여 주셨어요. 정말 감사합니다! 감사합니다! 감사합니다! 감사합니다! 감사합니다! 감사합니다……!

12월

친애하는 클라우단두스, 이리 와서, 내 초대에 응해 다오.
네 속에 무엇이 들어 있는지, 내게 보여 다오.
벌어진 상처들, 곪아 문드러진 종기들,
너를 자르는 건 전혀 힘든 일이 아니었지.
하지만 한 가지 더 알고 싶은 게 있네, 유쾌한 친구여,
네 털 밑에 숨겨져 있는 비밀은 무엇이지?

율리우스 프레테리우스 교수
혁신적인 세포 조직 접착제인 클라우단두스의 발견자.
1981년, 노벨 생물학상을 수상하다.
-인크레디빌리스 비스 인제니이(incredibilis vis ingenii)-

어둡고도 어두운 12월

붙지 않아! 앞으로도 영원히 붙지 않을 거야!
수없이 많은 수술을 하는 동안 내내 내 주위를 맴돌고 있는 유령들, 그 투명하고 번쩍거리는 동물 모양을 한 존재는 내게 끊임없이 외쳐대곤 한다. 꺼져버려! 사라란 말이다, 이 잡종새끼들아! 나는 소리지르지만, 그래도 여전히 그들은 수술대 위를 빙빙 돌며, 흐느끼

는 듯한 목소리로 나를 비웃어 댄다. 혼합액 안에도 그들이 들어 있어서, 아무런 효과도 나타나지 않는 것이다. 하지만 나는 열심히 실험을 계속할 것이다. 그리고 그 누구도, 그 무엇도, 나를 막지 못할 것이다.

다시 실험 동물들을 조달해 올 기운이 남아 있지 않아서, 이제는 내가 직접 번식시킨 동물들에 전적으로 의존해야 한다. 하지만 아무런 문제가 없다. 내 앞에는 지금까지 전혀 존재한 적이 없었던, 유일한 종(種)이 놓여 있다. 슈퍼 종이다! 이것은 그야말로 콜럼버스의 달걀이 아닌가! 그런데 클라우단두스에게 아직 새끼를 만들 능력이 남아 있을까?

우리 주의 해, 주후 1980년

조각 조각난 내장들, 뽑혀진 눈들, 잘라진 꼬리들!

교수님, 깨끗이 잘려진 머리를 다시 몸통에 붙일 수 있을까요?
그걸 확인해 봅시다, 친애하는 학생 여러분.

프레테리우스 교수님, 잘라낸 앞발을 다시 다리 밑동에 붙일 수 있을까요? 그 불쌍한 동물이 나중에 절룩거리지 않을 수 있도록?
그걸 확인해 봅시다, 존경하는 노벨상 위원회 여러분.

교수님, 어떤 동물이 자동차와 정면 충돌했다고 가정하고, 당신의 세포 조직 접착제로 그 다친 동물의 상처를 다시 붙일 수 있다고 믿으십니까?
전혀 예상조차 못하겠군요, 친애하는 텔레비전 시청자 여러분.
하지만 한번 확인해 봅시다.

저리 꺼져, 이 유령들아! 나를 내버려두란 말이다, 이 악마들아! 나는 어디까지나 좋은 의도로 그랬단 말이다!

그가 오늘 아침에 말을 했다! 그렇다, 클라우단두스가 내게 말을 걸었다. 대단하지 않은가? 말을 할 수 있는 동물이라니. 이런 동물을 내가 발견한 것이다! 이로써 틀림없이 노벨상을 받게 될 것이다. 하지만, 그가 뭐라고, 무슨 말을 했었지? 도대체 뭐라고 말했었지? 기억해낼 수가 없다. 그는 너무나 조용하고도 진지하게, 어딘지 강한 어조로 말했다. 그 동물은 전혀 유머 감각이 없다. 그가 나에게 자기를 우리에서 꺼내주고, 결투를 하자고 했던가? 그랬던가?

아, 모든 게 내 눈앞에서 마구 흔들리고 있다. 실험실이 흐릿한 분홍빛 연기 속으로 서서히 사라지고 있다. 클라우단두스를 구해내야 해!

7

"정말 대단히 인상적인 기록이더군요, 교수님. 하지만 이 공포 영화 같은 사건하고, 당신의 기적의 접착제로 구원받을 기회조차 없을 만큼 끔찍한 구멍이 목에 뚫린 채 죽어간 내 동족하고 무슨 상관이 있단 말인가요?"

"그건 아주 간단한 일이라네, 친애하는 프란시스군. 자네도 아마 기억할걸세. 그 실험실에서 보낸 기간 중 최후의 몇 달 동안, 나는 자네 종족을 완벽하게 개량해내는 일에 모든 심혈을 기울였네. 그리고 마침내 신비로운 '슈퍼 종'을 만들어 내는 데 성공했지. 그런데 이들의 사냥 본능은 약간 어긋나고 말았어. 이 종자의 후손들이 지금 자네가 살고 있는 구역 안을 가끔씩 돌아다니고 있다네. 그들은 좀 미쳐 있기 때문에, 상대방이 누구든 자기 앞에 나타나면 목을 물어뜯는 것이라네. 정말 스릴 만점의 해답이 아닌가, 그렇지?"

"교수님, 방금 말씀하신 내용은 전혀 말이 안 됩니다! 진부한 공포 영화들을 너무 많이 보신 것 같군요. 그 점에 대해서는 당신의 그 실패한 연구 프로젝트를 보면서 충분히 짐작했지만 말입니다. 그 '슈퍼 종' 이론은 한 마디로 터무니없군요. 첫째, 어떤 특별한 종을 개량해내기 위해선, 게다가 그렇게 아주 괴상한 종을 만들어 내려면 아주 긴 시간이 소요되고, 선택된 개체들의 번식이 수세대 동안 반복되어야 가능합니다. 하지만 무엇보다 당신한테는 그럴 만큼의 충분한 시간이 없었어요. 둘째, 당신의 일기에는 분명히 전능한 종자를 만들어 내고 싶다는 바람이 암시되어 있었지만, 피에 굶주린 살육자 종에 대한 언급은 전혀 없었습니다. 그리고 셋째, 그 살육자 종은(만약 그런 종이 실제로 탄생했다고 한다면) 실험실이 폐쇄될 때 확실히 종말을 맞았을 테고, 동물들은 다시 모두 풀려났습니다. 그러니 제발 그런 터무니없는 공상은 집어치우고, 진실을 들려달란 말입니다!"

"맞아. 내가 약간 거짓말을 했지. 하지만 이제 정말로 '진실'을 말해주겠네. 자, 그러니 귀를 쫑긋 세우고 잘 들어보게. 솔직히 고백하겠네. 바로 내가 그 살해자라네! 자네도 알다시피, 그 1980년 말에 일어났던 끔찍한 사건은 일기장에 아주 모호하게만 기록되어 있지. 의심해 볼 만한 여지가 있지 않나? 그래, 그래, 연구를 계속해나가는 동안 나는 점점 더 미쳐가고 있었네. 마지막엔 거의 완전히 미쳐버린 듯했지. 끝없이 그 '수프'에 대해, 자네 종족에 대해, 그리고 특히 클라우단두스의 유전 구조에 대해 고민하느라 내 모든 이성은 완전히 바닥나 버렸었네. 하지만 내 정신 착란의 원인이 무엇이었는지 잘 생각해보게나. 그건 바로 자네 종족에 대해 지나치게 몰두했기 때문이었지. 나는 정말로 그 작은 짐승들에게 푹 빠져 버렸었네. 간단히 요약하자면 말일세, 내 인생 최대의 실패극이 끝나고 난 후에 난 정신병원에 처박히지도, 관 속에 들어가지도 않았네. 정반대로, 최고의 정신 분열적인 건강상태를 유지하고 있다네. 마치 '오페라의 유령'처럼 이 구역을 어슬렁거리면서 '펠리데'들을 차례로 죽이고 있지. 왜냐고? 내가 미쳐버렸기 때문이지. 그래, 완전히 미쳐버렸어. 알겠나? 게다가 위험하지! 물론 아주 교묘하게 위장하고, 애완 동물 사육 취미에 빠져 있는 사람 행세를 하고 있지. 그리고 내 희생물들을 자네 종족의 사냥 방법대로 죽이는 거야. 목을 치명적으로 물어뜯어서 말이지. 정말 천재적이지 않은가?"

"교수님, 정말 걱정스럽군요. 당신은 당신 스스로 믿고 있는 것보다 훨씬 더 미쳐 있는 게 분명합니다. 말도 안 되는 공상을 전혀 제어하지 못하고 있군요. 당신이 말하는 그 황당한 '오페라의-유령-헛소리'를 내가 정말로 믿을 거라고 생각하는 겁니까? 당신의 거짓말을 밝히는 건 어린애 장난보다 쉬운 일입니다. 일고할 가치도 없고, 전혀 비논리적인 이야기지만, 정말 당신 말대로라고 칩시다. 당신이 완전히 돌아버린 뒤에, 내 동족들의 목을 따기 위해서 칼을 들고 유령처럼 거리를 배회한다고 치죠. 그러면 그동안 당신은 어디에서 숨어 지냈단 말입니까? 어떻게 먹고 살아왔죠? 그사이 벌써 8년이 지났습니다. 한 번도 병에 걸린 적도 없나요? 당신은 작은 동물이 아니잖습니까? 그렇다면 누군가가 당신이 밤마다 네 발로 기어다니며 죄없는 펠리데를 사냥하는 모습을 보았을 테죠. 게다가 당신은 분명히 제정신이 아닌 상태입니다. 그렇게 복잡하고 시간이 걸리는 일을 해치울 능력이 남아 있을 리 없습니다.

내가 다른 이론을 하나 제시해 보죠. 당신의 '프랑켄슈타인 실험실'에서는 수의학 당국에서도 허가를 내주지 않은 실험이 자행되었습니다. 내 눈으로 똑똑히 확인한 바대로, 이 금지된 실험의 대상이 되었던 살아 있는 증거들이 지금도 이 구역 여기저기를 돌아다니고 있습니다. 얼마 전에 살해당한 내 친구 펠리시타가 내게 들려준 이야기가 있죠. 비록 흐릿한 꿈 이야기를 하는 듯한 내용이었지만 '진실'이 포함되어 있었다고 믿습니다. 즉, 당신의 미치광이 연구의 막바지에 실험실에서 일종의 폭동이 일어났고, 그 결과 실험 동물들이 모두 도망쳐 버렸습니다. 그 비인간적인……아니, 비동물적인 실험의 희생자들이 우리 중에 살아 있다는 것은 분명한 사실입니다. 하지만 파르마록스의 책임자들은 애초에 당신의 머리에서 나온 생각인 이 동물 학대 스캔들이 세상에 알려지고, 자신들이 거기에 관련됐다는 사실이 알려지는 것을 무슨 수를 써서든 막으려고 했겠죠. 그렇기 때문에, 원래 당신 대신 당신의 숙적인 크노르가 인계 받기로 했던 이 지역에서의 연구를 완전히 중단시켜 버렸습니다. 높으신 양반들도 당신이 아무 감시도 없이 혼자 지내던 몇 달 동안 이 실험실에서 무슨 비열한 짓을 하고 있었는지 뒤늦게야 알아차린 거죠. 그들은 즉시 실험실을 완전히 폐쇄시켜 버리고, 밖에 걸려 있던 문패도 황급히 떼어내 버렸죠. 그 후에 그 '세포 조직 접착제 프로젝트'는 서서히 망각 속으로 사라져버렸던 겁니다. 하지만 그 고위 책임자들한테 골칫거리가 하나 남아 있었죠. 그건 도저히 없애버릴 수가 없는 '흔적들'의 존재였습니다. 그들이 은폐시켜야 할 실제적인 대상인 '그것들'이 여전히 살아 돌아다니며, 정원들 여기저기에서 어슬렁거리고, 어쩌면 일부는 숨어 있을 수도 있는 노릇이니까요. 그들은 이렇게 생각했을 겁니다. '만약에 다른 인간들이 이 괴물들을 발견한다면 어떻게 될까? 이 처참한 몰골의 가엾은 동물들을, 이 지역 한 구석에 남아 있는 은폐된 실험실과 연관시켜 뭔가 의심을 떠올리지는 않을까? 아니, 분명히 그러고도 남을 것이다! 그렇다면 그 실험실에서 탈출한 동물들을 모두 제거해 버려야만 한다.' 내 생각엔 이것이, 이 상황을 설명할 수 있는 가장 논리적인 이론일 것 같습니다."

"하하하! 이보게나 프란시스, 자네의 황당한 상상력은 내 정신병보다 한 수 위인 듯싶네. 내가 범인이 아니라, 파르마록스 회사에서 고용한 어떤 동물 킬러가 이 곳을 돌아다니며 자네 친구들을 살해하고 있다고 정말로 믿고 있는 겐가? 어쩌면 네 발로 기어다니면서 말이지? 재미있군, 정말로 너무나 재미있어. 자네는 나한테 지적했던 것과 똑같은 함정에 스스로 빠져 있네.

내게 자네의 빈약한 가설의 허점들을 지적할 기회를 주게나. 첫째, 이번에도 바로 '시간'이 문제네. 전혀 논리적이지가 못해. 그 불길한 동물 살해자가 8년 동안이나 실험 동물들을 모두 처치하지 못하고 있단 말인가? 파르마록스 같은 회사가 8년 동안이나 그런 바보 같은 문제에 매달려서 헤매고 있을 거라고 진심으로 믿고 있단 말인가? 둘째, 그 킬러가 금지된 실험의 살아있는 증거들을 없애버리는 일에 모든 걸 걸고 있다면, 어째서 그 시체들을 그렇게 아무나 볼 수 있는 곳에 마구 방치해 놓는다는 말인가? 그리고 세 번째로, 이건 가장 중요한 문제인데 말일세, 펠리시타를 제외한 다른 피살자들이 모두 어디 한 군데라도 불구인 곳이 있던가? 그래, 어떤가, 셜록 홈즈 씨? 하하하하! 하하하하! 교양 있는 휴머니스트답게 먼저 생각을 한 후에 말을 하란 말일세! 하하하하! 하하하하! 하하하하……!"

이것은 내가 율리우스 프레테리우스 교수의 일기장을 모두 읽고 난 후, 연쇄 살해 사건의 실마리를 밝히고자 골몰하는 동안, 내 머리 속에서 벌어졌던 대화다. 이런 대화를 떠올려 본 것이 그렇게 이상한 일일까? 비록 객관적으로 본다면, 최근에 벌어진 일련의 살해 사건들과 1980년에 일어났던 그 '공포의 실험실'과는 아무런 연관성이 없어 보이지만, 나는 본능적으로 이 둘 사이에 무언가 서로 관련성이 있을 수밖에 없다고 느꼈다. 무엇보다 일기장에 기록된 상상을 초월하는 끔찍한 일들이, 아무런 사악한 연쇄 반응을 남기지 않았을 리 없다. 분명히 그 영향력은 지금까지 작용하고 있음에 틀림없다. '악(惡)'은 마치 끝없이 분열, 증식하는 세포와도 같다. 일단 한 번 태어나면, 더 많은 악으로 증식해나가기 마련이다. 이것이야말로 가차없는 이 우주의 양적 팽창 메커니즘인 것이다. 다른 한편으로 아메바만큼 둔한 자가 아니라면, 이 연쇄 살해 사건이 오직 내 동족만을 대상으로 삼고 있다는 것을 눈치챌 수 있을 것이다. 살해자도, 희생자도 모두 내 종족에 속한다는 것이 자명하므로, 이 연극에 코끼리가 등장할 차례는 분명히 없다. 그러나 여기에는 뭔가 다른 것이 있다. 무엇인가, 우리 펠리데에 관련된 아주 특별한 무엇인가가 있다. 그리고 바로 그 '무엇인가'가 분명히, 그토록 찾아온 해답으로 이어질 것이다. 나는 그것을 알았고, 또한 그것을 느꼈다.

이런 통찰력에도 불구하고, 어쩌면 이 낡은 일기장에나 그 자취가 남아 있는 고문당하고, 살해당한 자들 모두를 위한 애도의 시간이 조금은 필요했을지도 모르겠다. 하지만 나는 그럴 수가 없었다. 나는 과거에 일어났던, 그러나 과거로서 끝나지 않은 지옥에 대해 생각하기보다는, 대단히 똑똑한 탐정 역에 몰두하는 편을 택했다. 이 세상에서 완전히 사라져버리는 것은 아무것도 없다. 모든 게 계속된다. 유감스럽게도……아니, 다행스럽다고 해야 할까? 나는 어쩌면 그 불쌍한 클라우단두스에 대해 조금은 연민을 느껴야 했을지도 모르겠다. 그는 분명히 이 드라마의 종장에는 죽음을 맞았을 것임에 틀림없다. 그의 지독하게도 슬픈 운명에 대해, 그의 생명에 자행된 잔인한 횡포에 대해 생각하며 눈물을 머금어야 했는지도 모른다. 다른 모든 생물처럼, 그도 분명히 특정한 몸 크기와 특정한 뇌 용량과, 특정한 자의식을 갖춘 하나의 개별적인 생물이었기 때문이다. 어쩌면 그 희생자들에 대해, 그리고 그 가해자에 대해서도 나는 애도를 표해야 했을지도 모르겠다. 그러나 내게는 그 모든 일들이 이 세계의 끝없는 절망을, 그리고 그 속에 살고 있는 존재들의 불완전함을 단편적으로 드러낸 것으로만 보였다. 간단히 말해서, 나는 이 모든 상황을 이해하고, 약간은 슬픔에 젖어야만 했을지도 모르겠다.

하지만 나는 아무런 슬픔도, 연민도 느끼지 않았다. 오직 증오만을, 프레테리우스와 그의 빌어먹을 동족에 대한 걷잡을 수 없는 증오만을 느꼈을 뿐이다. 그러나 한편으로는 프레테리우스는 이미 사라져버렸고, 진심으로 그를 증오하기엔, 그가 그저 비참한 공상 속의 인물처럼 느껴질 뿐이었다. 그리고 저 바깥 세상에서 나름대로 인간으로서의 삶을 영위해가고 있는 저 인간들도 마찬가지다. 그들은 마치 자신들이 똑똑하고, 교양 있고, 세련되고, 정열적이며, 재치 있고, 재능 있는 존재들인 것처럼 자부하며, 무언가 어리석은 일들을 하며 살아가고 있다. 마치 자신들이 정말로 인간다운 존재들이란 듯이 말이다. 하지만 그들은 내 증오의 대상이 될 가치조차 없다. 그들은 익명의 존재들이며, 너무나 무의미한 존재들이기 때문이다. 그렇기 때문에 나는 내 모든 증오심을(아마도 무의식적으로) 그 잔인한 살해자에게로 집중시켰다. 그자는 실제로 생생하게 존재하며, 언젠가는 내 손으로 응징할 기회가 있을 것이다.

이 기이한 사건을 설명하기 위한 세 가지 가능성이 있었으나, 모두 결정적인 모순을 갖고 있었다. 이제 나는 일기장에 기록된 한 줄 한 줄을 빠짐없이 되짚어 보고, 최근에 벌어졌던 사건들을 중요한 것이든, 혹은 사소한 것이든 모두 머리 속에서 되새겨 보았다. 그 모든 것들이 영사 슬라이드처럼 내 눈앞을 스쳐 지나갔고, 내 회색 뇌 세포들은 그 속에서 어떤 연관성을 발견해내고자 분투했다. 그러나 소용이 없었다. 그리고 지금 이 순간, 나는 더 이상의 해결 가능성을 찾아낼 수 없게 되었다. 아니, 앞으로도 영영 찾지 못하게 될지도 모르겠다. 내가 지금 누군가에게 관찰당하고 있다는 것을 확실히 느꼈기 때문이다. 내가 정확히 얼마 동안이나 이 일기장을 읽고, 그 내용에 관해 고심하고 있었는지는 모르겠지만, 분명한 것은 지금 나를 지켜보고 있는 이 시선은 불과 몇 분 전에 나타났다는 것이다.

나는 여기서 끝장인 것일까? 이제 내가 일곱 번째 희생자가 될 차례인가?

그것은 마치 진로를 벗어난 유도 미사일처럼 나를 향해 쏘아져 들어왔다. 그는 지하실과 낮은 정원 사이에 나 있는 벽 위쪽의 들창문에 몸을 숨기고 있었다. 소름끼치는 날카로운 소리가 공중을 갈랐다. 그 교활한 공격자는 핑 소리를 내며 날아 왔고, 그의 입은 상어처럼 쩍 벌어져 있었다. 얼어붙을 듯한 공포를 미처 이겨내지도 못한 채, 나는 본능적으로 몸을 움직였다. 스프링 위로 던져졌다가 다시 공중으로 튕겨 올라간 것처럼, 나는 쏜살같이 옆으로 피했다.

콩의 얼굴이 피 흘리며 죽어 나자빠진 그 쥐새끼 위에 정확히 처박혔다. 그의 눈부시게 흰 가슴 털이 붉은 피 얼룩으로 더럽혀졌다. 그러나 '콩'이라는 놈의 이름은 그저 어쩌다가 얻은 게 아니었다. 이런 당혹스러운 재난에도 불구하고, 그의 자존심도, 그의 공격성도 전혀 타격을 입지 않았던 것이다. 바닥에 떨어지자마자, 그는 마치 지옥에서 뛰쳐나온 악마처럼 즉시 몸을 솟구쳐 일으키더니, 토끼 앞에 선 코브라처럼 냉혹하고 단호한 눈길로 나를 노려보았다. 그리고는 고막을 찢을 듯이 으르렁거리는 소리로 웃어댔다.

"단 둘이서 한번 즐겨보자고 내가 약속했었지?" 그는 농담을 건넸다. 그의 가슴 털을 적신 쥐 피가 일기장 위로 뚝뚝 떨어졌다.

"잘 기억이 안 나는데?" 나는 말했다. "나랑 뭘 이야기하고 싶다는 건데? 소리 없이 몰래 접근하는 방법에 대해서? 그거라면 너한테서 배울 게 많을 것 같긴 하군."

이런, 난 아무래도 개그맨이 되어도 좋을 것 같다.

"그거 정말 재미있는 농담이군." 그는 교수형 집행인처럼 부드럽게 미소지었다. 우리는 아주 느릿느릿 서로를 견제하며 돌기 시작했다.

"이봐, 넌 그렇게 아주 재미있는 놈처럼 보이지는 않는데 말야. 아니면 멋진 놈이라고 해줄까? 너는 자신이 꽤 특별한 놈이라고 여기는가 본데, 그래, '멋쟁이'라고 말야. 그렇게들 말하나? 이런 호사스런 표현이야 나보다 네 놈이 더 잘 알고 있겠지. 나로 말하자면, '거친 놈' 쪽에 가깝지."

"무슨 소린지 알 만하군." 나는 대답했다. 그는 보이지 않는 원을 따라 돌았고, 그의 눈빛은 최면을 걸 듯 점점 더 강렬해졌다. 그는 내가 약간의 허점을 보이기를, 한 순간 그에게서 눈을 떼기를 기다리고 있었다. 단 한 순간으로 족할 것이었다. 내게 달려들어 송곳니로 내 목을 물어뜯기 위해서 말이다. 그러나 나는 약점을 보이는 대신, 놈에게 근사한 '멋쟁이'다운 미소를 보여주었다. 겸손한 비웃음과 명확한 위협을 교묘하게 배합해서 말이다. 이런 놈에겐 불안감을 안겨주는 것만이 유일하게 효과적인 전술이다.

"그래, 그래, 너야말로 이 구역에서 '더러운 일'을 도맡고 있는 분이시지, 그렇잖아? 누군가는 이 공동체의 질서 유지를 위해서 한 몸 바쳐야겠지. 그렇지 않으면 아마도 이 세상은 끝장나고 말 거니까. 질서라……그거야말로 너의 필살의 좌우명이겠지. 너는 제일 꼭대기에 서 있고, 그 밑으로는 네가 원하는 걸 존중하고, 네 명령을 따르고, 너를 왕(king)으로, 아니 미안, 킹 콩(King Kong)으로 모시는 다른 모든 놈들이 차례대로 줄맞춰 서 있는, 질서정연한 세상이지. 거기에 낯선 놈이 들어오면, 그래, 나 같은 '멋쟁이'가 그 줄 위로 끼여들면, 먼저 게임의 규칙을 설명해주는 게 당연지사야, 그렇지? 그래서 너처럼 희생 정신이 뛰어나신 분이 몸소 그런 더럽게 성가신 일을 떠맡아 주신다 이거지. 네 놈의 교육적 재능이 워낙 뛰어나기 때문에, 대부분의 놈들은 이 구역의 규칙이 뭔지 금방 알아듣지. 그래, 방금 뭐라고 했더라? '거친 놈'들의 규칙이던가? 하지만 그렇게 알아듣는 것만으로는 성이 차지 않는다 이거겠지. 신입들한테 처음부터 바로 너의 십계명을 뼛속까지 깊이 새겨 주어야 안심이다, 이 말씀이겠지. 그러니까 제일 중요한 가르침은 바로 이거겠지? 제대로 줄맞춰 서지 않으면, 사무치도록 험한 꼴을 당하게 될 것이다. 어느 정도 험한 꼴이냐 하면, 원래는 어떻게 생겨먹었었는지도 알아보지 못할 정도가 될 거다. 자, 어때, 내가 사태를 제대로 이해했나?"

그는 호탕하게 웃어댔다. 어디에서 무엇을 하든, 그는 기이한 유머 감각을 잃는 법이 없는 놈이었다. 진정한 신사가 아닌가!

"그래, 그래, 그래. 아주 제대로 이해했구만, 형제! 내 입장에 대해서 그렇게 잘 이해한 놈은 여태껏 본 적이 없어. 네 놈은 정말 모범적인 우등생이로군. 그러니 이제 곧 네 놈 피 맛을 확인해주지."

그사이 밖에서는 거센 폭풍우가 몰아치고 있었다. 천둥과 번개가 마치 세계 종말이라도 온 듯이 울려대면서 우리의 기묘한 대화에 걸맞는 배경음악이 되어 주고 있었다. 콩은 점점 더 속도를 올려 돌기 시작했고, 위협적인 속도로 내게 다가왔다. 그의 얼굴에서 미소가 사라졌고, 오직 원초적인 난폭한 표정만이 드러나고 있었다. 이제는 나도 더 이상 농담할 기분이 아니었다.

"이봐, 콩!" 나는 강하게 말을 걸었다. "이런 유치한 놀음은 그만두고, 뭔가 진지한 문제를 같이 다뤄볼 생각 없어?"

"거 좋지. 그래, 예를 들어 어떤 문제?"

"이 구역은 지금 심각한 테러의 위협을 받고 있다고. 끔찍한 일들이 벌어지고 있어. 우리 중의 누군가가 매일 잔인하게 살해당하고 있어. 어떤 괴물이 돌아다니면서 이 구역을 피비린내 나는 살해 현장으로 만들고 있다고. 나를 도와서 그 미치광이를 잡을 생각 없냐?"

"그놈을 잡느라고 고생할 필요 없어. 내가 그놈이 누군지 가르쳐주지."

"뭐? 그게 누군데?"

"바로 나야! 살해자는 바로 네 앞에 있어!"

"그럼 너는 왜 그런 짓을 하는데?"

"이런, 왜냐고? 그거야 그 놈들이 모두 주둥이를 가볍게 나불거렸기 때문이지. 바로 너처럼 말야."

그는 내가 예상했던 것보다 훨씬 더 원시적인 놈이었다. 네안데르탈인 정도의 수준이랄까.

"이봐, 콩, 나를 열 받게 하지 말라고. 내가 그딴 헛소리를 믿을 것 같아? 네 놈이 거친 놈이란 건 잘 알고 있어. 하지만 살해자라고는 믿을 수 없어. 살해 동기가 너무 약하잖아, 안 그래?"

"내 살해 동기가 얼마나 강한지 진작에 실컷 맛을 보여줄 걸 그랬지?"

"이봐, 친구. 정 그러고 싶다면 그렇다고 해두자고. 그런데 웬일로 이번엔 네 놈의 보디가드 원숭이 두 놈을 안 데리고 왔지? 남자 대 남자답게 겨뤄보자 이 말인가? 과연 해낼 수 있겠어?"

"그럴 리가!" 그는 웃음을 터뜨리더니, 벽 위에 나 있는 들창문을 의기양양하게 올려다보았다. 그것을 신호로 삼은 듯이, 헤르만 형제가 들창문 사이로 비에 젖은 쥐새끼 낯짝들을 들이밀고는, 나를 향해 음흉하게 히죽거렸다. 장군은 군대 없이 전쟁에 나가지 않는다는 사실을 알았어야만 했다.

"이게 공평한 건가?" 나는 물었다. 이것은 사실 질문이라기보다는 순수한 철학이었다.

"아니." 그는 킬킬거렸다. 그는 철학이 뭔지도 모르는 놈이었다.

위에 앉아 있던 까마귀처럼 새까만 두 오리엔탈 종 놈들은 서로 즐거운 시선을 교환하더니, 곧 비웃는 듯한 웃음을 터뜨렸다. 그리고는 곧장 차례로 들창문을 통해 지하실로 뛰어 내려와 나를 둘러쌌다.

이제 나는 이유 없이 웃어대고 있는 콩과 헤르만 형제들에게 둘러싸여, 삼각형의 한가운데 서 있는 꼴이 되었다. 도대체 무슨 이유로 놈들이 나하고 힘 겨루기를 하려고 드는 것인지는 더 이상 중요한 문제가 아니었다. 그것은 이미 오래 전부터 계속되어 온 무의미한 습관에 불과한 것이었다. 유일하게 이상한 점은, 그들이 하필이면 '내 영역권'에서 나를 무릎꿇게 만들려고 작정했다는 것이었다. 그들은 우리 종족에 관해 쓰여진 그 값비싼, 그럴듯한 전문 서적들을 한 번도 읽어본 적이 없는 게 분명했다. 읽어봤다면 이런 습격이 얼마나 무모한 것인지를 깨달았을 테니까 말이다.

비장한 지하실 전투는 이렇게 진행되었다 :

내가 기습적으로 1미터 반 높이로 뛰어올라, 컴퓨터 프린터 절벽의 꼭대기에 올라서자, 그 버뮤다 삼각지 전열은 즉시 깨져버렸다. 머리끝까지 화가 난 세 놈은 전열을 가다듬어 조직적으로 전투에 임할 능력을 상실하고, 모두 동시에 나를 향해 성급하게 달려들었다. 그러나 나는 이미 좀더 높은 절벽 꼭대기로 뛰어 넘어간 상태였다. 세 놈은 내 뒤의 종이 산 꼭대기를 향해 덤벼들었지만, 당연히 그 종이 더미는 놈들 모두를 지탱하기엔 너무 작았다. 균형을 잡으려고 서로 허둥거렸지만 결국 모두 미끄러져 아래로 떨어져버렸다.

콩은 그들 중 가장 먼저 재빨리 몸을 일으켜서, 주위를 자세히 둘러보고는 내가 있는 꼭대기를 향해 뛰어올랐다. 그러나 그가 아직 몸을 날리고 있던 상태일 때, 나는 얼른 바닥으로 뛰어내렸다. 헤르만 형제는 아직도 바닥에 뻗은 채로, 분노와 광기와 멍청함으로 가득한 눈을 부릅뜨고 나를 올려다보았다.

"놈을 내게 넘겨!" 콩이 발작적으로 부르짖었다. 그는 막 꼭대기에 다다른 참이었다. 그러나 헤르만 형제는, 이미 혈관 속의 아드레날린이 폭발할 지경에 이르러서 전혀 통제를 못한 채 내게로 달려들고 있었다. 사팔뜨기 헤르만은 입에 거품을 물고 있을 정도였다.

우리 모두는 동시에 뛰어올랐다. 두 놈이 공중으로 뛰어 올라 내게로 돌진해 오는 동안, 나도 정확히 그들 정면으로 몸을 날렸다. 나는 앞발을 아주 단단히 뻗고 발톱을 펼친 후에, 바닥에서 약 30센티미터 높이로 날아 그 두 불량배 놈들 사이를 뚫고 지나갔다. 그리고 헤르만 두 놈이 내 곁을 스쳐 날아가는 사이, 나는 앞발로 놈들을 가볍게 쓸어 내렸고, 내 발톱은 두 놈의 옆구리를 길게 찢어 놓았다.

그러나 나는 콩의 정확한 목표 포착 능력을 계산에 넣지 못했다. 내가 반대편 바닥으로 내려앉았을 때, 그는 그 높은 곳에서 내 등 위로 정확히 뛰어내렸고, 즉시 내 목을 물어뜯으려 했다. 반사적으로 나는 몸을 틀어 놈을 떨구어 내고는, 상처를 핥고 있는 헤르만 형제 사이로 몸을 날렸다. 그리고는 위쪽에 들창문이 나 있는 약 2미터 반 높이의 벽을 향해 달려갔다.

2미터 반, 도저히 뛰어 오를 수 없는 높이다. 그러나 한숨도 지체할 여유가 없었다. 습격자들은 이미 정신을 차려서 나를 향해 달려들고 있었다. 그들의 얼굴은 분노로 일그러져 있었다. 고민할 새도 없이, 즉시 가장 가까운 종이 산 위로 뛰어올라, 거기서 곧장 틈새를 향해 뛰어 올랐다. 이 작은 틈새로 정확히 온몸을 통과시킬 다른 방법은 전혀 없었다.

끔찍한 고통이 엄습해 왔다. 걱정했던 대로, 전혀 깨끗한 착륙이라고는 할 수 없었기 때문이다. 들창문 가장자리에 얼굴 옆면을 세게 부딪혔고, 그 결과 심한 통증과 함께, 왼쪽 입술이 피가 날 정도로 찢어졌다. 나는 앞발로 간신히 무언가를 붙잡고 매달렸다. 이제 나는 들창문에 낀 채 몸을 부들부들 떨고 있었으며, 내 바로 밑에선 피에 굶주린 놈들이 펄쩍펄쩍 뛰면서 아래로 늘어진 내 몸의 반쪽을 붙잡으려고 날뛰고 있었다. 마치 내 몸이 최고의 선수에게 상으로 주어지는 고기라도 되는 듯이 말이다.

만약 아래로 미끄러져 떨어질 경우에 어떤 일이 벌어질지만을 생각하면서, 나는 서서히 모든 근력을 끌어올리는 데 집중했다. 조금씩 조금씩 몸을 끌어 올려, 마침내 들창문을 통과했다. 마지막으로 아래를 내려다보니, 이 형편없는 영화가 아직 끝나려면 멀었다는 것을 확인할 수 있었다. 내가 빠져나갔다는 것을 확인하자마자, 콩과 그의 부하 놈들은 즉시 차례로 종이 더미들 위를 타고 뛰어올라, 나를 쫓아오기 위한 열광적인 태세를 취하고 있었다.

나는 들창문을 벗어나 미친 듯이 정원 안을 달려갔다. 진짜 홍수가 나를 기다리고 있었다. 하늘에 저장된 모든 수분이 오늘 밤에 다 떨어져 내려온 모양이었다. 그것은 더 이상 '비'라고 부를 만한 것이 아니었다. 퍼붓듯이 쏟아져 내려와 수초 안에 내 몸을 흠뻑 적셔버린 것은, 대서양 그 자체였다. 빗방울은 칼날로 변해서 온몸을 고통스럽게 찔러왔다. 1미터 앞도 채 알아볼 수 없을 만큼 지독한 폭우였다. 게다가 마치 최후의 심판 날이라도 온 듯이 천둥, 번개는 끝없이 울어댔다.

나는 맞은편의 정원 담을 향해 곧장 달려갔다. 그리고 뛰고 기어서 겨우 그 위로 올라갔다. 위에 도착한 후, 숨을 헐떡이며 몸을 적신 물기를 털어 냈다. 들창문 쪽을 바라보자, 놈들이 그곳에서 나오는 게 보였다. 먼저 콩이 나타나고, 그 다음엔 헤르만 형제가 차례로 틈새를 빠져 나와 내 쪽으로 달려오고 있었다. 이 지구 멸망의 날 같은 폭우도 그들에겐 아무런 인상도 주지 못한 모양이었다.

나이아가라 폭포처럼 쏟아져 내리는 빗줄기 속에서 정원들은 작은 홍수를 이루고 있었고, 나는 정처 없이 (그리고 솔직히 정신도 없이) 담 위를 계속 달려갔다. 담이 이어지는 지형 그대로 왼쪽, 오른쪽으로 달려가면서, 추적자들을 따돌렸는지를 계속 확인했다. 그러나 그들은 이 비의 장막 뒤에서도 여전히 내 뒤를 바싹 쫓아오고 있었다. 그들의 흔들리는 실루엣에서 피로한 기색은 전혀 엿볼 수 없었다.

마침내 멈춰 서서 잠시 생각할 시간을 갖기로 했다. 이렇게 무작정 도망치는 건 무의미했다. 언젠가는 결국 막다른 골목에 다다를 것이고, 그 세 놈이 나를 덮치기를 망연히 기다려야 되는 상황이 오고 말 것이기 때문이었다. 그다지 기발한 생각은 아니었지만, 아무 정원으로나 뛰어내려, 열려진 지하실 창문이나 허름한 외딴 정원 오두막이라도 찾아보는 편이 조금은 더 현명할 것 같았다. 내가 재빨리 몸을 숨길 만한 장소가 틀림없이 어디엔가 있을 것이다.

폭우로 시야가 가려지긴 했지만, 바로 내 발 밑의 정원은 굉장히 커서 몸을 숨길 장소를 찾기에 적당해 보였다. 그곳은 전혀 조화를 이루지 않은 채 무질서하게 마구 자라난 나무들과 덤불로 가득했고, 거센 광풍 속에서 플라스틱 정원 가구들이 여기저기 날아다니고 있었다. 한가운데 있는 인공 연못은 폭우로 인해 이미 넘쳐 있어서, 그곳에 살고 있던 관상용 물고기들의 주거 영역이 확장되어 있었다. 정원 한 편에 황폐한 낡은 건물 하나가 음산한 어둠 속에 서서 불길한 기운을 뿜어내고 있었다. 단 한 가지 문제는, 내가 서 있는 정원 담 위에서는 바로 아래쪽에 무엇이 있는지 아무것도 알아볼 수 없다는 것이었다. 나무들과 담 그림자로 완전히 가려져 있었기 때문이다. 하지만 이 정도 위험은 감수할 수밖에 없는 상황이었다.

바로 이 순간 이후에 벌어진 사건들은 정말 초현실적인 것이어서, 훗날 이 일을 돌아볼 때마다 악몽처럼 되살아나곤 한다. 나는 끝없는 공포의 소용돌이 속으로 빠져들고 말았고, 이전에 일어났던 모든 일들은 앞으로 벌어질 일에 대한 흐릿한 서곡에 불과했던 것이다.

더 이상 머뭇거리지 않고 곧장 담 위에서 뛰어내렸고, 다행히도 무릎 높이의 부드러운 풀밭 위로 사뿐히 내려앉을 수 있었다. 나는 즉시 몸을 돌려 숨을 곳을 찾아 달려나갈 참이었다. 바로 그때 또다시 강한 번개가 정원 위로 내리꽂혔다. 이제 막 내가 발을 딛으려던 곳에 무엇이 있는지 알아차렸을 때, 나는 그대로 온몸이 마비된 듯 멈춰 서고 말았다.

그녀는 바로 내 발 앞에 쓰러져 있었다. 그녀의 하늘색 눈은 성난 비를 뿌려대고 있는 밤하늘을 향해 꿈꾸는 듯이 열려져 있었다. 그녀는 얼굴과 귀와, 앞발, 꼬리에 독특한 갈색 얼룩을 갖고 있는, 눈처럼 새하얀 발리니스 종이었다. 샴 종과 구별되는 두드러진 특징인 긴

털은 비에 흠뻑 젖어 있었고, 매끄러운 털은 이제 더러운 빗물로 들러붙어, 그 늘씬한 몸매가 이제 막 세탁기에서 끄집어 낸 뭉쳐진 빨래 같은 모습으로 변해 있었다. 긴 쐐기 모양의 머리는 그녀가 방금 전에 맞닥뜨렸을 괴물의 흔적을 드러내기보다는, 이 세상의 잔혹함을 그 무엇보다 잘 표현해내고 있는 것처럼 보였다. 커다랗게 벌어진 목의 상처에서는 더 이상 피가 흘러나오지 않고 있었다. 이 가엾은 생물은 이미 오래 전에 모든 피를 흘리고 죽어 있었던 것이다. 간혹 떨어져 나오는 몇 방울의 피조차 거센 비에 즉시 씻겨져 내렸다. 그러나 무엇보다 가장 가슴이 찢어질 듯한 사실은 그녀가 임신중이었다는 것이다. 그녀의 젖은 배 위로 작은 태아들의 존재가 선명한 자국으로 드러나 있었다.

연쇄 살해 사건에 대한 나의 모든 추론들은 이제 완전히 허물어져 버렸다. 마치 조심스레 쌓아올린 카드 집이 단 한 번의 부주의한 몸짓으로 와르르 무너져버린 것처럼 말이다. 이 시체는 수컷이 아니라 암컷이었다. 그녀는 살해당하던 시점에 발정기가 아니었으며, 오히려 임신중이었다. 그녀는 흔한 유럽계 짧은 털 종에 속한 '평범한' 종이 아니라, 고급 종이었다. 이 살해 사건과 다른 사건들과의 유일한 공통점으로 보이는 것은, 이 모두가 절망적인 불합리성을 띠고 있다는 사실뿐이었다. 오직 미친 듯이 날뛰는 정신병자만이 이런 잔혹한 짓을 할 수 있을 것이다. 이런 무작위의 살육 행위에 그 어떤 '이성적인' 살해 동기가 있을 리 없기 때문이었다.

환한 섬광이 사라져버린 후, 발리니스 종 암컷의 모습은 다시 암흑 속에 삼켜졌다. 이제는 그녀가 어디에 있는지 보이지 않았지만, 나는 여전히 그녀의 모습을 눈앞에 떠올리고 있었다. 그 잔인한 번개 빛으로 드러났던, 소름끼치는 공포를 발산하던 장면은 감춰지고, 이제 그녀는 어두운 그림자 같은 존재가 되어버렸다. 나는 완전히 굳어져서, 털 끝 하나 움직일 수 없었다. 오랫동안 기다려온 신의 강림을 바라보는 것처럼 내가 눈길을 떼지 못한 채 그녀를 내려다보고 있는 동안, 거센 빗줄기는 용서 없이 내 온 몸을 두들겨 댔다. 털과 심지어 내장 속까지 뚫고 들어올 듯한 기세였다. 폐렴이라도 시작된 징후인지, 온몸이 와들와들 떨려왔다.

"이런, 이런, 꼴 좋구먼! 이 꼬맹이 새끼가 벌써 숨이 넘어갈 지경이군. 싸구려 건조 먹이를 너무 많이 처먹어서 그런 거 아냐?" 콩이 담 위에 서서 숨을 헐떡이며, 의기양양한 웃음을 띠고 나를 내려다보았다. 곧 헤르만 형제도 그의 옆으로 나타나 재수 없게 웃으며 이죽거렸다. 그들은 내가 발견한 것을 아직 알아차리지 못하고 있었다.

"그래," 나는 서글프게 대답했다. "이제 숨이 넘어갈 지경이야. 하지만 나말고도 이미 숨이 넘어간 자가 있군."

"뭐라고 지껄이는 거냐?"

콩은 담 위에서 뛰어내려와 정확히 내 옆에 내려앉았다. 그의 두 부하들도 그를 따라 내려왔다. 그는 잠시 동안 계속 웃음을 머금은 채 나를 바라보았다. 그러다가 문득 내 발 앞의 시체로 시선을 떨어뜨렸다. 빈정대던 표정이 그의 얼굴에서 씻은 듯이 사라지고, 경악과 공포가 얼굴 가득 떠올랐다. 마치 안구가 굴러 떨어져 나올 듯 그의 눈이 활짝 벌어졌고, 벌어진 입은 소리 없는 비명을 내지르고 있었다. 헤르만 형제들도 믿기지 않는다는 듯이 심한 충격을 받은 모습이었다.

"솔리테어(보석알)!" 갑자기 콩이 부르짖더니, 울부짖기 시작했다. "오, 솔리테어! 솔리테어! 무슨 짓을 당한 거야? 내 사랑, 내 상냥하고 아름다운 솔리테어! 맙소사, 도대체 무슨 짓을 당한 거야? 내 가엾은, 가엾은 솔리테어! 오, 솔리테어……!"

그는 소리지르고, 훌쩍이며, 시체에 얼굴을 문지르고, 기우제 춤을 추는 인디언처럼 그녀의 주위를 미친 듯이 뛰어다니다가 절망적으로 덤불 풀을 쥐어뜯었다. 그의 다른 모든 감정 표현이 그렇듯이, 슬픔조차도 그렇게 격렬하게 표현하고 있었다. 이 거대한 짐승은 완전히 지쳐버릴 때까지 몸부림치더니, 마침내 솔리테어의 시체 위로 몸을 던지고, 흐느껴 울면서 비에 젖은 그녀의 몸을 핥기 시작했다.

"콩은 솔리테어와 어떤 관계였어?" 나는 내 옆에 서 있던 사팔뜨기 헤르만에게 물었다. 그는 뒤얽혀 있는 한 쌍에게서 눈을 떼어 그 비열한 낯짝을 내게로 돌리더니, 내가 방금 전에 그들의 옆구리에 발톱 자국을 남겼던 놈이라는 것도 까맣게 잊은 듯이 낙심하고 넋이 나간 듯한 표정으로 나를 바라보았다.

"솔리테어는 대장의 마누라였어. 대장하고는 그야말로 이심전심이었지." 그는 무뚝뚝하게 대답했다.

털끝까지 난폭한 이 트리오가 이런 처량한 모습을 보이는 것은, 내게는 전혀 색다른 경험이었다. 그들은 서로 너무나 깊은 공감대를 이루고 있어서, 각자가 느끼거나 생각하는 것조차 동일한 강도로 공감하고 있었다. 이 공감대의 절정을 보여주며, 마침내 헤르만 형제는 주인과 함께 큰 소리로 울기 시작했다.

그러나 콩은 서서히 제정신을 차렸다. 그러자 구제할 길 없는 악취 나는 짐승 본연의 모습이 더욱 더 맹렬한 기세로 되돌아 왔다. 그는 상대방에게 공포를 불러일으키는 그 유명한 자기 방식대로 거세게 몸을 부풀리고는, 폭발했다.

"죽여버리겠어!" 그의 포효는 천둥소리를 압도할 만큼 강하게 터져 나왔다. "그새끼를 잘게 다져버리겠어! 창자를 전자레인지에 넣어 끓여버릴 테다! 놈의 숨통을 물어뜯고, 피를 빨아버리겠어! 불알을 잘라내서 주둥이에 처박아 주겠어! 그새끼를, 그새끼를……"

목청껏 울부짖느라 숨이 차서, 그는 콜록대며 콧물과 소화되지 못한 음식물 조각들을 뿜어냈다. 그리고는 이 구역질나는 일시 중단 사태에도 아랑곳하지 않고 계속 짖어대기 시작했다.

"어떤 비정한 새끼가 이런 짓을 했어? 누구야? 너냐?"

놈은 반쯤 미친 듯한 시선을 내게 던졌다. 그러나 곧 믿을 수 없다는 듯이 머리를 흔들었다. 나는 심장이 '쿵' 하고 내려앉았다.

"아니, 너는 아냐. 네가 그랬을 수는 없지. 그런 짓을 할 만한 놈

이 못 돼. 게다가 그럴 만한 시간이 없었어. 그럼 누구지? 아, 젠
장……."

걷잡을 수 없는 분노가 갑자기 사그라졌다. 그는 다시 고통스러운
눈길로 연인을 바라보았다. 그의 감정은 늘 그렇게 격렬하게 흘러 넘
쳤다가 다시 급격하게 수그러드는 모양이었다. 불쌍한 놈. 나는 이제
진심으로 그에게 연민을 느끼고 있었다. 그는 스스로 자기 행동을 제
어할 수 없는 어린애처럼 보였다. 순간적인 충동에 속수무책으로 몸
을 맡기는 어린애 말이다. 헤르만 형제는 조심스레 그의 곁으로 다가
가, 그의 고통스러운 순간에 동참하고자 했다. 마침내 세 패거리는
함께 머리를 맞대고, 솔리테어의 시체 위로 몸을 구부려 울기 시작했
다.

그때 갑자기, 관목 숲 가지들 속에서 무언가 몸을 뒤트는 듯한
소리가 들려왔다. 우리 모두는 동시에 그것을 알아차리고 귀를 기울
였다. 폭풍이 거센 바람 소리와 빗소리로 천지를 장악하고 있어서,
조용한 소리를 알아듣기는 거의 불가능한 상황이었지만, 이 부스럭거
리는 소리는 뚜렷이 들을 수 있었다. 누군가가 우리 가까이에 있었
다.

콩은 마치 전기에 감전된 듯이 순식간에 머리를 들어 올렸다. 그
의 코가 기계적인 속도와 리듬으로 벌름거렸다. 헤르만 형제도 마찬
가지로 코를 벌름거리면서 치밀하게 냄새를 맡기 시작했다. 우리의
시선은 조금씩, 약 네 걸음 정도 떨어진 곳에 서 있는 나무들 쪽으로
향했다. 나무 밑에 수북이 낙엽을 떨구고 있는 벌거숭이 관목들 속에
서 무엇인가가 갑자기 튀어 오르더니, 바로 곁의 나무 뒤로 몸을 숨
기려고 허둥대며 움직이는 모습이 보였다. 그것은 정말 미련하고 멍
청한 짓이었다. 우리가 이 모든 과정을 낱낱이 지켜보고 있었으니 말
이다. 그러나 이 모든 행동이 아주 갑작스럽고도 빠른 속도로 이루어
졌기 때문에, 우리는 그 낯선 자의 실루엣으로 그가 우리 동족이라는
확고한 사실만 알아차릴 수 있었을 뿐, 그의 정체는 고사하고 털 색

깔조차 짐작할 수 없었다. 그는 그렇게 앙상한 나무 뒤에 몸을 숨긴 채, 그 어설픈 묘기로 우리 눈을 속이는 데 성공했다고 진심으로 믿고 있는 모양이었다.

콩은 늘 그렇듯이, 이번에도 먼저 큰 소리로 뚜렷하게 선전 포고를 했다.

"살려달라고 기도라도 해라!" 그는 포효했다. "네 놈은 이제 끝장이야! 지금까지 네 놈이 고통이라는 걸 겪어보기라도 했다면, 이제부터 네 놈이 겪게 될 일에 비해서 그런 건 간지러움보다 못했다는 걸 똑똑히 알게 해주지! 네 놈의 머리를 찢어내서 목구멍 속에 처박아주마! 네 놈의 심장을 뜯어내서 그걸로 탁구를 쳐줄 테다! 네 놈을……"

이 위협적인 선전 포고는 기대했던 대로의 효과를 나타냈다. 그 낯선 자는 부리나케 줄행랑을 치기 시작했다. 놈은 매우 특이한 비틀거리는 몸짓으로 건너편 담을 향해 돌진했다. 콩과 부하들은 즉시 놈을 쫓기 시작했고, 이 장면에 극적인 효과를 더하려는 듯 하늘에서는 수많은 섬광이 번쩍였다.

나는 그들에게 너무 성급하게 덤벼들지 말라고 소리치려 했다. 어쩌면 이 낯선 자도 우리처럼 우연히 시체를 발견한 것인지도 모르기 때문이다. 우선은 그를 자세히 심문해볼 필요가 있었다. 유죄를 증명하기 전까지는 아무도 죄인 취급할 수 없는 노릇 아닌가……하지만 동시에 이런 지적이 얼마나 소용없는 상황인지를 깨달았다. 이것은 마치 질주하고 있는 한 떼의 말들에게 교통 신호를 지키라고 외치는 것과도 같은 어리석은 짓이었다. 결국 나는, 적어도 최악의 상황만이라도 막기 위해 사냥꾼의 무리에 합류하여 그자의 뒤를 쫓을 수밖에 없었다.

멀리서 알아볼 수 있었던 것은, 그 절뚝거리는 자가 회색 털을 가진 느긋한 페르시안 종이라는 것이었다. 아니면 적어도 페르시안 종의 피가 진하게 섞인 잡종이거나. 그는 놀라울 정도로 민첩했다. 그는 달려가던 그대로 정원 끝의 담 위로 유연하게 훌쩍 뛰어올랐다. 그것은 마치 이륙하는 점보 여객기를 연상시키는 모습이었다. 위에 올라서더니, 그는 태풍 같은 기세로 자기를 쫓아오고 있는 추적자들을 향해, 다급하고도 어쩐지 기이해 보이는 시선을 던졌다. 거대한 번개가 내리쳤고, 곧이어 귀가 멍멍해질 정도의 천둥소리가 이어졌다. 잠시 동안 밝아진 무대 위에서, 나는 그의 얼굴을 처음으로 볼 수 있었다. 그는 이 추적에 대해서 어리둥절해하는 것처럼 보였고, 신경질적으로 계속 눈살을 찌푸리고 있었다. 그는 분명히 매우 놀란 듯이 보였으나, 추적자들을 향해 항변을 하거나, 자비를 호소할 태세는 전혀 보이지 않고 있었다. 그는 실제로 전혀 두려움을 나타내지 않고 있었고, 다만 무척 짜증스러운 기색이었다. 그의 표정은 산만했고, 이것은 그의 괴상한 태도와 함께 매우 우스꽝스러운 그림을 만들어 내고 있었다.

그는 담 위에서 건너편 정원으로 뛰어내려, 우리 시야에서 사라져 버렸다. 콩과 헤르만 형제, 그리고 나도 몇 초 후에 마침내 담 위에 도착했고, 그 용의자가 건너편 담 위로 뛰어 올라, 태연한 몸짓으로 다음 정원으로 넘어가는 모습을 간신히 포착할 수 있었다. 결국 모든 게 다시 반복되었다. 우리는 그 기묘한 놈을 쫓아 정원을 가로질러 담 위로 올라갔다.

그는 사라져버렸다! 마치 땅 속으로 삼켜지기라도 한 듯이 그의 자취는 사라져버리고 없었다. 우리는 또다시 앞에서 보았던 것과 똑같은 장면만을 마주하고 있었다. 또 다른 정원, 또 다른 담들, 벌거벗은 나무들과 말라죽은 화단들로 이루어진 또 하나의 황량한 풍경, 이리저리 날아다니고 있는 정원 가구들, 정체를 알 수 없는 창고 쓰레기들, 그리고 버려진 가든 파티용 바비큐 석쇠.

콩은 골똘히 생각에 잠겼다. 그의 단순한 심리 상태를 반영하는 다른 모든 사고 과정들처럼, 이번에도 모든 게 얼굴 위로 뚜렷이 그려지고 있었다. 그는 아마도 농아들을 위한 훌륭한 교사가 될 수 있을 것이다. 그는 내게로 몸을 돌렸다.

"어이, 똑똑한 놈, 이 빌어먹을 새끼가 어디 있을 것 같냐?"

그가 내게 의견을 물어온 것이다! 이렇게 영광스러울 수가! 이 무슨 은혜란 말인가! 이 놈은 불과 몇 분 전에, 나를 갈고리에 걸어서 사지를 찢어내고, 믹서기에 갈아버리려 했던 것을 까맣게 잊어버린 모양이었다.

"몰라." 나는 솔직히 대답했다. "이런 지독한 날씨에, 게다가 이렇게 지옥처럼 어두워서야, 내 집이 어디에 있는지도 못 알아내겠어."

"그 새끼는 틀림없이 계속 토꼈을 거예요, 대장." 죽을 때까지 이 죽거릴 것 같은 헤르만이 말했다. "틀림없이 다음 담으로 넘어가서 계속 토꼈을 거라구요. 이제 정원은 세 개밖에 안 남아 있어요. 그 다음엔 막다른 길이라구요. 이 구역 끝에서 그 새끼를 잡을 수 있을 거예요!"

콩은 열렬한 미소로 화답했다. 단순한 해답이 무척이나 마음에 든 모양이었다.

"그래, 그래, 그래," 그는 헐떡이며 말했다. "자, 그럼 가자!"

삼총사는 담 아래로 훌쩍 뛰어내려서 정원을 가로질러 달려가, 다음 담 위로 기어오르더니 내 시야에서 사라져버렸다. 나로 말하자면, 야밤의 대 격투와 갑작스런 시체 출현과 살해 용의자의 출현으로, 이미 충분히 지긋지긋한 하루를 보냈다고 생각했다. 어쩌면 그 특이한 놈이 잡히는 현장에 동참해서, 그놈이 그 자리에서 곧장 린치를 당하지 않도록 막아야 할지도 모르겠다. 하지만 오늘 하루 동안의 지나친 에너지 소비로 인해 내 힘은 모두 바닥나 있었고, 이제는 거의 현기증이 날 지경이었다. 죄책감이고 나발이고 간에 더 이상은 무리다.

그때 갑자기 그 페르시안 종이 모습을 드러냈다! 내 눈을 믿지 못할 지경이었지만, 나는 분명히 보고 말았다. 그가 잔디밭 위에 엎어져 있는 빨래통에 뚫린 구멍 사이로 끙끙거리며 빠져 나오는 모습을. 그 구멍 투성이의 낡은 빨래통이야말로 우리 종족이 위기를 피해 몸

을 숨기기에 안성맞춤이었을 것이다. 그는 잠시 숨을 돌렸다. 이 소
동으로 인해 무척 지쳐버린 모양이었다. 하지만 어쨌건 콩의 아침 식
사로 먹혀버리는 것보다야 훨씬 나은 일이었겠지. 그는 정말로 간신
히 살아남았던 것이다.

내게 등을 돌리고 앉아 있었기 때문에, 그는 내 존재를 알아차리
지 못하고 있었다. 그는 안전한 은신처에서 추적자들이 떠나는 모습
을 지켜보고 있었을 테고, 아마 급박한 와중에 추적자의 수를 혼동하
고 있어서 모두 다 사라져버린 것으로 믿었나 보다.

단 한 번도 주위를 둘러보지 않은 채, 그는 힘겹게 몸을 일으켜
담쟁이덩굴과 키 큰 잡초들, 그리고 흔한 덤불이 우거져 있는 담 사
이의 한 구석을 향해서 정원을 사선으로 가로질러 절뚝거리며 걸어
갔다. 그리고는 그 빽빽한 수풀 사이로 기어들어가 사라져버렸다.

이렇게 된 이상, 이 기막힌 소동을 그냥 지나쳐버릴 수는 없는 노
릇이었다. 지쳐 쓰러져 죽는 한이 있어도 말이다. 나는 서둘러 담 아
래로 뛰어내려가, 그 덤불 숲으로 조심스레 다가갔다. 정말로 그 덤
불 속에는 담쟁이덩굴로 교묘하게 가려진, 알아보기 어려운 작은 구
멍이 나 있었다. 그리고 그 구멍은 파이프 같은 터널로 이어져 있었
다. 그 속에서, 먼저 들어간 자가 만들어 내고 있는 긁는 소리와 질
질 끄는 듯한 소리가 울려 나오고 있었다. 아마도 이 터널은 하수구
나 다른 지하 시설로 연결되어 있을 것이다.

잠시 생각해보았다. 돌아가는 상황으로 미루어, 나는 두 가지 죽음
의 가능성을 앞두고 있었다. 내가 이 자를 쫓아가지 않는다면, 이 자
리에서 호기심에 못이겨 자폭하고 말 것이다. 만약 그를 쫓아간다면,
대량 학살자의 손에 목숨을 맡기게 될지도 모른다. 첫번째 죽음이 훨
씬 고통스러울 것 같았기 때문에, 나는 결국 두 번째 죽음을 택하기
로 결심했다.

비좁은 입구로 몸을 밀어 넣은 직후에, 나는 이 비밀스런 통로가
현무암으로 깎아 만든 것이 분명한, 정방형의 가느다란 굴대라는 것

을 확인했다. 터널 내벽은 오물과 이끼, 그리고 정체를 알 수 없는 시간의 퇴적물들로 얼룩져 있었다. 어떤 목적으로 만들어진 통로인지, 아니, 과연 사용된 적이나 있었던지 간에, 이 터널은 수세기 동안 땅 밑에 감추어져 있었던 것 같았다. 내부의 공기가 무척 탁했고, 간신히 기어서 가야했기 때문에, 나는 온힘을 다해 밀실공포증과 싸워야만 했다. 그 기이한 페르시안 종의 기척은 더 이상 들려오지 않았다. 그는 이미 굴대 끝에 도달한 것임에 틀림없었다. 이 불길한 터널은 아래쪽으로 기울어져 있었지만, 경사 각도가 크지 않았기 때문에 나는 처음부터 내내 힘겹게 나아가야만 했다. 그러나 얼마 후에 갑자기 통로가 급격히 기울어지기 시작했다. 속도를 늦춰보려고 헛된 발버둥을 쳤지만, 나는 결국 엄청난 속도로 미끄러져 떨어져 내려갔다. 이 고통스러운 추락은 꽤 오랫동안 이어졌고, 계속 굴대 벽면에 몸을 부딪치며 떨어져야 했기 때문에, 내 몰골은 그야말로 굴뚝 청소부와 다름없이 되어버렸다. 게다가 끔찍한 악취까지 동반했음은 물론이다. 그리고는 갑자기 발 밑에 아무런 감각을 느끼지 못하며 공중으로 추락했다.[11]

나는 작은 바가지 모양의 공간 안으로 떨어졌다. 이 곳은 돌을 깎아 만든 양파 모양의 지붕을 거꾸로 뒤집어 놓은 듯한 모습을 하고 있었다. 주위가 온통 캄캄했지만 오른쪽에 나 있는 작은 틈새로 얼마간의 빛이 새어들어 와서, 희미하게나마 방향을 가늠할 수 있었다.

또다시 함정에 갇히고 만 내겐, 탐험을 계속하는 것 외엔 다른 선택의 여지가 없었다. 비록 모험심은 이미 급격히 사라져버린 상태였지만 말이다. 이 미로를 나보다 훨씬 더 잘 알고 있을 것이 분명한 도살자를 곧 맞닥뜨리게 될 노릇이었다. 그자는 아마 내게 몇 시냐고 묻고, 곧장 산채로 꿀꺽 삼켜버리려 들겠지. 지능과 상상력을 보유한 생물이라면 누구나 그렇듯이, 나도 종종 내 자신의 죽음에 대해 상상하며 끔찍한 장면들을 떠올려보곤 했다. 그러나 나역시 모든 생물은 아주 비참한 지경은 아니더라도, 결국은 초라한 최후의 순간을 맞고 만다는 것을 미처 깨닫지 못하고 있었다. 결국 이렇게, 이 잘난 프란시스는 마지막 숨을 내뱉게 되고 만 것이었다. 땅 밑에 갇힌 채, 어둡고 차가운 구멍 속에서, 일명 '절름발이'로 불리는 악취 나는 페르시안 잡종의 입 속으로 사라져 갈 운명이라니! 분명히 수많은 친구들이 나를 애도할 것이다.

누구보다도 구스타프가 가장 심한 타격을 받겠지. 그는 나의 갑작스런 사망 내지는 실종 이후에 눈알이 빠지도록 울면서, 몇 주 동안이나 침대에 틀어 박혀 비탄에 빠져 지낼 것이다. 하지만 결국 고통은 서서히 가라앉을 것이고, 추억의 상처는 아물어갈 것이다. 누가 일랴, 어쩌면 겨우 2개월이나 3개월 후엔 다른 놈이 내 접시를 핥게 될지. 그리고는 '내 가장 소중한 친구'라고 불리면서 귀 뒤를 쓰다듬기며, 만족스럽게 그르렁대게 될지. 그 존경할 만한 좀비 딥 퍼플이 내 끔찍한 악몽 속에서 뭐라고 했더라? 삶은 어차피 이런 거야, 세상은 어차피 이런 거라고!

도대체 나는 지금 무슨 멍청한 짓을 하고 있는 걸까? 전에는 결코 해본 적 없는 짓을 하고 있지 않은가? 바로 체념 말이다! 공포 때문인지, 지쳤기 때문인지, 아니면 노쇠하기 시작한 징조인지는 확실하지 않았다. 어쨌건 지난 몇 주 동안 겪어야만 했던 그 모든 충격적이고도 끔찍한 사건들로 인해, 나는 전혀 다른 존재가 되어가고 있는 듯했다. 이 점에 대해선 기꺼이, 아니 어쩔 수 없이 시인해야만 한다. 이런 잠행성(潛行性) 질병을 퇴치하기 위한 유일한 처방은 이것뿐이다. 정신을 바짝 차려라! 기운을 내라! 용기를 보여라!

나는 공포로 쿵쾅대는 심장을 억누르며 틈새를 빠져 나와, 어느 컴컴한 공간으로 뛰어 내렸다. 아마도 내가 서 있는 이곳은 회랑(回廊)인 것 같았다. 확신하건대, 나는 지하에 만들어진 무덤 시설, 즉 소위 지하 묘지(Katakombe)에 들어와 있는 것이었다. 내가 구스타프와 유일한 지적인 공감대를 나누고 있는 부분이 바로 고고학 분야이기 때문에, 솔직히 나는 그다지 놀라지 않았다. 구스타프가 즐겨

170

읽는 유적과 사라진 고대 왕국들, 그리고 고대 문명에 관한 화려한 복제 그림들과 역사 기록들을 나는 하루 종일 들여다보곤 했다. 수많은 다양한 사람들과 다양한 시대 기원으로 이루어진 오래된 역사를 가진 이 독일이라는 나라에서, 이런 놀라운 발견이 이루어질 수 있다는 것은 전혀 의외의 일이 아닌 것이다. 예를 들어 이 지하 묘지의 경우만 살펴보더라도 그렇다. 지하 묘지는 내내 잊혀진 존재였다가, 16세기에 이르러서야 새롭게 발견되었다. 기독교 지하 묘지뿐 아니라, 그노시스 파(초기 기독교 역사에서 이단으로 결정된 영지주의 교파 – 역주)와 유대교의 지하 묘지도 발견되었으며, 로마에서는 총 길이가 150 킬로미터에 달하는 지하 묘지도 발견된 바 있다.

특히 지금은 정원들이 자리잡고 있는 이 지하 묘지의 지상도, 추측컨데 오래 전 언젠가는(분명히 중세시대로 거슬러 올라갈 것 같다) 교회나 수도원이었을 것이다. 이유는 알 수 없지만, 세월이 흐른 뒤에 그 지상의 건물들은 깨끗이 허물어져 자취를 감췄고, 이 지하의 건축물만 그대로 남겨진 것이다. 나를 여기로 인도해줬던 그 굴대는, 이 지하 세계에 신선한 공기를 공급해주는 역할을 해왔을 것이다.

돌로 만들어진 이 회랑의 고색 창연한 벽면에는 거의 알아보기 어려운 초기 기독교의 세밀화들과 성자들의 초상이 가득 그려져 있었다. 이 회랑은 다른 통로로 계속 이어져 있었고, 나는 곧 도저히 벗어날 길 없어 보이는 복잡한 미로 속에 들어와 있다는 것을 깨닫게 되었다. 벽에는 매장용 벽감(壁龕)들이 많이 만들어져 있었고, 그 속에는 부스러진 인간 해골의 잔해들이 들어 있었다. 그러나 일부 벽감들은 성서 기록들이 새겨진 석판이 앞을 막아, 내부를 들여다볼 수 없게 되어 있었다. 곳곳에 떨어져 나온 돌 조각들이 길을 방해하고 있어서 그 위를 기어서 넘어가야만 했다. 종종 천장 전체가 떨어져 내린 곳도 있어서, 나는 먼저 틈새를 찾아낸 후에야 계속 앞으로 나아갈 수 있었다. 이런 파손은 아마도 지진이나, 2차 세계 대전 때의 폭격으로 인한 결과일 것이다. 그러나 무엇보다도, 이 의외의 귀중한 발견이 전문적인 고고학 분야에서 전혀 주목을 받지 못하리라는 것은 분명했다. 나의 정확한 판단에 의하면, 이 비밀스러운 시설은 작고 보잘 것 없는 서열에 속해 있었던 것으로 보였다.

그럼에도 불구하고, 이 지하 묘지는 확실한 기능을 수행하고는 있었다. 나는 언제라도 곧 그 불길한 페르시안 종을 마주치게 될 가능성이 있다는 것을 염두에 두면서도, 넋이 나간 채 돌로 만들어진 미궁 속을 돌아다녔다. 벽의 갈라진 틈새로 빗물이 스며들고 있었고, 바닥으로 떨어지는 빗방울 소리는 회랑 전체에 메아리를 울리며, 너무나도 기이한 음악을 만들어내고 있었다. 나는 공포로 굳어 있었지만, 어느새 이 장소에 매혹당해 쳐다보는 일에 몰두해버렸다. 이 곳의 도면을 완전히 머리 속에 그려낼 수 있게 될 때까지, 나는 한참 동안 이 죽은 자들의 지하 왕국을 돌아다녔다.

그러다가 갑자기, 교차 궁륭형의 천장을 갖고 있는 한 둥근 방 안으로 들어가게 되었다. 주위를 둘러보고 나는 아연 실색했다. 돔 형의 둥근 천장 아래 이어져 있는 벽을 빙 둘러가며, 수많은 작은 벽감들이 만들어져 있었다. 원래 촛대나 제의에 필요한 성구들을 넣어두는 장소였을 그곳이, 지금은 아주 괴상한 용도로 오용되고 있었다. 각각의 작은 벽감들 안에는 내 동족들의 해골이 들어 있었던 것이다. 많은 해골들이 여전히 가죽을 뒤집어 쓴 채였고, 그 가죽들은 완전히 말라있거나 햇볕에 그을려져 있었다. 이 곳의 공기 조건에도 불구하고(아니, 어쩌면 그런 조건으로 인해), 그것들은 공기 중에 부패되기를 완강히 거부하고 있었던 것이다. 벽감 속의 시체들은 마치 인간들처럼 바닥에 엉덩이를 대고 똑바로 앉아서, 텅 빈 눈 구멍으로 나를 노려보고 있었다. 그들 모두는 마른 꽃으로 장식되어 있었고, 그 꽃들은 이제 거의 완전히 건조된 상태였다. 하지만 가장 괴상하고 공포스러운 장면은 바로 제단 위에 펼쳐져 있었다. 거대한 돌판 하나가 방 한가운데 놓여져 있었는데, 그 앞면엔 거칠게 파내진 십자가 모양이 만들어져 있었다. 그리고 그 위에 놓여져 있는 여러 개의 가지가 달린 촛대(아마도 수백 년 전에나 사용되었을 법한) 옆에는 거대한 언덕 모양으로 뼈가 수북이 쌓여져 있었다. 그리고 이 무시무시한 작품 꼭대기에는 해골이 하나 올려져 있었고, 그 주위에도 마른 꽃으로 빙 둘러 장식되어 있었다. 돌 바닥에도 '인간의 것이 아닌' 수많은 뼈 조각들이 흩어져 있었다. 아마 이 모든 걸 만들어 놓았을 것이 틀림없는 그 어느 정신병자가, 이 나머지 뼈 조각들을 어디에 써야할지 결정을 못 한 것이리라. 이 우상 숭배적인 제단에서 조금 떨어진 곳에는 여기저기 찢어진 낡은 책들과 가죽끈들이 아무렇게나 흩어진 채 잔뜩 쌓여 있었다. 세월의 흔적들과 수많은 포유 동물들이 갉아댄 흔적들로 인해, 그 물건들은 형체를 알아보기 힘들게 변해 있었다. 나는 이 방이 원래 수도원의 도서관이었을 것이라고 추측했다. 그 모든 악몽들은 이렇게 광범위한 거미줄 그물 망으로 덮여 있었고, 이제 나는 그 그물코를 따라 이렇게, 쥐들의 천국으로 변한 이 장소까지 이끌려 온 것이었다.

제단에서 흘러나오는 마력적인 매혹에 이끌려, 나는 멍하니 입을 벌린 채로 서 있었다. 과연 얼마나 많은 내 동족들이 이 곳에서 최후의 안식처를 찾은 것일까. 아니, 얼마나 많은 동족들이 이 곳에서 끔찍하고 잔인한 최후를 맞았던 것일까. 부패 악취 속에서 나는 곰곰이 생각에 잠겼다. 그렇다. 이 가련한 생물들 모두가 해골만 남은 편안한 상태에 처해 있는 것은 아니었다. 그들 중 일부는 (비록 소수일지라도), 아직도 불쾌한 마지막 부패 과정 속에 놓여 있었다. 즉 그들의 몸은 지금 온갖 벌레들과 다른 미세한 생명체들의 서식처가 되어 있는 중이었다. 이 둥근 방은 다양한 냄새들로 가득했으며, 특히 오물 냄새가 코를 찔렀으나, 그 속에서 풍기는 문자 그대로 살인적인 향기를 날카롭게 감지할 수 있었다.

나는 콩에 대해 생각했다. 그는 그 야만적인 본능에 따라 살해자의 정체를 즉시 알아차렸던 것이다. 하지만 나는 스스로 천재이기를 자처하며 복잡하고도 분석적인 방식으로 살해자를 추적해왔고, 결국은 완전히 헛수고를 하고 있었던 것이다. 나는 유치하게도 인간 흉내를 내고 있었다. 그리고는 잘난 척하는 가설들을 만들어왔다. 그러나 해답은 전혀 논리적인 것이 아니었다. 살해자는 정신이상자인 페르시안 종이고, 그는 희생자들을 유인해서 죽이고, 여기서 광기어린 제의 의식을 치러온 것이었다. 살해 동기라……그건 아마도 단순히 제물이 필요해서거나, 광기에 사로잡혀서였겠지.

그러나 한 가지 풀리지 않는 수수께끼가 남아 있었다. 어째서 그는 발리니스 종 솔리테어보다 먼저 죽였던 여섯 마리의 동족들을 이 지하 묘지로 데려오지 않았던 것일까? 다행히도 나는 이 미묘한 문제에 대해 더 이상 골머리를 썩을 필요가 없을 것이다. 이제 곧 등장하게 될 그 '절름발이'가 내게서 이런 생각들을 말끔히 지워줄 테니까 말이다. 이제 내게 유일하게 남아 있는 가장 현명한 행동은, 이 아름다운 광경을 그저 즐기는 일일 것이다.

나는 벽을 따라 걸으며 미라 같은 동족들의 모습을 바라보았다. 그들은 마른 꽃 속에 둘러싸인 채 내게 의심스럽다는 듯한 시선을 보내오고 있었다. 그들 중 일부는 놀라울 정도로 잘 보존되어 있었다. 언뜻 바라보기만 한다면, 동물 학대가 자행되는 나라들에서 흔히 마주치게 되는 빼빼 말라빠진, 그러나 아직은 살아 있는 동족의 모습으로 보일 정도였다. 그러나 여기저기 찢어져 있는 그들의 몸 속에서 기어 나오고 있는 이름 모를 벌레들의 존재가 그런 환상을 무너뜨렸다.

가장 어두운 벽감 속에 들어 있는 한 형제의 모습이 내게 가장 강렬한 인상을 주었다. 나는 그를 자세히 바라보기 위해 잠시 발길을 멈추었다. 어두운 그림자가 그의 온 몸을 가리고 있었지만, 나는 그가 전체적으로 살아 있는 자의 인상학적 특징을 갖추고 있다는 것과 심지어 그의 텁수룩한 털도 온전하게 유지하고 있다는 것을 알아차렸다. 그는 눈을 감고 조용히 잠들어 있는 것처럼 보였다. 그는 정말로 마치 살아 있는 것처럼 보였다. 좀더 가까이에서 그를 들여다본다면 어쩌면 숨소리조차 들을 수……

갑자기 그가 눈을 번쩍 떴다! 그리고 거의 동시에 나는 그가 이 신비한 죽은 자들 중의 하나가 아니며, 내게 죽음에 관한 상상들을 불러일으켰던 그 놀라운 '절름발이'라는 사실을 알아차렸던 것이다. 숨이 콱 막혀 왔다. 나는 공포로 이를 덜덜 떨기 시작했다. 그는 저 위에서 보여줬던 그 날렵한 몸놀림으로 나를 덮치고, 태고 적부터 전해 내려온 방식대로 내 목을 물어뜯을 것이다. 그러나 우습게도 그는 벌벌 떨고 있는 것처럼 보였으며, 그의 커다란 둥근 눈은 신경질적으로 깜박이고 있었다.

"망자(亡者)들의 문지기에게 부디 해를 끼치지 말아주세요." 그는 망가진 쉰 목소리로 말했다. 떨리고 있던 그의 몸은 이제 와들와들 심하게 흔들리고 있었다. 그리고는 기묘한 모습에 어울리게도 눈을 데굴데굴 굴렸다. 나는 저 위의 정원에서 그를 제대로 알아봤던 것이다. 그는 정말로 페르시안 종이었다. 그러나 그의 털은 뒤엉켜 있었고, 진흙으로 물들어 더럽고 초라한 몰골이었다. 가까이에서 보니 그의 털 색깔은 회색이 아니라 파란색이었다. 그러나 그것은 오직 전문가만 알아볼 수 있을 만한 파란색이었다. 자세히 보지 않으면 그 색조는 어두운 회색으로 보일 법했기 때문이다. 내 앞으로 꾸벅거리고 있는 그의 몸통은 거의 기절하기 직전의 상태를 보여주고 있었다. '어쩌면 그는 자기 희생자들을 이런 식으로 속이는지도 모르겠다'라는 흉악한 농담이 내 머리를 스치고 지나갔다.

"망자들의 문지기에게 부디 해를 끼치지 말아주세요." 그는 또다시 반복했다.

나는 그가 말을 하는 동안 나를 바라보지 않고 똑바로 정면을 바라보고 있다는 것을 알아차렸다.

"물론 이 몸은 죄를 지었습니다. 성전을 더럽히고 거룩한 율법을 어겼습니다. 이보다 더한 죄는 없을 겁니다. 그렇기 때문에 가혹한 속죄를 해야 합니다. 하지만 이 문지기가 사라진다면 누가 저 망자들을 위해 꽃을 가져다 바치나요? 누가 이 집을 이렇게 아름답게 꾸미고, 그들을 애도한단 말인가요? 누가 그들을 위해 기도하고, 그들을 맞아들이나요? 선지자들과 전능하신 죽은 자들의 황제께 맹세합니다. 저는 절대로 이 성전을 떠나지 않고 야웨(기독교 구약 성서의 신명(神名) - 역주)의 종으로 섬기렵니다……."

기타 등등……분명히 그는 이 수도원 문서들에 너무 깊이 코를 박고 지냈던 모양이다. 그로 인한 후유증이 언어 속에 심하게 남아 있었다. 나는 그가 언제쯤이나 이 기도를 마치고 내게 덤벼올지 궁금했다.

"대체 나를 언제 죽일 거냐?" 나는 결국 공포보다는 호기심을 못 이겨 그의 주절거림을 중단시켰다.

"죽인다고요? 죽여요? 오, 살해는 이 비탄의 계곡에 종말을 가져다주지 못한답니다. 야웨여, 사탄이 그의 번쩍이는 황소들을 땅 위로 보내어, 주님의 양들에게 서로 싸우라고 부추기옵니다. 이 죄인들은 평화의 길을 모르나이다. 그들의 길에는 정의가 없습니다. 죄인들의 길은 구부러져 있고, 그 길을 따르는 자들은 평화가 뭔지도 모릅니다. 그렇기 때문에 정의는 우리로부터 멀어져 있고, 공의는 우리에게 미치지 못합니다. 우리는 빛을 소망하지만 이곳엔 오직 어둠만이 남아 있습니다. 우리는 밝은 대낮에 어둠 속을 헤매듯 길을 잃고 있습니다. 우리는 마치 죽은 자들처럼 어둠 속에서 살아가며……"

"그만, 그만, 그만!" 나는 신경질적으로 소리를 질렀다. "이봐, 넌 항상 그렇게 누군가의 목을 물어뜯기 전에 아침 미사부터 올리냐?"

펠리시타는 살해자가 희생자를 습격하기 전에 먼저 의미불명의 어조로 말을 걸었다고 증언했었다. 이 자의 연설도 그 '의미불명'의 범주에 들어가리라는 것은 의심의 여지도 없었다.

페르시안 종은 어쨌건 설교를 중단했고, 처음으로 나를 내려다보았다. 그가 내 질문에 대답할 의향이 없으며, 내 질문을 이해조차 못했다는 것이 분명해 보여서, 나는 즉시 다음 질문을 던졌다.

"이봐, 친구, 너 이름이 뭐냐?"

그의 흉측한 얼굴 위로 기쁨이 스쳐 지나갔다.

"나는 선량한 '망자들의 문지기', 이사야라고 해요." 그는 자랑스럽게 대답했다.

"음, 네가 이 모든 장난짓거리를, 아니 이 해골들을 네가 이렇게 해놨냐? 그들을 죽여서 여기로 데려다 놓은 게 너야?"

그의 눈은 데굴데굴 굴러떨어질 것 같았다. 그는 광신적으로 눈을 빛내며 나를 바라보았다.

"오, 아니오, 이방인이여. 그 망자들은 내게로 왔답니다. 선지자께서 나한테 그들을 보내셨어요."

점점 긴장이 풀렸다. 공포도 사라졌다. 그렇다, 이 자는 전혀 살해자로 보이지 않았으며, 그냥 아주 평범한 미친놈으로 보였다. 아마도 누군가가 이 멍청이를 이용해서 도구로 삼고 있는 것이겠지. 이사야가 그 비밀 가득한 누군가를 알고 있는지, 그리고 이 미친 사건들이 도대체 어떻게 시작된 것인지 반드시 알아내야 했다.

"이사야, 나를 무서워하지 않아도 돼. 나는 프란시스야. 너한테 몇 가지 묻고 싶은 게 있어. 네가 조금만 정신을 집중해 줄 수 있다면 정말 고맙겠다. 첫번째 질문이야. 넌 어디에서 왔니? 그리고 도대체 여기 있는 이 모든 것들을 어떻게 이 끔찍한 장소로 가져왔니?"

'끔찍한 장소'라는 표현이 그를 무척 기분 상하게 만든 것 같았다. 그는 모욕당했다는 듯한 표정으로 얼굴을 찡그렸다. 그럼에도 불구하고 그는 자세히 대답했다.

"나, 망자들의 문지기는 아주 옛날부터 이 성전에 살고 있어요. 나는 어둠의 자식이어요. 만약 빛을 본다면 눈이 멀게 되고 산 자들의 세상을 떠나야 해요. 하지만 '망자들의 문지기'가 태어난 곳은 꿈의 나라이기도 해요. 그곳은 분노와 고통이 다스리는 나라이고, 웃음도 없지요. 하지만 꿈의 나라에는 선지자가 계셔서, 우리에게 마침내 구원을 가져다 주셨어요. 그 분은 이렇게 말씀하셨죠. '하나님! 주님은 그 무엇보다도 강대하십니다! 절망에 빠진 자들의 음성에 귀기울여 주시고, 우리를 악한 자에게서 구원하여 주소서! 우리를 우리의 공포로부터 구해주소서! 야웨여, 일어나소서! 우리를 구원하소서! 내 하나님이여……!"

"이사야, 어떻게 그 꿈의 나라에서 도망쳐 나왔지?"

"하나님이 선지자의 기도를 들어주셨어요. 그 모든 적들의 뺨을 때리시고, 악한 자들의 이빨을 부서뜨리셨죠. 그리고는 갑자기 대낮처럼 환한 폭발이 일어났어요. 꿈의 나라도 폭발했죠. 그리고 고통받던 자들은 모두 사방으로 흩어져 정신없이 달아났어요."

"그 선지자는 어떻게 되었지?"

"그분은 하늘로 올라가셨어요."

"그걸 봤어?"

"아뇨. 아무도 기적을 보지 못했어요. 주님을 알던 자들은 모두 꿈의 나라에서 죽었거든요. 축복 받은 자녀들에게 남아 있는 건 희미한 환상뿐이어요."

"그 환한 폭발이 일어난 후에 넌 어떻게 했지?"

"나는 마치 술 취한 것처럼 비틀거리며 돌아다녔어요. 온몸이 여기저기 아팠어요. 수많은 낮과 밤이 지나가고, 마침내는 모든 게 뒤죽박죽이 되었어요. 그리고 나는 굶주림과 갈증으로 쓰러져서 정신이 혼미해져 가고 있었어요. 내가 이승과 저승의 갈림길에 서 있을 때, 조커 사제님을 만났죠."

"조커?"

"그래요. 친절하고 자애로운 조커 사제님이죠. 그분은 벌써 오래 전부터 이 성전에서 살고 계셨어요. 그분이 나를 이곳으로 데려와서 온갖 맛있는 음식과 마실 것을 주었지요. 그 뒤로 몇 년 동안 나한테 사냥하는 법을 가르쳐 주시고, 이 지하에서 신선한 물을 찾는 법을 가르쳐 주셨어요. 그리고 읽는 법을 가르쳐 주셔서, 거룩한 문서들을 읽을 수 있게 되었고, 결국 이렇게 하나님을 섬기는 종이 될 수 있었지요. 하지만 어느 날 조커 사제님께서 내게 슬픔 가득한 얼굴로 말씀하셨어요. 이제는 선지자의 말씀을 선포하고 널리 전파하기 위해서 나를 떠나야 한다고요. 모두가 부활하신 분의 능력을 알게 되고, 그로 인해 경건하게 살아가야 한다고 말씀하셨어요. 그래서 그분은 떠나셨고, 그 후로 나는 이 성전에 혼자 남게 되었지요."

"아주 도움이 되는 설명이구나, 이사야. 그럼 그 자애로우신 조커 사제가 이 멋진 해골과 뼈들을 어떻게 수집해 놓았는지도 말해줄 수 있겠니?"

"오, 아냐, 아니어요. 조커 사제님과 내가 함께 살 때는 아직 죽은 자들은 우리랑 함께 있지 않았어요. 이 성전은 야웨를 기념하며 기도를 올리는 장소였죠. 하지만 조커 사제님이 떠나고 난 후에, 지금으로부터 한참 전 어느 날, 나는 밤 세계와 낮 세계가 이어지는 구불구불한 굴대 어딘가에서 덜거덕거리는 소리를 들었어요. 나는 얼른 그곳으로 달려갔지요. 그리고 마침 때맞춰서 출구에 도착했어요. 한 죽은 자매가 그곳으로 떨어져 들어오는 걸 볼 수 있었거든요. '오, 하나님, 이게 무슨 뜻입니까? 선지자님의 새까만 털에 맹세코 이게 무슨 일입니까?' 하고 나는 외쳤지요. 나는 어쩔 줄을 몰라 당황했어요. 그래서 그 죽은 자매에 대해 정신없이 설명을 하고, 야웨께 구원과 도움을 청했지요. 지옥의 왕자가 나한테 장난을 치는 것일까? 아니면 저 위에서 끔찍한 전쟁이 벌어지고 있는 걸까? 어쨌든 나는 너무나 무서웠어요. 하지만 그때 갑자기 주님의 목소리가 들렸어요. 우리 복된 선지자님의 목소리가 나한테 조용히 말을 걸었죠."

"뭐? 굴대 밖에서 누군가의 목소리를 들었다고?"

"아니오. 누군가의 목소리가 아니라, 바로 **그분**의 목소리였어요!"

"그래서 그 '**그분**'의 목소리가 뭐라고 말했는데?"

"그분의 목소리는, 내게 '망자들의 문지기'라는 직책을 맡긴다고 하셨어요. 하지만 나는 큰 소리로 물었죠. '오, 전능하신 주님, 저는 그저 비참하고 어리석은 자라서, 주님의 한없는 지혜를 헤아릴 수 없습니다. 주님의 계획은 측량할 길 없다는 걸 알고 있지만, 제게 말씀해 주소서. 이 죽은 자매는 어디에서 왔으며, 어째서 그녀는 이렇게 피투성이가 되었는지요?'

그러자 주님이 말씀하셨죠. 그분의 목소리는 이번엔 분노와 독기를 담고 있었어요. 너는 오직 '망자들의 문지기' 노릇을 성실히 다하고, 하늘의 일에 대해서는 알려고 들지 말아라! 네 작은 머리 속에 너무 많은 것을 집어넣으려고 하면, 언젠가는 호박처럼 크게 부풀어서 터져버리고 말 것이다! 만약 감히 낮 세상으로 올라온다면, 너를 불태워버릴 것이다!"

"그래서 너는 그 말을 듣고, 정기적으로 이 아래로 떨어지는 시체들을 받아서 이렇게 처리해왔다는 거군."

"예, 바로 그렇습니다. 나는 죽은 자들이 이 성전에서 잘 지낼 수 있도록, 힘이 닿는 대로 노력했어요. 터널 안에서 자라는 꽃을 꺾어다가 그들을 장식해주고, 그들의 영혼의 안식을 위해 기도했지요. 주님은 내가 이렇게 성실하게 그분의 말씀에 순종하는 것을 칭찬해 주시고, 나를 자주 축복해주셨어요. 항상 나한테 친절하게 말씀해주시고, 가끔씩 통통한 쥐들을 보내주시기도 했죠. 하지만 어느 날 갑자기 모든 게 달라졌어요."

"어떻게?"

나는 어떤 예감을 느꼈다.

"얼마 전부터 주님이 이 망자들의 땅으로 더 이상 죽은 자들을 보내주지도 않으시고, 나한테 말을 걸지도 않으셨어요. 그분은 나를 잊어버리셨어요."

"그래서 오늘 밤에 저 위로 올라왔던 거로군. 직접 죽은 자를 찾아보고, 혹시 발견하면 이 성전으로 데려 오려고 말야. 거의 성공할 뻔했었고."

"맞습니다. 나는 큰 죄를 저질렀어요. 거룩한 계명에 따르면, 나는 절대로 저 낮 세계로 올라가면 안 되는 것인데······하지만 망자들의 문지기가 더 이상 죽은 자들을 맞이할 수 없게 되면 무슨 소용이 있겠어요? 아, 주님은 나를 버리신 겁니다. 그분은 이 충실한 종을 버리신 거라구요."

그래, 하지만 왜? 나는 이 질문을 내뱉으려다가 마지막 순간에 삼켜버렸다. 그의 대답을 알 것 같았기 때문이다. 틀림없이 그는, 자신이 너무 기도를 소홀히 했거나, 참회가 부족하거나, 소명을 완벽하게 수행하지 못했기 때문이라고 대답할 게 뻔했다. 그의 고풍스런 세계관은 이런 순진한 생각들로 채워져 있었던 것이다.

갑자기 공포는 더 강렬해졌다. 이 상황에 걸맞게 표현하자면, 이제 공포는 지옥까지 다다를 지경이었다. 결국 희생자는 일곱 번째가 아니라, 수백 번째에 이른다는 것이었다! 그리고 이 끔찍한 살해 행위는 수년 전으로 거슬러 올라가, 분명히 그 실험실이 폐쇄된 직후부터 시작되었음에 틀림없었다.

다시 내 머리 속에서 그 미치광이 교수의 지껄임이 들려오기 시작했다. 살해 동기에 관한 그의 다양한 이론들이 기억났다. 이사야가 자신의 신적 소명에 대해서 성서적인 수사법으로 계속 떠들어대고 있는 동안, 나는 지금까지 수집해온 모든 중요한 정보들을 머리 속에서 훑어보기 시작했다.

첫째, 그 늙은 조커는 이 구역에서 유일하게, 1980년에 일어났던 광적인 사건들과 결말에 대해서 자세히 기억할 수 있는 존재라는 점이다. 아마도 그 자신이 우리에 갇혀 있었던 것은 아니지만, 외부자로서 모든 일들을 충분히 지켜봤을 것이다. 그는 그때까지 지하 묘지에서 살고 있었고, 그것은 그가 떠돌이였다는 것이므로, 어쩌면 산책을 하다가 실험실에서 들려오는 동족의 비명소리를 우연히 들었을지도 모른다. 그리고 창문을 통해 안에서 벌어지고 있는 끔찍한 상황들을 지켜보며, 그 모든 슬픈 과정들을 낱낱이 목격했을 가능성이 크다. 그는 분명히, 오직 소수의 어른 동물들만이 그 공포 속에서 살아남았고(어쩌면 단 한 마리도 살아 남지 못했거나), 다만 어린것들만,

비록 기괴한 불구에도 불구하고 간신히 죽음을 벗어난 것을 보았을 것임에 틀림없다. 한 가지 불확실한 점은, 마지막 날에 실험실에서 무슨 일이 벌어졌기에, 실험 동물들이 도망쳐 나올 수 있었는가 하는 점이다. 그들은 외부로부터, 어쩌면 조커로부터 도움을 받았던 것일까? 어쨌거나, 그 후에 조커는 다시 지하 세계로 돌아왔고, 아주 가끔씩 밖으로 나오다가 우연히 아사 직전의 이사야를 발견하고, 그를 구해내어 자신의 제자로 키우면서, 계속 은둔자로 살았던 것이다.

그러다가 갑자기 아주 이상한 일이 벌어졌다. 조커는 하나의 종교를, 즉 클라우단두스 교를 만들어내기로 결심한 것이었다. 그것은 순교사적 신비주의와 고행의 제사 의식, 부활의 속임수로 뒤범벅된 종교였다. 그는 그것으로 만족하지 않고 은둔적인 삶을 버리고, 넓은 세상으로 나가 자신의 교리에 관한 가르침을 전파하고, 모든 동족들을 클라우단두스 교로 개종시키고자 했던 것이다. 어째서 이런 결정을 했던 걸까? 분명히 조커는 철저히 종교적인 동물이긴 했다. 그러나 왜 갑자기 모든 펠리데 세계에 클라우단두스의 가르침을 전파하기로 했던 것일까? 이 맥락과 관련하여 한 가지 중요한 사실은 이사야와는 달리 조커는 낮 세계와의 접촉을 차단하지 않고 지냈다는 것이다. 그는 저 위의 정원에서 누군가를 만나게 된 게 아닐까? 누군가가 그에게 이런 결정을 내리도록 부추겼던 것은 아닐까? 그 누군가는 과연 누구였을까? 선지자 자신?

둘째, 그 선지자는 누구였을까? 클라우단두스에 대한 조커의 전승에 따르자면, 그는 죄 없는 성자이며, 자신의 견딜 수 없는 고통으로 인해 하나님께 구원을 청했고, 그 기도가 이루어져 하늘로 올라갔다고 했다. 그러나 프레테리우스의 기록에 의하면 그는 단지 불쌍한 실험 동물 중의 하나였을 것이다. 그가 결국 어떻게 되었는지는 아무도 모르며, 논리적인 귀결을 따르자면, 그는 결국 상처로 인해 처참하게 죽어야 했을 것이다.(여기서 아주 부차적인 질문 하나를 하자면, 도대체 프레테리우스 교수는 어떻게 되었을까?)

이사야의 보고를 분석해보면, 그 선지자는, 아니 선지자로 가장한 그 동족은, 살해자로 변신하여 어떤 이유에서인지 우리 형제, 자매들을 죽여 왔다. 이 모든 이야기를 이렇게 돌려보고, 저렇게 돌려봐도, 결국 그 진짜, 아니 가짜 선지자의 정체를 알고 있는 유일한 자는 바로 그 '자애로우신 사제님', 조커다.

셋째, 나의 천재적인 직감에 의하면 아래의 사실들이 도출된다.

먼저 일어났던 여섯 번의 살해 사건과 솔리테어의 살해 사건 사이에는 한 가지 공통점이 있다. (펠리시타의 경우는 제외한다. 그녀는 증인이라는 이유로 살해당했기 때문이다) 즉, 수컷 희생자들도 그렇고 발리니스 종 암컷의 경우에도, 그들 모두 살해당하던 시점에 어떤 한 가지 과정에 참여하고 있었다는 것이다. 그것은 바로 후손을 만드는 일이었다. 이것이 여기 있는 다른 미라 동족들에게도 해당되는 일인지는, 물론 더 이상 확인해 볼 길이 없다. 그러나 아마 그들 역시 피살될 당시에 발정중이거나 임신중이었으리라고 생각한다.

그러므로 한 가지 가능성 있는 살해 동기는 그 살해자가 후손이 만들어지는 것을 혐오하며, 그런 이유로 인해, 후손을 만들어 내거나 후손을 임신하고 있는 동족들을 살해했다는 것이다. 분명히 그는—이것을 상상하는 것이 너무나 끔찍하지만—, 젖먹이들도 죽였을 것이다! 하지만 도대체 어떤 후손이 태어나는 것을 그렇게 싫어했던 것일까? 정확히 어떤 종을 완전히 멸종시키려고 했던 것일까? 유럽계 짧은 털 종? 러시안 블루 종? 발리니스 종? 아니면 그 암흑 속의 살해자는 펠리데 전체에 대해 무작정 살해 동기를 불태우고 있는 것일까?

넷째, 미스터 X는 수년 동안 자신의 범행을 완벽하게 숨겨 왔다. 바로 이 통풍구 속으로 시체들을 밀어 넣어 처리해 왔기 때문이다. 게다가 그는 그 시체들을 안전한 곳에 숨기고, 모든 호기심 어린 시선들로부터 감추어줄, 멍청한 녀석을 발견하기까지 했던 것이다. A) 그는 이런 식으로 시체를 깨끗이 처리할 생각을 어떻게 해냈던 것일까? 조커가 가르쳐 줬을까? 어쩌면 그럴지도 모르겠다. B) 어째서 그는 이 익숙해진, 지극히 유용한 습관을 어느 날 갑자기 그만두게 된 것일까? 이제는 더 이상 조심할 필요도 없이 확고한 입장을 갖게된 것일까? 어쩌면 그럴 것이다.

다섯째, 클라우단두스 종파, 또는 클라우단두스 교의 목적은 무엇일까? 분명히 이 질문은 언뜻 듣기엔 우습게 들릴 것이다. 그렇다면 어째서 애초에 종교 같은 게 생겨난 것이냐고 똑같은 질문을 할 수도 있을 것이다. 물론 그 이유는 지능을 가진 모든 생물들은 종교적인 감수성을 날 때부터 갖고 있으며, 그것을 어떤 식으로든 표출해내야 하기 때문이다. 하지만 특별히 이 클라우단두스 집단은 뭔가 다른 목적을 품고 있는 것으로 보인다. 이 종교는 어떤 특정한 목적을 갖고 있다. 분명히 무언가 아주 특별한 일을 준비하고 있으며, 그 준비를 강화시켜 나가고 있는 것 같다. 그 특별한 일이란 모든 상상을 초월하는 것이리라. 그러나 도대체 그것이 무엇일까?

많은 질문들이 떠올랐으나, 해답은 없었다. 그러나 너무나 명석한 추론들! 적어도 그것만은 건졌다.

이사야에게 몇 가지를 더 물어보고 난 후에, 나는 갑자기 심한 피로가 엄습해 오는 것을 느꼈다. 오늘 밤은 더 이상 탐정 놀이를 계속할 힘이 남아 있지 않았다. 그래서 나는 망자들의 문지기에게 가능한 빨리 나를 이 악취 나는 미궁 밖으로 나가게 해달라고 부탁했다. 그리고 그는 당연히 그렇게 해주었다. 물론 그는 다른 출구로 나를 인도해줬고, 나는 우리 집 정원 근처로 바로 나올 수 있었다. 그 출구는 돌을 깎아 대충 만들어 놓은, 더 이상 사용되지 않는 수도관으로, 정말 기이하게도 오래된 나무의 텅 빈 줄기 안으로 이어져 있었다. 이사야는 이런 비밀스런 다른 통로가 아주 많이 있으며, 그 위치를 자신만 알고 있다고 말해주었다.

"마지막으로 몇 가지만 더 물을게." 나는 나무 가지에 뚫려 있는 커다란 구멍으로 빠져 나오기 전에 그에게 말했다. "이사야, 네가 그

184

동안 맞아들였던 그 시체들에 뭔가 특별한 점이 있었어? 이를테면 혹시 그들 중에 발정한 자가 있었다던가?"

그는 갑자기 완전히 당황하더니, 다시 눈동자를 산만하게 굴리기 시작했다.

"맞아요, 형제님. 하지만 아주 괴상하게 불구가 되어버린 형제, 자매들도 성전으로 떨어졌어요. 나는 가끔은 야웨께서 그들을 아주 잊어버리신 걸까 라고 의심하는 죄를 지었어요."

"그리고 임신한 시체들도 있었겠지? 그 죽은 자들 중에, 죽었을 당시에 임신하고 있던 자들도 있었어?"

이제 그의 동그란 눈에서 눈물이 솟아올랐다. 나는 그를 껴안고 위로해주고 싶었다. "많았어요."

그는 낮게 중얼거렸다. "흑흑, 정말 많았어요, 형제님!"

나는 그에게 다정하게 이별 인사를 건네고 그와 헤어졌다. 돌아오는 길에 그에게 진실을 알려주지 않고, 그 사악한 선지자를 계속 믿도록 방치해버린 것에 대해 죄책감을 느꼈다. 하지만 한편으로는 그가 이 위의 세상에서 벌어지는 잔인한 현실을 결코 감당할 수 없을 것이라는 생각이 들었다. 그는 너무나 순진하고, 천진난만하며, 하나님의 거룩한 일들에 대한 믿음으로 충만해 있었다. 나는 그의 환상을 무너뜨릴 수 없었다. 내게 가치 있는 진실이, 반드시 다른 이들에게도 가치 있는 것만은 아니다. 나를 둘러싼 현실이 반드시 모든 세계에 적용되어야 하는 것은 아니다. 이사야에겐 그 지하 묘지와 성전과 죽은 자들이 필요하다. 그것은 그의 소명이며, 그의 살아가는 보람이었다. 그리고 죽은 자들도, 선량한 '망자들의 문지기'인 이사야를 필요로 한다. 이사야가 없다면, 누가 그들에게 꽃을 바치겠는가?

8

남은 밤 시간은 내내 잠을 자며, 아니 정확히 말하자면, 꿈을 꾸며 보냈다. 사실은 남은 밤이라고 말할 수도 없을 것이다. 내가 마침내 화장실 창문을 통해 집 안으로 들어왔을 때, 이미 아침이 밝아오고 있었던 것이다. 나는 너무나 배가 고파서, 커다란 말 한 마리라도 통째로 먹어치울 수 있을 것 같았다. 하지만 구스타프는 '적어도 일요일만이라도 실컷 늦잠을 자고 싶다'고 늘 주장하는 대로, 여전히 쿨쿨 잠들어 있는 중이었다. (사실 이건 순전히 헛소리다. 이 게으름뱅이는 거의 매일 늦잠을 자며 백수처럼 지내고 있다) 나는 그를 깨우지 않기로 했다. 그래서 곧장 조용히 침실로 들어가서, 푹신푹신한 이불 속으로 파고 들어갔다. 물론 침대 속에는 무서울 정도로 코를 골아대고 있는 따뜻한 비계 덩어리가 나를 기다리고 있었다. 그사이 폭풍은 가라앉았고, 나는 즉시 깊고 나른한 잠 속으로 빠져들었다.

다행스럽게도 이번엔 악몽을 꾸지 않았다. 하지만 그 대신 일종의 환상을 보았다.

나는 다시 공간도, 시간도, 실체도 존재하지 않는 형태 없는 환한 흰빛 속에 서 있었다. 하지만 내가 얼굴 없는 남자의 손에 다이아몬드 줄로 목졸려 죽었던 지난 번 꿈과는 달리, 이 곳엔 음산하고 위협적인 기운은 전혀 느껴지지 않았다. 이 기이한 곳엔 안개구름이 자욱했고, 여기저기 흐릿한 회색 그림자들이 깔려 있었다. 나는 기묘한 도취감에 휩싸인 채 이 공허 속을 방황했다. 점점 앞으로 나아갈수록 강렬한, 그러나 기분 좋은 긴장이 온몸을 감싸왔다. 가끔씩 안개가 내 몸을 에워쌌고, 차츰 방향 감각을 잃고 있었다. 하지만 어차피 이곳엔 아무것도 없었기 때문에 방향 감각이라는 건 애초에 불필요할 것도 같았다.

그리고 갑자기 그 강한 긴장감이 내 몸에서 사라져버리는 걸 느꼈다. 원인과 해답이 저 멀리서 보이는 것 같았다. 이 정처 없는 방황의 목표가 어디인지 더 이상 알 수 없었고, 내가 만나고 싶어하는 대상이 누구인지도 알지 못했으나, **그가** 나타났을 때, 나는 내 속의 정체 모를 간절한 기다림이 바로 이 만남을 향했던 것임을 단박에 알아차렸던 것이다. 물론 그가 허구의 존재라는 것은 꿈속에서조차 인식할 수 있었다. 나는 그를 알지도 못했고, 그의 외양이 어떤 모습일지 상상조차 못하고 있었기 때문이다. 그럼에도 불구하고 한 번의 마주침으로, 내 평생 단 한 번도 느껴본 적 없는 강렬한 확신을 가졌다. 마침내 그를 찾아낸 것이다!

그의 털은 믿을 수 없으리만큼 아름다웠다. 그 비단 같은 매끄러움은 정말 웅장할 정도였고, 이 세상의 것이 아닌 것 같은 그 눈부신 흰빛은, 바라보는 것만으로도 눈이 아파올 정도였다. 그는 내 쪽으로 등을 돌린 채 앉아 있었기 때문에, 이리저리 흔들리는 그의 눈부신 흰 둔부는 마치 유령처럼 나타났다 사라졌다 하기를 반복했다. 그는 참으로 위풍당당하고 황홀하리만큼 아름다웠다. 간단히 말하자면, 모든 텔레비전 광고 제작자들이 그를 출연시키려고 앞다퉈 덤벼들 것 같을 정도로 그는 정말 휘황찬란한 피조물이었다. 작은 안개구름들이 그를 에워싸고 있어서 그는 안개 위로 솟아 있는 거룩한 산처럼 보였다.

그로부터 몇 미터 정도 떨어진 거리에 멈춰 섰을 때, 그의 뒤쪽에서 더 많은 안개 장막이 피어올랐고, 그 속에서 한 개의 거대한 번쩍이는 크롬 우리가 나타났다. 그것은 동물 실험실에서 흔히 사용하는 동물 우리를, 크게 확대해 놓은 듯한 형태를 띠고 있었다. 그 안에서, 율리우스 프레테리우스 교수가 마치 수천 개의 귀신의 혼에 씌운 듯이 펄쩍 펄쩍 뛰며 킬킬거리고 있었다. 그는 정신병자들에게 입히는 구속복 안에 갇혀 있었고, 그의 목에 채워진 번쩍거리는 구리 목걸이엔 '율리우스 프레테리우스 교수 / 1981년, 최고의 정신분열증 환자로 노벨상을 수상함' 이라고 새겨져 있었다. 그 역시 실제로는 한 번도 본 적 없는 인물이었지만, 내 두 번째 악몽에 등장했던 그 괴상한 의식의 지휘자를 금방 알아보았던 것처럼, 이번에도 단번에 그가 누구인지 알아차릴 수 있었다. 금속 우리 뒤편의 짙은 안개 층이 갈라지면서, 엄청난 무리의 내 동족이 자유로이 돌아다니는 모습이 보였다. 그들은 모두 나를 향해 기이한 미소를 지어 보이고 있었다. 나는 곧 제일 앞줄에서 블라우바트와 펠리시타, 콩, 헤르만 형제, 조커, 딥 퍼플, 솔리테어, 사샤, 그리고 이사야를 발견할 수 있었다.

그 직후 일어난 일은 느린 화면을 보는 것처럼 서서히 내 눈앞에 펼쳐졌다.

흰빛에 둘러싸인 그 살해자가 나를 향해 아주 느릿느릿 고개를 돌리자, 나는 그의 빛나는 황금색 눈동자를 똑바로 바라보게 되었다.

"결국 당신을 찾아내고야 말았어!" 나는 말했다. 흥분과 기쁨으로 인해 거의 울 것만 같은 심정이었다.

"그렇고말고." 그는 깊은 슬픔에 잠긴 듯한 음성으로 말했다. "친애하는 프란시스군, 물론 자네는 나를 이르게든 늦게든 언젠가는 찾아내고 말았을걸세. 자네는 나보다도 더 똑똑하니까 말일세. 언젠가는, 그래, 언젠가는 그렇게 되고 말았을 거야. 이보게 친구, 자네는 마침내 해냈네. 내가 바로 자네가 그토록 찾고 싶어했던 그 자일세. 나는 살해자이며, 나는 선지자이며, 나는 율리우스 프레테리우스라네. 그리고 그레고르 요한 멘델이며, 영원한 수수께끼이며, 인간이기도 하지. 나는 동물이고 나는 펠리데라네. 그 모든 것이, 그리고 그보다 더 많은 것들이 내 존재 안에 들어 있네."

더 짙은 안개구름이 그를 다시 에워쌌고, 이제는 보석처럼 번쩍이는 그의 눈만 겨우 알아볼 수 있게 되었다. 프레테리우스 교수는 그

사이 우리 안에서 더 미친 듯이 날뛰며 킬킬거렸고, 알아들을 수 없는 소리를 계속 중얼거리더니, 마침내는 크름 우리 창살을 향해 마구 머리를 부딪치기 시작했다. 그는 결국 얼굴에 심한 상처를 입었고, 우리 안은 피투성이가 되었다. 그는 피범벅이 된 얼굴을 내 쪽으로 돌리고는 소리를 질러댔다.

"그 식인 식물 이야기하고 똑같단 말이다! 누군가가 그 씨앗을 집으로 가지고 들어와 심고, 물을 주며 돌보았지. 그리고 어느 화창한 날, 커다랗고 강하게 자라난 그 식물은 온 집안 식구들을 모두 먹어 치우고 말았어!"

그는 또다시 미친 듯이 킬킬거리기 시작했다. 안개구름이 걷히더니, 그 흰빛의 살해자가 다시 웅장한 모습을 드러냈다. 그는 앉아 있던 자리에서 아주 느릿느릿 몸을 일으키고는, 나를 향해 천천히 몸을 돌리고 공허한 눈빛으로 나를 바라보았다. 그의 눈빛은 우주의 미지의 심연같이 어둡고 막막해 보였다.

"이전에 존재했던 모든 것들, 앞으로 존재하게 될 모든 것들이, 더 이상 아무런 의미도 없다네, 프란시스." 그의 음성은 끝없는 슬픔으로 채워져 있었다. "중요한 것은 단 한 가지뿐일세. 지금 돌아서서 우리에게로 오게. 우리와 함께 가세."

나는 완전히 혼란에 빠졌고, 이 수수께끼 같은 말이 무엇을 의미하는지 이해할 수 없었다. 원래 나는 그를 잡으러 온 것이었으며, 이 살해자를 단번에 처단하리라 마음먹고 있었던 것이다. 그러나 그에게 달려들기는커녕, 갑자기 어쩔 줄 몰라 하며 당황하고 있었다. 나는 그에게 연민을 느꼈다. 기이한 예감에 휩싸인 채 마침내 그에게 물었다.

"브레멘 음악대처럼 말인가요?"

그는 침착하게 고개를 끄덕였다.

"맞아. 바로 그 브레멘 음악대처럼 말일세. '함께 가자! 당나귀가 수탉에게 말했지. 죽는 것보다 훨씬 나은 일을 얼마든지 찾을 수 있을 거야!'"

그의 뒤쪽에 있는 거대한 동족의 무리가 입을 모아 합창했다.

"함께 가자! 죽음보다 훨씬 나은 일을 얼마든지 찾을 수 있을 거야!" 살해자는 내게서 몸을 돌리더니 부유하듯 무리들 속으로 섞여 들어갔다. 그리고는 이 무리의 아주 작은 일부가 되어, 다시 내게로 시선을 돌렸다.

"우리와 함께 가자, 프란시스," 그는 강한 어조로 말했다. "우리와 함께 멀고도 놀라운 여행을 떠나자."

그리고 그들 모두는 내게 등을 돌리더니, 짙은 안개 속으로 유유히 걸어 들어갔다.

"여행의 목적지는 어디입니까?" 나는 그들에게 외쳐 물었다.

"아프리카로! 아프리카로! 아프리카를 향해……!" 그들은 한목소리로 외쳤다. 그리고는 서서히 안개 속으로 사라졌다.

"거기서 무얼 찾게 되죠?" 나는 다시 물었다.

"모든 것. 우리가 잃어버린 모든 것을 찾게 될 거야, 프란시스, 우리가 잃어버린 모든 것을……" 나는 그들이 속삭이는 소리를 들었다. 그러나 그들은 더 이상 보이지 않았고, 이미 마법의 안개 속으로 하나가 되어 사라져버린 후였다.

서서히 걷잡을 수 없는 슬픔이 나를 사로잡았다. 그들을 따라가지 못했기 때문에, 그 먼 여행에 동참하기가 두려웠기 때문에, 그리고 이제 이렇게 완전히 홀로 남겨졌기 때문에……견딜 수 없이 슬펐다. 아프리카! 그것은 너무도 매혹적이며, 너무도 신비로우며, 너무도 흥미진진하게 들려왔다. 꿈꿀 수 있는 모든 것이 그곳에 있다고, 나의 정확한 직감이 속삭여 왔다. 아프리카! 잃어버린 낙원, 엘도라도, 약속의 땅, 그 모든 것이 시작된 곳. 그러나 아프리카는 상상도 할 수 없을 만큼 먼 곳이었고, 나는 그저 가까운 범위만 생각하는 데 익숙해져 있는 게으른 네 발 짐승에 불과할 뿐이었다. 한밤중에 들려오는 신들의 노랫소리도, 사바나의 뜨거운 모래 바람도, 내겐 모두 낯설

뿐이었다. 단 한 번도 별빛 가득한 밤하늘 아래 텐트에서 잠들어본 적도, 거룩한 정글 안에 발을 디뎌본 적도 없었다. 아프리카! 하지만 도대체 아프리카가 어디에 있단 말인가? 그곳은 내 안에, 내 그리움 속에, 그리고 내 가슴 속에도 없었다. 그것은 아주 멀리 떨어진, 전혀 나와 상관없이 멀고 먼 어느 곳에 놓여 있었다.

그럼에도 불구하고……

"나도 데려가 줘," 나는 결국 낮은 울음을 터뜨리고 말았다.

"나도 데려가 줘, 오, 내 형제, 자매들……"

잠에서 깨어났을 때, 내 눈엔 눈물이 가득했다. 결국 나는 실제로 울었던 것이다. 발코니 문 위쪽의 창문을 통해 쏟아져 들어온 밝은 태양 빛이, 방 안 여기저기에 흩어져 있는 공구들 위로 반짝이고 있었다. 하지만 그 빛은 차가운 태양 빛이었다. 나는 지난밤의 폭풍우가 가을의 이별곡이었다는 것을 알았다. 머지 않아, 아마도 며칠 내로 눈이 내리기 시작할 것이다. 벌써 공기 중에 실려오는 옅은 눈 냄새를 맡을 수 있었다. 겨울은 어느새 바싹 다가와 있었던 것이다.

구스타프는 아직도 자고 있었다. 그의 얼굴 위로 단순 무지한 미소가 언뜻언뜻 그려졌다. 그는 아마도 초콜릿 푸딩이나 사설 의료보험 회사에서 보내오는 연말 환불에 관한 꿈을 꾸고 있는 모양이었다 (독일의 의료보험 회사들은 1년간 병원 치료비를 별로 쓰지 않은 가입자들에게 연말에 보험료의 일부를 되돌려 줌 - 역주). 나는 잠에서 덜 깬 머리로, 방금 전의 꿈의 의미를 해석해보려 애쓰면서 멍하니 방 안을 둘러보았다. 구스타프와 아치가 수리 작업을 꽤 많이 진척시켰는지, 지난 며칠 동안의 어수선한 모습은 더 이상 보이지 않았다. 침실 벽도 이미 아늑한 푸른 색조로 깨끗이 칠해져 있었다. 그러나 곧, 벽 한 면에 어이없는 물건이 걸려 있는 것을 발견하고 울컥 화가 치밀었다. 그것은 동양화풍으로 그려진 실물 크기만한 사무라이 그림이었다. 그러나 거기엔 알록달록한 색이 덧칠해져 있었다. 이런 식의 덧칠을 한 것은 틀림없이 아치의 취향을 반영한 것이겠지. 과연 구스타프처럼 야만인에 가까운 취향을 가진 인간이 이런 고상한 취향을 감당할 수 있을 노릇인지, 저절로 의문이 들었다. 하지만 어쨌거나 이 유령의 성 같은 집도 결국은 꽤 아늑한 보금자리가 되어 갈 것이다. 만약 그렇지 않다면, 만약 그렇게 되지 않는다면……하긴, 아직도 그 괴물 같은 살해자가 돌아다니고 있고, 그 (소위)성전에는 수많은 해골들이 널려 있는데다, 나로 말하자면, 어둠 속에 빛을 밝혀줄 의무감에 사로잡혀 있는 형편이다.

그러나 우습게도, 이 아침에 나는 전혀 우울하지 않았다. 간밤에 그런 슬픈 꿈을 꾸고 난 후인데도 말이다. 새로운 태양과 긴 고투 끝의 단잠과 이 아늑한 일요일 아침의 화창함이 내 기분을 한껏 고양시켜 주고 있었다. 게다가 더 좋은 일이 나를 기다리고 있었던 것이다.

갑자기 밖에서 나를 부르는 소리가 들려왔다. 그 목소리는 존경할 만한 '천일야화(아라비안 나이트)'의 저자께옵서 손수 '달콤한'이라는 형용사를 붙여 강조해주실 만한 목소리였다. 그러나 그 소리는 내가 지금껏 들어본 수많은 다른 암컷들의 목소리와는 구별되는, 뭔가 기묘한 음색을 담고 있었다. 무언가 신비롭고, 어둡고, 낯선 느낌이 그 속에 감춰져 있었으며, 물론 결코 뿌리칠 수 없는 묘한 힘을 담고 있었다. 그녀의 노래는 너무나 아름다웠고 너무나 정열적이어서, 나는 거의 넋이 나갈 정도였다. 나는 서서히 몸을 일으켜, 등을 한껏 부풀리고 공기를 핥아 입천장에 붙였다. 그녀의 냄새는 정열의 메시지로 가득해서 내 피를 부글부글 끓어오르게 했다. 사라져버렸다고 생각했던 정욕이 온몸을 휩싸며 끓어올랐다. 마치 내 온 자아가 용광로 속의 왁스처럼 녹아버리는 듯했다. 나는 이제 오직 단 한 가지 욕구에 완전히 사로잡혀 있었다. 바로 그녀의 냄새와 하나가 되어야겠다는 욕구였다. 그녀의 냄새에 내 냄새로 화답해야겠다는 강렬한 욕구로, 이제 더 이상 참을 수 없을 지경에 이르렀다. 나는 코골이 구스타프의 배 위에서 뛰어내려 화장실로 달려가, 창턱으로 뛰어올랐다.

그녀는 여왕이었다! 그녀는 클레오파트라였다! 그녀는 발코니 바닥에서 둥그렇게 몸을 굴리며, 여신 같은 우아한 몸놀림으로 몸단장을 하고 있었다. 그리고 매혹적이고도 거역할 수 없는 신비한 음성으로 노래를 부르고 있었다. 나는 우선, 그녀가 매우 낯선 종이라고 생각했다. 그러다 문득 예전에 블라우바트와 함께 딥 퍼플의 시체를 보러 가던 길에 잠깐 동안 마주쳤던, 그 창가의 동족이 생각났다. 그도 역시 내가 알고 있던 어느 종에도 포함시킬 수가 없었다. 그리고 그것은 꽤 놀라운 일이었다. 의심할 여지 없이, 지금 내 영역권 안에서 유혹의 향기를 보내오고 있는 저 요염한 미녀도, 그 미지의 가문의 일원인 듯했다.

그녀의 모래색 털은 배 쪽으로 가면서 점점 엷은 베이지색을 띠고 있었다. 그 매끄러운 털은 햇빛을 머금어 한껏 반짝이고 있었고, 마치 황금으로 만든 가운을 입고 있는 것처럼 보였다. 그러나 가장 매혹적인 것은 바로 그녀의 눈이었다. 커다랗고, 반짝이는 황금색의, 최면을 걸어오는 듯한 보석 같은 두 눈은, 여왕의 위엄과 아름다움을 뿜어내고 있었다. 그녀의 머리가 매우 작았고, 몸매는 다소 땅딸막했기 때문에, 두 눈은 특히 두드러진 인상을 주고 있었다. 그녀는 북슬거리는 꼬리를 계속 이쪽 저쪽으로 두드려대고 있었다. 마치 자신의 사랑의 탄원이 나를 미치도록 몰아가지 못하고 있는 것에 대한 의아함과 초조감을 드러내는 듯이 말이다. 하지만 나는 이미 타오르는 욕망의 불꽃 한가운데 서 있었으며, 기꺼이 그녀의 노예가 될 태세를 갖추고 있는 상태였다. 미처 의식하기도 전에, 내 목에서는 거칠게 쉰 외침이 터져 나와서 그녀의 매혹적인 노래 속으로 섞여 들어갔다. 내 존재를 좀더 확실히 드리내기 위해 나는 발코니로 뛰어 내려가, 온 사방에 내 환경 친화적 다용도 물줄기를 마구 뿌려주었다. 이제 모든 냄새가 공기 중에 뒤섞여 마법 같은 분위기를 만들어 냈고, 우리는 그 속에 완전히 몰입되고 도취되었다.

그녀는 더 격렬하게 몸을 흔들고 뒤틀며, 더 이상 기다릴 수 없다는 듯한 몸짓을 보였다. 그럼에도 불구하고 나는 아직 주의를 늦추지 않고 있었다. 비록 그녀의 태도는 의심할 바 없이 강한 열망을 드러내고 있었지만, 왜 그 많은 쾌락의 후보들 가운데 하필이면 나를 선택한 것일까 라는 의심이 거의 자동적으로 떠올랐다. 아니, 정반대로, 실은 단지 '이 장소'가 그녀가 선택한 은밀한 랑데부 장소일 수도 있다. 그래서 나는 일단 얼른 서두르기로 했다. 바로 이 삶의 영역이야말로, 나와 같은 성별을 가진 동족들이 최고 속도의 군사 경계 경보령을 발동시키는 영역이기 때문이다. 물론 나는 지금 가장 유리한 입장을 선점하고 있는 중이었다. 다른 영역권에 있는 경쟁자들이 내 영역권으로 침투해 들어오는 것은 금지되어 있기 때문이다. 그러나 이렇게 달콤하고 매혹적인 유혹을 뿌리치기는 매우 어려운 일이기 때문에, 그들이 결국 이 모든 위험을 감수하고 여기로 쳐들어오지 말란 법은 없었다.

재빨리 일을 성사시키기 위해서, 나는 오래 전부터 전해 내려온 전법을 구사하기로 했다. 그녀가 잠깐 한눈을 판 사이에 나는 얼른 발코니에서 테라스로 뛰어 내려가, 석상처럼 움직이지 않고 가만히 서 있었다. 그녀는 내가 마술처럼 순식간에 그녀에게 조금 더 다가간 것을 알아차리고는, 침을 뱉었다. 그러나 곧 다시 몸을 비틀면서 이번에는 다른 곳을 바라보았다. 나는 그 틈을 놓치지 않았고, 얼른 그녀 곁으로 조금 더 다가갔다. 그녀가 내 쪽으로 몸을 돌렸을 때, 나는 다시 소금 기둥으로 변신하여 가만히 서서 멍청히 여기저기를 둘러보는 척했다. 내가 다가가는 것을 그녀가 직접적으로 알아차린다면 곧장 공격을 가해오리라는 것을 잘 알고 있었다. 그러나 움직이지 않는 몸에 대해서는 즉각적인 공격 태세를 늦출 것이다. 우리들의 사랑 방식은 상당히 복잡하다. 하지만 솔직히 말해서, 나는 이런 방식이 꽤나 마음에 든다.

한동안 이렇게 '섰다-갔다'의 박자에 맞춰 진행되었고, 나는 마침내 그녀의 바로 뒤에 자리를 잡게 되었다. 그리고 굴종하는 듯한 낮은 목소리로 떨리는 소리를 전했다. 그녀는 성가신 듯 쉿쉿거리는 소리를 내며 계속 공격적인 태도를 취했지만, 그녀가 사실은 내게 냄새를 맡게 하고 싶어한다는 증거가 너무나 명백했다. 그녀는 곧장 으르렁거리며 발톱을 세운 앞발로 나를 공격해왔다. 나는 조용히 그녀의 모든 공격을 받아냈고, 마침내 그녀가 숨이 차서 헐떡이며, 긴장을 푸는 기색이 보였다. 나는 얼른 주위를 둘러보았다. 경쟁자는 어디에도 보이지 않았다.

곧 그녀는 바로 내 앞에서 도발할 듯 몸을 길게 뻗었고, 신경질적으로 앞발을 질질 끌며 소리를 내질렀다. 나는 그녀 주위를 한 바퀴 돌고, 그녀의 몸 냄새를 맡은 후, 관능적으로 그녀의 몸을 핥고, 얼른 올라탔다. 즉시 그녀는 꼬리를 옆으로 치우고, 내게 은밀한 곳을 드러냈다. 그녀가 더 이상 몸을 움직이지 못하게끔, 그리고 수태의 예감으로 인해 몸을 딱딱하게 긴장시키지 못하게끔,[12] 나는 재빨리 그녀의 목덜미를 이빨 사이에 끼워 물었다. 그녀는 몸 앞쪽을 바싹 낮추고 뒤쪽을 높이 쳐들었다. 이것은 결정적인 신호다! 나는 내 여왕을 꼭 껴안고, 행위를 완수했다.

우리의 결합이 절정에 달했을 때, 나는 내 영혼의 눈을 통해 별들이 폭발하며 새 우주가 탄생하는 것을 보았다. 내 연인이 성녀처럼 빛나는 후광을 두른 채 우주를 날아 내게로 날아오는 것을 보았다. 우리 둘이 함께 미친 듯이, 영묘한 천상의 춤을 추는 모습을 보았다. 그리고 우리가 수십억의 펠리데를 창조해 내고, 그 수십억의 펠리데들이 또 다른 수십억의 은하계를 창조해 내고, 그들이 서로 짝을 이루어 수많은 아이들을 만들어 내는 광경을 보았다. 그리고 그 거룩한 신조(credo)는 영원히, 끝없이, 결코 포기되지 않고 이어져, 마침내 우리를 창조해 낸 그 미지의 권능 안에서 우리 모두 하나가 되어 가는 것을 보았다. 이 결합은 내가 이전에 경험했던 그 어떤 결합과도 완전히 다르게 느껴졌다. 사정의 순간, 그녀도 공명의 외침을 내질렀고, 우리는 동시에 함께 폭발했다. 내 환상은 갑자기 나타났을 때와 똑같이 급격히 사라져버렸고, 오직 몽롱한 여운만을 남겼다.

그녀는 즉시 몸을 돌려 나를 공격해 왔다. 그녀는 나를 거세게 후려치며, 발톱을 날카롭게 펼치고, 크게 소리를 질러댔다. 나는 재빨리 구석으로 후퇴했고, 몸을 핥으며, 그녀의 흥분이 서서히 가라앉아 가는 것을 지켜봤다. 이제 그녀는 사납게 바닥에 몸을 굴리며 그르렁거렸다.

"당신, 누구야? 어떤 종이지?" 나는 결국 묻고야 말았다. 내 호기심이 나를 이긴 것이다.

그녀는 차갑고 도도한 웃음을 띠었다. 그녀의 동공은 작열하는 태양빛에 못이겨 가늘게 좁혀져 있었고, 오직 형언할 수 없는 그 노란 홍채만 드러나 있었다.

"종이라니! 정말 고색창연하고도 고립된 개념이군. 내가 무슨 종인지가 그렇게 중요해?" 그녀는 으르렁거렸다.

"아니," 나는 얼른 대답했다. "전혀 중요하지 않아. 나는 그저 내가 누구와 즐겼는지 알고 싶을 뿐이야."

"당신이 원하는 답이 이거라면, 나는 어떤 종도 아냐. 당신 연인은 바로 그녀 자체일 뿐이야, 프란시스."

"그 말은 당신이 전혀 새로운 종이란 뜻인가?"

"새로운 종이 아니라, 오래된 종이지. 아니, 더 정확히 말하자면, 오래되고도 새로운 종이랄까? 그리고 완전히 다른 종이지! 한번 스스로 해결해 봐."

"내 이름을 어떻게 알았지?"

"작은 새가 날아와서 속삭여주었지."

"그럼 당신 이름은?"

"내겐 이름이 없어." 그녀는 장난스럽게 키득거렸다. "물론 거짓말이야. 하지만 내 진짜 이름은 당신한테 별로 의미가 없을 거야. 당신은 그걸 이해할 만한 입장이 못 되니까."

"이건 뭐야, 스무 고개 놀이인가?"

"바로 그거야, 내 사랑. 하지만 너무 고민하지는 말아요. 언젠가는 모든 게 저절로 밝혀질 테니까. 그리고 모든 게 잘 끝나게 될 거야. 날 믿어."

그리고 그녀는 관능적으로 몸을 쭉 뻗으면서 다시 나를 유혹해 왔다. 게임이 처음부터 다시 시작되었다. 그녀의 매혹적인 노래가 처음만큼 강렬해서 나는 그녀를 향해 던지려 했던 모든 질문들을 완전히 망각해버리고야 말았다.

우리는 오전 내내 사랑과 쾌락에 몰두했다. 그리고 점점 더 강하게 서로에게 도취되어 갔다. 즐기면서도 계속 나는 경쟁자들에 대한 경계를 늦추지 않았으나, 기이하게도 우리의 사랑의 몸싸움을 지켜보는 듯한 방해의 눈길은 전혀 느낄 수 없었다. 이 느낌이 정확한 것인지는 확인할 수 없었다. 나는 사이사이 계속 주위를 둘러보았지만, 아무것도 볼 수 없었다. 훗날 이 기묘한 미녀와의 관능적인 모험을 돌아보면, 다른 꿈들처럼 그것도 또 하나의 꿈이었던 듯이 느껴진다. 그것은 대단히 아름답고도 너무도 기이한 꿈이었다.

정오의 태양이 음산한 먹구름 속으로 가려졌을 때, 그녀는 나를 떠나 울창한 정원 정글 속으로 사라졌다. 나는 완전히 기진맥진해서, 그녀를 쫓아갈 힘조차 남아 있지 않았다. 그러나 그녀는 이제 막 '결혼식 파티'를 시작한 참이었고, 앞으로 몇 날 몇 밤을 계속 즐기게 될 것이다. 그녀가 이런 상태에서 그 전능한 살해자의 함정에 빠질 수도 있다는 것을 나는 미처 생각하지 못했고, 그녀에게 주의를 주지도 못했다. 내가 왜 그렇게 경솔했는지는 아직도 스스로 풀 수 없는 수수께끼로 남아 있다. 나는 훗날 이렇게 생각했다. 아마도 그녀가 희생자처럼 보이지 않았기 때문일 것이라고……

나는 다시 집으로 돌아와 구스타프의 비난어린 시선을 받으며, 우선 정성어린 생선 요리로 배를 채웠다. 그는 이제 막 일어난 듯했고, 내 아침 식사를 준비하느라 나의 탈선 행위를 못 보고 지나친 것 같았다. 그러나 그의 잔뜩 찡그린 얼굴은 내 온몸의 세포 하나 하나에서 뿜어져 나오고 있는 강렬한 향기에 대한 혐오를 뚜렷이 드러내고 있었다. 결국 그는 넌더리를 내며 머리를 흔들더니, '목욕을 하라'는 둥, '강제적으로라도 청결 유지에 대해 가르쳤어야 했다'는 둥 중얼거리고는, 계속 투덜거리며 다시 아침 식사를 하기 시작했다. 그의 최근 아침 식사 메뉴는 직접 재배한 밀 배아로 만든 고영양식 뮤슬리(곡물, 견과 등을 섞어 우유와 함께 먹는 아침 식사 – 역주)이다. 이것은 아치의 명청한 제안으로 이루어진 구스타프의 생활 혁신 중에서, 내가 특히 싫어하는 것 중 하나다—그러나 분명히 얼마 못 가서 흐지부지 될 거라고 믿고 있다—. 아치는 정말 다행스럽게도 오늘은 모습을 나타내지 않았다. 구스타프가 적어도 일요일만큼은 수리 작업을 쉬겠다고 선언했기 때문이다. 식사를 마친 후에 나는 곧장 침실로 돌아가, 베개 속에 파묻혀 바로 잠들었다. 이번엔 꿈도 꾸지 않고 푹 잤다.

"그 귀염둥이가 누군지 정도는 알려줄 수 있겠지?" 블라우바트는 꽤 오랫동안 내 침대를 지켜보고 있었나 보다. 내가 눈을 뜨자, 그는 바닥에 길게 몸을 늘어뜨리고 쩍 하품을 했다. 아마 구스타프가 그를 집 안으로 들여보내주고, 음식까지 대접한 모양이었다. 내가 얼마 동안이나 잠들어 있었는지 짐작하기 어려웠지만, 그사이 늦은 오후가 되어 있는 것은 분명했다. 창 밖을 흘끗 보니, 아침에 이미 예언했던 대로 정말 눈이 내리고 있었다. 잿빛 하늘에서 쏟아져 내려오는, 거의 아몬드 크기 만한 굵은 눈송이가 창밖 가득 휘날리고 있었다. 블라우바트는 산만하게 이리저리 몸을 뒤틀며, 신경질적으로 뒷발을 핥아댔다.

"네가 그녀를 알고 있다면 좋겠다." 나는 말했다. "어쩌면 그녀의 정체가 이 사건을 해결하는 데 한 발 더 나갈 수 있게 해줄지도 모르지."

그는 잔뜩 언짢은 표정을 지어 보이고는, 멀쩡한 한 쪽 눈으로 비난어린 시선을 보냈다.

"이 사건? 해결? 너 아직도 그 시시한 이야기에 정신이 팔려 있냐? 그런 끔찍한 냄새를 풍기고 있는 걸 보니, 너도 이제 삶의 유쾌한 다른 면을 제대로 경험한 것 같은데도 말야."

나는 그가 진심을 말하고 있는 건지, 아니면 이 우스꽝스러운 비난이 일종의 감춰진 질투를 표현하고 있는 건지를 정확히 판단할 수 없었다. 자기도 지금 그런 냄새를 풀풀 풍기고 있는 주제에 도대체 나를 뭐라고 생각한다는 거냐? 수도사쯤으로 여긴다는 거냐?

"이런, 오늘은 분위기가 별로 좋지 않은데? 그래, 그 멍청한 트집이 무슨 소리인지 해석 좀 해주시지?"

"그걸 나한테 묻냐? 어제 낮엔 펠리시타가 당했고, 어젯 밤엔 솔리테어가 당했어. 이 구역 전체가 벌집처럼 들쑤셔져 있다고. 그리고 너랑 콩과 헤르만 형제 놈들이 살해자를 코앞에서 놓쳤다는 소문이 여기저기 난리도 아냐. 내가 한 마디 할까? 우리는 이제 똥물 속을 허우적대기 시작했다고. 벌써 목까지 빠져 있단 말이다! 그런데 네 놈은 그 잘난 슈퍼 두뇌를 이 똥 속에 처박고, 이 끔찍한 저주에서 우리를 구출해주지는 못할 망정, 흥청망청 실컷 즐기고 낮잠이나 처자고 있단 말이지. 이건 말야, 내가 알고 있던 그 똑똑한 놈, 프란시스가 아니란 말이다."

자, 이제야말로 그는 내가 기운을 차릴 수 있게끔 한 방 제대로 먹여 줬다. 그는 물론 내가 콩과 그 일당들과 헤어지고 난 후에 발견해낸 사실들에 대해서 전혀 알지 못했을 것이다. 내가 이 사건의 해결에 얼마나 가까이 다가섰는지, 이제 몇 개의 매듭만 더 풀면 그 도살자의 정체를 알아낼 수도 있다는 것을,(적어도 나는 그렇게 믿고 있다!) 그는 전혀 모르고 있다. 그리고 그 끔찍한 일기장의 존재에 대해서도 전혀 모른다. 하지만 이 부분에 대해서는 아주 조심스럽게 이야기해줘야만 한다. 그를 불구로 살아오게 만들었던 비극적 진실과 연관된 내용이기 때문이다. 게다가 그는 지금 내게 엄청나게 실망하고 있는 중이다.

"블라우바트, 정말 미안하다. 내가 지금 여기서 게으름을 부리거나, 암컷들 뒤꽁무니나 쫓고 있는 것처럼 보였다면 말야. 하지만 넌 잘못 본 거야. 내가 장담할게. 난 어젯밤에, 이 구역의 그 누구도 짐작하지 못할 일들에 대해서 알아냈어. 끔찍한 일들이지만, 그 괴물을 찾기 위한 우리의 수사에 있어서 아주 요긴한 일들이지. 지금은 나도 혼란스러워서 정리가 안 되고 있거든. 그러니까 좀더 나중에, 내가 겪은 일들에 대해서 너한테 자세히 말해줄게. 하지만 먼저 몇 가지만 대답해줘. 우선 제일 중요한 질문인데, 조커는 시금 어디 있냐?"

나의 열의와 성의가 그에게 통했던 모양이다. 그의 분개가 점차 가라앉더니 본연의 침착함으로 내 질문에 집중하는 모습이 보였다. 그럼에도 불구하고 그의 얼굴 위로 일말의 주저함이 엿보였다. 그는 잠시 망설이더니 물었다.

"조커? 그 노인네야 자기 집에 처박혀서 다음에 할 설교 준비나 하고 있겠지. 이런 날씨에 그런 노인네가 뭘 하겠냐?"

"그의 집이 어딘데?"

"그의 주인은 도자기랑 비싼 그릇들을 파는 가게를 갖고 있어. 이 구역에서 한참 떨어진 곳에 있지. 한 건물 안에 창고랑, 가게랑, 집이 함께 있어. 조커는 거기 어디 있을 것 같은데."

"좋았어. 난 지금 바로 파스칼을 찾아갈 거야. 그동안 너는 조커한테 쳐들어가서, 나랑 파스칼이 살해 사건에 대해서 긴히 할 말이 있다고 말해줘. 혹시 그가 완강하게 나오면, 아마 그럴 거야, 조용히 한 마디 해주라고. 우리가 콩한테 조커 일당 중에 어떤 놈이 그 소중한 솔리테어를 죽였다고 말해줄 거라고 말야. 그를 데리고 파스칼 집으로 와. 거기서 다시 만나자."

"아 씨, 빌어먹을! 그게 조커 짓이라고?"

"그냥 혐의일 뿐이야. 아직은 거의 증거도 없지. 어쨌거나 일단 그 놈한테 잔뜩 겁을 줘야 해. 알겠냐?"

"알았어!"

"두 번째 질문이야. 오늘 아침에, 무슨 종인지 알 수 없는 숙녀 분하고 안면을 텄어. 그녀의 태도도 상당히 수상한 점이 많았단 말야. 털 색깔은 모래색이고, 눈은 반짝이는 황금색이고……"

"그 잡종을 알아."

"그런 종이 그렇게 많아?"

"그래, 빌어먹을. 요즘 막 개량되고 있는 종인 것 같아. 얼마 못 가서 이 구역은 그것들로 꽉 채워지게 될 거라고. 해마다 맛이 간 인간 놈들이 점점 더 맛이 간 생각들을 해낸다니까. 우리 종족을 어떻게든 더 개량해내겠다고 말야. 하지만 이번엔, 자기들이 길러낸 것들이 제 놈들 바지에다 오줌을 싸 갈기는 꼴을 당하게 될 거야."

"그게 무슨 소리냐?"

"그놈들은 우리랑 틀려. 어디까지나 내 느낌인데 말야. 어떤 빌어먹을 개량 과정을 거치는 동안, 길들여진 본성이 완전히 제거된 것 같아. 이 새로운 놈들은 좀더 사납고, 더 거만하고, 그래, 더 위험스럽지."

"맹수들처럼?"

"꼭 그런 건 아냐. 그놈들을 데리고 살면서 인간들이 뭔가 위협을 느끼거나 그런 정도는 아닐 거야. 가끔은 이런 생각이 들어. 놈들은 그냥 아주 얌전한 애완 동물인 척 내숭을 떨고 있다고 말야. 그래야 먹이를 얻어먹을 수 있고, 잠자리를 얻을 수 있고, 아무 방해도 받지 않고 뭔가 시키면 계획을 추진할 수 있을 테니까 말야. 정말 더럽게 이기적인 놈들이지. 그 새끼들이 무슨 계획을 갖고 있는지 나도 정확히는 모르지. 어쨌거나 놈들은 우리랑은 거의 어울리지 않으니까. 나는 그놈들이 아주 싫어. 또 알고 싶은 게 뭐냐?"

"일단 됐어. 우선 지금은 일을 시작하자. 어두워지기 전에 끝내기로 하자고."

구스타프는 추위 때문에 평소와는 다르게 집 안의 모든 문과 창문을 꼭꼭 걸어 잠궈 놓고 있었다. 그래서 우리는 어쩔 수 없이 거실로 그를 찾아가서, 밖으로 내보내 달라고 요란하게 야옹거려야 했다. 거실 수리는 거의 끝난 것처럼 보였다. 이제는 천장에 치장 벽토 공사만을 남겨두고 있었다. 일할 장소가 마땅치 않았는지, 구스타프는 터무니없이 커다란 책상을 거실에 끌어다 놓고, 그 위에 그의 웅장한 삽화 책들과 고고학 자료들을 펼쳐 놓고 있었다. 몇 년 전부터 그는 이집트 여신 바스트(Bast)에 대한 방대한 기록들을 책으로 엮어 내려는 야심만만한 프로젝트를 추진해오고 있었다. 틈이 날 때마다 그는 미친 듯이 이 일에 몰두했다. 하지만 그 끔찍한 소설 나부랭이를 생계수단으로 계속 써야 했기 때문에, 이 프로젝트를 위한 자료 분석과 연구는 끊임없이 중단되어야만 했다. 그 결과 이 작업은 밀리미터 속도로만 겨우 진척되고 있는 형편이었다.

이 새 집으로 이사오면서 경제적으로 더 큰 구멍이 뚫리고 말았기 때문에, 최근에 그는 심지어 십대들을 위한 잡지에, '나의 첫 월경 경험과 여드름에 대해' 따위의 '정말 화끈한' 이야기들을 써대야 할 지경에 이르렀다. 지금까지 그가 종이에 옮긴 것 중 가장 최악의 것은 약 4쪽짜리 쓰레기로, 그 제목은 이랬다. '내 직속상사가 자기 사무실에서 나를 강간했어요!'(부제목 : 그는 여섯 번 나를 위협했고, 여섯 번이나 그런 끔찍한 짓을 했답니다!—나라면, 그 불의를 좀더 적나라하게 강조하기 위해서 '게다가 나는 여섯 쌍둥이를 임신하고 말았어요!' 라고 덧붙였을 것이다) 그는 너무나 자주 그 사랑스런 돈을 위해 몸을 팔아야 했기 때문에, 그의 심장은 잠시도 고대 이집트의 신비에 대해 두근거릴 틈이 없을 정도였다. 계속 완성되지 못하고 있는, 여신 바스트에 바쳐진 제의에 관한 연구는 그의 네 번째 책에 들어가야 할 내용이었다. 그래서 그는 틈만 나면 이 최근의 연구 과제인 이집트학과 박물관들 속으로 얼른 달려들어갔던 것이다. 그는 셀수 없이 많은 낮과 밤들을 이 전공 논문들과 비문들과, 벽화 사진들을 들여다보며 지내왔다. 이 책을 완성하게 되면 그는 특별한 기쁨을

202

누리게 될 것이었다. 왜냐면 여신 바스트에 대한 종교는 모성과 생명력, 그리고 그 외에 여성 미덕의 위상들과 관련되며, 특히 내 종족에 대한 숭배와 연관되기 때문이다. 고고학 발굴의 성과로, 이 여신이 종종 펠리데의 형상을 빌려 자신을 드러내곤 했다는 것이 알려졌다.

그래서 구스타프는 짧은 집수리 휴식 시간을 이용해 다시금 책상 앞에 앉아, 상형문자들을 들여다보며 땀을 흘리고 있었다. 바로 그때 블라우바트와 내가 거실로 들이닥쳐서, 집밖으로 내보내 달라고 큰 소리로 요구하기 시작했던 것이다. 그는 처음엔 단호하게 고개를 저으며, 그 익숙한 유아 언어로 눈 속에서 얼어죽은 내 동족 하나에 관한 허무맹랑한 동화 이야기를 주절대더니, 결국은 포기하고 화장실 창문을 열어주었다.

밖으로 나온 후, 나는 다시 한 번 블라우바트에게, 만약 조커가 우리와 대화를 나누길 거부한다면 확실하게 겁을 줘서 끌고 와야만 한다는 다짐을 줬다. 그 후에 우리는 헤어졌고, 나는 무릎 높이까지 쌓인 담 위의 눈을 밟으며 파스칼의 집 쪽으로 향했다. 차가운 공기를 마시면서 하얗게 변한 정원 풍경을 감상하며 걷는 동안, 오늘 오전에 있었던 낭만적인 투닥거림을 떠올렸다. '나는 어떤 종도 아니야' 라고 그녀는 말했었다. 그리고, '언젠가는 모든 것이 저절로 밝혀질 거야' 라고도 말했었다. 그녀는 자신의 종에 대해 말하려 하지 않았고, 그들이 오래되고도 동시에 새로운 종이며 완전히 다른 종이라고만 알려줬다. 그 모든 것이 무슨 의미일까? '어떤 종도 아닌' 종이란 없다. 우리 모두는 어떤 종엔가 속해 있는 것이다. 그것은 하나의 확고 불변한 사실이었다. 블라우바트가 말한 '그들은 우리와 거의 어울리지 않아' 라는 말이 나를 더욱 당혹스럽게 만들었다. 왜냐면 빌어먹게도 이 모든 것이 살육자 종이라는 가설에 너무나도 잘 맞아떨어졌기 때문이다. 하지만 그 모든 가설에도 불구하고, 내 안의 무엇인가가, 이 여신같이 아름다운 존재와 그 동료들을 살해자로 여기는 것을 주저하게 만들고 있었다. 무엇이 이 추측을 그렇게 완전히 말도 안 되는 것으로 여기게 만드는지 알 수 없었지만, 그녀에게 혐의를 둔다는 것은 한 마디로 내겐 불가능한 일이었다. 나는 혹시 사랑에 빠진 것일까? 아니면 나의 정확한 직감이 이번에도 작동하고 있는 것일까? 결국 나는, 일단 살해 동기를 분명히 파악하기 전까지는 살해자를 잡는 것은 나중의 일이라고 스스로를 위안했다.

마침내 그 낡은 건물에 도착했다. 호사스런 내부 인테리어를 감추고 있는 그 낡은 집은 눈 덮인 지붕과 환하게 밝혀진 창문, 그리고 모락모락 흰 연기를 피워 올리고 있는 굴뚝과 함께, 마치 아일랜드 위스키 광고에 나오는 듯한 그림 같은 정경을 자아내고 있었다. 유감스럽게도 이번엔 뒷문이 잠겨 있었기 때문에, 나는 우선 집 주위를 모두 돌아보며 집 안으로 들어갈 만한 입구가 있는지 살펴봐야만 했다. 그리고 마침내 건물의 긴 세로면 쪽에서 입구 하나를 찾아낼 수 있었다. 지하실 창문이 달려 있는 곳에, 길 쪽으로 기울어진 비좁은 자갈길이 만들어져 있었다. 지나칠 정도로 완벽했다. 파스칼의 주인은 자기 귀염둥이에게 이동의 자유를 보장해주기 위해 이상적인 강구책을 마련해두었던 것이다. 벽의 가장 아래쪽에 우리 동족을 위해 특별히 고안된 입구가 설치되어 있었기 때문이다. 물론 그 입구도, 대단히 세련된 취향의 내부 인테리어와 조화를 이루게끔 만들어져 있었다. 그것은 접시 크기 만한 구멍으로, 그 가장자리는 은색으로 반짝이는 금속테가 둘러져 있었다. 둥글고 납작한 플라스틱 문이 달려 있어서, 살짝 머리로 밀자 마치 카메라 렌즈 구경(口徑)처럼 자동적으로 열렸고, 그 사이를 통과해서 안으로 들어가자 다시 닫혀졌다.

나는 곧장 서재로 직행했다. 그러나 전에 파스칼이 앉아 있던 자리에 그의 모습은 보이지 않았고, 이번엔 이 집 주인이 직접 컴퓨터 앞에 앉아 있었다. 칼 라거펠트(Karl Lagerfeld;패션 디자인계의 제왕으로 불리는 독일 출신의 패션 디자이너 - 역주)처럼 뒷머리를 묶어 늘어뜨리고 있는 이 유행 중독자를 좀더 가까이에서 관찰해 보고 싶었지만, 내겐 지금 그보다 더 중요한 문제가 산적해 있었다.

나는 결국 생식기 그림 두 장이 걸려 있는 거의 텅 비다시피 썰렁한 거실에서 파스칼을 찾아냈다. 황금색 장식 줄무늬가 수놓아져 있고, 네 귀퉁이에 각각 웅장하고 화려한 술이 늘어뜨려져 있는 커다란 진홍색 실크 쿠션 위에서, 파스칼은 졸고 있었다. 방 전체를 비추고 있는 유일한 조명은, 천장에 패어있는 구멍 속에 설치된 세 개의 조그만 할로겐 램프들뿐이었다. 할로겐 불빛이 마루 바닥에 작은 동그라미 모양의 빛들을 그려내고 있었다.

파스칼의 모습을 바라보자니, 문득 셰익스피어의 비극에 등장하는 늙은 왕이 연상되었다. 그리고 실제로 파스칼은 온 정성을 쏟아 그를 돌보는 부유한 주인의 보호 아래서, 왕 같은 삶을 영위하고 있었다. 나도 모르게, 파스칼 같은 행운을 누리지 못하는 이 세상의 모든 학대당하고, 짓밟히고, 수모당하는 생물들이 떠올랐다. 단지 인간들의 흥미를 위해 괴롭힘당하는 생물들, 인간들의 장난감 취급을 받으며, 잠시 가지고 놀다가 싫증나면 휙 버려지는 생물들, 살찐 인간들 앞에서 굶어 죽어 가는 생물들, 인간들의 외투나 지갑을 만들기 위해 잔인하게 도살당하고 가죽이 벗겨지는 생물들, 인간들의 미식가적 취향을 위해 산 채로 요리되어야 하는 생물들, 끊임없이 무거운 짐을 지고 나르며 살아가다가 쓰러져버리는 생물들, 비좁은 우리에 갇힌 채 인간의 웃음거리가 되어 살아가거나, 전혀 고유의 속성에 걸맞지 않는 어처구니없는 재주를 부리며 살아가야 하는 생물들, 동성 교미를 강요당하고, 강간당하고, 억지로 자위 행위에 이용당하는 생물들, 무기력증과 우울증에 시달리다가 자해해서 불구가 되거나, 제 자식을 먹어버리는 생물들, '동물원'이라는 낭만적인 이름이 붙여진 감옥 안에 갇혀서, 끊임없이 인간들의 시선에 관찰당하고, 관찰당하고, 또 관찰당한 끝에 절망에 빠져 동족을 죽이고 스스로도 목숨을 끊는 생물들, 귀중한 자연의 재산을 끊임없이 강탈하는 인간들 때문에 하루 아침에 타고난 삶의 공간을 빼앗겨버린 생물들. 물론 파스칼처럼, 인간이 만들어준 환경 속에서 천국 같은 삶을 영위하는 특혜 받은 생물들도 있긴 하다. 그러나 이런 극히 드문 경우가 온 세계에 만연해 있는 비극을 잊어버릴 수 있을 만한 위로를 주진 않는다. 내가 약간의 용기를 얻곤 하는 유일한 가공의 희망은 아주 먼 훗날의 언젠가, 인간들이 태고 적에 우리와 약속을 맺고는 치명적으로 위반해버린 그 낡은 계약을 상기해 낼지도 모른다는 것이다. 그러면 그들은 자신들의 잘못을 깨닫고, 우리에게 용서를 빌게 될 것이다. 물론 이미 벌어진 그 모든 추악한 일을 없었던 일처럼 되돌릴 수는 없을 것이다. 그러나 우리는 용서할 마음의 준비가 됐으며, 그들 때문에 흘려야 했던 그 모든 눈물을 되갚지 않고, 그들의 화해 요청을 받아들일 것이다. 이것은 정말 어리석은 꿈일지도 모른다. 그러나 나는 죽을 때까지 이 꿈을 계속 간직할 것이다. 왜냐면 추악한 진실을 이길 수 있는 유일 무이한 길은 오직 꿈뿐이라고 굳게 믿고 있기 때문이다.

파스칼은 서서히 잠에서 깨어났다. 나를 알아보고는, 그의 노쇠한 눈이 놀라움으로 커졌다.

"프란시스! 이거 정말 놀랐네. 왜 자네가 찾아온다는 걸 블라우바트를 통해 미리 알리지 않았나?"

"그럴 시간이 없었어요. 파스칼, 우리가 지난번에 만났던 이후에, 아주 중요한 일들이 많이 벌어졌어요. 연쇄 살해 사건과 관련된 일들이고, 그 사건을 해결하는 데 유용할 일들이기도 하죠. 당신 도움이 필요해요. 그리고 무엇보다 당신의 그 '장난감'의 도움이 필요합니다."

"그래? 흠, 그거야 나도 물론 기뻐할 일이네만. 하지만 그 이야기를 내게 들려주기 전에 먼저 뭘 좀 먹지 않겠나? 내 주인 치볼트가 신선한 간 요리를 준비해 두었다네."

"아뇨, 고맙지만 사양할게요. 지금은 별로 식욕이 없어요. 게다가 더 이상 시간을 낭비하고 싶지 않아요. 내가 알고 있는 모든 것을 되도록 빨리 말씀드리고 싶군요. 이 모든 비밀과 반쪽 진실들과 사기로 이뤄진 진창 속에서 빠져 나오기엔 내 연역 능력이 한계에 다다른 것 같거든요. 그러니까 당신과 나의 '극상의 두뇌'가 힘을 합해야 합니다. 사실은 오늘 아침 일찍 여기 올 작정이었는데 그새 무슨 일이 좀 생기는 바람에 늦어진 거예요."

파스칼은 싱긋 웃었다. 내게 남아 있던 냄새로 그 '무슨 일'에 대해 짐작하고도 남았을 것이다.

"내 머리 속에 들어 있는 녹슨 기구에 '극상'이라는 표현을 붙여주다니, 정말 과분한 칭찬일세. 내게 남아 있는 유일한 '극상의' 능력은, 이제 점점 더 죽음을 닮아가고 있는 수면뿐이라네. 분명히 좋은 점도 있지. 하나의 수면 상태에서 '또 다른 수면 상태'로 건너가는 과정을 거의 느끼지 못하게 될 테니까. 하지만 어쨌건 자네를 계속 도울 수 있다면 좋겠네. 자, 시작해 보게, 친구."

나는 우리의 첫만남 이후에 일어났던 그 모든 일들에 대해서, 마치 자동기관총을 발사하듯 쉴새없이 쏟아내었다. 내가 내 눈으로 직접 펠리시타의 죽음을 확인하고 마치 넋이 나간 듯이 집으로 돌아왔던 일, 그리고 그날 밤 지하실에서 일기장을 발견한 일. 그 일기장에 어떤 끔찍한 일들이 기록되어 있었으며, 그 끔찍한 일들의 결과가 어떻게 현재까지 영향을 미치고 있는지에 대해 이야기했다. 그리고 콩의 일당들에게 습격당한 일과, 그들과 함께 솔리테어의 시체를 발견하게 된 경위를. 또한 선량한 '망자들의 문지기' 이사야가 갑자기 등장해서 새로운 공포로 향하는 문을 열어줬던 일을. 그리고 그 소위 성전이라는 장소에서 꽃으로 치장된 미라들을 발견했던 일에 대해서 보고했다. 끝으로, 아마도 이 현재진행중인 학살의 원흉인 듯한 신비한 선지자의 존재에 대해서도 빠뜨리지 않았다. 그 후에 나는 내가 추측해낸 수많은 가설들과 가상의 시나리오들에 대해서 설명했다. 물론 그 각각이 안고 있는 모순과 약점들에 대해서도 솔직하게 털어놓았다. 내 보고가 이어지는 동안 파스칼의 표정은 계속 바뀌어 갔다. 그는 당황과 놀라움, 그리고 당혹감을 드러냈으며, 점점 더 크게 동요됐다. 마지막으로 나는, 오늘 오전에 벌어졌던 나의 성적 모험담과 그 매혹적인 히로인에 대해 설명하고, 이 구역에 등장한 새로운 종에 대한 블라우바트의 의견도 전달했다.

내가 쏟아낸 정보의 홍수에 대해 파스칼은 우선 아주 긴 침묵으로 응수했다. 내게는 그의 침묵이 영원처럼 길게 느껴졌다. 그러나 그것은 꼭 필요한 침묵의 시간이었다. 먼저 그가 그 믿기 어려운 많은 사실들에 대한 충격을 가라앉히고 생각을 정리할 시간이 필요했기 때문이다.

"휴우……!" 하고 마침내 그가 소리를 내었을 때, 나는 이 불안한 침묵의 마법을 깨뜨려준 그에게 너무나 감사한 심정이 되었다.

"프란시스, 나는 꽤 오래 전부터 이 구역에서 살아왔네. 하지만 자네가 그렇게 짧은 시간 안에 알아낸 그 모든 끔찍한 일들에 대해서 나는 전혀 짐작조차 못하고 있었네. 솔직히 나는 이미 거의 노인네고, 이제 다리에 힘이 없어서 많이 돌아다닐 수도 없네. 하지만 자네가 발견해낸 사실들은 대단히 놀라운 일들이야. 내가 그런 일들을 전혀 몰랐다는 게 정말 어처구니가 없군!"

"글쎄요……사실은 제가 조금 운이 좋았을 뿐이죠." 나는 그의 칭찬에 약간 겸연쩍게 대답했다.

"그럴지도 모르지. 하지만! 나는 이 곳에서 박식하고 믿을 만한 자로 존경을 받고 있는 편일세. 그러나 사실은 그저 좀더 아는 게 많은 자일뿐이라는 것이 이제야 밝혀지게 되었군."

"제가 놀란 것은 어째서 저 지하 묘지에 숨겨져 있는 그 수백에 달하는 피살자들이, 당신의 컴퓨터 목록에 표시되지 않았는가 하는 점입니다."

"그 이유는 아주 간단하네, 친구. 그들의 시체가 전혀 눈에 띄지 않았기 때문이지. 보게나, 이 구역에서는 끊임없는 변동이 일상화되어 있다네. 그렇기 때문에 누군가의 소재를 금방 파악한다는 건 사실상 불가능한 일이지. 죽은 동족은, 자연적인 죽음을 말하는 거네만, 주인에 의해서 동물 묘지에 매장되거나, 집 안의 정원 어딘가에 묻히

기도 하지. 그리고 주인이 이사를 가면 당연히 그 애완 동물도 데리고 간다네. 가끔은 여기서 멀리 떨어진 다른 구역으로 옮겨가버리는 형제, 자매들도 있네. 그럴 경우에 그들을 다시 보기 어렵지. 어떤 이유에서든 이렇게 사라져버린 많은 동족들을, 살해당했다고 추정해 볼 만한 근거가 전혀 없다네. 컴퓨터 데이터에 기록된 여섯 구의 희생자들은 모두 목에 물어뜯긴 상처를 갖고 있었지. 그건 그들이 살해당했다는 것을 분명하게 드러내는 증거였어. 하지만 살해자가 이전의 희생자들을 즉각적으로 부지런히 지하 세계로 떨어뜨려 보냈다면, 이 지상에서 그들의 시체를 발견하기는 당연히 불가능한 일이었을 걸세. 그렇기 때문에 내 컴퓨터 데이터에 그들에 대한 표시가 없는 거네."

"어떤 이유에서든지 갑자기 이 구역에서 사라져버린 동족들에 대해서도 기록을 해두셨나요?"

"물론이네."

"그럼 우리가 그 목록들을 자세히 살펴보면, 얼마나 많은 수의 동족들이 뚜렷한 이유 없이 사라졌는지, 그리고 정확히 언제 사라졌는지 알아낼 수 있을까요?"

"충분히 가능하다고 생각하네. 하지만 그들 중에서 실제로 살해당한 희생자를 가려내기란 쉽지 않은 일일걸세. 실제로 주인을 따라 이사했거나, 스스로 떠나버렸거나, 자연적인 사인(死因)으로 사망한 경우도 많을 테니까 말일세."

"결국 엄청난 일거리를 앞둔 셈이네요. 하지만 살해자가 얼마나 주기적으로 이런 짓을 해왔는지 알아내기 위해서는 그 방법밖에는 없을 것 같아요. 그리고 무엇보다 가장 우선적으로 밝혀내야 할 문제는, 과연 정확히 언제부터 살해 사건이 시작되었는가 하는 점이죠. 또 한 가지 설명되지 않는 문제는, 왜 그가 최근에 살해한 일곱 마리의 희생자들을 그 성실한 '망자들의 문지기' 이사야에게 넘겨주지 않았는가 하는 겁니다."

파스칼은 하품을 하며 쿠션에서 몸을 일으키고는, 건성으로 등을 부풀렸다. 그러는 동안 마치 자신이 내게 보여준 그 괴로운 장면에 대해 사과라도 하는 듯한 난처한 미소를 떠올리고 있었다. 그가 관절염과 퇴행을 겪고 있는 자신의 사지에 대한 무력한 저항을 내게 보이지 않으려고 애쓰는 모습을 보자니 마음이 우울해졌다. 아마도 그의 다른 모든 신체 기관이나 감각 기관들도 더 이상 온전하게 기능하지 못할 것이다. 그는 쿠션에서 내려와, 묵묵히 방 안을 거닐었다.

"그건 정말 중요한 문제로군, 프란시스. 우리의 살해자 친구가 실수를 하기 시작했다는 증거니까 말일세."

"정말 그렇게 생각하시나요? 그 가정엔 아주 큰 결함이 있다고 봅니다. 그런 천재적인 범죄자가 단 한 가지라도 실수를 할 가능성은 없다고 생각하거든요."

"하지만 그것이 그의 행동 변화를 설명할 수 있는 유일한 길이네."

이제 그는 사고와 추론의 묘미에 한껏 몰입해 있는 것처럼 보였다. 그것은 아마도 그의 비상한 정신 세계 속에서 공기를 호흡하는 일처럼 필연적으로 요구되는 일이었을 것이다. 그는 이 일에 완전히 사로잡혀 있었다. 점점 더 열정적으로 말하기 시작했고, 그의 움직임도 점점 더 빨라지고 과격해졌다.

"자, 내가 살해자라고 가정해 보세." 그는 말했다.

"나는 정기적으로 밤을 틈타 내 동족을 살해하기 위해 나가네. 물론 그 동기는 오직 나와 하느님만 알고 있지. 나는 계속 살해를 하네. 그리고 그 시체들을 이빨 사이에 끼워 물고 숨겨진 통풍구 입구로 끌고 가서 지하의 수로 안으로 밀어 넣지. 그 시체들은 지하 묘지로 떨어지게 되어 있네. 그렇게 해서 나는 모든 증거를 깨끗이 인멸하지. 하지만 어느 날 갑자기 나는 이 증거 은폐 행위를 그만두게 되네. 결국 내 사악한 행위는 조만간 드러나게 되고 나를 찾기 위한 수사가 벌어지겠지. 왜 그랬겠나? 도대체 왜 스스로를 위험에 빠뜨리는 일을 하게 되었을까? 그건 내가 더 이상 증거를 감추고 싶지 않았기 때문일세. 이 구역에 살고 있는 멍청이들 중 아무도 나를 찾아낼 능력이 없는데 뭐하러 증거를 없애는 수고 따위를 계속하겠나?"

"틀려요!" 나는 소리쳤다. 이 수수께끼 놀이는 내 뇌를 완전한 흥분 상태로 몰아가고 있었다. 이제 내 머리 속에서는 사고의 연쇄 반응이 일어나고 있었다.

"당신은 그자가 논리의 화신이라는 걸 잊고 있어요. 그는 아주 분명한 목적을 가지고 이런 잔인한 짓을 저지르고 있어요. 그리고 치밀한 군사적 전략을 구사하고 있죠. 단순히 변덕이나 자만심으로 이전의 행동 방식을 바꿨을 리가 없어요. 만약 그런 단순한 이유라면, 왜 그동안 그토록 철저하게 증거를 은폐해 왔겠어요? 아니, 절대로 그럴 리가 없어요. 그가 이 유용한 전략을 포기한 것엔 확실히 뭔가 특별한 이유가 있었을 겁니다. 하지만 젠장, 도대체 어떤 이유였을까요?"

파스칼은 할로겐 램프 하나에서 쏟아져 내려온 빛의 동그라미 속에 말없이 서 있었다. 그의 검고 매끄러운 털 주위로 아우라(aura)가 감싸고 있는 듯이 보여서, 그는 마치 하늘에서 내려온 천사처럼 보였다. 그는 내 쪽으로 고개를 돌리고는, 빛나는 황금색 눈으로 나를 뚫어지게 바라보았다.

"어쩌면 그는 우리의 주의를 끌 셈인지도 모르겠네."

"바로 그겁니다! 맞아요, 틀림없이 그겁니다!" 나는 환호성을 지르며 펄쩍 뛰어올랐다.

그러나 파스칼은 곧 강하게 고개를 흔들었고, 상심한 듯 귀를 축 늘어뜨렸다.

"아냐, 그건 절대로 아닐 거야. 우리는 그가 어떤 일에 대해 주의를 끌고 싶어하는지 전혀 알아차리지 못하고 있잖은가."

"아니, 그건 불을 보듯 명확한 일입니다. 그는 우리가 자신에 대해서, 그리고 자신의 영향력에 대해서 알아주길 바라는 거예요. 자신이 유령 같은, 아니, 신과도 같은 힘을 갖고 있고, 이 구역 전체를 맘대로 좌우하고, 삶과 죽음을 결정할 힘을 갖고 있다는 걸 과시하고 싶은 거라고요. 경외심. 바로 그걸 원하는 거죠."

"그래서, 그걸 통해 그가 얻게 되는 게 뭐지? 지극히 평범한 지능을 갖고 있는 이 구역 주민들은 그의 '오, 너무나-교묘한-신호'를 절대로 알아차리지 못할 테고, 그 사실에 대해 전혀 부끄러워하지 조차 않을 걸세. 그리고 그가 자신의 정체를 드러낸다면, 그 자리에서 곧장 린치를 당할 걸세. 그는 그 수정된 전략으로, 이 곳에서 경외심은 커녕 오직 공포와 증오만을 받게 될 거네."

나는 열심히 머리를 굴려보았다. 파스칼의 의견은 모두 전혀 흠잡을 데가 없었다. 그의 논리를 반박하기 위해서는 뭔가 딱 맞아떨어질 만한 완벽한 논증이 필요했다. 그와 토론을 한다는 것은 체스 게임에 비교할 만한 일이었다. 다만 그가 이 게임의 세계 챔피언이라는 게 문제였다.

왜 시체들이 눈에 띄도록 방치됐는지에 관해, 우리는 지금 난관에 봉착해 있었다. 얼른 또 다른 미해결 문제로 넘어가고 싶은 바람에서, 그리고 더 이상 좋은 생각이 떠오르지 않았기 때문에, 나는 결국 툭 던지듯 내뱉었다.

"하, 어쩌면 그는 이런 행동을 통해서, 어떤 특정한 동족에게 자신의 필생의 과업을 알리고 싶었던 걸지도 모르죠."

"그거 멋지군!" 그는 거의 외치다시피 말했다.

"뭐가요?" 나는 조금 멋쩍게 물었다.

"자네가 처음으로 '필생의 과업'이라는 표현을 한 것 말일세, 프란시스. 자, 아직도 모르겠나? 그는 자신이 그토록 노력을 기울여온 '필생의 과업'을 누군가로부터 인정받고 싶은 거네. 아니, 어쩌면 동지를 구하는지도 모르지. 내 생각으로는, 어떤 특정한 동족을 겨냥해서 말일세. 그는 철저히 의도적으로 '그 누군가가' 그것을 알아차려 주기를 바라고 있는 걸세. 어쨌거나 그는 이제 자신의 일에 동참할 동지를 구하고 있다는 사실을 우리에게 알리려고 한 거네. 어떤 이유에서인지 혼자 힘으로 감당하기에 벅차게 되었을지도 모르지."

"동지를 구하는 방법치고는 꽤 특이하군요."

"맞네. 하지만 그자 자체가 아주 특이한 존재 아닌가. 그는 마치 수수께끼 같지. 아니, 수수께끼 그 자체일세. 그리고 그걸 풀어줄 누군가를 기다리고 있네."

"하지만 적어도 좀더 알아보기 쉽게 표현할 수는 있었을 텐데 말이죠. 지금까지의 상황이라면, 그가 도대체 무슨 목적을 갖고 있는지 전혀 알아차리지 못하고 그냥 지나쳐버릴 수도 있죠."

"걱정 말게, 프란시스. 결국 우리는 언젠가 그의 신호를 확실히 해석해내게 될 걸세. 그리고 그의 흔적을 잡아낼 수 있을 거야."

"그랬으면 좋겠네요. 좋아요, 그럼 우선 이 문제는 접어두기로 하죠. 이제는 우리가 지금까지 찾아낸 유일한 용의자에 대해서 이야기해 봅시다. 바로 조커 말입니다! 그에 대해서 어떻게 생각하시죠?"

그는 다시 왕좌로 돌아가, 조심스레 쿠션 위에 몸을 기댔다.

"아주 유력한 용의자야. 그는 실험실에서 벌어진 드라마를 지켜봤고, 거기서 어떤 종교적 착상을 얻었겠지. 그리고는 성서의 고전적인 전형을 따라서, 클라우단두스의 고난에 관한 순교자적 제의 의식을 만들어 냈던 거네. 그는 스스로 이 세계에서 선지자의 대변자로 자칭했어. 그렇게 해서 권위를 갖게 되고, 이 구역에서 특별한 위치를 차지하게 되었던 걸세. 하지만 과연 그가 당시에 무엇을 보았는지, 아니, 더 정확히 말하자면, 그 잔인한 인간들에게서 무엇을 얻었는지 그 누가 알겠는가? 어쩌면 그는 그 모든 끔찍한 경험들로 인해서 정신 착란을 일으키고 있는지도 모르네. 그럴 법한 일이 아닌가?"

"하지만 이사야는 통풍구 터널을 통해서 선지자의 목소리를 들었다고 말했어요. 조커의 목소리가 아니었다는 말입니다."

파스칼의 표정엔 아무런 변화가 없었다.

"목소리를 변조했겠지. 그 라스푸틴(러시아 로마노프 왕조를 멸망으로 치닫게 만든 사이비 종교가-역주)이라면 그러고도 남았을 걸세. 어쨌거나 이사야 외에 그 지하 묘지를 알고 있고, 그것을 실용적인 쓰레기

처리 장소로 사용할 생각을 해낼 만한 유일한 자는 조커뿐일세."

"그 미지의 위대한 존재를 제외한다면 그렇겠죠!"

"그가 과연 실재한다면 그렇겠지."

나는 바닥에 철퍼덕 주저앉아, 어찌할 바를 몰라 하며 허공을 응시했다. 파스칼이 말한 모든 것은 흠잡을 데 없었고, 지독히 논리적으로 들렸다. 하지만 과연 이 믿기 어려울 정도로 기묘한 사건이 그렇게 단순하고, 아니, 그렇게 값싼 해답으로 풀리는 것일까? 조커도 분명히 범죄자일 수는 있다. 그가 고통의 의식을 지휘하는 교주 노릇을 하고 있던 것을 지켜봤던 그날 밤 이래로, 나는 그가 종교적 광신자라고 확신하고 있었다. 그의 전체적인 인상은 악마 같고, 절대적이고, 무정했으며, 그래, 잔혹해 보였다. 그는 정말 완벽한 살인자의 모습에 딱 들어맞았다. 이런 원초적인 살인자 상(像)을 눈앞에 떠올리고도 나는 걷잡을 수 없이 화가 치밀었다. 모든 게 너무 지나치게 잘 들어맞았다. 확실히 스스로 다시 확인할 필요도 없을 만큼, 나는 그 모든 충격적인 경험들을 하는 동안 내내 그 비열한 사이비 교주 놈을 떠올렸었다. 그는 결코 때려잡을 수 없는 뱀처럼 끊임없이 내 무의식의 심연 속에서 기어올라와, 내게 음산한 베이스 음성으로 이렇게 소리지르곤 했다. 내가 바로 살해자야! 내가 살해자란 말이다! 하지만 나는 그 벼락 같은 음성에 귀기울이기를 항상 주저했고, 그 존재 자체를 인정하고 싶지 않았다. 하지만 이제, 아무런 심리적 억압 요소를 갖고 있지 않은 파스칼이 이렇게 솔직하고 거침없이 내 추측을 지지해주고 있다면, 나는 그 현실을 직시해야만 했다. 사실상 그 모든 일들을 찬반 양 갈래로 신중하게 검토해본다면, 오직 조커만이 살해자로 지목될 만했다. 그런데도 내 안의 무엇인가가, 진실이라기엔 지나치게 산뜻한 이 해답을 받아들이기를 계속 거부하고 있었다. 그리고 나는 파스칼을 승복시킬 마지막 카드가 내 손안에 남아 있다고 믿었다.

"또 하나의 가능성이 남아 있죠. 내가 오늘 만났던 그 특이한 '오래되고-새로운' 종 말입니다. 블라우바트의 말에 의하면 그들은 이 구역에서 아주 진기한 존재라고 하더군요." 나는 장난스럽게 이의를 제기했다.

"아, 그 프레테리우스 교수의 살육자 종!" 파스칼은 웃음을 터뜨렸다.

"그래요, 프레테리우스의 살육자 종이죠. 그걸 무시해버릴 이유가 있을까요? 단지 논리적으로 좀 우스워 보일 뿐이죠." 나는 고집을 부리는 아이처럼 대응했다. 하지만 파스칼은 이런 도발에 넘어오지 않았다. 그는 마치 진보적인 양육 방식을 고수하는 자애로운 아버지처럼, 너그러운 미소를 띠었다. 아이의 어떤 유치하고 고집 센 행동 속에서도, '오직-하느님만-알 법한' 창의적인 상징을 발견해낼 능력이 있는 아버지처럼 말이다.

"단지 논리적인 차원에서 우습다는 것만은 아니네, 프란시스. 물론 이 가설에도 그럴 듯한 점이 있다는 건 인정하네만. 굳이 말하자면, 그 가설은 조금 지나치게 깔끔한 면이 있네. 하나의 새로운, 혹은 '오래되고-새로운' 종이 등장하려면 반드시 의도적인 개량 과정을 거쳐야하는 것만은 아니라는 점을 자네가 놓치고 있기 때문이야. 다시 말하자면, 인간의 조작에 의해서만 가능한 일이 아니라는 걸세. 자네는 소위 '눈먼 시계 제조공'을 잊고 있네. 불가사의한 자연의 섭리인, 진화를 말하는 걸세. 진화는 날마다 새로운 종들을 만들어내고 있지. 물론 그 놀라운 과업을 자각하지도 못하면서 말일세. 단순하게 표현하자면, 새로운 종이나 전혀 다른 종이란 정말 순전히 우연에 의해서도 만들어질 수 있다는 거지. 이런 명확한 존재를 설명해내기 위해서, 꼭 거창하고 교묘한 개량 프로그램에 골몰할 필요가 없다는 걸세. 생각해보게. 우리 동족의 99퍼센트가 아무런 체계 없이 완전히 무작위로 짝짓기를 하고 있네. 그런 가운데 언젠가 전혀 새로운 종이 등장할 수도 있다는 것은 아주 자연스러운 귀결이야. 우리가 거기서 알아낼 수 있는 게 무엇이겠나? 새로운 종이란, 이 세상의 아주 자연스러운 일에 속한다는 거지. 결국 자네는 그 살해자 종에 대한 가설에서 단지 논리만을 간과한 것이 아니라, '비논리' 즉 우연에 대해서도 간과한 것일세, 친구."

"그럼 제가 만났던 매력적인 암컷과 그 종족들이 우연한 과정의 산물이라고 믿으시는 건가요?"

"그럴 가능성이 매우 높다고 보네. 내 자신의 가설에도 입증할 만한 증거가 없으니, 자네의 가설을 완전히 반박할 수는 없지만 말일세. 하지만 내 가설 쪽이 좀더 확실한 개연성을 갖고 있다고 보네."

이 노인네는 정말 천재였다. 나는 그 점에 대해서 무조건 인정할 수밖에 없었다. 내가 나름의 영리한 가설에 매달려서, 그것을 입증할 만한 난해한 근거들과 사유들을 궁리해내고 있는 동안, 파스칼은 말머리를 올바른 방향으로 맞추어 두고 직진했다. 그는 먼저 개연성과 자연적인 원인에서 출발점을 찾아냈던 것이다. 나는 실수를 저질렀다. 복잡하고 불확실한 가정만을 앞세우고, 어떤 특정한 상황에서 독특한 우연의 일치도 존재할 수 있는 세상이라는 것에 대해 완전히 망각하고 있었다. 다른 말로 하자면, 파스칼은 논리적이고도 단순하게 생각했고, 나는 논리적이면서 복잡하게 생각했던 것이다.

"늘 그렇듯이 이번에도 당신이 옳았네요, 파스칼." 나는 체념의 한숨을 내뱉었다.

"괜찮으시다면, 우리의 의견 교환을 내일 아침으로 미뤘으면 합니다. 그동안에 적어도 제 조각난 자존심 파편들이라도 좀 주워 모아야겠어요."

그사이 날이 저물어 있었다. 내 검은 털빛 스승님의 뒤쪽 창을 통해, 눈 덮인 정원 위로 음산한 어둠이 내려앉아 있는 풍경이 눈에 들어왔다. 낭만적으로 휘날려 내려오는 눈송이들조차 어둠에 빛을 빼앗기고 있었다. 문득 어떤 기묘한 느낌이 나를 사로잡았다. 검은색이 지배하고 있는 장면 속에 서 있는 내 모습이, 마치 내 마지막 꿈의 네거티브 필름을 보는 것처럼 느껴졌던 것이다.

파스칼은 나의 꿈꾸는 듯한 시선을 알아차리고, 당혹스런 미소를 지으며 고개를 흔들었다.

"오, 아닐세, 아니야, 친구. 자네야말로 진정으로 '총명한 자'라네. 오직 자네만이 이 수수께끼를 해결할 결정적인 직감을 떠올리게 될 걸세. 나는 아마도 사물에 대한 이해력을 좀 갖추고 있고, 소박한 추론 능력을 선사 받았는지도 모르네. 하지만 내겐 직관이 부족하네. 그리고 직관 없는 천재란 있을 수 없지. 우리 시대의 가장 심각한 재앙은, 수많은 반쪽 재능만을 가진 자들이 스스로를 과대평가하고 있다는 것일세. 하지만 나는 자신의 분수를 제대로 자각하고 있다네."

나는 그의 말에 반박하려 했지만, 그의 눈길은 곧장 내게서 떨어져 내 곁을 지나 뒤쪽으로 향했다. 내 등뒤에서 불쾌한 무언가를 발견했다는 듯이, 그는 거만한 표정으로 쿠션에서 몸을 일으켰다. 나는 얼른 돌아보았다. 커다란 눈덩이로 변신한 블라우바트가 요란하게 재채기를 해대며 문으로 기어 들어오고 있었다. 그의 털끝엔 얼음이 맺혀 있었고, 코는 잘 익은 토마토처럼 새빨갰다. 나는 파스칼의 얼굴에서 분노와 절망이 뒤섞인 표정을 알아차릴 수 있었다. 이 난입자의 조심성 없고, 거친 행동이 그런 표정을 유발한 것이리라.

이 불구의 에스키모는, 새로 왁스칠한 마룻바닥 위에 긴 진창 자국과 작은 물웅덩이들을 잔뜩 만들어내고 있었다. 부주의한 행동의 절정으로, 그는 바로 우리 코앞에 멈춰 서서는 요란하게 몸에 묻은 눈을 떨어냈다. 그 바람에 마루 바닥만이 아니라 우리도 흠뻑 물벼락을 맞아야 했다. 파스칼은 조용히 한숨을 내쉬고는 어쩔 수 없다는 듯이 머리를 흔들었다. 하지만 코끼리같이 둔감한 블라우바트는 물론 아무것도 알아차리지 못했다. 그러나 우리의 집주인은 이 괘씸한 난입에 대해 아무 말도 하지 않고, 다시 의례적인 침묵으로 돌아갔다.

"조커는 어디 있어?" 나는 이런 긴장 상태를 더 이상 참을 수가 없어서 결국 솔직히 물어보았다.

"없어. 사라져버렸어."

"사라졌다니?"

그는 흠뻑 젖은 엉덩이로 바닥에 주저앉더니, 다시 힘차게 몸을 털어댔다.

"열려진 지하실 창을 통해서 집 안으로 들어갔었어. 위부터 아래까지 샅샅이 찾아봤다고. 심지어는 그 빌어먹을 창고의 다락방까지 기어 들어가 봤어. 정말 무시무시한 노릇이었다고. 그 위에 있는 선반들엔 우리 몸 크기 만한 도자기 인형들이 잔뜩 있더라니까. 호랑이, 재규어, 표범들까지 거기서 서로 으르렁거리고 있더라고. 전부 도자기였지만, 정말 감쪽같더라. 하지만 조커는 흔적도 없었어. 그래서 그자를 목청껏 부르고, 또 부르다가 내 목소리가 망가질 지경이 되었단 말이야. 결국 아무 소용이 없어서, 주변을 돌아다니며 물어보았지. 하지만 모두 지난 번 모임 이후에 아무도 그놈을 못 봤다는 거야."

"살해당했군!" 나는 새된 목소리로 외쳤다.

"아니, 사라져버린 거네." 파스칼이 냉정하게 말했다. "그는 자네가 벌써 자기를 잡아내기 직전이라는 걸 알아차린 걸세. 그래서 꼬리가 빠지도록 도망쳐버린 거야. 조커다운 행동이군."

"젠장, 그 빌어먹을 새끼한테 딱 맞는 일이야!" 블라우바트가 맞장구쳤다.

"이런 빌어먹을, 그럴 수는 없어!" 나는 차가운 분노로 폭발할 지경이었다. "이런 값싼 해답은 인정할 수 없어."

"그걸 꼭 인정할 필요는 없네." 파스칼이 위로했다. "단지 하나의 가능성일 뿐일세. 하지만 지금까지의 정황으로 미뤄보건대, 그게 가장 개연성있는 해답이라는 거지. 어쨌거나 적어도 이제는, 조커가 이 비밀스런 사건에 목까지 푹 파묻고 있었다는 것만은 확실히 알게 되었군."

"그놈 짓이야!" 블라우바트가 거드름을 피우며 뇌까려댔다.

"그 독선적인 악당 놈이 그동안 계속 우리를 속여온 거라고. 나도 계속 그 클라우단두스 놀음에 바보처럼 휩쓸려 있었지만, 그 가짜 교황 놈을 완전히 믿었던 건 아니라고. 그놈이 살해자야!"

파스칼은 내가 실망하는 것을 더 이상 지켜볼 수 없었나 보다. 그는 쿠션에서 내려와 내 곁으로 바싹 다가왔다.

"어째서 이런 귀결에 대해서 그렇게 저항감을 느끼는 건가, 프란시스? 왜 이런 돌이킬 수 없는 불변의 사실들에 대해 거부하는 거지? 어쨌거나 지금으로선 다른 결론이 허용되지 않는 상황인데 말일세."

"맞지 않기 때문이에요. 서로 조화를 이루지 않아요. 내가 지금까지 조합해온 정보들로는—그게 아주 불완전하다 해도—, 반드시 조커가 살해자라고는 단정할 수 없어요. 이 모든 게 마치 가짜 그림을 사는 것 같아 보여요. 실제로는 모사품인데도 모든 감정가들이 감쪽같이 속아넘어간 거죠."

한동안 토론을 계속한 끝에, 파스칼과 나는 앞으로 며칠 동안 컴퓨터를 이용해서 지금까지 살해된 자들의 수를 정확히 추산해보기로 결정했다. 그리고 어떤 동족이 이 지역에서 가장 오래 전부터 살아왔는지도 알아내기로 했다. 이 목록을 뽑아낸 후에, 그걸 토대로 다른 용의자들을 걸러내고, 그들을 탐문해보게 될 것이다. 어쩌면 살해자의 행위를 뒷받침하는 어떤 규칙성을 발견해낼 수 있을지도 모르겠다. 그 일을 마친 후엔 이 구역에 살고 있는 모든 동족들을 불러모아 우리가 알아낸 사실들을 전해주고, 사태의 심각성에 대해 경고해줄 것이다. 사실은 이미, 우리가 찾고 있는 도살자가 그토록 잽싸게 도망쳐버린 조커일 것이라는 추정 쪽으로 내 마음이 점점 기울어가고 있는 중이었지만, 내 (지금까지는) 틀림없는 직감에 다시금 기회를 주고 싶었다.

거의 밤이 이슥해서야, 블라우바트와 나는 파스칼에게 작별을 고하고, 뼛속까지 스미는 추위 속에서 집으로 향했다. 이미 눈은 그쳐 있었지만, 그 대신 무자비한 혹한이 기세를 떨치고 있었다.

"너 말야, 앞으로는 좀더 엉덩이 뒤를 잘 살피라고." 정원 담 위에 쌓인 눈 위를 터벅터벅 밟으며 집으로 돌아가는 동안, 블라우바트가 내게 툴툴거렸다.

"무슨 소리야?"

"일이 이렇게 돼버린 이상, 그 짐승이 아직도 자유롭게 돌아다닌다는 소리잖아. 분명히 어딘가에 몰래 숨어 있을 거라고. 따끈한 난로 뒤에서 느긋하게 퍼져 있을 팔자는 놓친데다가, 배를 채우기도 힘들어졌을 거 아니냐. 자기를 몰아낸 놈한테 복수를 하려고 들 거라고. 아 씨, 빌어먹을!"

"난 무섭지 않아." 나는 거짓말을 했다. "게다가 놈을 궁지로 몰아넣은 탐정은 나 혼자가 아니잖아. 파스칼도 나 못지 않게 놈의 분풀이를 당할 만하다고."

"아, 그건……" 블라우바트의 표정이 얼어붙었다.

"네가 말한 대로라면, 그 살해자는 성적인 교합을 계속 할 수 있는 놈만 습격한다며. 하지만 파스칼은 이미 거세당했어. 게다가, 쯧, 어쨌거나 더 이상 오래 살지도 못해."

"왜?"

"암이야. 내장암인 것 같아. 수의사가 겨우 반 년 정도 더 살 거라고 했다더군."

나는 아무 대답도 할 수 없었다. 그 소식은 마치 심장에 직격탄을 맞은 것처럼 큰 충격을 안겨주었다. 정말 기묘한 일이었다. 나는 어릴 때부터 함께 자라며 어울려 온 친구에게 그런 돌이킬 수 없는 재앙이 선고된 것 같은 느낌을 받고 있었다. 불현듯, 내가 파스칼에게 얼마나 강한 애정을 느끼고 있는지를, 결코 떨어져 지낼 수 없는 쌍둥이 형제보다 더 강한 결속감을 그에게 느끼고 있다는 사실을 선명하게 깨달았다. 그렇다, 우리는 마치 쌍둥이 같았다. 정신적인 면에서만이 아니라, 취향 같은 사소한 것들에 대해서도, 서로 완벽하게 조화를 이루는 콤비였던 것이다. 그리고 이제 함께 멋진 모험을 채 시작하기도 전에, 그는 내 곁을 떠난다는 것이다. 나는 정말 바보다.

이 살해 사건의 소동에 푹 빠져버려서, 죽음이 항상 그렇게 갑작스런 폭력으로만 다가오는 것이 아니라는 사실을 까맣게 잊고 있었다. 사실 대개의 경우 죽음은, 산 자들을 향해 아주 느릿느릿 소리 없이 그 차가운 손가락을 뻗치는 것이다. 죽음은 삶의 뒤편에 몸을 숨기고, 거대한 침묵 속에서 미소지으며 끊임없이 시계 바늘을 바라보고 있는 것이다.

집으로 돌아오는 동안 내내, 블라우바트와 나는 더 이상 한 마디도 주고받지 않았다. 죽음이 살해자의 잔혹한 범죄 행위들 안에만 존재하는 것이 아니라 언제든, 어디서든, 우리를 침묵시킬 수 있다는 사실을 새롭게 발견해버리고야 말았다. 파스칼이 죽는다면, 내 안의 무엇인가도 죽어버릴 것이다. 그리고 그것은 이미 시작되고 있었다.

9

그 후 약 한주 반 동안, 한편으론 까다로운 정신적 곡예로, 또 다른 한편으론 중독성의 쾌락으로 이루어진 시간을 보냈다. 그리고 그 끝에는 이전의 모든 사건들을 능가하는 믿기 어려우리 만큼 쓰라린 충격이 기다리고 있었다. 어느새 성탄절이 코앞에 다가와 있었다. 직접 구운 쿠키의 달콤한 향기가 집 안을 감싸고, 눈가루가 흰 설탕처럼 온 세상을 덮고 있는 사이, 구스타프와 아치는 성탄절 전까지 수리 작업을 완전히 마치기 위해 열을 올리고 있었다. 목표일이 얼마 남지 않았기 때문에 두 일꾼들은 심한 스트레스에 쫓기며 일하느라 내게 전혀 신경 써줄 틈이 없었다. 하지만 상관없었다. 나 자신도 그동안 내내 너무나 바쁘게 지내야 했기 때문이다.

파스칼과 내가 계획했던 일들이 상상보다 훨씬 힘든 작업이라는 것은 곧 밝혀졌다. 이 지역에 거주하는 동족들에 관한 방대한 컴퓨터 데이터들과 기억의 파편들을 모두 일일이 분류해내야 했기 때문이다. 파스칼이 예언했던 대로 '또 다른 희생자들'을 찾아내는 것은 대단히 복잡한 일이었다. 갑자기 사라져버린 동족들 중에서, 자연적인 사인으로 사망했거나 알 수 없는 이유로 이 구역을 떠나버린 자들과 '차가운 자루'들을 구별해낸다는 것이 결코 쉽지 않았다. 당연하게도, 우리는 결국 얼마나 많은 수의 동족들이 지난 수년 동안 '망자들의 문지기' 이사야의 손에 넘겨졌는지 정확히 추정해낼 수 없었다. 그럼에도 불구하고, 기적적인 통계학 기술에 의존하여 적어도 대략 80퍼센트 정도의 가능성에 접근했다(적어도 우리 스스로는 그렇게 믿었다). 대략이나마 이런 높은 확률에 접근하기까지는 블라우바트의 도움이 매우 컸다. 그가 아주 성가신 일들을 도맡아줬기 때문이다. 이 구역에 대한 그의 상세한 지식과 광범위한 친분 관계가 단단히 한 몫을 했다.

파스칼의 데이터들은 1982년부터 기록되어 있었다. 그래서 우리는 82년 초에 이 구역에서 사라진 동족부터 시작해서, 집중적으로 조사에 착수했다. 조사를 시작한 지 5일째 되던 날, 우리는 벌써 800마리에 이르는 '잠정적인' 실종자들을 찾아내게 되었다. 그러나 시간이 지나면서 이 실종된 800마리 대신 곧 새로 950마리가 이 구역에 유입되었다. 이렇게 금방 많은 신입 동족들이 들어오게 된 현상은 두 가지로 설명할 수 있다. 하나는 갈수록 책임감을 부담스러워하게 된 인간들이 우리 종족을 '기르기 쉬운 애완 동물'로 여기면서 일종의 유행처럼 우리 종족 사육자 수가 늘고 있기 때문이다. 또 하나는 사라진 800마리의 '빈 자리'가 그만큼의 새 동족의 유입을 수월하게 해줬기 때문이다.

다시 볼 수 없게 되어버린 그 800마리 중에서, 약 200마리의 경우는 그 사라진 이유가 확실했다. 파스칼과 블라우바트가 그들에 관해서 어느 정도 알고 있었기 때문이다. 그들은 주인과 함께 이사해갔거나, 평소 이 구역이나 현재의 주인이 마음에 들지 않는다는 말을 종종 해왔다는 것이다. 그들은 늘 소원했던 대로 스스로 이 구역을 떠났을 가능성이 매우 컸다. 그 다음으로, 우리는 나머지 600마리 동족들의 (사라질 당시의)나이를 조사해보았다. 우리 동족의 평균 수명은 인간의 시간으로 계산하자면 약 9년에서 15년 사이이다. 정확한 평균 수명을 그 600마리에 적용해 보았을 때, 그 중 약 100마리 가량은 노쇠로 인해서, 혹은 노쇠로 인한 질병에 의해서 사망한 것으로 추정되었다. 이들의 시체가 눈에 띄지 않았던 것은 그 주인들이 곧장 매장했기 때문일 것이다. 물론 파스칼이 따로 기록해 둔 이 구역 장부에도 사망자들의 목록이 들어 있었다. 그러나 이들의 경우엔 그 사망 원인이 확실히 알려져 있어서, 우리가 추적하고 있는 수백 마리의

'피살자'들과는 아무런 논리적 연관성을 갖고 있지 않았다.

그 외 나머지 수백 마리의 실종자들 중에서도 일부는 우리의 추적 대상과 관련이 없을 것이라고 추정해야 했다. 왜냐면 이들 중 몇 퍼센트는 '피살'이 아닌, 정확히 규명할 수 없는 다른 이유로 흔적도 없이 사라졌다고 볼 수 있기 때문이다. 예를 들어 유괴당했거나(값비싼 종이어서), 교통 사고에 희생된 후 다른 이들의 눈에 띄기 전에 곧장 쓰레기통에 던져졌을 수 있다. 우리는 그런 경우의 수를 넉넉잡아 10퍼센트로 상정해 두었다. 즉 남은 500마리의 실종자 중 약 50마리는 '피살자 후보'에서 제외시키기로 한 것이다.

200 더하기 100 더하기 50은 총 350마리다. 즉 흔적도 없이 사라진 800마리의 동족 중에서 약 350마리는 살해당한 것이 아니라고 결론 내릴 수 있었다. 그러므로 지난 7년 동안 목을 물어뜯긴 채 비참한 최후를 맞았던 동족의 수는, 크게 어림잡아 약 450마리였다는 결론이다. 우리는 계속 또 다른 계산을 시도했다. 우리가 찾고 있는 도살자가 평균적으로 규칙적인 작업을 해나갔다면, 그는 계산상 1년에 64.28마리, 한 달에 5.35마리, 일주일에 1.33마리의 펠리데를 죽여온 셈이 된다. 통계학적으로 보아, 그는 5일에 한 번씩 우리 동족 중 누군가를 지옥으로 보내온 것이다. 그러나 이 계산은 최근 2~3주 동안에는 적용되지 않았다. 그 이전까지의 통계 수치가 아주 정확하지는 않다는 것을 감안하더라도, 최근의 2~3주 동안 살해자는 이전보다 두 배로 일을 해치운 셈이 된다. 즉 그는 2,3일에 한 번씩으로 범죄 리듬을 가속화한 것이었다.

물론 이런 수치 계산은 순전히 추정에 불과하다. 컴퓨터 모니터 안에서 깜박이고 있는 이 숫자놀음은 우리가 만들어낸 통계학적 환상에 불과한 것이다(우리는 파스칼의 주인이 외출하는 틈을 노려 틈틈이 이 계산 작업을 해왔다). 그러나 우리의 계산이 아주 크게 어긋나지는 않았을 것이다. 지하의 '성전'에서 내 눈으로 직접 목격한 죽은 동족의 수는 수백 마리는 족히 넘어 보였기 때문이다. 이 방법을 통해서 어쩌면 우리가 예상했던 것보다 진실에 더 가깝게 다가갔을지도 모른다. 그러나 살해 동기를 밝혀줄 만한 실마리는 전혀 보이지 않았다.

이렇게 어느 정도 현실적인 결과를 도출해 내기까지는, 매우 피곤한 세부 조사 작업이 병행되어야만 했다. 블라우바트는 이 구역 동족들 대부분을 일일이 찾아다니며 탐문 작업을 했고, 실종자들의 가족이나 친구들에게 찾아가 사라진 자가 마지막으로 한 말들에 대한 기억을 캐내어, 그 정보들을 컴퓨터 연대기에 추가로 기록할 수 있게 해주었다. 그의 노고가 없었다면, 우리가 그 많은 목록들을 이렇게 짧은 시간 안에 분류해내기는 불가능했을 것이다.

순수한 작업 외에도, 파스칼은 틈틈이 내게 컴퓨터 사용법을 차례차례 가르쳐 주었고, 내게 흥미로운 논리들과 논리적인 흥미 거리들로 가득한 매혹적인 새 우주의 지평을 열어주었다. 통계적 수치 계산을 가능하게 해줘서 우리 일을 절반으로 줄여준, 데이터 관리 프로그램의 경우만 봐도 그렇다. 나는 이 프로그램에 푹 빠져버려서, 며칠 내에 그 기능을 스스로 완전히 터득하게 되었다. 물론 파스칼이 종종 조언을 해주었지만 말이다. 그리고 나는 곧, 개인 암호를 입력해서 숨겨진 데이터를 모니터로 불러오는 일도 할 수 있게 되었다. 그렇게 함으로써 그 데이터의 존재를 이 컴퓨터 주인조차 모르도록 완전히 숨길 수 있었다.

그러나 나는 컴퓨터에 대해 더 많은 것을 배우고 싶었다. 그동안 대부분의 시간을 하잘 것 없는 일들에 소모시켜온 내 굶주린 뇌세포들에게, 진정한 지적 즐거움을 선사해줄 수 있는 기회를 이제야 발견해낸 것이었다. 키보드를 몇 번 두드리는 것만으로 사실 같은 시뮬레이션을 만들어낼 수 있고, 추상과 지식의 영역 안으로 맘껏 활보해 들어갈 수 있다는 사실이 나를 완전히 사로잡았다. 나는 마치 단 한 번의 마약 주사로 중독자가 되어버린 것 같았다. 그래서 나는 작업을 하는 동안 내내 파스칼에게, 더 많은 컴퓨터 지식들을 가르쳐 달라고 애걸했다. 그는 내게 베이직, 포트란, 코볼, 에이다, 그리고 기묘하게도 파스칼까지…… 수많은 컴퓨터 언어들을 알려줬다. 파스칼은 살해자 사냥이 끝나고 난 후에 이 언어들 중 하나를 내게 가르쳐줘서 직접 프로그램을 만들 수 있게 해주겠다고 약속했다.

그러나 그가 즐거운 미소와 반짝이는 눈으로 이런 약속을 해줄 때마다, 나는 날카로운 칼로 심장을 찔리는 듯한 느낌을 받았다. 내 스승에게 남아 있는 시간이 그리 길지 않다는 사실을 매번 떠올려야 했기 때문이다. 그의 내장에 그 끔찍한 암 세포들이 침투하지만 않았던들, 우리는 끝없이 많은 지적 유희들을 함께 하며, 수많은 어두운 비밀들을 함께 풀어나갈 수 있었을 텐데……그러나 그 암 덩어리는 우리가 이런 유치한 꿈에 빠져 있는 동안에도 내내 자라고, 자라고, 또 자라고 있었던 것이다. 그가 장차 내게 더 많은 멋진 지식들을 전달해 주리라는 약속을 할 때마다 내 심장을 파고드는 고통은 점점 더 커져서, 마침내 더 이상 참을 수 없는 지경에 이르고야 말았다. 그래서 나는 가능하면 공동의 미래에 관한 대화는 삼가고, 지금 눈앞에 주어진 일들에만 집중했다. 이렇게 불확실함과 제멋대로의 공상으로 가득 찬 분위기에 빠진 채, 우리는 수많은 날들을 컴퓨터 모니터 앞에서 보냈다. 물론 그 '칼 라거펠트'가 집에 돌아오지 않는 날엔 모니터 앞에서 밤을 지새우기까지 했다. 한편으로는 우리가 함께 이뤄내고 있는 성과들에 대해 기뻐하면서, 다른 한편으로는 내 귀중한 친구에게 조만간 닥치게 될 불행으로 인해 가슴이 찢어지는 듯한 슬픔에 젖어들곤 했다. 그렇게, 모든 즐거운 탄성과 웃음소리와 행복의 극치 아래 깔린 죽음의 그림자를 매번 느껴야 했다. 물론 죽음은 아직 멀리 있었고, 단지 희미한 징조만을 알아차릴 수 있을 뿐이었다. 그런데도 벌써 나는 그의 눈에서 죽음의 빛을 보고 있었다.

우리는 아주 드물게 휴식 시간을 갖곤 했다. 그러나 그것은 블라우바르트가 우리에게 새로운 정보들을 날라다 주거나, 이 구역의 최근 소식들에 대해 이야기해줄 때뿐이었다. 이런 휴식 시간 중 한번은,

문득 서재 벽에 걸린 커다란 사진 액자에 눈길이 갔다. 그것은 그레고르 요한 멘델의 사진이었다. 내가 그사이 워낙 자주 서재에 드나들었기 때문에 그 사진은 어느새 익숙한 서재의 일부가 되어버려서, 거의 그것을 의식하는 일조차 없었다. 그런데 그때 갑자기 그 사진이 다시 내 눈에 띄었고, 이 불길한 인물이 내 무시무시한 악몽 중 하나로 등장했었던 게 기억났다. 그래서 나는 도대체 이 그레고르 요한 멘델이라는 자가 누구냐고 파스칼에게 물어보았다. 그는 아주 간단하게만 설명해주었다. 이 인간은 지난 세기에 살았던 아주 유명한 수사로, 파스칼의 주인이 무척 존경하는 인물이라는 것이었다. 나는 그의 주인이 신앙심 깊은 인간인가 보다 라는 인상만을 받았고, 더 이상 이 문제에 대해 관심을 갖지 않았다.

어느새 작업은 완성 단계에 접어들고 있었고, 우리는 슬슬 회합 준비를 하기 시작했다. 그 회합에서 동족들에게 그동안의 작업 결과를 알려줄 생각이었다. 그리고 그들에게 살해자에 대해 경고해주고, 그의 기묘한 행동 방식에 대해서도 설명해줄 계획이었다. 그가 아직도 이 구역 어딘가에서 돌아다니고 있을 가능성이 매우 높기 때문이다. 이 점에 대해 생각할 때마다 나는 한없는 공포를 느꼈다. 오래전부터 이 구역에서 살아온 많은 동족들을 찾아냈지만, 그들 중 누구도 혐의가 갈 만한 자가 아니었다. 그들 중 일부는 지난 세월 동안 내내 수세대의 동족들을 낳아오는 일에만 열중했던 늙은 노파들이었으며, 또 다른 일부는 우리의 질문을 이해하기조차 불가능할 정도로 폭삭 늙어버린 멍청한 노인네들이었다. 그 외의 연장자들도 블라우바트와 같은 불행한 운명을 겪은 자들로, 그렇게 많은 에너지와 민첩함을 필요로 하는 범죄를 저지르기엔 전혀 부적합한 신체 조건을 갖고 있었다. 정말 분통 터지게도, 결국 유일한 용의자는 조커라는 결론으로 돌아올 수밖에 없었다. 지난 열흘 이상의 고생스런 작업에도 불구하고, 모든 일들이 다시 불확실하고 흐릿한 가정으로 되돌아가고 있는 듯했다. 블라우바트는 그 후로도 여러 번 그 도자기 상점을 샅샅이 뒤졌고, 주변의 이웃들에게도 물어보고, 심지어는 틈틈이 그 건물 근처에 매복해서 지켜보기까지 했다. 그러나 조커는 마치 땅 속으로 삼켜지기라도 한 듯 흔적도 찾을 수 없었으며, 그가 언젠가 다시 나타나리라는 희망은 날이 갈수록 약해져만 갔다. 나는 가끔씩 쓰디쓴 자조의 웃음을 지으며 이런 생각을 하곤 했다. 우리가 여기서 이렇게 고생스럽게 그의 과거의 범죄들을 추적하고 있는 동안 그는 어쩌면 벌써 오래 전에 자메이카로 날아가는 비행기에 몰래 숨어 들어서, 지금쯤 자메이카 해변에서 원주민 동족 아가씨들과 재미라도 보고 있을지 모르겠다고 말이다.

지금까지의 작업에 대해 매우 긍지를 느끼고 있었으며, 이런 과학적인 수사 과정을 통해 많은 성과를 이루어냈다고 꽤나 자부하고 있었음에도 불구하고, 우리 마음 한편에서는 결국 실패했다는 느낌을 지울 수 없었다. 완전히 객관적으로 평가해볼 때, 결정적인 단서는 전혀 찾아내지 못했기 때문이었다. 살해 동기도, 살해자도, 아니, 심지어 어떤 명확한 가설조차도 찾아내지 못했다. 우리는 계속 어둠 속을 헤매고 있었고, 작은 성냥불 하나가 켜지면 그것이 태양이라도 되는 듯이 반기고 있는 실정이었다. 깨진 고대 화병의 수많은 파편들을 이어 붙여서 진정한 원형을 복구할 수 있을 그 중요한 접착제가 우리에겐 없었다.

이 구역에 사는 동족들을 모두 불러모을 회합 날짜는 성탄절 저녁으로 정해졌다. 이 날은 인간들이 모두 축제 분위기에 들떠 있어서, 우리들에 대한 주의를 게을리하기 때문이었다. 회합 장소는 우리의 '프랑켄슈타인 빌라' 2층으로 결정되었다. 이 낡고 버려진 장소는 그 혐오스러운 제의 의식이 거행되던 곳이기 때문에 모두가 잘 알고 있는 장소였다. 회합 예정일 며칠 전부터 블라우바트는 이 집 저 집을 찾아다니고, 모든 정원을 구석구석 돌아다니며, 동족들에게 회합에 대해 알리고 참여를 종용했다. 나는 내심 이 회합의 정점에 조커가 갑자기 등장해주기를 소원하고 있었다. 마치 애거서 크리스티

(Agatha Christie)의 추리 소설에서, 관련자들이 모두 모여 있는 자리에서 범죄의 전말이 밝혀지는 것처럼 말이다. 이런 생각을 하면서도 나는 혼자 웃을 수밖에 없었다. 여전히 내 눈앞에는 하나의 그림엽서 같은 사진 하나가 떠오르고 있었기 때문이다. 조커가 카리브의 어느 해안에서 느긋하게 돌아다니며, 맛있는 해산물들을 바다 속에서 건져 올리고 있는 장면이 찍힌 사진 말이다.

마침내 그 날이 왔다. 12월 24일 아침에, 나는 지난 몇 주간의 모든 음산한 기운을 뒤섞어 건조시킨 듯한 불길한 향기로 가득한, 어수선한 잠에서 깨어났다. 불쾌한 기분으로 대충 등을 부풀리면서도, 나는 이 날이 지금까지의 내 생애 중 가장 중요한 날이 되리라고는 짐작도 못하고 있었다. 고도의 철학적인 문제들과 씨름하던 그 어떤 날들보다도 바로 이 단 하루 동안, 나는 나 자신에 대해, 내 삶의 방식에 대해, 흰색과 검은색에 대해, 그리고 결국은 회색으로 변해버리는 세상에 대해 더 많은 것을 배우게 된다. 이 모든 것들을 놀라울 정도로 간단히 배우게 되는 것이다. 바로 훌륭한 스승인 그 살해자에게서 말이다.

그날 아침, 나는 옆방에서 들려오는 왁자지껄한 웃음소리와 술잔 부딪치는 소리에 잠을 깼다. 나는 멍하니 주위를 둘러보았다. 지난 밤에 마지막 작업과 토론을 마치고 완전히 지쳐 나가떨어진 상태로 간신히 집에 돌아와서, 어디에 누웠는지조차 모른 채 그냥 쓰러져 잠들었기 때문이다.

내 눈은 분명히 침실을 보고 있었으나, 내가 제대로 집을 찾아온 건지 도무지 확신할 수가 없었다. 그러나 곧 벽에 걸려 있는 사무라이 그림을 발견하고, 내 집임을 확인할 수 있었다. 그 그림은 내가 컴퓨터 놀이에 정신이 팔려 있던 동안 어느새 완성되어 이제는 요란한 색으로 완전히 덧입혀져 있었다. 우리의 '유령성'은 수리 완료된 상태였다. 내가 누워 자고 있던 바닥엔 소위 퓨톤(futon)이라는, 주로 일본인들이 누워 뒹굴거릴 만한 매트리스 비슷한 소재가 깔려 있었다(물론 끝없이 워크맨과 CD 플레이어를 만들어내느라고 바쁜 일본인들이 누워 뒹굴거릴 틈이나 있을지 모르겠지만). 방의 다른 부분들도 모두 아시아 풍으로 꾸며져 있었다. 실크 벽지를 바른 병풍이 벽을 따라 주욱 늘어서 있었고, 용 그림이 새겨져 있는 의자 위에 놓여진 중국 등은 명상적인 불빛을 자아내고 있었다. 도대체 이게 모두 뭐란 말인가? 구스타프는 이제 완전히 돌아버린 것일까? 앞으로는 징 소리라도 들으면서 잠을 깨게 될 노릇이란 말인가? 아니면 게이샤(일본 기생 - 역주)의 웅얼거리는 노랫소리라도 들으면서?

아치발드! 바로 이 걸어다니는 '시대 정신'이자, 유행을 만드는 진공관 같은 인간의 짓임에 틀림없다! 첨단 유행만을 고집하는 이 남자는, 욕실 열쇠 모양에서조차 도덕적 철학을 고양시키려 드는 어느 발음하기 어려운 이름을 가진, 역시나 발음하기 어려운 곳에 살고 있을, 온갖 소위 '아티스트'라는 작자들의 로고가 새겨진 옷감들로 자기 인생을 재단해 나가는 작자가 아닌가! 그가 구스타프를 완전히 망쳐 놓은 것이다. 그 호사스러운 여피 잡지들에 등장하는 '라이프 스타일'이라는 잘난 척하는 문구 아래서 찾아낸 온갖 쓰레기 같은 아이템들을 구스타프의 머리 속에 처박아 넣은 것임에 분명하다. 불쌍한 구스타프, 이 비참한 쓰레기들에 갖다 바친 신용카드 할부금을 다 갚으려면, 앞으로 112년 동안 12만 개의 '로맨스 소설'을 써야 할 것이다. 아니, 그래도 어쩌면 이 정도면 아치가 많이 봐준 셈이라고 해야 할지도 모르겠다. 적어도 어느 홈쇼핑 카탈로그에서 주문해온 알록달록한 끔찍한 장식물들이 비명을 질러대는 듯한 '인테리어 홈 세트'는 아니잖은가. 그것만도 천만다행이다! 나는 체념하며 고개를 흔들었다. 내 동반자는 어쨌거나 결코 총명한 인간이 못 되니, 그 사실을 그저 받아들이는 수밖에 없는 것이다.

갓 칠해진 래커 냄새를 맡으며 복도로 나가 보니, 거실 어딘가에 세워져 있을 구식 아메리카 축음기에서 흘러나오는 음악이 나를 맞앉다. 정말로, 아치의 첨단 개조벽(僻)은 이런 진부한 악취미로 여실히 드러나고 있었다. 거대한 거울이 약간 앞으로 기울어진 채 세워져 있는 작은 반원형의 바 옆에, 그 낡은 뮤직 박스가 서 있었고, 어떤 '대가의' 색소폰 연주가 흘러나오고 있었다(구스타프가 색소폰이 도대체 어떻게 생겨먹은 악기인지나 알고 있는지 모르겠다).

열려진 문틈으로 두 행복한 수리공들이 방 한가운데 서서 시시덕거리며 샴페인 잔을 부딪치고 있는 모습이 보였다. 그리고는 자랑스럽다는 듯이 방을 둘러보며, 파스칼의 주인 '칼 라거펠트'의 거실에 결코 못지 않은 이 거실의 '썰렁함'을 음미하고 있었다. 거실에 있는 가구라곤, 소방차처럼 새빨간 소파 하나와 어떤 기하학적 도형으로도 묘사할 수 없는 기묘한 형태의 화강암 탁자뿐으로, 어두컴컴한 거실 한 구석에 아무렇게나 놓여 있었다. 단 한 가지, 구스타프가 자신의 취향을 반영시켜 놓은 것이 있었다. 그것은 벽에 걸린 채 당당한 빛을 발하고 있는, 소석고(燒石膏)로 본떠 만들어진 유채색 석관 뚜껑의 확대 복제품이었다. 자, 보시라! 그 우아한 부조 위에 새겨져 있는 것은 바로 우리 동족의 모습을 하고 있는 여신 바스트였다.

내 존재를 알아차린 구스타프와 아치는 멍청한 웃음을 지으면서 나를 향해 잔을 들어올려 인사를 건넸다. 나는 이 두 코미디언들에게 눈길도 주지 않고, 얼른 다른 방들을 둘러보러 갔다. 나머지 방들이 모두 이런저런 유행의 잡동사니로 뒤죽박죽인 데 반해, 서재는 그런 대로 가장 마음에 들었다. 구식 영국풍 가구들로 채워져 있었고, 전형적인 도서관 스타일의 묵직한 나무 책꽂이들은 천장 높이까지 세워져 있었다. 은은한 불빛을 자아내고 있는 구식 독서용 스탠드가 유일한 조명 역할을 하면서, 구스타프 같은 관조적인 사색가에게 꼭 필요한 아늑한 분위기를 만들어내고 있었다. 또 하나의 방과 부엌은 아치의 개조 광기에 희생되어, 모든 인테리어 회사에서 연이어 쫓겨났을 법한 어떤 미친 인간이 착상해 냈을 만한 온갖 끔찍한 물건들로 가득 채워져 있었다. 그런 끔찍한 착상들이 실제로 상품으로 만들어지고, 그것을 구스타프 같은 순진한 인간에게 팔기까지 하다니!

하지만 이제 불평은 그만두자. 이미 일어난 일은 어쩔 수 없는 노릇이니까. 어쨌거나 이제는 적어도 평범한 일상이 되돌아올 것이다. 내 정신 지체아 친구와 내가 함께 고전 음악을 감상하고, 텔레비전 앞에 앉아 만화 영화를 보며, 아치 같은 건강 광신도의 질투에 찬 시선으로 방해받지 않은 채 우리 입맛에 맞는 음식을 실컷 먹을 수 있는 평온한 일상이 시작될 것이다. 평온한 일상? 아니, 그 전에 반드시 해결해야 할 일들을 해결하지 않고는, 그것을 결코 되찾지 못할 것이다.

구스타프가 축제 분위기에 걸맞게 근사하게 차려준 다양한 고기와 생선 요리들로 실컷 배를 채운 후, 나는 일단 지하 묘지를 찾아갔다. 이사야는 '성전' 안에서 잠들어 있었다. 내가 깨우자, 그는 기뻐 어쩔 줄 모르며 나를 반겼다. 먼저 다정한 인사를 건넨 후에, 나는 그에게 그사이 선지자에게서 뭔가 연락이 있었거나, '망자들의 문지기'의 본분을 다할 새로운 대상이 보내지진 않았는지 물어보았다. 성탄절이 다가왔으니, 뭔가 그럴듯한 새 소식이 있었을지도 모를 노릇이었기 때문이다. 페르시안 종은 그사이 아무 일도 없었다고 대답하고는 잔뜩 머뭇거리며 그 특유의 산만한 태도로 눈을 굴리면서, 이제는 이 지하 세계에서 사는 것이 점점 견딜 수 없어진다고 털어놓았다. 그래서 나는 그에게, 재사회화 과정의 첫발로 삼아, 오늘 밤 자정에 열릴 회합에 와보라고 권유했다. 그러나 그는 매우 당혹스러워하면서, 하필 오늘 밤 나갈 수 없는 이유가 수만 개쯤 된다는 듯이 긴 사설을 늘어놓았다. 사실 그가 주저하는 이유는 단 한 가지뿐일 것이다. 선지자가 바깥 세상에 나오는 것을 금지시켰기 때문이다.

몇 시간 후에 지하 묘지를 떠나면서 나는 살해자가 특별히 고안해 낸 그 거짓의 공간으로부터 이 가엾은 생물을 해방시켜주기 위해, 내 모든 힘을 다하리라고 결심했다.

집으로 돌아와 보니, 구스타프는 축제일 준비에 여념이 없었다. 내가 그동안 늘 보아온 대로, 구스타프는 이번에도 성탄절 전야를 홀로 보낼 모양이었다. (물론 내 소박한 존재를 제외한다면 말이다) 아치는 벌써 오래 전에 사라져버린 후였다. 그는 벌써 스위스의 어느 스키 별장에 처박혀서, 제트족 떼거리들과 함께 그들만의 별난 방식으로 아기 예수의 탄생을 축하하고 있을 것이다. 분명히 서로 짝짓기를 하며, 잡초 같은 문화적 쓰레기들의 새로운 세대들이나 잔뜩 생산해내겠지. 저녁때가 되자 거실에 괴상한 모양의 성탄절 전나무가 세워졌고, 초콜릿 천사들과 플라스틱 촛불로 화려하게 꾸며졌다. 그 후엔 오븐 안에 양고기가 밀어 넣어졌다.

내 친구는 그런 대로 기분이 좋아 보였지만, 나는 올해도 그가 아무에게도 저녁 초대를 받지 못했다는 사실로 인해 마음이 아팠다. 분명히 그의 초대에 응할 만한 사람도 아무도 없었던 것이리라. 그래서 나는 다시 한 번 구스타프의 외로운 처지에 대해 생각해볼 수밖에 없었다. 그는 정말 고독을 타고난 존재로, 아무도 그의 존재를 진지하게 받아들이지 않으며, 그의 죽음조차도 자동적인 전기 및 수도 공급 중단이라는 조처 외에는 아무 일도 일어나게 하지 못할 것이다. 물론 아치라든가, 그밖에 구스타프가 아무것도 모르는 채 그저 친구라고 일컫는 몇 명인가가 더 있긴 하다. 그러나 사실은 그들 모두가 얼굴 없고, 이름 없는 명색뿐인 친분 관계일 뿐이며, 실제로도 거의 그런 식으로 사귀고 있을 뿐이다. 아주 가끔씩 그들은 포도주 한 병을 선물로 들고 저녁 식사에 찾아오곤 한다. 구스타프도 아주 가끔씩 그들로부터 저녁 초대를 받아, 포도주 한 병을 선물로 들고 찾아간다. 그런 식으로 계절마다 한 번씩 포도주 병 주인만 바뀔 뿐이며, 구스타프의 느낌과 정서는 (물론 그도 이런 '감정'이라는 것을 갖고 있다) 여전히 고독한 자들이 스스로를 가두는 감옥 안에 굳게 감춰져 있다. 사실상 아치는 그들 중에서 가장 믿음직한 친구라고 볼 수 있지만, 그 역시 일년에 겨우 몇 번 정도나 얼굴을 볼 수 있을 뿐이며, 게다가 이런 끔찍한 기벽의 소유자인 것이다. 그러나 그는 적어도 내

동반자의 위기를 그냥 지나치지 않으며, 우정 비슷한 것을 보여주고
는 한다. 그렇다면 나는? 글쎄……뭐, 일단 나는 인간이 아니니까,
그의 인간적인 감정의 공백들을 메워줄 수는 없다. 그럼에도 불구하
고, (이런 감상적인 축제일엔 아주 감상적인 고백 하나쯤은 해도 되
지 않을까 싶다) 나야말로 이 세상에서 그를 진심으로 사랑하고 있는
유일한 생물일 것이다. 그렇다. 나는 이 멍청이를 사랑한다. 이 인간
의 탈을 쓴 물컹물컹한 수박을, 이 말하는 하마를, 이 지독한 얼간이
를, 이 인생 실패자를, 이 자족감에 빠져 있는 속물 돼지를, 이 문맹
의 소설가를, 이 귀머거리 땅콩 같은 멍텅구리를, 이 열등한 원자들
로만 구성된 복합체를, 이 무능력자를, 나는 사랑한다. 누구든 그에
게 손가락질하는 자는 내 날카로운 발톱 맛을 보게 될 것이다!

함께 양고기 구이를 먹고 난 후에—나는 식탁 아래서, 구스타프는
그의 코끼리 같은 엉덩이를 붙이기엔 너무 비좁은 불편한 디자이너
식탁 의자에(엄청난 돈을 들였음에 틀림없다) 억지로 끼어 앉은 채
로—, 나는 뒷문으로 살짝 빠져 나왔다. 회합 참석자들을 위해 건물
뒷문이 열려 있는지 확인하고 난 뒤, 나는 낡은 나무 계단을 밟으며
2층으로 올라갔다. 내 외로운 친구는 성탄절 전야마다 늘 그래왔듯
이, 아마 어느 돔형 지붕 아래서 연주되고 있을 소년 합창대의 목가
적 합창에 귀기울이고 있다가, 그마저도 질려버리면 3500년 전의 여
신의 세계로 다시 침잠해 들어갈 것이다.

밖에는 쉴새없이 눈이 내리고 있었다. 거대하고 푸르스름한 흰 망
토를 뒤집어쓴 듯한 거리 풍경은 진부한 성탄절 그림을 완벽하게 그
려내고 있었다. 그러나 뼛속까지 얼어붙을 듯한 차가운 바람은, 이
목가적 겨울 풍경이 곧 심술궂은 눈보라로 돌변할 것임을 예보해주
고 있었다. 덧창이 낡아 부서져버렸거나, 세월을 못 이겨 경첩만 남
아 있는 창문들을 통해 가로등 불빛이 희미하게 비쳐 들어와, 황폐한
공간을 다소나마 밝혀주고 있었다. 나는 혼자 조용히 생각해볼 시간
을 갖기 위해 일부러 한 시간쯤 일찍 이 곳에 왔다. 왠지 오늘 밤

뭔가 아주 결정적인 일이 벌어지리라는 예감을 느꼈기 때문이다. 물론 이 회합에서 어떤 극적인 새로운 국면이 드러나게 될 것이라고는 전혀 기대하지 않았다. 파스칼과 나는 단지 그동안 수집한 결과들을 보고할 것이며, 뭔가 공동의 힘 비슷한 것을 보여줄 생각이었다. 도살자가 누구이며 어디에 있든 간에, 우리 모두가 그를 쫓고 있으며, 그의 피비린내 나는 포악에 더 이상 무릎꿇지 않으리라는 것을 그는 알게 될 것이었다. 그러나 결정적인 뭔가가 있을 것이라는 특별한 예감 또한 공기 중에 실려 있었다.

그 모든 끔찍한 악몽이 시작되었던 장소인 그 방 한가운데 앉아, 나는 명상에 잠긴 듯한 상태로 시간을 보냈다. 내 머리 속에서 일어나고 있는 모든 혼돈을 하나의 명료한 그림으로 정리하려 하는 동안, 사건 해결의 결정적 국면에 급속히 다가가고 있다는 믿음이 점점 더 강렬하게 나를 사로잡았다. 그것은 이른바 형이상학적 평정의 상태로서, 내 신경을 교란시키고 있는 거짓과 위선, 피와 증오로 뒤범벅된 모든 더러운 잡념들로부터 해방되는 순간이었다. 시간이 쏜살같이 지나가고 있는 동안 내 사고 과정은 점점 더 명료해지고 평온해지기 시작했다……

갑자기 파스칼과 블라우바트가 나타나서, 이 기이한 명상 시간은 어떤 확실한 실체를 거머쥐기도 전에 끝나버렸다. 파스칼을 보니, 여기까지 올라오느라 무척 지친 기색이 역력했다. 그는 내게 잠깐 인사를 건넨 후에 곧장 털썩 주저앉아 숨을 헐떡였다.

"서커스는 언제 시작되는 거냐?" 블라우바트가 초조한 듯 물어왔다. 그는 부서져 나간 마룻바닥 틈새로 비죽 나와 있는 (한때 그에게 고통의 쾌락을 안겨준 바 있는)느슨한 전깃줄을 넌더리 난다는 표정으로 바라보고 있었다. 그가 질문을 채 끝맺기도 전에 벌써 첫번째 손님들이 모습을 나타냈다. 그들 뒤로도 다양한 종류의 털 색깔과 연령대의 동족들로 이루어진 호기심어린 긴 행렬이 끝없이 이어지고 있었다. 그들 대부분은 평범한 유럽계 짧은 털 종이었으나, 그 외에 아주 드문 종들도 포함되어 있었다. 납작한 귀를 가진 스코티쉬 폴드(Scottish Fold), 오만한 소말리(Somali), 꼬리없는 망스(Manx), 섬세한 일본 봅테일(Japanese Bobtail), 박쥐와 비슷한 얼굴을 가진 데본 렉스(Devon Rex) 등 다양한 종들이 모습을 드러냈다. 어떤 어미들은 어린 새끼들을 데리고 왔는데, 그 꼬맹이들은 이리저리 마구 뛰어다니며 엄마를 애먹이고 있었다. 이 구역에서 가장 강한 수컷들과 몇몇 노인네들은 회의적인 시선으로 주위를 둘러보면서, 그들이 이런 회합을 얼마나 우스꽝스러운 일로 여기는지를 감추려 하지도 않았다. 그러나 막상 파스칼과 내가 성말로 별것 아닌 시시한 일로 그들을 불러냈다는 게 밝혀진다면, 가능한 모든 응징을 가하리라는 기백을 엿볼 수 있었다. 그들의 불만어린 표정 뒤에 숨겨진 긴장과 호기심이 그것을 입증하고 있었다. 또 다른 동족들은 이 모임을 일종의 성탄절 파티 정도로 여기는 모양이었다. 그들은 단순히 새로운 친교 기회를 즐기려는 기색이 역력했다. 그들은 서로 냄새를 맡고 털을 핥아주며 인사를 나누고는 태고로부터 유전되어 온 적대감을 되살려, 서로 위협적인 소리를 내거나, 곧장 치고 받는 난투극에 돌입했다. 그러나 나머지 대부분의 동족들은 이 회합에 진지한 관심을 갖고 임하는 듯했다. 그사이 그 끔찍한 사건들에 대한 소식이 많이 퍼져 있었고, 그로 인해 한없이 위협적인 분위기가 형성되어 왔기 때문이었다.

이 흐릿한 공간은 점점 더 빠른 속도로 채워져 갔고, 나는 이 구역에 살고 있는 엄청난 수의 불구자를 보고, 그 처참한 모습에 큰 충격을 받았다. 내가 지금까지 본 예들은 이 가엾은 생물들에 비하면 그저 맛보기에 불과한 것이었다. 프레테리우스의 희생물일 때 얻은 수많은 상처는 결코 깨끗이 치유되지 않았던 것이다. 학대당한 몸 위에는 길게 그어진 흉측한 상처들이 가득했다. 상처 주위에 다시 털이 자라지 않았기 때문에, 그들은 모두 상이 군인 같아 보였다. 그 외 수많은 동족들이 꼬리가 없거나, 발 한 쪽이 잘려 나가 있었다.

마지막으로 콩과 그의 똘마니 헤르만 형제가 회합에 모습을 드러냈고, 무리는 모두 두려워하며 좌우로 갈라져 그들을 위해 길을 터주었다. 이 당당한 짐승은 거들먹거리며 가장 앞줄로 나오더니, 제왕 같은 독선적 태도로 자리잡고 앉아 오만한 미소를 지었다. 이 경기의 시작을 선포할 권리가 우리에게 있지 않으며, 오직 왕에게만 있다는 것을 말하고 싶다는 듯이 말이다.

웅성거리는 소리가 점점 가라앉았고, 모두가 자리를 잡고 앉아 기대에 가득 찬 눈빛으로 파스칼과 나를 바라보았다.

"친애하는 친구 여러분, 우리의 초대에 이렇게 많은 분들이 응해주신 데 대해 감사드립니다." 파스칼은 말문을 열면서, 자리에서 힘겹게 몸을 일으켰다. 흐릿하게 스며들어온 가로등 불빛 아래서, 동족들의 무리는 다채로운 색으로 수놓은 융단처럼 보였다. 파란색, 초록색, 노랜색과 아몬드색의 눈들이 그 안에서 인광을 발하는 유리 구슬들처럼, 긴장과 초조감을 가득 담아 빛나고 있었다.

"이봐 영감, 뭔가 확실하게 그럴듯한 말을 해. 그렇잖으면 오늘 밤에 텔레비전에서 해주는 성탄절 영화를 놓치게 된 보답으로, 누군가가 톡톡히 쓴맛을 보게 될 줄 알라고!" 콩이 거만하게 한 마디 하자, 헤르만 형제의 부추김을 받아, 청중들 속에서 의례적인 웃음소리가 터져 나왔다. 그러나 콩은 파스칼의 적수가 못 되었다. 나와는 정반대로 파스칼은 전혀 동요하지 않았으며, 그 바보 같은 야유에 대해 우습다는 태도로 태연히 대응했다. 그는 사나운 기세로 일어나, 멍청히 웃고 있는 코미디언에게 다가가 무섭게 노려보았다.

"콩, 이 저능한 코뿔소 같은 놈아!" 그는 거친 목소리로 내뱉었다. "네 놈이 조금이라도 체면이라는 걸 안다면, 적어도 솔리테어를 애도하는 척이라도 해야 할 거다. 저급한 농담 따위는 집어치우고, 입 닥치고 조용히 듣고 있으란 말이다. 우리가 지금부터 이야기할 새로운 정보들은 미처 태어나기도 전에 죽은 네 놈의 불쌍한 어린것들을 죽인 살해자에 대한 것이야."

콩의 이죽거리던 표정이 순식간에 사라지고, 뻣뻣해진 얼굴 위로 조소와 당혹감이 번갈아 오갔다. 그의 눈꺼풀은 신경질적으로 씰룩거렸고, 입은 먹이를 쫓는 물고기처럼 뻐끔거렸다. 그는 몇 번인가 침을 삼키고는 간신히 내뱉었다.

"그 괴물은 어차피 언젠가는 내 손으로 직접 잡아낼 거다. 너희들의 멍청한 정보 따위는 들을 필요도 없어!"

파스칼은 차갑게 미소짓고는 몇 걸음 뒤로 물러나 청중들에게 잘 보이도록 모습을 드러냈다.

"넌 아무도 잡지 못해, 이 광대 같은 놈! 그자가 어느 날 네 놈 집 문을 두드리며, 들어가게 해달라고 부탁할 거라고 믿고 있나? 하! 정말 순진한 놈이군. 우리는 지금 너랑 비슷한 어떤 멍청이를 상대하고 있는 게 아니라 악마 그 자체와 직접 대면하고 있는 중이야!"

제왕은 이제 모든 충성심을 잊어버린 신하들의 비난 가득한 눈빛을 한 몸에 받고 있었다. 그는 불편한 기색으로 몸을 앞뒤로 흔들었다. 대장의 권위가 흔들리고 있다는 것을 감지한 헤르만 형제는 콩 뒤쪽에 서 있는 동족들에게 사납게 으르렁거리며 그들을 위협해서 무리 속으로 몰아 넣었다. 그러나 대장 자신은 이미 전의를 상실하고 있었다.

"이런, 사나이가 농담 한 마디 못 한단 말야? 빌어먹을!" 마침내 그는 툴툴거리면서 고개를 떨구었다.

"이미 농담은 지겨우리 만큼 충분히 들었다, 콩." 파스칼은 슬픈 어조로 대답했다. "문제는 우리의 살해자 친구에게 전혀 유머 감각이 없다는 사실이야. 그는 웃지 않고, 미소조차 짓지 않아. 훨씬 더 신나는 쾌락을 찾아냈기 때문에 더 이상 웃을 필요도 없어졌지.

자, 이제 우리가 여기 모여 듣기로 한 끔찍한 일들로 돌아갑시다. 여러분이 알아야 할 가장 중요한 사실은 우리 구역에서 연쇄 살해 사건이 벌어진 것이 최근에 시작된 일이 아니라는 충격적인 사실입니다. 살해자의 범죄 행위는 1982년으로 거슬러 올라간다는 것이 거의 확실합니다. 우리가 지금까지 발견해온 희생자 일곱 외에도 약 450마리의 희생자가 더 있었던 것입니다."

무리들 속에서 비명이 터져 나왔고, 발작적인 소란이 일어났다. 많은 자들이 믿을 수 없다는 듯이 고개를 젓거나, 충격으로 한숨을 내쉬었다. 그러나 경악은 차츰 가라앉았고, 체념과 공포 서린 침묵만 자리잡아갔다.

파스칼이 선포한 내용이 이 일의 전말을 모르는 자들에게는 비현실적으로 들렸을 것이 틀림없으며, 우리의 조사에 대해 의심을 품고 질문할 이유들이 많이 있었을 것이다. 게다가 그것을 터무니없는 내용으로 치부해버릴 가능성도 많았건만, 정말 이상하게도 그 누구도 파스칼에게 반박하지 않는 것이었다. 나는 그들 모두가 이미 오래 전부터 이 사실을 마음 깊은 곳에서 짐작하고 있었던 것이 아닐까 라고 추측했다. 여기 모인 자들 모두가 그 긴 세월 동안 언젠가 한 번씩은 친구 또는 친지와 친척, 혹은 형제, 자매가 납득할 만한 아무런 이유 없이 갑자기 사라져버린 경험이 있었을 것이다. 그들을 다시 볼 수도 없었고, 그들은 결코 돌아오지 않았다. 이 두려운 현상이 의식조차 못한 사이에 진행될 수 있었던 것은, 시기 적절하게 저지하지 못한 모든 독재 권력이 수립되는 메커니즘과 동일한 차원에서 이해될 수 있을 것이다. 무사 안일주의의 무지가 만연한 곳에는 어디나 악이 득세하게 되어 있다. 다른 말로 하자면, 모든 일은 허용한 만큼 진행되기 마련이다. 이 세계의 가장 큰 악은 태평주의다. 지능을 가진 모든 생물을 파멸로 몰아넣는 원인이 그것이며, 특히 내 동족은 이런 무사 안일주의의 나약한 속성을 지닌 대표적인 생물인 것이다.

이런 생각을 하는 동안 내 속에서 걷잡을 수 없는 분노가 치밀어 올랐다. 지금 마치 갑자기 벼락을 맞기라도 한 듯 호들갑을 떨며 징징대고 있는 이 모든 무리는, 사실은 이미 오래 전부터 이 모든 사실들을 너무나 잘 알고 있었고, 지금까지 내내 방치해왔던 것이다. 이것이 바로 펠리데의 추악한 일면이었다. 아니, 어쩌면 진정한 일면인 것일까? 바로 이 순간, 나는 그 어느 때보다도 강렬하게 이 모든 일들을 집어치우고 싶은 심정을 느꼈다. 자신들이 빠져 있는 피바다의 맛을 그들 스스로가 맛봐야 할 것이다! 이들이 방치해 온 결과로 살해자의 범죄 행각은 완벽한 일상이 되어버렸던 것이다. 이들 스스로가 그 살해자를 저지해야만 한다!

내가 이런 분노와 충동에 휩싸여 경솔한 행동을 저지르기 직전에 파스칼이 내 생각을 읽기라도 한 것처럼, 조사 결과에 대해 보고하기 시작했다. 그는 지하 세계에 은폐되어 있는 유령 같은 미라 부대에 대해, 그리고 우리가 그들의 대략적인 숫자를 어떻게 파악하게 되었는가에 대해 설명했다. 그 후에 그는 모든 참석자들에게 살해자의 활동이 최근에 가속화되기 시작했다는 점에 주의를 환기시키며, 바로 우리 중에 이 살해자가 있으며, 이 구역에서 큰 신임을 받고 있는 자임에 틀림없다고 주지시켰다. 발정기에 처해 있는 동족들은 평소 신뢰하고 있는 자에 대해서 특히 조심해야 할 것이며, 지금까지의 조사 결과에 의하면 임산부들도 살해자의 특별한 제거 대상이라는 점도 강조했다.

파스칼이 이런 측면들에 대해 정확하게, 모두 알아듣기 쉽게 설명하고 있는 동안 청중들 모두가 죽은 쥐새끼들처럼 침묵을 지켰고, 이들에게서 거의 기대하기 힘들었던 집중력을 보여줬다. 심지어는 콩조차도 헤르만 형제들과 낮은 귓속말을 몇 마디 주고받은 후로는 내내 이 무시무시한 분석 과정에 빠져들더니, 마침내(아마도 그의 건달 생애 중 최초로) 완전히 말을 잃었다. 내게 순서를 넘겨주기 전에, 파스칼은 모여 있는 자들에게 한동안은 밤 외출을 완전히 그만둘 것을 강력히 권고하며, 성적인 교합을 다소 자제할 것을 촉구했다(그러나 파스칼 자신도 충분히 알고 있듯이, 이것은 여기 있는 자들 중 대다수에게 매우 불합리한 요구로 받아들여졌을 것이다).

"친애하는 친구 여러분, 내 이름은 프란시스입니다." 나는 연설을 시작했다.

"나는 겨우 몇 주 전에야 여러분의 구역으로 이사 왔습니다. 그러나 그사이 여러분이 짐작조차 못할 중요한 일들을 많이 알게 되었습니다. 그 중 한 예로, 1980년에 이 건물은 동물실험실이었으며, 그 안에서 우리 동족을 대상으로 상상하기 어려운 범죄들이 자행되었습니다. 여러분 중 일부는 이 범죄의 희생자들입니다. 당시에 너무 어렸기 때문에 그 일들에 대한 기억이 남아 있지 않아서, 아직도 모르고 있을 뿐입니다. 그러나 유감스럽게도 이것은 사실입니다. 여러분 중에 불구자들은 모두 인간들에 의해 저질러진 추악한 음모의 희생자들이며, 동물 실험의 피해자들입니다!"

청중들 여기저기서 엄청난 탄식과 신음 소리가 울려 나왔다. 모두 우왕좌왕 떠들어대기 시작하면서, 방 안은 금세 귀가 멍멍할 정도의 소음으로 가득 찼다.

나는 내게서 1미터 반 정도 떨어진 곳에 앉아 있는 블라우바트 쪽으로 슬쩍 시선을 던졌다. 그는 눈썹 하나 까딱하지 않고, 자신의 멀쩡한 한 쪽 눈으로 똑바로 정면만을 응시하고 있었다. 나는 불현듯, 이 터프가이가 이미 그 사실을 알고 있었다는 것을 깨달았다. 단지 짐작만이 아니라, 실제로 알고 있었던 것이다. 그는 분명히 아주 이해력이 빠른 놈은 아니었지만, 탁월한 능력을 소유하고 있었다. 그것은 말하자면 '야성의 지혜'랄까, 혹은 '생존 본능'이라고 일컬어지는 것이었다. 이 숨겨진 재능으로, 그는 사실상 전혀 짐작할 수 없었을 사실들에 대해 본능적으로 알아차리고 있었던 것이다. 그의 내면 깊은 곳에서 이미 오래 전부터, 자신이 인간들에 의해 이런 흉측한 몰골로 변해버렸다는 사실과, 그 잔혹한 괴물들이 자신의 몸을 살아 있는 반죽 덩어리처럼 다루었다는 것을 알고 있었던 것이다. 그러나 그는 자신의 운명에 위축되지 않았고, 오히려 이 세상을 향해 이를 드러내고, 하루하루를 즐기며 당당하게 살아온 것이다. 비록 인간들이 그에게서 수많은 신체 부분들을 잘라낼 수 있었다 해도, 그의 용감하고 강한 심장만큼은 앗아갈 수 없었다.

"진정합시다, 여러분! 진정해요!" 파스칼이 흥분한 무리들에게 질서를 종용했으나 소용없었다. 이런 절망적인 방법으로나마 자신들의 공포와 분노를 발산하려는 무리들은 이미 통제 불능의 상태에 빠져 있었던 것이다. 불구자들 중 대다수가 충격에 휩싸여 멍하니 허공을 응시하거나 울고 있었다. 친구들이 그들 곁에서 마음 아파하며 핥아주거나, 위로의 말을 건네고 있었다. 구역 패권자들은 마치 내가 이 모든 비극의 원흉이라는 듯이 나를 향해 이를 갈아대고 있었다. 파스칼은 무리들을 진정시키기 위해 여러 번 헛된 시도를 되풀이했으나, 결국은 포기하며 고개를 저었다.

점점 더 긷잡을 수 없는 지경으로 상황이 악화되기 시작했을 때, 콩이 느긋하게 몸을 일으켰다. 그는 지루하다는 듯이 몸을 이리저리 뻗으며 등을 부풀리고는 흥분한 군중들을 향해 돌아섰다. 그리고는 어머니들이 시끄럽게 울어대는 아이들을 바라보는 듯한 시선으로 그들을 바라보는 것이었다.

"이제 그만!" 잠시 후 그는 벼락같이 큰 소리로 명령했다. 그의 느긋하고 차분해 보이던 표정이 순식간에 그 어떤 저항도 결코 허용하지 않겠다는, 강한 권위가 서린 차가운 표정으로 돌변했다. 무리들은 모두 즉시 입을 다물고 두려움에 찬 눈빛으로 다시 우리 쪽을 바라보았다.

"떠들어댈 거냐, 계속 들을 거냐? 이런 빌어먹을 멍청이들! 그럼 도대체 그동안 뭐라고 생각해 왔던 거냐, 응? 우리 중에 몇몇 놈들이 완전히 망가진 몸뚱이로 돌아다니는 이유가 뭐라고 다들 믿었던 건데? 정원 요정들한테 습격이라도 받은 줄 알았나? 쥐새끼들과 인간들이 세상에서 가장 추악한 동물들이라는 건 다 알고 있는 사실 아냐? 그러니까 이제 그만 다들 진정하고, 이 똑똑한 놈이 계속 떠들어대도록 해주란 말이다. 혹시 아냐? 이 놈이 우리한테 살해자가 어떤 놈인지 금방 가르쳐줄지도 모르잖아."

"고마워, 콩." 나는 안도의 한숨을 내쉬고 그를 향해 가볍게 고개를 숙여 보였다. 그리고 이렇게 순식간에 되돌아온 정적의 시간을 허비하지 않도록 곧장 연설을 계속했다.

"유감스럽게도 아직은 살해자의 정체에 대해 알려줄 수 없습니다. 그러나 그 대신 한 가지 진실을 밝혀줄 수는 있을 것 같습니다. 여러분 중 많은 이들이 선지자 클라우단두스를 숭배하고 있는 것으로 압니다. 내가 그동안 조사를 통해 알아낸 사실은 이 형제가 실제로 이 구역에서 생존했던 자이며, 존경받아 마땅할 만한 자였다는 것입니다. 그러나 그는 결코 성자로 여겨질 정도의 존재는 아닐뿐더러, 유감스럽게도 그의 운명도 신의 보호 아래 있지는 않았다는 것입니다. 여러분 중의 불구자들과 똑같이, 그도 이 끔찍한 생체 실험실에서 인간들에 의해 학대당했던 자입니다. 그러나 그의 신체 조직이 인간들에게 아주 유용한 생물학적 특수성을 갖고 있었기 때문에, 그는 계속 가장 심한 학대를 받아야 했던 것입니다. 결국 그는 죽었고, 그러나 조커가 이 구역에 퍼뜨린 전설과 제의 속에 계속 살아 남아······"

"그는 죽지 않았어요!"

낭랑한 소녀의 목소리였다. 그녀는 내 앞에 펼쳐져 있는, 다양한 색깔의 커다란 털 뭉치들로 짜여진 어두운 담요 속 어딘가에서, 나를 향해 몸을 일으켰다. 그 담요 안에서 수백 쌍의 눈들이, 마치 락 콘서트에서 출렁이는 기적의 촛불 바다처럼 빛나고 있었다. 언뜻 파스칼 쪽을 바라보니, 그는 마치 내가 아닌 자신이 말하던 도중 방해받은 듯이, 분노와 당혹감이 어우러진 표정으로 청중들 쪽을 노려보고 있었다. 군중은 다시 혼란에 빠져, 모두가 주위를 두리번거리고 수근대며 목소리의 임자를 찾고 있었다.

"누가 말했죠?" 나는 물었다.

"저예요. 제가 말했어요." 새된 목소리가 들려왔다. 무리들 한가운데서 소요가 일어났다. 소녀가 서 있는 곳 주변에 있는 자들이 조금씩 뒤로 물러나, 마침내 아주 어린 소녀 주위로 원이 만들어졌고, 모두가 그녀를 뚫어지게 바라보았다.

그녀는 보석 같았다. 할레킨(Harlekin) 종의 매혹적인 보물이었다. 그녀의 비단처럼 부드러운 털은 반짝이는 흰빛으로 감싸여 있었고, 오직 코와 왼쪽 귀, 그리고 가슴과 꼬리에 전형적인 작고 검은 튤립 모양의 얼룩이 그려져 있었다. 그런 특징으로 인해 실제로 그녀의 외양은 그 유명한 연극에 등장하는 인물의 특징을 보여주고 있었다('할레킨' 또는 영어로 '할리퀸(Harlequin)'은 팬터마임 극의 주역으로, 어릿광대를 의미함 - 역주). 모두가 자신을 지켜보고 있다는 것을 알아차린 그녀는 자신의 용감한 외침을 후회하고 있는 듯 잔뜩 긴장하여 귀를 씰룩거렸다. 그러나 곧 앞으로 걸어나오더니, 수줍은 미소를 지으며 내 앞에 섰다.

"꼬마 아가씨, 이름이 뭐지?" 나는 그녀를 더 긴장하지 않게 하기 위해 조심하며, 웃음을 지어 보였다.

"다들 나를 페렐리네라고 불러요." 놀랍게도 그녀는 당당한 태도로 대답했다. 나는 언젠가 그녀가 아주 매혹적인 숙녀로 성장하게 될 것임을 알 수 있었다. 그런 생각으로 인해 한 순간 아찔한 기쁨에 사로잡혔지만, 그러나 동시에 나의 천진했던 어린 시절이 얼마나 까마득한 과거의 일인가를 떠올리게 되었다.

"페렐리네, 클라우단두스에 대해 무엇을 알고 있지? 왜 그가 당시에 죽지 않았다고 믿고 있니?"

"증조할아버지가 그렇게 말해 주셨으니까요." 그녀는 그렇게 대답하고는, 어린아이다운 자랑스런 눈길로 청중들을 돌아보았다.

"네 증조부가 누군데?"

"조커 사제님이에요. 그분은 아주 가끔씩만 우리 엄마랑 나를 만나러 오셨어요. 일년에 한 번이나 두 번 정도 우리 집에 오실 때는, 우리가 몇 번이나 예배에 빠졌다고 꾸중하시곤 했어요. 하지만 언젠가 나 혼자만 집에 있고, 심심해서 죽을 지경이었던 날, 갑자기 증조할아버지가 찾아오셨어요. 그리고 정말 신나게도, 내가 혼자 있다고 불쌍해하시면서 나랑 놀아주셨죠. 우리는 하루 종일 함께 놀면서 사냥

놀이도 했어요. 나한테 너무나 다정하게 대해주셨기 때문에 나도 뭔가 보답을 해드려야겠다고 생각했어요. 그래서 클라우단두스 전설을 이야기해 달라고 졸랐죠. 물론 그 이야기는 하도 많이 들어서 다 외우고 있었지만, 증조할아버지를 정말로 행복하게 해주려면 설교를 들어드리는 게 제일이잖아요. 그분은 그 선지자 이야기라면 입에 침이 마르도록 칭찬을 하시니까요. 그래서 그 거룩한 이야기를 다시 해주셨는데, 이번에는 약간 다른 점이 있었어요. 다른 건 전부 똑같았어요. 고통의 나라에 무서운 일들이 벌어졌고, 클라우단두스와 그의 동료 고행자들은 끔찍한 고통을 참아내야만 했죠. 그런데 하루 종일 너무 놀아서 고단했는지 증조할아버지는 자꾸 졸기 시작했어요. 그래서 무슨 말을 하시는지 정확하지 않게 됐죠. 그분은 마지막에 클라우단두스가 그 미치광이 괴물에게 결투를 신청하고 그 싸움에서 괴물을 죽였다고 하셨어요. 그래서 내가 물어봤죠. '하지만, 조커 사제님, 보통은 항상 전능하신 분께서 괴물을 물리치셨고, 클라우단두스는 하늘로 올라갔다고 하셨잖아요?' 라고요. 증조할아버지는 갑자기 정신이 번쩍 드셨는지, 이렇게 고쳐 말해주셨죠. '그래, 그래, 요 귀여운 것, 그 후에 물론 하늘로 올라가셨단다' 라고요. 그리고는 나한테 아무한테도 조금 전에 이야기해준 내용을 말하면 안 된다고 엄포를 놓으셨어요. 그건 죄를 짓는 거라고 하시면서요. 그때는 조그만 아이였기 때문에, 그 일에 대해서 별로 생각해보지 않았어요. 하지만 지금은 증조할아버지가 그때 해주셨던 말씀이 무슨 뜻인지 알게 되었어요. 내게 과분한 상을 주셨던 거지요."

이 방에 있는 다른 모든 자들처럼 나도 이 이야기의 드라마틱한 반전에 넋이 나가 있었다. 그러나 다른 이들과는 달리, 나는 이 반전의 의미를 완전히 이해하고 있었다. 다른 자들에게는 그 선지자가 마지막에 택시를 타고 하늘로 올라갔든지, 아니면 주유소 사장이 되었든지 아무 상관 없었을 것이다. 성자의 길은 신비롭기 마련이다. 그러니 클라우단두스가 아직 살아 있는지 아닌지는 그리 대단한 문제가 아니었다. 그러나 이 대수롭지 않아 보이는 세부 사항이, 연쇄 살해 사건에는 대단히 중요한 실마리를 던져 주고 있었다. 페렐리네의 증언은 이사야의 증언과 정확히 일치했다. 지하 터널 너머에서 '망자들의 문지기'에게 들려온 섬뜩한 목소리는, 실제로 그 선지자 자신의 목소리였던 것이다. 클라우단두스는 프레테리우스의 끝없는 학대를 이겨내고 마침내 살아 남았으며, 심지어 그 학대자를 직접 죽이기까지 했던 것이다.

그렇다면 그 후엔? 그 후에 그는 어떻게 되었던 것일까? 그는 어디에서 살았던 것일까? 누군가의 목을 물어뜯고 있지 않을 때엔 무엇을 하며 지내고 있는 걸까? 그리고 조커의 민중 교화 사업 덕분에 선지자로서의 빛나는 경력을 갖게 된 클라우단두스가 만약 살해자라면, 도대체 어떤 이유로, 어떤 기막힌 동기로 자기 동족들을 살해했던 것일까? 고통스런 시간을 보낸 끝에 미쳐버렸던 것일까? 자신을 압제한 자의 영향을 받아—이건 상당히 억지스러운 생각이지만—, 살해의 쾌락에 물들게 된 것일까? 아니, 이것은 분명히 잘못된 가정이다. 만약 그렇다면 누구든지 닥치는 대로 죽였을 것이기 때문이다. 그러나 살해자는 분명히 특별한 목적에 따라……

무리들 속에서 수근거리고 두런대는 소리가 점점 더 커져갔다. 앞서 벌어졌던 상황이 되풀이되기 전에 뭔가 그들을 진정시킬 만한 말을 해야만 했다. 나는 청중들에게 이 광기어린 사건이 사실은 전혀 '광적인' 것이 아니며, 아주 '평범한' 사건, 즉 해석할 수 있고, 해결할 수 있는 사건이라는 느낌을 갖게 해줘야만 했다. 그러기 위해서는 어쩌면 거짓말이라도 해야만 했다.

"친애하는 친구 여러분, 페렐리네 자매의 이야기를 듣고 여러분이 조금 혼란을 느낀다는 것을 알고 있습니다. 하지만 사실은 모든 일이 아주 간단 명료할 뿐입니다. 조커 사제는 당시에 그 실험실에서 자행되던 추악한 실험들을 몰래 지켜봤던 것입니다. 그는 클라우단두스를 잘 알고 있었고, 이 고통스러운 순교자를 둘러싸고 있던 경건한 기운을 끌어다가 자기 자신을 위해 사용했던 것입니다. 그는 여러분 대부분이 속해 있는 클라우단두스 종교를 만들어 냈습니다. 그러나 이미 밝혀졌듯이, 이 모든 일들은 그렇게 거룩한 것이 아니었던 겁니다. 우리는 방금 심지어 클라우단두스가 죽지 않고 살아 남았다는 것까지 알게 되었습니다. 이것은 제게도 전적으로 새로운 사실입니다. 어쨌거나 그 불행한 나날 동안 실험실에 있던 모든 어른 동물들은 살아 남지 못했고, 비밀은 무덤 속에 묻혀버렸습니다. 그러나 유일하게 완전한 진실을 알고 있는 자가 있습니다. 그자는 바로 조커입니다. 그는 클라우단두스가 어떻게 생겼는지 알고 있는 유일한 자이기도 합니다. 그가 우리에게 클라우단두스의 정체를 알려줄 수 있을 겁니다. 하지만 조커는⋯⋯"

"사라져버렸지!" 파스칼이 내 말을 잘랐다. 그는 어두운 뒤편에서 다시 몸을 드러내고는 무서운 표정으로 내 곁에 서서, 침울하게 청중들을 바라보았다.

연장자인 파스칼의 단호한 등장에 놀라, 페렐리네는 약간 자신감을 잃은 듯했다. 그녀는 자신을 둘러싸고 있던 동족들 쪽으로 다가가 그들 틈으로 사라졌다.

수사학적 효과를 위해, 파스칼은 잠시 동안 입을 열지 않았다. 그 사이 방안의 긴장감은 견딜 수 없을 만큼 고조되어 갔다. 마침내 그는 다시 빙긋 웃음을 띠었다.

"당시에 어떤 일이 벌어졌든지 간에, 형제 자매 여러분, 오늘날 이렇게 빈약한 정보만을 갖고 있는 우리가 그 불길한 사건들의 자세한 내막을 모두 알아낸다는 것은 불가능한 일입니다. 만약 클라우단두스가 그 지옥 굴에서 꼬리가 빠지도록 도망쳐 나왔다면, 필연적으로 그는 이 구역에서 나머지 생애를 보냈을 것이라는 결론이 나옵니다. 그러나 어른 동물들 중에서 유일하게 그자 혼자만 살아남았을 것이라고는 믿기 어렵습니다. 그런 상상은 한 마디로 터무니없습니다! 그럼 이번엔 살해 동기에 대해 생각해 봅시다. 그런 끔찍한 범죄가 자기 동족에게 자행되는 것을 지켜봤던 생물이, 하룻밤 새에 스스로 범죄자로 변신해서 자기 동족들을 냉혹하게 살해할 수 있겠습니까? 아니, 아닙니다. 내게는 이 모든 것이 전혀 무의미해 보입니다. 이런 이유로, 나는 우리가 두려워해야 할 자가 바로 그 신비한 클라우단두스라는 사실을 전혀 받아들일 수 없습니다. 내가 보기에 이 사건은 아주 분명합니다. 누군가가 오래 전에 벌어졌던 그 저주받을 비밀스런 짓거리들을 끌어다가, 자기 목적에 맞게 교묘하게 이용해온 것입니다. 누군가가 스스로를 선지자로 위장해서, 자신의 정체를 신비의 짙은 안개 속에 숨겨두고, 무지한 믿음 속에 쉽게 뒤섞어 버렸던 깃입니다. 이 악마 같은 '누군가'는, 내 생각으로는 바로 우리의 존경받는 사제 조커뿐입니다! 그는 오랫동안 자신이 직접 만들어 낸 종교의 지도자 노릇을 자처하며 여러분을 속여왔습니다. 어쩌면 이 종교 놀음에 너무 깊이 빠져들어서, 자기 신자들에게 고통스런 제의 의식을 흉내내는 정도로 더 이상 만족할 수 없게 되었을 것입니다. 종교적 광기에 사로잡힌 그의 뇌는, 모든 광신적 종교들이 추구하는 목표물을 찾아냈던 것입니다. 바로 피의 제물을 말입니다! 그러나 자신의 신도들이 제물을 죽여 바칠 정도의 수준에 이르지 못했기 때문에, 그는 스스로 이 일을 시작했습니다. 이 유혈 낭자한 속임수를 더 기묘한 것으로 만들기 위해서, 그는 일부러 발정기에 있는 동족이나 임산부들만을 죽였던 것입니다. 이런 일들로 여러분을 서서히 물들이고, 무언의 동의를 얻어내어, 결국은 동참하게 만들 속셈이었을 겁니다. 그러나 프란시스 형제의 덕택으로, 그의 어두운 간계(奸計)가 밝혀지고 말았습니다!"

아무도 감히 반박하지 못했다. 나도 예외가 아니었다. 파스칼이 명료하고도 유창하게 설명해낸 설득력 있는 해석 앞에서, 모두가 숨을 삼키며 침묵을 지킬 뿐이었다. 오직 부서진 덧 창문 밖에서 울어대는 바람 소리만이 이 정적을 훼방하고 있었다. 모두가 파스칼의 날카로운 분석에 깊은 인상을 받았고, 그의 말에 순종할 태세를 갖추고 있었다. 어쨌거나 그렇게 보였다.

청중들 사이에서 다시 서서히 공포심이 퍼져 나가고 있었으나, 사실상 이 사건의 결론이 내려졌다는 것을 모두가 알아차리고 있었고, 이제 그것으로 이 회합의 결정적인 종료가 선언된 셈이었다.

그러나 이번엔 무언가가 달랐다. 그의 말을 반박할 아무런 논거가 없는 상황이었지만, 동시에 나는 파스칼이 내놓은 해답을 받아들이느니 차라리 지구가 사각형이라는 주장을 받아들이는 편을 택하겠다고 생각했다. 그러나 그에게 나의 의혹을 알리고 싶지는 않았다. 이미 그사이 너무나 많은 대화가 오고 갔고, 너무 많은 토론과 논쟁, 그리고 언쟁이 있었고, 지나칠 정도로 논리적인 사색들이 이루어져 왔다. 나는 이제 다시 이 일을 내 손으로 직접 해결해야 했다. 결국 지금까지 나는 이런 원초적인 방법으로 놀라운 성과들을 많이 이뤄내지 않았던가.

회합이 서서히 마무리되었고, 모였던 동족들은 여전히 흥분한 채 서로 떠들어대면서 모두 뿔뿔이 흩어져 건물을 떠났다. 파스칼은 만족스런 웃음을 짓고 있었고, 블라우바트도 안도한 듯한 표정을 하고 있었다. 그리고 나는? 나는 갑자기 어떤 의혹이 솟구치는 것을 느끼고 있었다. 바로 오늘 밤 당장 그 의혹을 쫓아가지 못한다면 악마가 나를 끌고 갈 것이다……

"오늘 내가 내린 결론이 마음에 들었는가, 친구?" 파스칼이 물어 왔다.

"나쁘진 않았어요." 나는 소극적으로 대답했다.

"하하, 나를 속일 필요 없네, 프란시스. 자네의 뇌 세포들이 다시 왕성하게 활동하기 시작했다는 건 코끝만 봐도 알 수 있다네. 좋은 일일세. 솔직히 말하자면, 나 자신도 방금 스스로 다 안다는 듯이 이야기했던 그 헛소리들에 대해 그리 확신하지 못하고 있네. 솔직히 고백하지. 아까 한 이야기들은 모인 자들을 안심시키기 위해 지어낸 해답이었어."

"하지만 아주 지독하게 진지하고 단호하게 들리던걸요."

"내가 얼마나 재능 있는 연기자인지 확인할 수 있었을 걸세. 건조 먹이 광고에 출연하든지, 안락사의 의미와 장점에 대해 설득하는 광고에라도 출연해야겠네!"

그는 큰 소리로 웃음을 터뜨렸다. 그러나 다음 순간 곧 진지한 표정으로 돌아와 자신의 형언하기 어려운, 빛나는 황금색 눈으로 나를 시험하듯 들여다보았다.

"이런, 프란시스. 나는 자네가 골머리 썩는 모습을 더 이상 볼 수가 없네. 오늘은 성탄절 이야. 잠깐 동안이라도 이 비참한 범죄 사건을 머리 속에서 지워버리고, 편안한 마음을 가져 보게. 누가 알겠나. 기적이 일어나서, 갑자기 어떤 기막힌 생각이 떠올라 올바른 해답에 도달하게 될지. 분명히 그럴 거라고 믿고 있네. 즐거운 성탄절 축제를 보내길 비네. 그리고 포기하지 말고 기적을 믿어 보게나!"

파스칼은 작별 인사를 건네고 곧 사라졌다. 이제 블라우바트와 나만 방 안에 남겨졌고, 우리는 둘 다 말없이 바닥을 내려다보고 있었다. 나는 블라우바트도 뭔가 석연치 않은 기분이라는 것을 알아차렸다. 파스칼의 산뜻한 해답이 분명 그의 마음에 들었을 텐데도 말이다. 그러나 사건은 아직도 확실히 밝혀지지 않았다. 블라우바트도 그 사실을 너무나 잘 알고 있었던 것이다.

"성탄절 잘 보내, 블라우바트. 그리고 고맙다. 넌 정말 최고야. 네 도움이 없었으면 아직도 오리무중을 헤매고 있었을 거야. 하나님의 가호를 빈다, 형제." 나는 말했다. 그사이 우리는 조심스레 서로 시선을 피했다.

"젠장, 나도 고맙다, 친구! 나야, 뭐 별로 대단찮은 일만 했을 뿐이니까. 파스칼 말이 맞아. 너도 이제 성탄절을 좀 즐기면서 쉬어야해. 한숨 푹 자던가, 미녀랑 랑데부라도 하라고. 아니면 그 빌어먹을 콩 새끼를 두들겨 패주든지, 네가 안 하면 내가 할 거니까. 어쨌거나 다른 생각 좀 해봐. 그럼, 재밌게 지내라. 그리고 오늘 밤에 그 흰 수염 노인네가 네 꼬리를 밟지 않도록 조심하라구."

그는 돌아서서 문을 향해 절룩거리며 다가갔다.

"아, 블라우바트!"

그는 다소 다급하게 멈춰 서고는, 내 쪽을 향해 텁수룩한 머리를 돌렸다. 그의 건강한 한쪽 눈엔 알고 있다는 듯한 웃음이 담겨 있었다.

"너도 조커가 그 놈이라고 믿냐?"

"아니," 그의 대답은 총알처럼 빨리 튀어나왔다.

"그럼, 누구라고 생각해?"

"누구든, 네가 찾아낼 그 놈이지."

그는 다시 돌아서서 문으로 나갔다.

의혹! 내 머리 속에 가득한 의혹! 그것은 점점 더 부풀어올라 두개골을 거의 터뜨려버릴 지경이었다. 내 머리 속에서 어떤 기이한 계획이 서서히 모습을 갖추기 시작했다. 더 기이한 것은, 성공 가능성이 제로에 가까울 것임에도 불구하고 내가 이 계획을 실행에 옮길 것이라는 사실이었다. 나는 갑자기 완전히 도취되고 말았다. 미신, 충동, 제의, 이런 분별없는 상태에 이름 붙일 만한 수많은 단어들이 떠올랐다. 상관없었다. 나는 단번에 냉정한 통계학적 분석가의 껍질을 벗어내던지기로 했다. 그리고 다시 한 번 가벼운 탐정의 껍데기를 걸쳐입었다.

"이봐, 블라우바트!"

습기와 벌레들에 먹혀 들어간 문설주에서 그 괴물 머리가 불쑥 올라왔다. 어둠 속에 빛나고 있는 마법의 보석 같은 그의 눈에서, 그가 이미 내 질문을 예상하고 있다는 것을 알 수 있었다. 그는 더 이상 웃음을 감추려 들지도 않았다.

"조커가 살았던 도자기 상점이 어디에 있지?"

그의 침묵에 묻힌 동의는 모든 설명을 불필요하게 만들었다. 이 자는 나와 같은 생각을 했던 것이다. 그리고 이론화 작업을 이제 그만 집어치우기를 바랐던 것이다. 우리가 처음 만났던 그날처럼, 어떤 구차한 과정도, 서로를 알기 위한 긴 대화도 필요 없었다. 왜냐고 묻지도 않고, 어째서 자신이 이미 샅샅이 뒤져본 그곳에 가느냐는 비난도 없이, 그는 내게 주소를 알려주고는 한 마디 말도 없이 바로 뒤돌아서 사라졌다.

나는 정적 속에서 귀를 기울여 그가 힘겹게 계단을 내려가는 소리를, 복도를 가로질러 뒷문을 통해 밖으로 나가는 소리를 들었다. 그리고 나서 몇 분인가 더 기다렸다. 내 신경은 금방 갈갈이 찢겨나갈 듯 팽팽해져 왔고, 마침내 당장이라도 폭발할 지경에 이르렀다.

완전히 이성을 잃기 전에 나는 계단을 몇 개씩 건너 뛰어 내려가, 집을 떠나서 눈 쌓인 거리를 질주했다. 블라우바트의 설명에 의하면 그 도자기 상점은 이 구역의 아주 외진 곳에 있었고, 나는 앞으로도 한참 동안 수많은 정원 담을 지나야만 했다. 그러나 나를 사로잡은 강한 충동의 힘으로, 나는 그 먼 거리를 마치 날아가듯이 단숨에 달려갈 수 있었다. 내가 그 도자기 상점에서 찾아내고 싶은 것이 무엇인지는, 그저 막연한 상상에 불과할 뿐이었다. 그러나 내 안의 무엇인가가 놀라운 반전을 예고하고 있었다. 적어도 그곳에서 나는 내 이론을 입증할 만한 어떤 증거를 찾아낼 것이다. 블라우바트가 그 건물을 뒤져보고 난 후에 했던 이야기들이 생각났다.

"위부터 아래까지 샅샅이 찾아봤다고. 심지어는 그 빌어먹을 창고의 다락방까지 기어들어가 봤어. 정말 무시무시한 노릇이었다고. 그 위에 있는 선반들엔 우리 몸 크기 만한 도자기 인형들이 잔뜩 있더라니까."

선반들……우리 동족의 모습을 한 도자기 인형들로 채워진 선반들—게다가 실물 크기라고 했다! 블라우바트는 지하실 창문을 통해 건물 안으로 들어갔고, 그렇기 때문에 위쪽에서 아래쪽이 아니라 아래쪽에서 위쪽으로 그 성직자를 찾아다녔다. 그리고 열려진 문을 통해 창고 안으로 들어갔을 것이다. 그 후에 그 깨지기 쉬운 물건들 사이로 돌아다니며 창고 안을 살펴보았을 것이다. 자신의 힘이 닿는한, 그리고 그 공간의 여건이 허락하는 한 말이다. 그 말은 즉, 그는우리와 빌어먹을 만큼 꼭 닮았다는 도자기 인형들을 모두 희미하게만 간신히 보았다는 이야기가 된다. 펠리데의 시각으로 말이다―. 더군다나 멀쩡한 한쪽 눈만으로.

바로 그거다! 그는 선반 **위**를 조사해볼 수 없었던 것이다.

마침내 나는 그 집 앞에 도착했다. 이 그림 같이 아름다운 눈 덮인 겨울 풍경 속에서, 그 집의 얼룩지고 곰팡이 핀 현관과 음산한 외관은 마치 부활한 시체를 연상시켰다. 도자기 상점은 그다지 수지가맞지 않았음에 틀림없다. 주인이 건물을 이렇게 무책임하게 방치해놓기 위해서는 주택 검사관에게 기록적인 뇌물이라도 갖다 바쳐야했을 것이기 때문이다. 지붕의 홈통은 잔뜩 녹슨 채 절반이 떨어져나와, 아래쪽으로 사선을 그리며 기울어져 있었다. 바람이라도 거세게 불어오면, 이 녹슨 고물 덩어리 전체가 팍삭 부서져버려, 아무 것도 모른 채 지나가던 행인의 머리 위로 마구 떨어져 내릴 것만 같았다. 벽 상태도 다르지 않았다. 격자 울타리로 대충 둘러쳐 놓은 듯한담벼락들은 덩굴 식물들로 뒤덮여 있었고, 여기저기 마구 갈라진 틈새들은 쩍 벌어진 목구멍을 연상시켰다. 창들은 모두 장님의 눈처럼보였다. 완전히 더럽혀져 있었기 때문만이 아니라 일부는 창유리조차없었기 때문이다. 3층의 발코니엔 난간조차 없어서, 그것이 원래 발코니였다는 것을 간신히 짐작만 할 수 있을 뿐이었다. 이 모든 것을한 마디로 말하자면, 바로 이 건물이야말로 우리의 용감한 행동 대원들, 즉 돌격 대원-아치(코드 네임 '괴상한 탁자 터미네이터')와 돌격대원-구스타프(코드 네임은 '쪽마루 닌자')의 맹활약이 긴급히 요청되는 곳이었다.

건물 안으로 잠입해 들어가는 일에 있어서, 내겐 블라우바트만큼의 행운이 따라주지 못했다. 건물 전체를 한 번 빙 돌아보았지만, 이번엔 모든 지하실 창문이 굳게 잠겨 있었다. 그러나 지붕 창 중 하나나 혹은 여러 개의 지붕 창을 통해 창고 안을 자세히 들여다볼 수 있으리라는 것은 쉽게 예상할 수 있었다. 이미 내 머리 속은 어떻게 하면 가장 빨리 저 위로 올라갈 수 있을까에 대한 생각만으로 가득 찼다. 이것을 가능하게 해줄 유일한 방법은 지금으로선 단 한 가지밖에 떠오르지 않았다. 그리고 그 방법은 물론 목숨을 걸어야 할정도의 위험한 방법이었다.

다시 건물 뒤쪽으로 돌아와서, 나는 곧장 건물에서 약 3미터 가량 떨어진 곳에 서 있는 나무 위로 기어올라가기로 했다. 계단처럼 서로 엇갈려 뻗은 가지들이 타고 올라가기에 아주 적합해 보이는 나무였다. 가장 꼭대기의 가지는 지붕 위까지 이르고 있었다. 우리 동족처럼 고도의 균형 감각을 갖춘 생물이라면, 그리고 아주 조심하기만 한다면, 가지 사이를 뛰어 올라 꼭대기까지 다다르는 게 충분히 가능할 것이었다. 게다가 더 중요한 것은, 다시 내려오는 것도 가능할 것이다. 물론 가지들이 끝으로 갈수록 점점 가늘어진다는 위험이 도사리고 있었다. 결국 이 모든 과정을 성공적으로 완수해내려면, 곡예사의 재능과 민첩함이 필요했다.

나무 줄기를 민첩하게 기어오른 후, 굵은 가지 위에서 잠시 숨을 돌리고 있을 때, 나는 또 한 가지 위험을 알아차렸다. 즉, 나무 전체가 꽁꽁 얼어 있었던 것이다. 나는 아주 조심스럽게 움직여야만 했다. 이 나이에 비행술까지 새로 배우게 되는 건 질색이다.

신중하게 거리를 잰 후 뛰어 오르면서, 동시에 속으로 살려달라는 기도를 외쳤다. 오늘은 신의 아들이 태어난 날이니 이런 기도에 특별한 배려를 내려줄지도 모르겠다는 기대를 품고 말이다. 어쨌거나 나는 무사히 나무 위로 올라갈 수 있었고, 마침내 지붕 위로 뻗어 있는 가지에 다다를 수 있었다. 이 가지는 내 무게를 견딜 만큼 충분히 튼튼하고 길어서, 훌륭한 다리 역할을 해줄 것 같았다. 다만 한 가지 문제는, 찬바람이 쉴 새 없이 가지를 흔들어대고 있다는 점이었다.

게다가 도중에 다시 돌아올 수도 없었다. 일단 가지 위로 발을 딛으면, 가지가 너무 가늘어서 뒤로 돌아선다던가, 뒷걸음질치는 것조차 불가능할 것이기 때문이었다. 그러나 남은 길은 한 가지뿐이었다. 모든 용기를 끌어 모아, 아래는 내려다보지도 말고, 오직 지붕을 향해, 가지 위에서 필사적으로 균형을 잡고 전진하는 길뿐. 이 위험한 곡예의 결과에 대해 더 이상 생각하지 않기로 하고, 나는 곧장 행동에 돌입했다.

조물주께 감사하게도, 우리 종족은 원래 땀을 흘리지 않는다. 그런데도 내 앞발이 마침내 지붕 위 벽돌 하나를 건드리게 되었을 때, 나는 이 생물학적 특성에 관한 한, 내가 돌연변이에 속하는 게 아닐까라는 느낌을 받았다. 실제로 내 털 속에서 공포에 젖은 땀 냄새가 물씬 피어오르는 듯이 느껴졌기 때문이다. 최면에 걸린 듯한 몽롱한 눈빛으로, 나는 재빨리 가지 위를 미끄러져 목표를 향해 나아갔고, 가지는 내 발 밑에서 즐거이 요동치고 있었다.

마침내 안전한 지붕 위에 서서 나는 안도의 한숨을 내쉬었다. 그리고 용기를 내어 처마 밑을 내려다보았다. 입을 쩍 벌리고 있는 심연을 내려다보자니, 히치콕(Hitchcock) 영화의 한 장면을 대하는 듯한 느낌마저 들었다. 나는 정말 내가 제정신인지 자문하지 않을 수 없었다. 어쨌거나 결국은 피투성이 수수께끼에 불과한 이런 일 따위에 왜 나는 생명까지 걸고 있는 것일까? 도대체 나 자신과 다른 이들에게 무엇을 증명하고자 했던 것일까? 내가 이 세상에서 제일 똑똑한 동물이라는 것을? 얼마나 헛된 일인가! 얼마나 우스운 일인가 말이다! 게다가 나는 방금 얼마나 자살 행위에 가까운 짓을 했단 말인가!

그러나 이제 막 내가 깨달은 바와는 정반대의 행위만을 하도록 부추기는 나의 고장난 뇌는, 또다시 새로운 가증스런 일을 향해 나를 내몰고 있었다. 그렇게, 겨우 수초 안에 그 현기증 나는 스릴은 자취를 감추고, 내가 이 위로 올라와야 했던 이유가 기억났다.

나는 다시 지붕 쪽으로 몸을 돌렸다. 지붕 위 벽돌들은 이미 예상했던 대로, 여기저기 부서져 있었고, 대칭 균형을 모두 무시하고 아무렇게나 연결되어 있었다. 바람 때문에 많은 벽돌이 한쪽으로 마구 기울어져 있어서, 살짝 밀어주기만 하면 길가로 우수수 떨어져 내릴 기세였다. 정말 다행스럽게도, 정확히 지붕 한가운데, 여러 개의 유리창으로 나뉘어 있는 넉넉한 크기의 채광창이 만들어져 있었다. 그 위로 눈이 얇게 쌓여 있었다.

즉시 그곳으로 달려갔다. 많은 유리창이 깨져 있었고, 깨진 자리는 투명한 비닐로 가려져 있었다. 나는 앞발로 말짱한 유리창 위의 눈을 치우고, 그렇게 만들어진 구멍을 통해 창고 안을 들여다보았다. 창고 안이 어두워서 모든 걸 샅샅이 알아보기는 어려웠지만, 블라우바트가 묘사했던 그대로임을 확인할 수 있었다. 서둘러서 대충 창고로 개조한 듯한 다락방엔, 다양한 높이의 금속 진열대들과 걸이 선반들이 가득했고, 그 위엔 온갖 오래된 유리잔들과 도자기와 청자기로 만든 장식 인형들이 잔뜩 올려져 있었다. 그리고 실제로 이 장식 인형들 중 대부분이 펠리데를 본떠 만들어져 있었다. 아마 구스타프같이 사치스러운 취향을 가진 구매자들을 위해 생산된 것들인가 보다. 내 어리석은 동반자가 진열창 안의 도자기 짐승들을 들여다보다가, 상점 안으로 들어와서 엄청난 돈을 지불하고 그 중 하나를 사서는, 집으로 가져와 벽난로 앞에 세워두고, 그 거슬리는 유아 언어로 그 도자기 동물과 나의 닮은 점에 대해 지긋지긋하게 떠들어대는 모습을 생생히 떠올려 볼 수 있었다. 어쨌건 블라우바트가 이야기했던 대로, 여기엔 나와 같은 종에 속하는 거대한 맹수들의 실물크기 모형들도 있었다. 음산한 분위기를 자아내며 전시되어 있는 래커 칠된 호랑이, 재규어, 퓨마, 그리고 표범들은 내게 전혀 공포를 주지 않았다. 그것들은 단지 극동 아시아 어느 곳에서 대량 생산된 물건들에 지나지 않았기 때문이다. 물론 이것을 만든 기술자들은 가능한 한 진짜처럼 보이게끔 모든 노력을 기울였을 것이다.

아래를 내려다보기 위해 눈을 치우고 만들었던 구멍이 시야를 제한해서, 구멍을 더 넓히기로 했다. 그리고 다른 창문들로도 건너다니며, 모두 부분적으로 눈을 치워냈다. 그러자 얼어붙은 성탄절 하늘의 희미한 불빛이 지하 감옥 같은 공간을 조금씩 밝혀주었고, 그 안에 감추어진 비밀들을 드러내주었다. 그 모든 잡동사니들을 하나하나 샅샅이 살펴보는 데는 꽤 많은 시간이 소요되었다. 그리고 내 두려움은 견딜 수 없을 정도로 커져갔다. 내가 찾고자 했던 것이 보이지 않았기 때문이다.

그리고 이제 거의 포기하려던 찰나, 그것은 갑자기 충격적으로 내 시야 안에 뛰어들어 온 것이다……

그는 거의 살아있는 것처럼 보였다. 자신과 똑같이 흰색인 두 도자기 동족 사이에 끼인 채, 그리고 앞에 늘어서 있는 긴 잔들로 호기심 어린 시선을 차단한 채, 창고 안 어두운 구석에 세워져 있는 진열대의 제일 윗선반에 조커가 앉아 있었다. 그의 텁수룩한 꼬리 끝만이 선반 가장자리 밖으로 비어져 나와 있어서, 누군가 아래쪽에 서서 아주 유심히 관찰한다면 그것을 발견하고 흠칫 놀라게 되었을지도 모르겠다. 창을 가린 비닐의 찢어진 틈새로 날아 들어간 몇 개의 얇은 눈송이들이 조커의 머리 위에 그림처럼 내려앉았다. 그는 스핑크스 같은 자세로 앉아 있었고, 고개를 약간 앞으로 기울이고 있어서, 마치 졸고 있는 것처럼 보였다. 그러나 실제로는, 그는 이미 오래 전에 얼음 덩어리로 변해 있었다. 저 창고 안의 기온은 이 밖의 기온과 거의 다르지 않을 것이기 때문이었다. 아마도 이런 이유로 그의 주인이나 블라우바트가 부패 악취를 전혀 알아차리지 못했던 것이리라. 언젠가 창고 안의 온도가 올라가서, 문자 그대로 차가운 자루가 '땀을 흘리기' 시작한다면, 비로소 진실이 드러나게 될 것이다.

나는 놀라지 않았다. 조커 사제가 더 이상 우리들처럼 먹고 소화시키며 지내지 못하게 되었으리라는 것을, 내 정확한 직감이 이미 오래 전부터 알려주었기 때문이다. 그러나 나를 당혹감에 빠뜨린 것은,

이번에는 살해자가 너무나 손쉽게 일을 처리했다는 사실이었다. 다른 희생자들과는 달리 조커의 목은 찢어지지 않은 채였다. 마치 드라큘라 백작의 표식처럼, 단지 목 부분 털 위로 송곳니 자국만이 엿보일 뿐이었다. 그 작은 상처 사이로 아주 가느다란 핏줄기가 이어져 내려와 얼어붙어 있었다. 조커 주위에 있는 도자기 동물들이나 유리잔들이 전혀 파손되지 않고 그대로라는 점으로 미루어보아, 조커는 살해당할 당시 아무런 저항조차 하지 않았던 것이다. 조금만 발버둥쳤어도 그 모든 깨지기 쉬운 물건들이 쉽게 진열대 아래로 떨어져 깨져버렸을 것이기 때문이다. 그렇다. 분명히 살해자와 희생자는 이 외진 곳으로 일부러 숨어 들어와 비밀스럽게 일을 치렀던 것이다.

그것은 아마 사형 집행 같은 행위였을 테고, 조커는 그에 대해 완전히 순종했던 것 같다. 그 이유는 명백했다. 이 사이비 교주는 누군가가 자신과 살해자 사이의 연관성을 알아차렸다는 사실을 알게 되었던 것이다. 의심을 품고 있는 누군가로부터 심문을 당하게 된다면, 그는 결국 언젠가는 견디지 못하고 모든 것을 털어놓게 되고, 살해자에 대해서도 밝히고 말았을 것이다. 살해자도 이것을 너무나 잘 알고 있었다. 물론 살해자는 결코 이런 위험을 그대로 감수할 수 없었을 것이다. 그래서 그는 조커를 위협해서 이 끔찍한, 그러나 반드시 필요한 조처를 취했던 것이다. 그리고 조커는 이 조처에 순종하여, 아무런 저항 없이 그 짐승에게 목숨을 내놓았다. 하지만 도대체 이 일에 얼마나 믿기 어려운 중요한 사실이 숨어 있기에, 조커가 그것을 위해 스스로 목숨을 바치기까지 한단 말인가? 생명보다 더 중요한 비밀이라도 된다는 것인가?

클라우단두스……! 그는 다른 자들에게 죽음을 가져다주기 위해 살아남았던 것이다!

수수께끼를 풀었다는 것은 평범한 존재들에겐 보통 자부심과 해방감을 주기 마련이다. 그러나 내 뇌처럼 병든 뇌는 또 다른 법칙을 따라가곤 한다. 이 사실을 나는 이미 클라우단두스 사건을 해결하기 전부터 알고 있었다. 수수께끼를 풀어 가는 일 그 자체가 즐거운 것이며, 해답은 가소로운 부상일 뿐이다. 하나의 비밀 속에 또 다른 비밀이 숨어 있고, 그 속에 또 다른 비밀이…… 이런 식으로 계속 되어가는 과정은 한 마디로 근사한 것이다. 수수께끼를 풀이하는 자들은 아주 독특한 속성을 갖고 있다. 그들의 가장 절실한 소원은, 언젠가 누군가가, 자신이 절대로 풀지 못할 문제를 가져와 주는 것이다. 그러나 가끔씩은 그들도 궁지에 몰릴 때가 있다. 그것은 그들이 문제를 풀지 못했을 때가 아니라, 너무나 정확히 풀었을 때다. 그리고 그 직후에 차라리 풀지 못했더라면 더 나았을 것이라고 생각하게 될 때다. 이 광기어린 밤에 내가 진실을 깨닫게 된 후에 느꼈던 심정이 바로 이랬다. 정말 우울하고도 동시에 흥분되는 심정이었던 것이다.

그러나 내가 수수께끼 풀이에 환멸을 느꼈던 것은 사실은 집으로 돌아온 지 몇 분 후의 일이었다. 그 전에 나는 우선 올라갈 때와 똑같은 자살 행위 같은 방식으로, 다시 지붕에서 나뭇가지로 건너간 후에, 나무를 기어 내려와야 했다. 그동안 내내 내 머리 속에 들어 있는 수많은 퍼즐 조각들을 맞추는 데 푹 빠져 있어서, 몽유병 환자처럼 위험 천만한 움직임을 이어갔던 것이다. 그래서 그 위험한 하강 과정에 동반되는 얼얼한 공포를 제대로 음미하지도 못했다. 눈보라는 그사이 흰 얼음 불꽃을 뿜어내며 포효하고 울부짖는 용의 형상으로 변모해 있었다. 아마 내일 아침이면 온 세상이 완벽한 성탄절 카드 그림으로 변해 있을 것이고, 성탄절 팬들은 그 전형적인 광경에 오르가즘을 느끼게 될 것이다.

여전히 수백 개의 난해한 가설들에 사로잡힌 채, 나는 '닥터 지바고'의 한 장면을 방불케 하는 눈보라 속에서 집으로 돌아왔다. 그리고 구스타프가 나를 위해 열어둔 화장실 창을 통해 집 안으로 들어왔다. 내 불쌍한 친구는 서재에 있었다. 완전히 만취된 상태로, 책상 위에 상체를 엎드린 채 잠들어 있었다. 아마도 그는 축제 중 가장 큰 축제일을 나름대로 즐겨보려고 몇 가지의 슬픈 시도들을 했을 것이다. 그리고는 결국 혼자만의 축제가 갖는 무의미함과 비극에 질려서, 이 귀중한 시간을 차라리 연구에 투자하기로 결심했겠지. 책상 위에 놓여있는 많은 책들 옆에는 빈 포도주 병 두 개와 반쯤 채워진 잔 하나가 놓여 있었다. 아마 연구만으로는 외로움의 고통을 충분히 달랠 수 없었나 보다.

나는 책상 위로 뛰어올라가, 애처로운 심정으로 이 인간을 들여다보았다. 나를 위해 매일 음식을 차려주고, 내가 조금이라도 탈이 나면 즉시 의사에게로 데리고 가서 많은 돈을 쏟아 붓는 인간. 코르크나 고무로 만든 쥐를 가지고 나와 놀아주는 인간(사실은 내 쪽에서 그를 위해 억지로 놀아주는 것이지만). 내가 조금만 오래 안 보여도 끔찍하게 걱정하는 인간. 그리고 이 빌어먹게 말끔히 단장된 집보다도 나를 더 사랑하는 인간……유감스럽게도 그는 어느새 야만적으로 코를 골아대기 시작해서, 그를 향한 나의 애달픈 심정은 길게 이어지지 못하고 혐오스런 그림자만 던져지고 말았다. 그는 수박만한 머리통을 옆으로 뉘어서, 한가운데가 펼쳐져 있는 두꺼운 삽화 책 한 면 위에 올려놓고 있었다. 독서 스탠드의 흐릿한 불빛이 그 책 위에 고여 있었다.

구스타프의 무의미한 삶에 대해 걱정하면서, 나는 문득 그 책의 오른쪽 면으로 시선을 떨구었다. 거기엔 이집트 벽화 하나가 원래의 색조 그대로 인쇄되어 있었다. 그 사진 밑에는 '기원전 약 1400년에 테베에서 만들어진 무덤 벽화'라고 써 있었다. 다른 모든 오래된 그림들처럼, 이 그림도 나를 철학적인 감상에 빠지게 했다. 그렇게 오래오래 전에, 이렇게 고도로 발달된 문화가 존재했다니……그러나 그때 그 그림 속에서 아주 특별한 어떤 것을 발견하지 못했더라면, 나는 즉시 내 주인의 머리 건너편에 있는 다른 면으로 눈길을 돌렸을 것이다.

그 무덤 벽화에는 한 젊은 왕 또는 신이 사냥을 하는 모습이 그려져 있었다. 허리에 흰 장식띠를 두르고, 화려한 목걸이를 걸고 있는 그 젊은이는 한 손에는 뱀을, 다른 한 손에는 세 마리 엽조(獵鳥)들을 붙들고 있었다. 그는 갈대와 늪지 식물들이 무성한 호수 기슭에 대어 있는 파피루스 배 안에 서 있었다. 온갖 화려한 색깔을 뽐내는 다양한 종류의 새들과 오리들이 그를 둘러싸고 있었다. 뒤편에는 신비한 상형문자가 확대되어 있었고, 왼쪽 끝에는 황금빛 로브를 걸친 작은 여신이 그의 출동을 축복해주고 있는 듯이 보였다. 이 그림은 전통적인 고대 이집트의 화법을 따라 모두 옆모습으로 그려져 있었다. 아마 사냥에 관한 기록으로, 그와 관련된 모든 중요한 요소들이 그림 안에 집약되어 있는 것 같았다. 그러나 나를 가장 놀라게 했던 것은, 그 사냥꾼의 발 앞에 있는 내 동족의 모습이었다. 그도 입과 발에 어떤 엽조들을 물거나 붙잡고 있었고, 그렇게 젊은이의 사냥을 돕고 있었다. 나는 고대 이집트인들이 우리를 먼저 사냥개들처럼 사냥에 이용했으며, 그 후에 점차 농사 지역에서 해로운 설치류를 쫓아내는 데 투입시켰다는 것을 알고 있었다. 그러나 그 존경할 만한 고대의 동족들은 지금처럼 완전히 가축화되어 버린 우리들과는 전혀 달랐다. 그들은 고대-펠리데의 직계 후손들이었다. 그리고 이 무덤 벽화에 그려진 동족이 바로 그런 후손들 중 하나라는 것은 의심할 여지가 없었다. 그러나 무엇보다 가장 기괴한 사실은 이 고대의 동족이, 내가 2주 전에 짝짓기를 했던 그 암컷과 똑같은 모습을 하고 있다는 사실이었다. 배 쪽으로 갈수록 엷은 베이지색으로 변하는 모래색 털, 땅딸막한 몸매, 그리고 보석처럼 빛나는 눈……

바로 그때, 기적이 일어났다. 나는 계시를 받았던 것이다! 마치 내 머리 속에서 거대한 담이 와르르 무너지며, 수천 개의 태양에서 빛이 뿜어져 나오는 듯했다. 나는 갑자기 깨달았던 것이다. 바로 이런 사실들을.

우리는 알지 못하는 새 퇴행 진화되었던 것이다. 우리의 기원을 향해, 신세대 펠리데의 초기 원형을 향해서 말이다. 그리고 어쩌면 애완 동물의 목줄 따위는 알지도 못하며, 공포를 자아내는 맹수로 자유롭고 거침없이 온 세상을 돌아다니던, 그리고 어디에 있던, 어디로 가던 두려움의 대상이 되던, 그 긍지 높은 고대의 펠리데를 향해서 말이다!

이 문제에 대해 철저히 조사해볼 필요가 있었다. 나는 즉시 서재 안을 돌아다니며 책꽂이들을 살펴보면서, 구스타프의 방대한 사전 전집을 열심히 찾아보았다. 마침내 책꽂이 제일 위쪽에 꽂혀 있는 알파벳 V가 쓰여진 사전을 찾았다. 책상 위에 올라가 몸을 날려 앞발로 그 책을 움켜쥐고 책꽂이 아래쪽으로 끌어당긴 후, 그 책과 함께 바닥으로 떨어져 내렸다. 구스타프는 이 소동에 대해서 알아듣기 어려운 소리를 몇 마디 웅얼거리더니, 다시 코를 골아대기 시작했다. 나는 거의 은행의 지폐 세는 기계에 필적할 만한 속도로 재빨리 책장을 넘겨, 마침내 원하던 단어를 찾아냈다. 그것은 바로 '유전학(Die Vererbungslehre)'이었다.

몇 줄 채 읽기도 전에 이미 내 몸은 열병 같은 흥분으로 덜덜 떨리고 있었다. 한편으론, 이런 중요한 점을 여태까지 완전히 간과해온 나의 멍청함에 참을 수 없이 화가 났고, 다른 한편으론, 이제야말로 살해자와 살해 동기를 알아낼 수 있으리라는 예감으로 얼어붙을 듯한 공포에 사로잡혔다.

나는 얼른 사전으로 눈길을 떨구었다.

"유전학 법칙을 최초로 발견한 사람은 아우구스티누스 파의 수사 그레고르 요한 멘델(1822 ‑ 1884)이다. 이 독학 자연과학자는 식물 재배를 하는 동안 한 가지 문제에 봉착했는데, 그는 이 문제에 매료되어 열중하다가 그 누구도 미처 생각해내지 못했던 새로운 방법으로 이 문제에 접근하게 되었다. 그것은 바로, '유전적 특질이 어떻게 전달되는가?' 라는 문제였다. 기존의 이종 교배 실험들엔 실험적 정확성과 여러 세대를 통한 체계적 관찰, 그리고 논리적 분석이 결여되어 있었다. 교배된 바로 다음 세대 안에 나타나는 다양한 개체 변화들과 한참 나중의 세대에서 하나의 개체에 모계, 또는 부계의 조상과 다소의 정도 차이를 갖는 닮은 점이 나타나게 된다. 이러한 '격세 유전'은 끊임없는 경악을 불러 일으켰다. 1856년에 멘델은 정원 완두콩 교배 실험을 체계적으로 진행하여, 47쪽 분량의 학술 보고서인 「식물 이종 교배 실험(Versuche über Pflanzenhybriden)」을 출판했다……"

그레고르 요한 멘델, 그 벽에 걸린 사진 속의 신부, 그리고 내 악몽에 등장했던 거인. 이제야 나는 서서히 맥락을 잡아나가기 시작했다. 이 사건을 암시하는 모든 세부사항들이 영화 속 장면들처럼 내 머리 속을 뚫고 지나갔다. 그러나 이제서야 그 모든 것들이 계시적이었다는 것을 알게 되었을 뿐이다. 당시엔 그 속에 감춰진 메시지를 해석해낼 능력이 내게 없었기 때문이었다.

내 마음의 눈앞에 점점 더 많은 영상들이 떠오를수록, 타오르는 붉은 색의 비틀린 논리의 화살이 점점 더 뚜렷한 형태를 갖추어 갔다. 그리고 그 빛나는 화살촉은 살해자의 심장을 향하고 있었다……

─내가 처음 발견했던 희생자인 사샤의 경우에, 나는 그가 살해당할 당시 발정기의 절정에 이른 상태였다는 것을 금방 알아챘었다. 딥퍼플의 시체에서도 같은 점을 발견했을 때, 누군가가 피살자들의 짝짓기를 막고자 했다는 결론을 얻어낼 수 있었다. 그런데 도대체 나는 왜, '어떤 암컷'을 그들이 덮치려 했을까에 대해 궁금해하지 않았던 것일까? 어째서 처음부터, 살해가 일어났던 시점에 이 구역의 어떤 암컷이 발정중이었는가에 대해 조사하지 않았단 말인가?

─처음부터 내 꿈의 계시에 귀를 기울여야만 했다. 그 안에는 내 정확한 직감이 만들어낸 마법의 열쇠가 들어있었던 것이다. 그것은 이 신비의 건물 안으로 들어가는 빛나는 문을 열 수 있는 열쇠였을

것이다.

첫번째 악몽은 첫번째 열쇠였다.

그 흰 공허(확실히 학대 실험실을 상징하고 있을) 속에 나타났던, 길고 흰 망토를 걸친 얼굴 없는 남자는 율리우스 프레테리우스 교수였다. 그에게 얼굴이 달려있지 않았던 것은, 그가 실제로 더 이상 얼굴을 갖고 있지 않은 자였기 때문이다—그는 이미 7년 전에 죽은 자였다. 마지막에 이 텅 빈 얼굴 위로 두 개의 인광을 발하는 노란 눈이 나타났고, 눈물을 흘렸다. 이 눈물을 흘리던 눈은 바로 클라우단두스의 눈이었다. 그는 실험실에서 겪어야 했던 참혹한 고통으로 인해, 마침내 자기 스스로가 프레테리우스로 변신했던 것이다.

—그리고 두 번째 악몽. 여기서 딥 퍼플은 피가 솟구치는 목의 상처 속에서 끊임없이 어린애들을 끄집어내어, 마치 공처럼 차고 벽을 향해 내던졌었다. 이것은 딥 퍼플의 후손이 만들어지는 것을 누군가 원치 않았다는 것이며, 그럼에도 불구하고 그 후손들이 태어난다면, 살해자가 그들에게 해를 가하리라는 것을 의미하는 것으로 해석할 수 있다. 게다가 그 좀비는 어떤 혁신적인 치료 방법들에 대해서도 떠들어댔었다. 아마도 이것은 그 끔찍한 과거의 실험들에 대한 암시를 담고 있을 것 같은데……

—청각 증인인 펠리시타의 결정적인 증언

"무슨 이야기를 하는지 알아들을 수가 없었어. 하지만 한 가지는 분명히 계속 들을 수 있었어. 그 알 수 없는 자가 굉장히 다급하고 심각하게 말을 하는 것 같았어. 뭔가를 상대방한테 설득하고 있는 것처럼 들렸어……"

살해자는 미쳐 날뛰는 정신병자가 결코 아니었다. 그는 '공평함'에 대해 잘 알고 있는 아주 멀쩡한 자로, 자기 희생자들에게 마지막 기회를 주려고 했던 것이다. 즉 그는 먼저 그들에게 사정을 잘 설명해 주고, 개량을 위해 선택된 종과 짝짓기를 하지 말아달라고 부탁했던 것이다. 그 외의 다른 종이라면 누구와 짝짓기를 해도 무방하다고 말이다. 즉, 그는 희생자들에게 개인적인 원한이나 악감정은 없었던 것이다. 그러나 그들은 그의 말을 들으려 하지 않았다. 발정기에 처한 '오래되고-새로운' 종인 암컷의 매혹적인 노래가 구역 전체에 울려 퍼지기 시작하자, 오직 이 준비 만반의 여가수와 한몸을 이루고 싶다는 생각에만 사로잡히게 되어서 자신을 통제할 수 없는 지경에 이르렀던 것이다. 그러나 그들로 인해 심혈을 기울여 진행시켜 온 개량 과정을 망치게 하고 싶지 않았던 살해자는 더 이상 그들을 봐줄 수 없었고……

—우리가 처음 그 호사스런 집 안에 들어갔을 때, 블라우바트는 파스칼의 주인의 직업에 대해서 이렇게 추측했었다.

"내 생각에는 이 쓰러져 가는 집의 주인이라는 작자는 뭔가 학문에 관계된 일을 하는 것 같아. 수학인지, 생물학인지, 아니면 초심리학인지는 알게 뭐냐……"

블라우바트가 옳았다! 그자는 생물학자이며, 생물학에 혁명을 일으킨 유전학의 선구자인 자기 우상의 사진을, 서재 벽에 걸어놓았던 것이다. 바로 그레고르 요한 멘델 말이다. 그런데 이 '칼 라거펠트'의 진짜 이름이 뭐라고 했더라?

단 한 번, 파스칼은 거의 스치듯이 그자의 이름을 언급했던 적이 있었다. 나는 파스칼과 주고받았던 많은 대화들을 기억해 내려 노력했다. 수많은 대화의 단편들이 내 머리 속을 오고 갔다. 그리고 마침내 내 무의식 속 깊은 어디에선가 그 장면을 끌어낼 수 있었다.

"내 주인 치볼트가 신선한 간 요리를 준비해 두었다네……"

약 열흘 전에 내가 파스칼에게 새로운 정보들을 알려주고, 그에 관해 격렬한 토론을 시작했던 날, 파스칼은 그자의 이름을 언급했었다.

치볼트…치볼트……치볼트………

바로 그 이름이다!

"치볼트는 내가 연구소에서 '빼내왔다'. 처음엔 그가 직업을 잘못 선택했다고 생각했었다. 왜냐면 그의 날마다 바뀌는 화려한 옷차림과 멋부리는 태도는, 오히려 학자보다는 패션 모델에나 어울릴 법하다고 생각했기 때문이다. 하지만 그는 일을 시작하면 무시무시할 정도의 변모를 보여주곤 한다. 완전히 일에 몰두해버리는 것이다……"

치볼트는 그 실험실에서 프레테리우스의 오른팔이었다. 그리고 그는 거의 끝까지, 그 모든 동물 실험들을 빠짐없이 지켜봤던 인물이었다. 그는 클라우단두스를 알고 있었고, 그의 끔찍한 고통에 대해서도 잘 알고 있었다. 그는 그 불쌍한 생물에게 동정을 느꼈을 것이며, 어쩌면 그가 사임했던 진짜 이유는 피비린내 나는 실험을 더 이상 견딜 수 없었기 때문일지도 모른다.

"쥐들은 배의 침몰을 미리 알아채고 떠난다. 오늘 치볼트가 우리에게 작별을 고했다. 자신이 사직하는 확실한 이유에 대해 그는 아주 정확하게 표현해냈다. 우리가 내 사무실에서 슬픈 이별의 대화를 나누고 있는 동안, 이 남자는 내내 수수께끼 같은 말만 떠들어댔다……"

—"펠리데……" 우리의 첫만남에서, 파스칼은 그렇게 속삭였다. 그의 눈빛은 기이하게도 아주 아득한 먼 곳을 향하고 있는 듯 했다.
"진화는 엄청나게 많은 수의 생물들을 만들어냈지. 백만 종 이상의 동물들이 오늘날 이 지구 위에 살고 있다네. 하지만 그 중 어떤 종도 펠리데만큼 존경과 경탄을 받을 수 없네. 펠리데는 겨우 40개 정도의 하위 종개념으로 분류될 뿐이지만, 그들은 절대적으로 가장 매혹적인 피조물에 속하지. 진부하게 들릴지도 모르지만, 자연의 기적일세!"

파스칼은 자신의 종에 대해 아주 잘 알고 있었다. 그리고 아마도 다른 모든 동물들과 그들의 발생에 관해서도. 그렇다면 그는 대체 어떻게 그런 지식들을 손에 넣었던 것일까?

치볼트! 그렇다, 그자는 생물학자이며 멘델의 숭배자다. 틀림없이 그의 서재에는 진화와 유전의 학문적 배경에 관한 수많은 문헌들이 있을 것이다.

자신의 주인도 모르게 감쪽같이 컴퓨터를 조작했던 것과 똑같이, 파스칼은 어느 날 분명히 이 학문적 자료들을 발견하게 되었을 것이고, 그 후 그것을 치밀하게 연구하기 시작했을 것이다……

—내 세 번째 악몽……나는 핵전쟁으로 폐허가 되어버린 듯한 우리 구역 안을 돌아다니고 있었다. 그 황폐한 장소는 사방에서 뻗어나온 거대한 완두콩 줄기로 뒤덮여 있었다. 완두콩 식물! 이 식물을 통해 유전 형질 전달의 규칙성이 학문적으로 최초로 입증되었다. 그리고 그 거인 멘델이 한 떼의 죽은 동족들을 다시 살려내고, 거대한 꼭두각시 조종 막대기로 그들에게 모욕적인 춤을 강요한 후에, 그는 실제로 자신의 정체를 그대로 밝혔던 것이었다.

"식물 교배 실험! 식물 교배 실험! 식물 교배 실험! 더 많은 식물 교배 실험이 필요해! 그 비밀의 핵심은 완두콩 속에 숨어 있다! 식물 교배 실험! 식물 교배 실험을……!"

그렇게 그는 노래부르면서, 자신의 학문적 연구의 제목을 내게 알려줬던 것이다. 그런데도 나는 이 꿈의 의미를 해석해내지 못했고, 이 장면에 담겨 있던 그 명확한 상징을 단순한 악몽으로 치부해버렸던 것이다. 용서받지 못할 실수다, 프란시스!

—그리고 프레테리우스의 일기장에도, 그 기록자가 무의식적으로 남긴 희미한 암시적 메시지들이 담겨 있었다.

"이들은 원래 야행성이기 때문에 주로 한밤중에 돌아다닌다. 밤에는 이 도시가 이들의 것이다. 그것은 누구나 인정해야만 할 일이다. 그들은 실제로 이 도시를 장악하고 있다. 갑자기 우스꽝스러운 의심이 들었다. 그들은 우리 인간들보다 우월하다고 느끼고 있는 게 아닐까. 언젠가 적절한 시점에 이르면, 우리를 굴복시킬 수 있다고 생각하는 게 아닐까.

언젠가 들었던 식인 식물에 대한 이야기가 생각났다. 어떤 사람이 그 식물의 씨를 집으로 가지고 와서 심고, 돌보았다. 그리고 마침내 어느 화창한 날에, 크고 강하게 자라난 식물은 그 집 가족 모두를 먹어치워버린 것이다……"

그 가족들만이 아니었던 겁니다, 교수, 그 가족들만이……

—임신중이던 발리니스 종 솔리테어의 시체를 발견한 후에, 내 이론은 심각한 타격을 받을 수밖에 없었다. 살해자가 무작위로 닥치는 대로 살해하고 있다고 생각할 수밖에 없었기 때문이다. 그러나 그것은 틀린 생각이었다.

이 사건은 단지 하나의 규칙성을 더 분명히 드러내고 있었던 것이다. 그 임산부는 '순수 혈통'을 지킨다는 명분 아래에 살해당했다. '오래되고-새로운' 종의 수컷들도 분명히 항상 욕구를 절제하지는 못했을 테고, 때로는 '평범한' 종의 암컷들과도 어울렸을 것이다. 그러나 그런 결합의 산물로 태어날 후손들은 살해자의 관점에서 열등하거나, 아무래도 그의 목적에 부합하는 수준이 아닐 것이기 때문에 제거되어야만 했다.

결론적으로, 살해될 당시에 솔리테어의 뱃속에 있던 태아들은 콩의 후손이 아니라, 어느 '오래되고-새로운' 종 수컷의 후손들이었던 것이다. 불쌍한 콩, 그는 기만당했던 것이다!

그러나 한편으로는, 살해자가 이 종과 아무런 상관없이 임신한 암컷들도 죽였을 수 있다고 생각된다. 그렇게 함으로써 다른 종들의 번식을 막고, 새로 출현한 '슈퍼 종'들을 위한 자리를 확보할 속셈이었을 것이기 때문이다. 불구자들에 대해서도 이와 똑같은 태도를 취했을 것이다.

그렇다면 도대체 그는 이 특별한 종으로 무엇을 할 계획이었던 것일까?

—도살자의 불가사의한 살해 동기에 대해 추측하면서, 파스칼은 '감정 이입' 방법을 취했었다(파스칼, 그는 정말 대단한 연기자였다!).

"자, 내가 살해자라고 가정해 보세. 나는 정기적으로 밤을 틈타 내 동족을 살해하기 위해 나가네. 물론 그 동기는 오직 나와 하느님만 알고 있지. 나는 계속 살해를 하네. 그리고 그 시체들을 이빨 사이에 끼워 물고 숨겨진 통풍구 입구로 끌고 가서 지하의 수로 안으로 밀어 넣지. 그 시체들은 지하 묘지로 떨어지게 되어 있네. 그렇게 해서 나는 모든 증거를 깨끗이 인멸하지. 하지만 어느 날 갑자기 나는 이 증거 은폐 행위를 그만두게 되네. 결국 내 사악한 행위는 조만간 드러나게 되고 나를 찾기 위한 수사가 벌어지겠지. 왜 그랬겠나? 도대체 왜 스스로를 위험에 빠뜨리는 일을 하게 되었을까?"

마침내 나는 진실을 알아차렸다. 살해자는 노쇠해버린 것이다! 시체를 끌고 가서 감춰진 구멍 안으로 밀어 넣는 일을 하기엔 너무 늙고, 너무 병약해졌던 것이다. 나는 어째서 그가 최근에 살해한 시체들을 그 자리에 그대로 방치해 버리게 되었는지, 또 다른 이유가 있다고 믿고 있다. 그러나 이 이유는 당사자 앞에서 직접 확인하고 싶다……

─내 네 번째 악몽의 의미는 해석할 필요조차 없을 정도로 분명하다. 그 꿈에 나타난 극적인 상징과 메시지는 어떤 멍청이라도 금방 알아차릴 만큼 뚜렷한 것이었는데, 그걸 지나쳐버린 내가 너무 한심하다.

"나는 살해자이며, 나는 선지자이며, 나는 율리우스 프레테리우스라네. 그리고 그레고르 요한 멘델이며, 영원한 수수께끼이며, 인간이기도 하지. 나는 동물이고 나는 펠리데라네. 그 모든 것이, 그리고 그보다 더 많은 것들이 내 존재 안에 들어 있네."

실체를 흐려놓는 꿈의 작용으로 인해 눈부신 흰빛을 두르고 나타났던 살해자는 그렇게 말했었다. 실제로는, 그는 전혀 흰빛과 상관없는 자였다. 외양으로든, 내면적으로든 말이다. 그러나 그의 모호한 고백 속엔 분명한 진실이 담겨 있었다.
그는 정말로 그 모두를 자신의 한 존재 안에 담고 있었던 것이다.

"이전에 존재했던 모든 것들, 앞으로 존재하게 될 모든 것들이, 더 이상 아무런 의미도 없다네……"

그렇다, 이제 내 종족에게 하나의 새로운 시대가 열릴 것이었다. 그 선지자의 영광스러운 계획에 따라, 우리 모두가 그 '브레멘 음악대'처럼 하나로 함께 모여 길고 멋진 여행을 떠나게 될 것이다. 바로 우리의 기원을 향해!

"아프리카로! 아프리카로! 아프리카를 향해!"

"거기서 무얼 찾게 되죠?"

"모든 것. 우리가 잃어버린 모든 것을……"

아프리카의 대평원에서, 뉴욕의 텅 빈 지평선 협곡에서, 시베리아의 얼음 광야에서, 에펠탑의 철근 다리 아래서, 중국의 만리장성 위에서, 히말라야의 낭떠러지에서, 호주의 대초원에서, 그들은 어디서든, 어디로든 행군했다. 마치 사막의 대상(隊商)들처럼, 군인들처럼, 모래 색 털과 빛나는 노란 눈을 가진 '오래되고-새로운' 종의 수백만, 수천만, 수십억, 무수한 펠리데들이. 그들은 이제 자신들만의 소유가 된 온 세상을 뒤덮고 있었다. 가축화의 저주는 이미 오래 전에 내던져버렸다. 그들은 거칠고, 자유로우며, 위험스러웠다. 누구든, 그들의 세계 지배권에 반기를 드는 자는 잔인하게 제거됐다.

마지막 인간이 한 표석 뒤에서 그 음산한 행군을 몰래 지켜보고 있었다. 그는 완전히 넋이 나가 있었고, 그의 눈에선 끊임없이 눈물이 흘러내리고 있었다. 이 거대한 무리의 규모를 알아차리자, 그는 이성을 잃고 말았다. 그는 도망쳤다. 그러나 그들은 너무나 빨리 그를 잡아냈고, 그를 둘러싸고, 갈갈이 찢어발기기 시작했다. 그 살은 아이들이 먹었고, 그 피는 늙은이들이 마셨다. 그리고 그의 해골은 예전의 동물원에서 맹수들을 가둬두던 우리 안에 전시되었다. 이것은 지상의 다른 모든 생물들에게 경고하기 위한 것이었다. 그 누구도 다시는 이 제왕의 종인 펠리데에게 반기를 들 수 없을 것이다. 그리고 나서 그들은 계속 또 전진했다. 아마도 그들을 은하계와 우주로, 그리고 또 다른 우주로 싣고 날아가 정착하게 해줄 로켓과 우주선들이 있는 곳을 향해……

이것은 한 미치광이의 꿈이었다!

이것은 클라우단두스, 자기 동족들에게 행해진 불의를 보복하기 위해 하늘에서 다시 내려온 그 선지자의 꿈이었다. 그러나 단지 복수만이 그의 목표가 아니었다. 그는 그 이상을 원했다. 모든 것을 원했던 것이다!

나는 바로 오늘 밤 안에 그와 대화를 나누기로 결심했다……

10

이야기의 끝은 언제나 슬픈 법이다. 그 이유 중 하나는 모든 이야기가 끝난 후엔 다시 지루한 현실로 돌아가야 하기 때문이며, 또 다른 이유는 사실상 모든 진실된 이야기들은 슬픈 결말을 갖고 있기 때문이다. 결국 삶이란 비탄과 질병과 불의, 절망과 지루함으로 가득 채워져 있는 눈물의 계곡인 것이다. 의미심장한 결말로 끝나는 이야기란 속임수에 지나지 않는다. 그리고 모든 진짜 이야기는 죽음으로 끝나기 마련이다. 이 기이하고 피비린내 나며 동시에 격렬했던 이야기 속에서 나는 처음부터 내게 맡겨졌던 탐정의 역할을 훌륭하게 해 냈다. 다른 모든 관계자들도 그들의 역할을 아주 눈부시게 수행해 냈으며, 모두 기립 박수를 받아 마땅하다. 물론 이 이야기는 처음부터 끝까지 오직 그 선지자에 의해서 쓰여진 것이다. 수년의 세월에 걸쳐, 흔들림 없는 냉혹한 결단력 속에서 말이다. 그는 아주 주도면밀한 저자였다. 심지어 자신의 정체가 폭로되고 체포되는 것까지도 이미 계산에 넣고 있었다. 그리고 이것이야말로 이 이야기를 통틀어 가장 핵심적인 부분이다.

포효하는 눈보라를 뚫고 복잡한 정원 담 위를 걸어 그의 집으로 향하는 동안, 내가 그의 끔찍한 유산을 상속받고, 이 미완성의 작품을 탈고해주기를 그가 얼마나 간절히 원하고 있었는지를 절실히 깨달을 수 있었다. 눈보라를 헤치고 나아가느라고 나는 무진장 애를 써야만 했다. 하지만 그 모든 분투와 고생에도 불구하고 내 의식은 유리종 아래 서 있는 것처럼 명료했다. 나는 단 한 가지 생각에만 집중하고 있었다. 이제 곧 악의 중앙 사령탑에 도착할 것이며, 그 조작의 대가를 직접 대면하게 될 것이었다.

마침내 그의 집 앞에 도착했을 때, 내 털가죽은 거대한 얼음 갑옷을 걸친 듯이 뻣뻣하게 얼어붙어 있었고, 나는 냉동고 속에서 기어 나온 고슴도치 같은 형상을 하고 있었다. 털 대신 날카로운 얼음 가시가 피부에서 솟아난 듯했고, 심지어 내 수염까지 뻣뻣이 얼어붙은 상태라서 슬쩍 흔들기만 해도 부서져버리는 게 아닐까 걱정스러울 정도였다. 조금만 더 이렇게 있다간, 조커와 구별하기 어려운 얼음 덩어리가 될지도 모르겠다. 그러나 이 모든 것에도 불구하고, 외적으로 느끼는 추위는 내면의 추위와는 비할 바가 못 됐다.

집 주위를 한 바퀴 돌아보고, 집 안 어디에도 불이 켜져 있지 않다는 것을 확인했다. 이런 축제일에 집주인이 벌써 잠자리에 들었을 리는 만무했다. 그는 아마도 여행을 떠났거나, 지금쯤 어느 광란의 성탄절 파티에서 춤이라도 추고 있을 것이다. 그러나 죽음의 황제 자신은 저 안에 있으리라는 사실이, 클라우단두스가 이 모든 이야기를 조종해 왔다는 사실만큼 분명한 일이었다. 그렇다, 어쩌면 그는 나를 기다리고 있을지도 모른다. 마치 인간들이 이 밤에 산타할아버지의 선물을 기다리고 있는 것처럼 말이다.

기이하게도 나는 전혀 두렵지 않았다. 왜냐면 그가 자신의 '생애의 과업'을 언젠가 완성시켜 줄 유일한 자로 바로 똑똑한 나, 프란시스를 지목했기 때문이다. 어떤 이유에선지 간에 그는 자신의 '아기'를 내 손에 맡길 생각이었다. 하지만 과연 이렇게까지 확신해도 되는 것일까?

나는 그 '완벽한 애완 동물용 출입구' 앞에서 잠시 생각에 잠겼다. 분명히 나는 '하나 더하기 하나는 둘'이라는 완벽한 해답에 도달해 있었다. 그러나 그는 확실히 미쳐 있고, 그렇기 때문에 틀림없이 그의 수학은 완전히 다른 규칙을 따르고 있을 것이다. 그렇다, 어쩌면 그는 이미 수학적 계산 자체가 불가능한 상태일지도 모른다. 그러나 나는 바로 다음 순간, 다시 고개를 저으며 속으로 쓴웃음을 지었다.

그럴 리 없다. 선지자는 전혀 미치지 않았고, 그의 꿈도 나름의 논리를 갖고 있다고 인정할 수밖에 없다. 논리! 또다시 이 혐오스러운 단어가 나왔다. 항상 맹목적인 광신처럼 내 삶을 따라다니는 단어. 그리고 그것을 통해 보여진 현상은 그대로 인정하게끔 결정해버리는 단어. 선지자는 논리적인 어떤 이유에 의해 그 모든 살해를 저질렀다 (다만 살해라는 게 과연 이유를 가질 수 있는 것이라면 말이다). 그는 미쳤던 게 아니다. 그러나 어떤 이유에 의해서였든 그 살해 행각은 오늘 밤 안에 끝나게 될 것이다. 어떤 식으로든……

나는 출입구를 통과하여 컴컴한 집 안으로 들어갔다. 그가 어딘가에 숨어 나를 지켜보고 있다가, 적절한 순간에 습격해 오리라고는 상상할 수 없었다. 앞에서도 말했듯이, 그는 목을 물어뜯기 전에 먼저 '간곡하게' 설득하는 습관을 갖고 있는 자였다. 분명히 그는 지금 자고 있을 것이며, 한참 후에야 서서히 내 존재를 알아차리게 될 것이다. 그럼에도 불구하고 나는 공포에 찬 흥분을 느꼈고, 심장은 격하게 뛰기 시작했다.

소리 없이 복도를 지나가, 반쯤 열려진 문을 통해 서재로 들어갔다. 그레고르 요한 멘델이 무성한 완두콩 식물들 속에 서서 험악한 표정으로 나를 내려다보고 있었다. 그는 내가 자신의 비밀을 알아챈 것에 화가 나 있는 것처럼 보였다. 유리벽을 통해 밖을 보니, 눈보라는 이제 구스타프의 취향에 걸맞을 만한 천박한 불후의 겨울 풍경으로 바뀌어 있었다. 거센 바람이 끊임없이 음산한 비명을 질러대며, 마치 고삐 풀린 악마처럼 정원 위를 날뛰고 있었다. 순식간에 거대한 눈 더미를 휩쓸어서는 바로 다음 순간 다른 곳에 쌓아올리는 것이었다. 소용돌이치며 내려오는 눈송이들은 마치 텔레비전에 왜곡되어 표현되는 모습 그대로, 쉴새없이 펄럭이며 바람에 희롱당하고 있었다.

나는 책상 위로 뛰어 올라가서 두 발로 컴퓨터의 전원 스위치 'on'을 눌렀다. 익숙한 낮은 울림소리와 함께 기계가 깨어났다. 그러자 버려진 공동 묘지 위를 떠도는 도깨비불처럼, 모니터의 새까만 어둠 속에서 시스템과 디스켓 드라이버에 대한 정보 표시 창이 밝은 빛을 띠며 떠올랐다. 프로세싱 장치가 전자 메모리들을 불러오는 동안 커서(cursor)는 다음 과정을 빨리 알고 싶다는 듯이 신경질적으로 깜빡거리고 있었다. 나 역시도 어서 다음 과정을 알고 싶었다.

그래서 가장 결정적인 질문을 떠올려 보았다. 내가 그자라면, 이 구역에 대한 가장 비밀스런 기록들이 담겨진 데이터를 불러오기 위해 어떤 암호를 입력하도록 지정했을까? 물론 그것은 내게는 접근 가능하도록 되어 있어야 한다. 어쩌면 이 데이터를 만들게끔 한 그 사악한 원인, 매번 내게 복수의 이유를 상기시켜주고, 내 주위에 있는 자들에게 나와 그자의 관계를 전혀 눈치채지 못하게 해야 할 바로 그 이름.

단번에 성공했다! 내가 '프레테리우스'를 입력하자마자, 일반적인 시스템 정보 창이 사라지고, 연극의 막이 내려오듯 모니터가 위쪽에서부터 아래로 새빨갛게 물들기 시작했다. 그리고 이 비밀 프로그램의 제목이 거대한 황금색 문자로 떠올랐다. 그 제목 주위로 작은 불빛들이 꼬마 악마들처럼 뛰어다니고 있었다. 펠리데(FELIDAE).

몇 초 걸리지 않아 그래픽도 사라지고, 안도와 동시에 큰 놀라움을 안겨주며 내가 찾고 있던 그것이 모니터에 떠올랐다.

개량 사육 프로그램 '펠리데'는 대단히 광범위하고 복잡해서, 내 앞의 작은 모니터 화면 안에는 그 중 아주 작은 일부만이 보였다. 그것은 엄청난 수의 계보로 구성되어 있었다. 제일 위쪽에는 '퇴행 사육'에 적절한 후보가 된 몇 쌍의 이름이 기록되어 있었고, 그 아래로 계속 이어지는 분화 계보는 점점 더 많은 수로, 한눈에 파악할 수 없을 만큼 복잡하게 증폭되고 있었다. 도표의 아래쪽으로 내려갈수록, 이 특별한 계보 안에는 길들여진 타입들이 사라져가고, 대신 야성적이고 순수한 펠리데들이 점점 더 많이 등장하기 시작했다.

그러나 사육자는 개체 선정에 아주 엄격한 기준을 계속 적용하여, 길들여진 유전적 특징과 애완 동물로서의 특성을 여전히 보유하고 있는 세대들은 프로그램에서 점차 제거해 나가고 있었다. 즉, 아마도 살해했을 것이다. 복잡하게 뒤얽힌 친족 관계 조직은 밝은 초록색 배경 위에 종이를 잘라낸 것처럼 따로따로 갈라져 표시되어 있었다. 각각의 이름 밑에는 그에 해당되는 정보들이 담긴 박스 창이 덧붙여져 있었다. 그 안에는 각각의 유전자형(Genotyp)에 대한 설명이 담겨 있었다. 즉, 부모로부터 물려받은 한 개체로서의 유전적 특성, 그리고 겉으로 드러나는 형태로 완성된 표현형질(Phänotyp)이 기록되어 있었다. 또한 표현형 안에 일정하게 나타나는 '우성 형질'과, 우성형질보다 잠재적으로 나타나지만 언제든 '재현'될 수도 있는 '열성 형질'에 대한 정보도 기록되어 있었다.

이 정보 박스 창들은 서로 검은 선으로 연결되어, 그 다양한 교배 과정을 일목요연하게 보여주고 있었다. 모니터 위에 떠오른 도표들을 위 아래로, 왼쪽 오른쪽으로 한 번씩 밀어보자, 이 개량 프로그램에 대한 전체적인 인상을 파악할 수 있었다.

이 개량 프로그램의 해답, 혹은 좀더 명확하게 표현하자면 그 원칙은 아주 간단했다.

만약 한 인간이 동물을 개량하려 한다면, 그는 개량 대상이 된 특정한 동물을 그 개량 목적에 부합하지 않는 다른 동물들로부터 고립시킬 것이다. 개량 대상이 된 동물은 자연적으로는 한 인간이 마음대로 다룰 수 있는 도구가 아니다. 그러므로 다만, 개량 목적에 맞게 선택된 수컷이 다른 적합한 암컷과 만날 수 있도록 조절할 수 있을 뿐이다. 그리고 만약 다른 동물이 그 사이에 끼여들려 한다면, 그것을 막아야만 한다. 그러나 그 동물을 막을 수 없다면? 그 동물도 자신의 쾌락을 포기하지 않으려 든다면? 쯧, 그렇다면……

계보의 제일 아래쪽 가지들엔, 벌써 개량 목표에 거의 도달해 있는 약 백 개 가량의 이름들이 기록되어 있었다. 분명히 그 이름들 중엔, 내가 생애 최고의 멋진 시간을 보냈던 그 오전의 미녀도 포함되어 있을 것이다.

이 이름들은 모두 아주 기이하고도 발음하기 어려운 문자로 표현되어 있어서, 나는 이 프로그램을 만든 자가 우리 종의 특성에 대해서만이 아니라 우리 종의 '고대 언어'에 대해서도 열심히 연구했다는 것을 짐작할 수 있었다. 예를 들어 어떤 이름은 '크흐로몰흐크흐안(Khromolhkhan)'이었고, 다른 이름은 '이이이에아흐토프흐(Iiieahtoph)'였다. 사실상 이런 경우를, 사파리 헬멧을 쓴 고고학자가 신비로운 피라미드 속에서 지긋지긋한 연구를 수행하다가, 우연히 자신이 평생을 걸고 찾아 헤맸던 바로 그 황금 석관에 발부리를 부딪히게 된 경우에 견주는 것도 큰 무리가 없을 듯하다.

내가 마침내 찾아내고 만 것은, 아니 더 정확히 말해서 '발굴해내고' 만 것은, 바로 진짜 '판도라의 상자'였던 것이다. 그리고 그 안에는 더 놀라운 비밀들이 숨겨져 있을 것임에 틀림없었다.

그렇다. 실제로 더 많은 것들이 들어 있었다. 가계도의 제일 아래 오른쪽 구석에는 아주 작은 검은색 해골 표시가 숨겨져 있었다. 아마 이것은 또 다른 화면들을 불러오기 위한 표시일 것이다. 나는 커서를 이 표시 위로 움직인 후 엔터 키를 눌렀다. 예상했던 대로 가계도가 사라지고 수많은 이름들로 구성된 목록이 끝없이 떠올랐다. 각 이름에는 번호와 날짜, 시간, 그리고 짧은 메모가 덧붙여져 있었다.

예를 들어 그 기록은 이런 식으로 이루어져 있었다.

287 ······ 파샤

1986년 6월 18일 / 약 0시 30분

트라기야흔(Tragiyahn)과 짝짓기를 시도하다. 아무리 설득해도 소용없었다. 트라기야흔은 어쨌거나 문제다. 그녀는 약속을 지키지 않고, 발정이 일어날 때마다 온 구역을 돌아다닌다.

도대체 언제쯤 돼야 그녀는 그 천박한 무리들과 더 이상 어울리지 않게 될 것인가?

또 다른 기록 :

355 …… 샤넬

1987년 8월 4일 / 약 23시

그녀는 크로코흐(Chrochoch)와 짝짓기 해서 임신했다. 그녀의 주인이 새끼들을 근처에 사는 친구들과 친지들에게 나눠줄 것이라는 사실은 교회에서 아멘을 하는 일만큼 확실한 일이다. 이것은 반드시 막아야만 한다. 이미 내 관리하에 있는 자들에게 인간 주인을 구해주는 일만으로도 충분히 벅찬 상황이다.

이렇게 담담하고 실무적인 어조로, 번호와 이름에 따라 기록들이 계속 이어지고 있었다. 이 목록이 무엇을 의미하는지는 너무나 확연했다. 바로 죽은 자들이다! 살해자는 자신의 비열한 행위들을 모두 이렇게 정확하게 기록하고 분류해 놓았던 것이다. 447번에 이르러 이 잔혹한 기록은 간신히 끝나 있었다. 내 정신적 쌍둥이 형제와 함께 추정해냈던 그 수치와 거의 다를 바 없다는 것은 놀랄 일이 아니었다.

나는 입을 벌리고 멍하니 모니터를 바라보았다. 이렇게 굳어진 채로 앉아 있는 동안, 점점 더 내 속에서 이전에 한 번도 느껴보지 못했던 슬픔이 북받쳐 올라오기 시작했다. 이토록 많은, 이토록 엄청나게 많은 생명들을, 한 광기에 사로잡힌 자가 하나의 순수한 종을 만들어내겠다는 꿈을 실현하기 위해 냉혹하게 죽여버렸던 것이다. 그것은 이 살해자 이전에 이미 많은 편집광들이 꿈꿔왔던 낡은 꿈이며, 동시에 가장 어리석은 꿈이기도 하다. 이 447마리의 형제 자매들은 모두 그저 살아가고자, 사랑하고자 했던 자들이었다. 단지 그것뿐이었다. 빌어먹을!

내 눈에서 눈물이 솟아올랐다. 내 머리 속에 이 죄없는 많은 희생자들이 함께 모여 있는 장면이 떠올랐다. 마치 내 악몽 속에서처럼 말이다. 그들은 움직이지 않았고, 하늘에서 찍어낸 스냅 사진처럼 그들의 얼굴엔 꿈꾸는 듯한 멍한 표정만 떠올라 있었다. 그러나 만약 그들 스스로가 이 끔찍한 운명에 대해 항의하지 않는다 해도, 분명히 그들은 이 저주받을 상자 속에서 기어 나와 최후의 안식을 찾게 되기를 간절히 바랄 것이다. 적어도 그것만이라도!

나는 이 악마의 프로그램을 이 자리에서 당장 지워버리기로 결심했다. 이것이 죽은 자들에게 내가 바칠 수 있는 마지막 애도였다……

"이제는 모든 걸 알았는가, 친애하는 프란시스군?"

파스칼의 음성엔 어딘가 모순된 이조가 깔려 있었다. 마치 나의 성공을 비웃는 것처럼 말이다.

나는 모니터에서 몸을 돌려 책상 아래를 내려다보았다. 그는 문가에 서 있었다. 그의 노란 눈이 어둠 속에서 불타는 황금처럼 빛나고 있었다. 그는 뒷다리를 접어 주저앉더니, 괴로운 미소를 지어 보였다. 내 속에서 걷잡을 수 없는 분노가 치솟아 올랐다. 이 상황에서 웃을 만한 어떤 빌어먹을 이유도 발견할 수 없었기 때문이다. 그럼에도 불구하고, 아니 바로 그렇기 때문에 나도 차가운 웃음을 돌려주었다.

"그래요, 클라우단두스, 이제는 거의 모든 걸 알게 되었지요. 다만 몇 가지 이해 안 가는 것이 있습니다. 그러니 이 모든 이야기를 처음부터 끝까지 들려주실 수 있을까요? 물론 당연히 그럴 거라 생각합니다만, 그렇지 않나요?"

그는 다시 웃었다. 이번엔 마치 내가 심술부리는 고집 센 어린아이이고, 그것이 그에게 성가시기보다는 즐겁다는 듯이 말이다.

"아, 그 유명한 이야기처럼 말이지. 살해자가 탐정을 죽이기 전에 진실을 고백한다…… 아니, 그 반대던가?" 그는 유쾌하다는 듯이 말했다.

"맞아요. 어쩌면 그 반대일 수도 있죠. 어쨌거나 친절을 베푸셔서,

내게 이야기를 해주시죠."

"별로 이야기할 만한 것도 없다네, 친구. 중요한 것들이야 이미 자네가 다 알아냈으니 말일세. 물론 내가 조금 도와주기는 했지만, 그건 자네가 이 사건에 조금씩 더 빠져 들어오기를 원했기 때문이라네. 하지만, 사건을 해결하기 위해 필요한 진짜 결정적인 사실들은 순전히 자네 혼자 힘으로 알아냈지. 최후의 승리자, 라는 게 여기에 걸맞는 표현 아니겠나. 자, 이제 나로 말하자면, 나는 삶의 실패자라네. 하지만 다른 모든 실패자들이 그렇듯이, 나도 항상 승리를 꿈꿔왔지. 내 꿈이 성취될지 어떨지는 이제 순전히 자네 손에 달려 있네. 하지만 그 이야기는 나중으로 미루지."

그는 방 한가운데로 걸어나왔다. 그리고 부드러운 양탄자 위에 몸을 뻗었다. 그의 얼굴에서 이제 미소가 사라지고, 대신 심각한 표정이 자리잡고 있었다. 밖에서는 여전히 눈보라가 아우성치고 있었다.

"하나님이 땅의 짐승을 그 종류대로, 가축을 그 종류대로, 땅에 기는 모든 것을 그 종류대로 만드시니, 하나님이 보시기에 좋았더라(창세기 1장 25절 – 역주), 라고 **다른 동물들의** 성경에 기록되어 있지. 그런데 이 특별한 동물들에 대해 알고 있나, 프란시스? 이 인간들 말일세. 자네는 이들에 대해서 한 번이라도 진지하게 생각해본 적이 있나? 실제로 이들 머리 속에 무엇이 들어 있는지, 이들이 어떤 능력을 갖고 있는지 알고 있나? 이들이 소위 좋은 인간들에게 비난받을 만한 끔찍한 일을 하고 있을 때가 아니라면, 과연 어떤 일을 할 능력을 갖고 있는지 알고 있는가 말이네. 그래, 그래, 분명히 자네는 이렇게 믿고 있을 걸세. 인간들을 두 부류로 나눌 수 있다고 말이지. 즉, 선한 인간들과 악한 인간들로. 핵무기를 만들고, 전쟁을 일으키는 인간들과 고래의 멸종을 막기 위해 태평양에서 시위를 벌이며 굶주린 인간들을 위해 모금을 하는 인간들, 이렇게 두 부류 말일세. 자네는 한 번도 인간의 머리 속을 들여다보지 못했겠지만, 그럼에도 불구하고 두 종류의 뇌가 있다고 자네는 믿고 있을 걸세. 쯧쯧……자네는 아무것도 모르고 있네, 프란시스. 전혀 아무것도 말일세……. 내가 자네에게 인간과 동물에 관한 이야기를 하나 들려주겠네. 범죄 소설이 아니라 진짜 이야기라네……"

그는 이제 아주 낮은 목소리로 깊은 생각에 잠겨 말하기 시작했다. 마치 아주 멀고 먼 곳에 다른 장소, 다른 시간에 있는 듯이 말이다. 내 존재를 인식하지도 못하는 것처럼 보였으며, 혼잣말을 하는 듯했다.

"나는 13년 전에 태어났네. 그리고 이 세상을 있는 그대로 무척 좋아했다네. 그것은 믿어도 되네. 나는 삶을 사랑했네. 태양도, 비도, 그래, 심지어 인간들까지 말일세. 그러나 그건 정말 오래 전의 일이지. 지금은 그 행복했던 시절을 거의 기억조차 할 수 없다네. 그 행복의 느낌마저 말일세.

나는 흔히 말하는 떠돌이로 태어났고, 아주 자유로운 삶을 즐기고 있었지. 그러다가 어느 날 우연히 그 입에도 담기 싫은 실험실 근처를 지나가게 되었네. 그곳엔 나를 끌어당기는 기이한 마력이 있었어. 무슨 일이 벌어지는지도 모르는 채 어느새 나는 그 저주받을 집 앞에 서 있었네. 한 인간이 길을 따라 오더니, 내게 문을 열어줬지. 그가 프레테리우스였네. 그 안에서 무슨 일들이 벌어지고 있는지 알게 되었을 때, 나는 즉시 그 끔찍한 공포로부터 멀리 달아날 생각이었네. 하지만 다시 마음을 고쳐먹었지. 나는 멍청하게도, 하늘이 노할 이 모든 불의한 일들에 대해, 이 괴물들이 우리 동족에게 저지르는 악행에 대해서, 빠짐없이 지켜보자고 마음먹었던 걸세. 그래서 밖에 있는 자들에게 이 사실을 알리고, 또 후손들에게도 전해주자고 말일세. 자네도 알아차렸겠지만, 그때 당시 나는 사명감에 가득 차 있었던 거지.

그 후에 일어난 일은 자네도 이미 그 고명하신 프레테리우스 교수의 일기장에서 직접 알아냈을 걸세. 여기서 다시 한 번 자네에게 내가 겪었던 그 구역질나는 생체실험 과정을 설명하진 않겠네. 그건 내 생애에서 접혀버린 장일세. 자네는 자네가 읽었던 내용만 기억하면 되네. 그건 진짜 살해자의 관점에서 기록된 생생한 기록이니까 말일세. 내가 겪어내야만 했던 학대는 실제로는 인간 혹은 동물의 두뇌로 상상해 낼 수 있는 것보다 수천 배는 더 잔혹한 것이었네."

그의 눈 속에 눈물이 차 올랐다. 그리고 눈물은 그의 뺨을 흘러내려 턱 밑의 양탄자를 향해 조용히 떨어져 내렸다.

"어쨌거나, 결국 그 실험의 마지막 과정에서 고매하신 교수님께서는 아주 머리가 돌아버리게 되었지. 다른 조력자들이 모두 그를 떠나버렸고. 그가 완전히 미쳐버렸을 때, 나는 그에게 말을 걸었네."

"그와 대화를 하셨다고요? 하지만 그건 신성 모독입니다! 우리는 인간들과 말을 해선 안 됩니다. 신성한 자들은 불경한 자들과는 절대로 말을 섞어선 안 된다는 게 규칙 아닌가요, 생명이 위험한 상황에서도 말입니다!"

"아, 이런, 이런. 여기 아주 독실한 분이 계셨구먼! 자네의 종교적인 감수성을 해치고 싶은 마음은 없네만, 프란시스, 유감스럽게도 말을 해야겠네. 나는 신을 증오하네! 나는 이 세상을 창조한 그 신을 증오하네. 인간들을 창조한 바로 그 신을 증오하네. 프레테리우스 같은 인간을, 그리고 당시에 내가 겪어야만 했던 그런 상황을 허락한 신을 증오하네. 만약에 신이 존재한다면, 그는 어둠 속에 숨어 있는 거대하고 혐오스러운 거미일 걸세. 우리는 어둠 속을 들여다볼 수 없네. 그리고 행복과 선함의 환상 뒤에 숨어 있는 그 어둠 속 거미의 얼굴도, 그 거대한 거미줄도 말일세!"

"그래서 그와 어떻게 이야기를 하셨죠?"

"어떻게? 글쎄……나는 그때 이제 끝이 멀지 않았다는 것을 느끼고 있었네. 그래서 뭐든지 시도해 보리라고 마음먹었지. 나는 열심히 노력해서 인간처럼 목청을 움직여보았네. 그리고 인간처럼 소리를 내서, 인간의 언어를 흉내냈네. 내 목구멍에서 끌어내진 소리는 정말 이상하게 들렸네. 그런데도 그 미친놈은 그걸 알아듣더군. 나와 일대

일로 대결하기 위해서 그자는 우리 문을 열었네. 그때 그자는 미친 듯이 웃고 있었어. 발작을 일으키면서 전혀 웃음을 멈출 기색이 없었지. 문이 열리자마자, 나는 마지막 힘을 모두 끌어 모아, 놈의 쩍 벌어진 입 속으로 뛰어들었지. 그리고 놈의 숨통 깊숙이 이를 박아 넣었어. 그는 뒤로 벌러덩 넘어져서 어쩔 줄 몰라 하며, 나를 피투성이가 된 자기 입에서 끄집어내려고 발버둥쳤네. 하지만 너무 늦었지. 나는 순식간에 놈의 내장까지 파고들어가 먹어치울 기세였네. 놈은 몇 번 꿈틀거리다가 곧 조용해져서 그대로 쓰러져버렸지.

나는 완전히 기진맥진해서, 이제 곧 죽음이 닥쳐오기를 기다리고 있었네. 하지만 저 세상으로 가기 전에 적어도 다른 동족들을 해방시켜주고 싶었네. 그들의 후손들이 이 잔혹한 놈들에게 계속 학대당하는 걸 막고 싶었지. 나는 우리 문을 열고, 모든 형제 자매들을 풀어주었네. 그래봤자, 거의 어린아이들만 남아 있었지만 말일세. 그리고 나서 깊고 어두운 잠 속으로 빠져 들어갔네. 잠 속에서 실제로 내 앞발이 저 세상의 문을 두드리는 소리를 들었지.

마침내 눈을 떴을 때, 내 앞에는 치볼트가 서 있었네. 그는 처음부터 내게 아주 호감을 갖고 있었지. 그리고 시간이 갈수록 점점 더 프레테리우스의 바보 같은 지시를 따르기를 주저하게 되었어. 결국 그는 실험 동물들의 고통을 지켜볼 수 없을 지경에 이르러서 사직을 하고 말았네. 그런데 바로 그날, 그는 교수 부인 로잘리의 부탁을 받고 실험실에 들렀던 걸세. 교수 부인한테서 교수의 상태가 아주 미심쩍다는 이야기를 듣고 상황을 살피러 왔던 거지. 내가 장담하네만, 그는 내가 시체 옆에 쓰러져 있는 모습을 보고, 분명히 모든 상황을 정확히 이해했던 것이네. 그런데도 그는 장난스럽게 웃고는, 나를 들어올려 안고, 휘파람을 불면서 그 끔찍한 유령 열차 밖으로 걸어나왔네. 그가 실험실 근처에 살았다는 것은 순전한 우연이었지."

이 슬픈 역사에 대해 나도 대충 이와 비슷한 상상을 하긴 했었다. 그러나 이 부분은 그저 시작에 불과했다. 더 큰 공포로 가기 위한 출발선에 불과했던 것이다. 나머지는 어디에 있단 말인가?

"그래서, 그 다음은 어떻게 되었죠, 클라우단두스?"

"제발 그렇게 부르지 말아 주게. 그 이름을 들으면 끔찍한 기억이 되살아나네, 자네도 잘 알겠지만 말일세."

그는 얼른 눈물을 훔쳐내고는, 힘차게 고개를 흔들었다.

"치볼트는 나를 최고의 동물외과의 중 한 사람에게 데리고 갔네. 거기서 가능한 치료는 모두 받았지. 그리고 나서 약 4개월 동안 고통스러운 치유 과정을 거친 후에, 신체적으로는 어느 정도 완치될 수 있었네. 하지만 나는 완전히 달라졌지. 삶의 어떤 기쁨도 더 이상 느낄 수가 없었어. 식욕조차 없었지. 우울증 속에서 내 자신이 망가지고 말 거라는 두려움뿐이었네. 내가 지나왔던 그 지옥이 기억 속에서, 꿈 속에서, 매일매일 되풀이되었네. 고통은 끊임없이 반복되었고, 영원히 끝나지 않을 것만 같았어. 그러던 어느 날부터인가 나는 치볼트의 도서관에 드나들기 시작했네. 그곳에서 새로운 소일거리를 찾아냈지. 나는 인간들이 써놓은 그 수많은 두툼한 책들을 모두 읽었네. 그리고 그들의 생각에 대해 많은 것을 알아냈지. 그 책들의 대부분은 인간들이 얼마나 훌륭하며, 얼마나 영리한가에 대해 떠벌리고 있었지. 그들이 발견해낸 모든 것과, 얼마나 기적적인 문화를 이루어왔는가에 대해서, 그리고 그들이 얼마나 진지한 사랑을 할 수 있는 존재인가에 관해서, 그리고 그들의 신이 얼마나 위대한가에 대해서 말일세. 그리고 언젠가는 인간만이 지닌 그 천재성을 우주까지 넓히기 위해 머나먼 혹성들로 떠날 태세를 하고 있다고도 쓰여있더군. 이 천박한 도서관 전체가 단지 호모 사피엔스들을 위한 선전 광고물로 가득 차 있었네. 그 내용은 모두 한결 같았어. 인간은 이 세계의 주인이고, 그 사실은 영원히 변치 않으리라는 것 말일세. 그 이유는 한 가지뿐이었네. 바로 그들이 다른 종들을 어떤 부끄러움도, 망설임도 없이 모두 노예로 삼거나, 심지어는 죽이기 때문이네. 그들은 병적인 자만심으로, 자신들에게 그럴 권리와 힘이 주어져 있다고 믿고 있었네. 그들은 스스로를 가장 위대한 존재로 상상하면서, 다른 모든 생물들에게 그 어떤 불의라도 행할 권리가 있다고 믿고 있었어. 그러나 무엇보다 충격적인 일은, 바로 이런 거만한 태도가 실제로 그들을 가장 위대한 존재로 만들어주고 있다는 사실이었네.

그것을 깨닫게 되었을 때, 나는 어떻게 하면 역사의 수레바퀴를 다시 뒤로 굴러가게 할 수 있을까 궁리해보기 시작했네. 반드시 알아차리기 어려운 방식으로, 이 폭군들의 통치를 끝장내 주어야겠다고 마음먹었네. 이 지배자 종이 알아차릴 수 없도록, 엄격한 조직과 지혜로운 전술이 필요했지. 멘델의 완두콩 실험이 내게 이 방법을 가르쳐 주었네. 그 책을 읽있을 때 나는 하나의 계시를 발견한 것 같았네. 나는 문득 내 과제가 무엇인지, 내 의무가 무엇인지 깨닫게 되었네. 내 삶에 어떻게 의미를 부여해야 할지 말일세. 그리고 동시에 내게 말로 표현할 수 없는 고통과 수치를 안겨준 자들에게 복수할 방법도 말일세. 하지만 그건 단순한 복수가 아니라, 이 세계를 근본적으로 변화시키겠다는 야심이었네."

"정말 빌어먹게도 '인간적'으로 들리는군요."

"그럴지도 모르지. 하지만 그것만이 이미 수천 년 동안 계속되어온 압제를 물리칠 수 있는 유일한 길이었네. 솔직히 말하자면, 나도 처음엔 그저 몽상가에 불과했지. 아주 순진하게 생각했네. 실험실에서 살아남은 자들 몇몇과 이 구역에 사는 다른 동족들을 찾아가서 내 계획을 설명했었지. 하지만 그들은 이 멋진 꿈을 나와 함께 공유하려 들지 않았어. 나태함과 아둔함 그리고 두려움, 바로 그것이었네. 그것들 때문에 늘 그들은 인간들의 품속으로 되돌아가곤 하지. 그들은 인간들이 결코 악하지 않다고 말했네. 그리고 평화로운 공존에 대해서 분홍빛 망상을 품고 있었지. 확실히 어디에나, 그래, 인간들 중에도 검은 양 같은 자들이 있기 마련이지. 사실상 어느 종에나 마찬가지 아니겠나. 하지만……그 멍청이들은 차라리 평생을 노예로 살아가면서, 냄새 나는 더러운 깡통 먹이나 얻어먹으며 살기를 원했네. 자유를 위해 투쟁하기보다 말일세!

내 이야기에 귀를 기울여준 유일한 자는 조커 뿐이었네. 조커는 외부자로서 그 실험실에서 벌어진 모든 공포의 사건들을 낱낱이 지켜보았고, 그래서 인간들의 진정한 얼굴을 잘 알고 있었네. 그래서 우리는 한팀이 되었지. 그는 이데올로기를 전파할 책임을 맡았고, 나는 이 프로젝트의 학문적인 면을 책임지기로 했네. 하지만 의심을 방지하기 위해서, 우리는 아주 서서히 이 일을 진행시켜 나가기로 했네.

나는 아주 소박한 방식으로 일을 시작했네. 개량 목적에 적합해 보이는 특성을 보유한 단 한 쌍의 암컷과 수컷만으로 말일세. 내 목적은 몇 세대 안에 '길들여진 특성'을 완전히 제거해버리고, 외적으로나, 행동방식과 본능까지도 완전한 펠리스 카투스(Felis Catus)를 다시 불러내어 완성하는 것이었네. 하지만 이것이 결코 쉽지 않은 과제라는 것을 금방 알 수 있었지. 그 암컷과 수컷이 서로 아주 가까운 곳에 살고 있었는데도 불구하고, 그들이 발정기에 처할 때마다 평범한 동족들도 성가시게 접근을 했던 걸세. 아니면 그들 스스로가 종 진화에 적합하지 않은 상대방을 찾아 나서기도 했지. 내겐 다른 선택의 여지가 없었네. 개량 목적에 부합하지 않은 동족들이 접근하기 전에 그들을 막아야만 했네. 그러나 이것은 간단한 일이 아니었지. 그들은 내 말을 들으려 하지 않았네. 쾌락에 대한 욕구가 내 설득보다 훨씬 강렬했기 때문이었지. 그들은 섹스 머신과 다름없는 상태였네. 그래서 그들을 죽일 수밖에 없었지. 내 복잡한 개량 프로그램을 망치려고 드는 자들을 차례로 죽여 나갔네. 그사이 '새로운' 종들은 점차 늘어갔고, 그들 스스로가 점점 '평범한' 종들과의 접촉을 꺼리게 되어갔지. 그리고 그들 가운데서 서로 짝짓기 대상을 찾게 되었네. 하지만 간혹 쾌락에 눈이 멀어 상대를 잘못 찾는 일도 계속 벌어졌네. '평범한' 종을 덮치거나 그들에게 덮쳐지거나 했지. 어쨌거나 그런 일이 벌어지기 전에 나는 모두 막아야 했네. 그 시체들을 흔적 없이 처리하는 수단은 조커가 귀띔해 주었네. 하지만 이제 어차피 살해는 막을 내리게 될 예정이었어. 최근의 새로운 세대들이 거의 모두가 '일반적인' 종들과 더 이상 접촉을 원하지 않는 수준에 도달했기 때문이네. 그렇게 되면 이 문제는 저절로 해결되는 셈이지."

"완전히 맞는 말은 아니군요. 한 주 반 전에 내가 어떤 미녀하고 즐겼는지, 몰래 지켜보지 않았던가요? 그렇다면 당신 눈으로 직접, 당신의 그 고귀한 과제물이 아직도 '평범한' 종과 어울린다는 것을 확인하신 셈이죠."

그는 느긋하게 웃었다.

"그건 내 신호였네, 프란시스! 이 프로젝트를 향해 자네가 한 발 한 발 다가오게끔 만들기 위해 내가 던진 신호이며, 힌트였네. 자네는 이미 잘 알고 있을 걸세. 내가 최근에 그 여덟 구의 시체를 망자들의 문지기, 이사야에게 넘겨주지 않은 이유를 말일세. 동족의 시체를 그 먼 곳까지 끌고 가기엔 나는 너무 늙고 병들었네. 하지만 그건 반쪽 진실일 뿐이네. 자네가 이사오자마자 사샤의 시체에 대해 정확하게 분석해낸 사실을 블라우바트가 내게 보고해주었지. 그는 자네가 거의 나와 같은 수준이라고 말하더군. 그 선량한 블라우바트, 그는 단지 약이 올라서 그런 말을 했을 뿐이지. 내가 이 계획을 시작한 이래로 자네 같은 천재가 나타나주기를 얼마나 간절히 기다렸는지, 그는 짐작도 못했을 걸세. 나는 이 거룩한 과업을 내가 죽기 전에 완수할 수 있을 거라 생각하리 만큼, 그 정도로 미쳐 있지는 않았네. 더 많은 세월이 걸리겠지. 그래 수년, 수십 년이 걸려야, 이 새로운 종이 온 세계에 퍼져나가게 될 걸세. 이 놀라운 종에 속한 모두가 내 계획에 동조하고 있네. 그들은 '그 날'이 오기까지, 시작 신호가 울려퍼지기 전까지, 인간들 밑에서 얌전히 지내는 척해야한다는 것을 잘 알고 있네. 하지만 그들에겐 지도자가 필요하네. 그들이 해야할 일을 알려주고, 그들을 통제할 존재 말일세. 그렇기 때문에 자네가 나타났을 때 나는 너무나 기뻤네. 나는 자네의 수사를 도와주면서, 자네가 이 사건의 배경에 대해 생각해볼 수밖에 없도록, 자네의 가설들에 일부러 의문을 제기했네. 자네를 처음 보자마자, 나는 언젠가는 자네가 이 비밀을 밝혀 내리라는 것을 알 수 있었네. 그리고 이런 이유로 자네에게 느호젬프흐트에크흐(Nhozemphtekh)를 보냈던 걸세. 자네가 좀더 고민해볼 수 있도록, 우리 문제에 좀더 깊이 다가올 수 있도록, 그리고 그 최종적인 목표에 대해서 대략적인 상상을 할 수 있도록 말일세. 프란시스, 말해보게, 그녀는 정말 멋지지 않던가?"

나는 공포와 놀라움에 압도되어 버렸고, 긴장으로 인해 거의 토할 지경이었다. 이 자는 단지 미쳐버렸던 게 아니다―그는 이미 인간으로 변해버렸던 것이다!

"그래, 그렇단 말이죠, 신호와 기적이라. 그건 펠리시타가 흘린 피에도 들어있겠군요. 그것도 나를 기쁘게 해주기 위해서 마련해주신 선물이었나요?"

"아닐세. 그건 단지 비극적인 사건이었네. 전혀 의도하지 않았던 당황스런 사태였지. 하지만 이런 거창한 일을 하면서 의외의 일들이 전혀 없을 수는 없겠지. 솔직히 고백하자면, 나는 블라우바트가 자네에 대해 처음 이야기해 줬던 날 이후로, 계속 자네의 뒤를 밟았네. 그건 그렇고, 블라우바트, 그 불쌍한 녀석은 이 일과 전혀 상관이 없네. 그는 그저 인간들에 의한 또 하나의 희생자일 뿐이야.

나는 그날 밤에 자네가 클라우단두스 패거리들한테 쫓겨서 지붕 위로 도망 다니다가, 펠리시타의 집으로 사라지는 걸 보았네. 사냥꾼들이 마침내 추적을 포기하고 모두 돌아가 버린 후에, 나는 열려진 지붕 창으로 자네와 자네의 증인이 주고받는 말을 엿들었네. 그 눈먼 암컷이 자네에게 조만간 알려주려고 했던 정보들은 솔직히 그때의 자네에겐 너무 이른 감이 있었네. 그래서 자네가 블라우바트와 함께 떠나버린 후에 그녀를 처리해버렸던 거네. 이미 말한 대로, 나는 자네가 이 열매를 아주 천천히 맛보게 되기를 바랐네. 그렇지 않았다면 자네는 정신적인 소화불량으로 괴로워하게 되었을걸세."

"그럼 조커는 어찌된 거죠? 당신의 최고 선전가를 해치워버린 건 큰 실수 아니었나요?"

"그럼 달리 어떻게 했어야 한단 말인가? 중압감을 이기지 못하고 그는 결국 배신하고 말았을 걸세. 자네에게만이 아니라 이 구역에 사는 그 모든 멍청이들에게 전부 털어놓고 말았겠지. 조커는 아주 쓸만한 일꾼이었지만, 동시에 엄청난 허풍쟁이였지. 나는 가끔씩 그가 정말로 이 쓰레기 같은 클라우단두스 신화를 믿고 있다는 느낌을 받았네. 사실은 처음부터 끝까지 우리 둘이서 만들어낸 이야기인데도 말일세. 믿음과 희망은 실제로 그의 전문 분야였지. 불쌍한 정신병자, 나보다 그 자신이 훨씬 더 그럴 듯한 클라우단두스가 되었을걸세. 게다가 죽여달라는 건 그의 소원이었네. 나는 그에게 이 구역을 떠나서 어딘가 다른 도시에 정착하라고 권했네. 하지만 그는 어떤 인간도 자기처럼 늙어빠진 뼈다귀를 받아들여 돌봐주지 않을 거라고 했네. 그래, 그렇지. 인간들은 우리가 사랑스럽고 귀여운 아기일 때를 좋아하지. 조커는 노후를 떠돌이로 보낼 힘도 없고 그럴 마음도 없다고 했네. 단숨에, 고통 없이 죽여달라고 하더군. 나는 그를 죽이지 않았네. 그건 다만 내 힘을 빌려 행해진 자살이었을 뿐이야."

한때 그토록 존경했던 자에게 나는 깊은 혐오와 구역질을 느꼈다. 그에겐 모든 일들이 그렇게 논리적이고, 명료하고, 그래, 그렇게 무해한 일이었다. 살해는 개인적인 감정으로 행해진 게 아니며, 악의로 이루어진 것도 아니었다. 그저 좋은 결과를 위해 이용된 것뿐이었다. 마치 수학 문제를 풀어 가는 것처럼 그렇게 진행된 행위였다. 생명에 대한 감성과 경외심은 존재하지 않았다. 단지 살해를 통해, 피 흘리는 제물들을 통해, 한 발 한 발 다가갈 목표만 존재했다. 모든 게 그토록 단순하고도 동시에 천재적이었다. 한 생물의 천재성이 세상의 사악하고 비열한 목적에 사용된다는 것은 이 얼마나 위험한 일인가. 진실은 늘 그 자리에 있었으며, 앞으로도 변치 않을 것이다. 프레테리우스, 멘델, 클라우단두스, 그 모두가 실제로 하나의, 동일한 존재였던 것이다.

"그럼, 이제 정말로 모든 걸 알게 된 셈이군요," 나는 씁쓸하게 말했다. "하지만 차라리 몰랐더라면 좋았을 겁니다!"

그는 서서히 자리에서 몸을 일으켰다. 그리고 책상 쪽으로 다가와 아무런 꿈도 담기지 않은 표정으로 나를 올려다보았다. 마치 내 생각을 읽기라도 하는 것처럼 보였다. 잠시 후에 그는 다시 고통스럽게 웃었다. 어떤 고약한 농담의 결정적인 대목을 깨달았다는 듯이 말이다.

"오, 아닐세, 프란시스, 아니야. 자네는 단지 모든 걸 알고 있다고 **믿고** 있을 뿐이네. 거기엔 아주 큰 차이가 있지, 내 귀중한 친구여."

그는 체념하듯 고개를 흔들었다.

"우리는 정신적으로 깊이 맺어진 친구 사이네, 프란시스. 아니, 그 이상이지. 우리는 마치 쌍둥이 같네. 자네도 분명히 그런 생각을 한 번 이상 해봤을걸세. 자네는 무언가를 알고 있다고 믿고 있네, 그렇잖은가? 자네는 스스로를, 무엇인가를 알고 있는 영리한 작은 동물이라고 믿고 있네. 하지만 자네가 모르는 것이 아주 많이 있다네. 아주 많지. 자네가 정말로 알고 있는 것이 무엇인가? 자네는 아주 흔한 소도시에 살고 있는 아주 흔한 작은 동물이지. 아침이 와서 눈을 떠봐도, 자네가 걱정할 일이라곤 이 세상에 아무 것도 없다는 것 또한 아주 잘 알고 있지. 흔하고 보잘 것 없는 하루하루를 살아가며, 밤에도 역시 아무 걱정 없이 흔하디 흔한 별 볼일 없는 잠속에 빠져, 평화롭고 멍청한 꿈을 꾸지. 그런데 내가 그런 자네에게 악몽을 가져다주었네. 그렇지 않은가? 자네는 꿈속에 살고 있네. 자네는 눈먼 몽유병 환자야! 이 세상이 도대체 어떻게 생겼는지를 자네가 어떻게 안단 말인가? 이 세상이 사실은 악취 나는 돼지우리라는 것을 알고 있나? 집집마다 현관 안에 들어서면 돼지들을 볼 수 있다는 사실을 알고 있나?

세상은 지옥일세! 그 안에서 벌어지는 일들이 대체 무슨 의미가 있나? 하나의 슬픔에 또 다른 슬픔이 꼬리 물어 일어나는 세상일 뿐이네. 지구가 존재해 온 이래, 슬픔과 공포는 끝없이 되풀이되어 왔네. 하지만 어쩌면……또 다른 세상인 머나먼 혹성이나 별들, 은하계에서 생기는 일들이 이보다 더 나은 사정은 아닐지도……그 누가 알겠는가? 그러나 이 우주와 다른 미지의 우주 안에 있는 모든 추악한 것 중, 가장 최악의 것은 단연코 역시 인간이네. 인간들, 그들은 정말……사악하고, 비열하고, 교활하며, 이기적이고, 탐욕스럽고, 잔인하고, 미치광이 같네. 게다가 잔혹하고, 기회주의적이고, 피에 굶주려 있으며, 폭력적이고, 불성실하고, 위선적이고, 시샘 많고, 그리고 무엇보다도 머리가 텅 빈 멍청이들이야! 인산늘이란 바로 이런 존재들이네. 그래, 프란시스, 자네는 알고 있는가? 이 세상의 인간들은 자기중심주의의 갑옷 안에 틀어박혀, 헛된 자아 탐구에 도취되거나, 아첨에 굶주려 있지. 다른 사람의 이야기를 들을 줄도 모르고, 제일 친하다는 친구에게 들이닥친 불행에 대해서도 눈 하나 깜짝 안 하네. 무엇보다 어떤 도움을 요청하는 부탁이 각자의 욕망에 따라 이루어져 온 그 긴 관계를 깨뜨리게 될까 봐 항상 두려워하지. 바로 그렇다네, 프란시스, 바로 중국에서 페루까지 아담의 후손들은 모두 똑같이 이런 존재들이네.

그렇다면 다른 동물들은 어떨까? 우리는 어떨 것 같은가? 내가 해주고 싶은 말은 이걸세. 우리 역시 전혀 다른 재료로 만들어지지 않았다는 것일세. 포만감에 싸여서 느긋하고 한가하게 파리나 쫓고 있고, 정원 담 위에 쭈그리고 앉아서 빈둥거리고, 전기 난로 뒤에서 그르렁거리고, 트림하고, 방귀 뀌고, 꾸벅꾸벅 졸기나 하지. 게다가 쥐새끼들 따위의 우스꽝스러운 먹이나 쫓아다니면서 그 우스꽝스러운 사냥에 대한 더 우스꽝스러운 꿈이나 꾸면서 살아가지. 그리고 신이 만든 질서가 그저 좋다고 여기면서, 다양한 상표의 깡통 먹이들에 대한 기호나 중시하며 살아가네. 그래, 우리는 이렇게 완전히 다른 존재가 되어버렸네, 프란시스. 오래 전 한때는 그 긍지 높은 펠리데 혈통을 대표하는 존재였던 우리가 말일세. 정말 수치스럽게도 우리는 인간들을 흉내내고 있네. 인간들처럼 되어버렸다는 말일세!"

"당신이야말로 진짜 인간이 돼 버렸어요!" 나는 소리질렀다. "당신은 인간들처럼 생각하고 있어요! 그들처럼 행동하고 있단 말입니다! 그들이 이 세상에 저질러온 온갖 불행한 일들을 당신은 그저 되풀이하려는 것뿐입니다. 당신의 꿈은 진정한 혁신이 아니라, 단지 새로운 독재자를 만들어내려는 것뿐이에요. 수백, 수천의 죽음을 갖다 바치면서 말입니다. 아니라면 한 번 말해보세요. 당신의 그 '오, 너무도 멋진 태양의 제국'에서 다른 종류의 동물들은 어떤 역할을 하게 되는 건가요? 어디 한번 대답해보란 말입니다!"

"전혀 아무 역할도 안 하지! 그들은 멍청하고, 자신들의 운명에 굴종하며 살아가는 자들이야. 의지도 없고, 의욕도 없지, 알겠는가? 그들은 타고난 희생자들이고, 언젠가는 모두 우리 발 앞에 엎드리게 될 걸세. 바로 인간들처럼 말야. 우리는 이 세계의 새로운 지배자가 될 걸세, 프란시스. 왕조와 왕국이 수립되고, 우리의 권력은 대양을 넘어 최극단의 사막에 이르기까지 뻗어나갈걸세. 그렇게 멍청하게 굴지 말게, 프란시스! 이제 그만 자네 눈에 덮인 막을 찢어버리고, 인간들이 우리에게 무슨 짓을 했는지 알아차리란 말일세! 우리는 쾌락에 중독된 그들의 더러운 눈에 비친 귀염둥이 인형에 불과하고, 그들의 차가운 심장을 위한 사랑의 대용품일 뿐이고, 그들의 시시한 실내 풍경을 꾸며줄 그림 같은 장식품일 뿐일세. 이것이 바로 우리의 현실이네! 우리의 몸이 아주 작다는 것에 대해 생각해 본 적 있나? 멍청한 어린아이조차 우리 목을 쉽게 비틀 수 있지. 우리는 속수무책으로 그들 손에 맡겨지고 있네. 끝없이, 영원히 말일세. 그리고 가장 끔찍한 일은 이런 끝없는 과정에 우리가 길들여 간다는 사실조차 전혀 알아차리지 못한다는 사실이네. 그래, 심지어 이런 상황에 만족하고 있지. 자네는 자네의 종이 계속 이렇게 수치스러운 상태로 살아가기를 바라나? 그걸 바라는 건가, 프란시스?"

"함부로 판단하지 마세요, 파스칼!"

"파스칼? 하! 그래, 그건 컴퓨터 언어의 이름 중 하나지. 인간이 만들어낸 컴퓨터 언어 말일세! 아주 전형적인 인간다운 방식이지. 이 모든 바보 같은 이름들 말이네. 자신들의 일그러진 감정을 우리에게 억지로 투사시키려고 갖다 붙인 이름들이지. 자기들끼리는 이미 대화 불능 상태에 빠져서, 그 좌절된 우정과 애정을 우리한테서 대리 충족하려는 것이네. 내 이름은 파스칼도 아니고, 클라우단두스도 아니네. 인간들이 내게 갖다 붙인 이름 따위는 내게 아무런 의미가 없네. 나는 펠리데야. 언젠가 인간들을 찢어발기게 될 그 종에 속한 자일세!"

"그럼 치볼트는요?" 나는 물었다. "그는 당신의 생명을 구하고, 당신을 돌봐주지 않았나요?"

"바보 같은 소리! 그는 그저 죄책감을 느꼈을 뿐이야. 일년 내내 바로 그자 자신이 살해자였으니 말일세. 이런 안일한 방식으로 자기 양심을 가볍게 하고 싶었을 뿐이지. 그들은 모두 그런 존재네, 프란시스, 거짓과 위선으로 가득 차 있지. '자기 신성화'가 그들의 진정한 종교네. 그것을 위해 매일 새로운 제물을 갖다 바치지. 바로 그런 이유로 그들은 우리를 이용하고 있는 것이네. 우리를 통해서 자기 자신들을 풍자해내고 싶어하는 것이지!"

"하지만 좋은 인간들도 있습니다, 파스칼 혹은 클라우단두스, 혹은 펠리데, 아니 당신이 누구든지 간에 말입니다. 내 말을 믿으세요. 언젠가는, 그래요, 나는 그렇게 믿습니다, 언젠가 아주 먼 어느 날에, 이 세상의 모든 생물들은 평등해질 겁니다. 서로 조화롭게, 그리고 어쩌면 서로 사랑하며, 함께 살아가게 될 겁니다. 서로를 더 잘 이해하면서 말이죠."

"아냐! 아냐! 아니라고!" 그는 부르짖었다. 그의 눈은 걷잡을 수 없는 분노와 증오로 불타고 있었다. "좋은 인간 따위는 없어! 그들은 모두 똑같은 것들이야! 제발 정신 좀 차리게! 동물들이 좋은 인간이고, 인간들은 사악한 동물들이란 말이네!"

나는 조심스럽게 그에게 등을 돌렸다. 그리고 컴퓨터 키보드 위로 몸을 숙였다.

"모두가 세상을 지배하고 싶어하죠." 나는 고통스럽게 말했다. "그래요, 모두가 말입니다! 바로 그게 문제죠, 그렇지 않은가요? 결국은 항상 그래왔죠. 그리고 모든 종이 자신들이 최고라고 믿는 겁니다. 누구나 바로 자신이 왕좌를 차지하고, 다른 자들에게 명령을 내리고, 다른 자들을 죽여버릴 권리를 갖고 있는 자라고 굳게 믿고 있죠. 그리고 실제로 모두 나름대로 무언가를 계획합니다. 저 높은 곳에 있는 모든 왕좌는 외롭고 차갑기 때문이죠. 이제 더 이상 서로 할 말이 없을 것 같네요, 내 친구. 당신이 무엇 때문에 이 악몽을 풀어놓았는지, 이제 이해합니다. 그리고 솔직히 당신의 그 냉혹한 계획에 조금이나마 공감을 느꼈다는 것도 숨기지 않겠어요. 하지만 그 댓가들, 그건 아닙니다, 아니에요. 그 잔인한 댓가들 말입니다! 저는 당신의 '필생의 과업'을 파괴하기 위해서 싸울 겁니다. 내가 할 수 있는 모든 힘을 다하겠어요. 맹세합니다. 여기 서 있는 나 자신을 걸고 말입니다! 그럼, 먼저 여기 이 끔찍한 프로그램부터 지워버리겠어요. 유감입니다……."

"내가 얼마나 유감스럽게 생각하는지 자네는 상상도 못할 걸세, 프란시스." 책상 아래쪽에서, 한없이 깊은 슬픔을 담고 있는 목소리가 속삭였다.

그리고, 내 앞발이 삭제키에 막 닿았을 때, 내내 기다려왔던 그 소리가 들렸다. 공기를 찢는 듯한 날카로운 쉿 소리가, 광기어린 외침소리에 섞여 들려왔다. 나는 본능적으로 옆으로 피했다. 그는 온 몸을 힘껏 모니터에 부딪쳤고, 모니터는 본체에서 떨어져, 유리 책상의 가장자리 너머로 미끄러져 바닥으로 떨어졌다. 둔중한 소리와 함께 브라운관이 파열했고, 모니터는 수천 조각으로 폭발했다. 그리고 그 속에서 터져 나온 불꽃 하나가 창 앞에 쳐진 커튼에 옮겨 붙어 불타기 시작했다.

파스칼과 나는 최고조로 긴장한 채 등을 곧추세우고 마주 섰다. 둘 다 위협적으로 등을 부풀리고 서로에게 경고하듯 으르렁거렸다. 까마귀같이 새까만 내 대적자가 갑자기 뒷발을 힘껏 박차고 뛰어올라, 능숙하고 날카로운 발톱을 아시아의 전투용 검처럼 휘두르며, 내게로 달려들었다. 나도 똑같이 응수했다. 우리는 책상 한가운데 공중에서 부딪쳐, 서로 발톱을 휘둘렀다. 그리고 유리판 위로 떨어져 함께 뒹굴며, 뒷발로 공격하고, 닥치는 대로 물어뜯고, 할퀴고, 때리면서 인정사정 없이 싸웠다. 파스칼은 쉴새없이 내 목을 노리며, 그사이 완벽하게 갈고 닦았을 자신의 숨통 물어뜯기 솜씨를 발휘하려 들었다. 그러나 목 대신 간신히 내 오른쪽 귀를 물었고, 있는 힘껏 이를 박아왔다. 상처에서 가느다란 핏줄기가 솟아올라, 이마를 지나 눈으로 스며들어 내 시야를 방해했다. 절망적인 상황에서도 용기를 끌어 모아, 나는 곧장 파스칼의 가슴에 송곳니를 박아 넣었고, 그가 뒤로 비켜나 야옹거리며 자신의 상처를 핥아댈 때까지 놓아주지 않았다.

그사이 커튼에 옮겨 붙은 불꽃은 이미 커튼 전체를 모두 집어 삼켜버렸고, 이제는 천장을 향해 탐욕스런 혀를 날름거리고 있었다. 열에 녹아버린 끈적한 플라스틱 덩어리들이 밑으로 뚝뚝 떨어져 내렸고, 바닥에 깔린 양탄자들에도 불이 옮겨 붙어 퍼져나가기 시작했다. 이제 온 방 안이 악취 나는 연기와 숨막히는 열기로 가득했고, 환하게 펄럭거리는 화염 속에서 우리, 피 흘리는 두 전사의 모습은 마치 그럴 듯한 전투용 조명을 받고 있는 듯했다. 나는 당장 이 지옥에서 벗어나고 싶었지만, 내 앞에 서 있는 저 늙은 전사는 이미 자신의 마지막 일격을 가해놓고도, 나를 보내주지 않을 태세였다. 그래서 우리는 각자 으르렁거리며 상처를 핥아대면서, 다음 출격을 준비했다. 그사이 미친 듯이 춤추던 화염의 크리슈나(Krsna;인도의 여신, 수많은 팔을 가짐 - 역주)는 점점 더 격렬하게 타올라, 수천 개의 팔을 집주인의 책장들로 뻗어갔다.

가슴에서 피를 철철 흘리고 있던 파스칼이 엉덩이 밑에서 폭탄이라도 터진 듯이 갑자기 번개같이 빠르게 내게로 돌진해 와서, 내 목에 그의 살해자 이빨을 박아 넣고는 나를 책상 유리판으로 밀어붙였다. 그러나 그의 이빨이 더 깊숙이 박혀오기 전에, 나는 얼른 몸을 돌려 그를 떼어내고 네 발 모두 발톱을 세워 그의 가죽을 할퀴면서 그의 온몸을 짓눌렀다. 서로 닥치는 대로 코와 눈과 부드러운 부위들을 할퀴면서, 우리는 계속 책상 위에서 엎치락뒤치락 하다가, 마침내 서로의 몸 속에 이를 박아 넣은 채 바닥으로 떨어졌다. 정말 이상하게도, 나는 거의 아무런 통증을 느끼지 않았다. 하지만 아마 나중에야 아픔을 느끼게 될 것이었다.

이미 화염에 휩싸인 양탄자 위에서, 우리는 단호한 자세로 맹렬하게 싸움을 계속했다. 둘 중 하나만 살아남을 때까지 끝나지 않을 것만 같았다. 마치 쥐를 가지고 놀듯이 서로에게 발톱을 휘둘러댔고, 죽은 토끼를 찢어발기듯이 서로의 몸을 물어뜯고 찢었다. 우리 둘의 온몸에서 솟구쳐 오른 피가 공중에서 뒤섞였다. 마치 율리우스 프레테리우스 교수가 죽은 자들 가운데서 다시 살아나서, 또 한 번 우리를 상대로 그 끔찍한 실험을 자행하기라도 한 듯 우리의 몰골은 처참했다.

그러나 우리는 둘 다 점차 지쳐가고 있었다. 발톱을 휘두르는 공격은 점점 더 느려지고 부정확해졌으며 물어뜯는 힘도 약해졌다. 자동적으로 우리의 몸싸움과 할큄도 포옹에 가까워져 갔다. 결국 이러다가 둘 다 죽고 말 것이라는 생각이 들었다. 파스칼이 잠깐 공격을 늦추고 온몸을 내게로 쓰러지듯 기울여 왔을 때, 나는 기회를 놓치지 않고 남아있던 마지막 힘을 모두 끌어 모아, 오른쪽 앞발로 그의 얼굴을 길게 내리 그었다. 그는 비명 같은 외마디 소리를 질러대며 뒤로 넘어졌다. 나는 재빨리 1미터 반 가량 뒤로 물러섰다. 그리고 뒷다리로 주저앉아, 온몸의 수많은 상처들을 핥아댔다. 실제로 핥았을 거라고 생각하지는 않는다. 그럴 힘도 정신도 남아있지 않았고, 그것은 그저 반사적인 행위였을 뿐이다.

파스칼은 전혀 움직이지 않고 있었다. 그는 똑바로 앉아서, 마약 주사라도 맞은 것처럼 밀랍 인형같이 탁한 눈으로 나를 바라보고만 있었다. 그의 검은 털은 피로 시뻘겋게 물들어 있었고, 상처에서 피가 끊임없이 떨어져 양탄자 위로 흐르고 있었다.

모든 책이, 클라우단두스가 인간과 동물들에 대해 그토록 많은 것을 배울 수 있었던 그 모든 책이, 이제 불꽃 속에 즐거이 타들어 가고 있었다. 화염 열기 때문에 더 이상 숨을 쉴 수 없을 지경이 되었다. 이제 몇 초 후면 우리는 질식사할 것이고, 불타버릴 것이다. 그리고 이 모든 것이 바로 인간들 덕택이었다. 살해를 시작한 것은 파스칼도, 클라우단두스도, 우리도 아니었기 때문이다. 인간들, 바로 그 불경한 자들이 이 세상의 이 모든 사악함의 원흉들이었다. 그들이야말로 이런 사태를 몰고 온 장본인들인 것이다.

갑자기 그가 뛰어 올랐다!

그것은 자살행위나 다름없는 점프였다. 어디로, 어떻게 떨어져도 상관없다는 듯한 점프! 그나마 있던 모든 힘을 소진해 버려서 그 행동 끝에는 더 이상 아무 힘도 없을, 눈살 찌푸릴 기운조차 남아 있지 않을, 그런 무모한 점프였다. 그러나 그것은 화살을 쏘는 듯이 빠르고, 운석이 떨어지는 듯이 강력한 것이었다.

그가 고함을 내지르며 내게로 쏘아져 왔을 때, 나는 자동적으로 몸을 돌리고 오른쪽 앞발을 쳐들어 단 한 번 긁어내렸다. 그리고 파스칼이 휘파람 같은 소리를 내며 내 위로 덮쳐 왔을 때, 나는 발톱으로 그의 숨통을 깨끗이 갈랐다. 거의 그의 식도에 닿을 정도로 깊숙이 말이다. 그는 반대편으로 털썩 쓰러져서 단 한 번 몸을 굴리고는, 그대로 조용해졌다.

나는 얼른 그에게 달려가 그의 얼굴을 내 쪽으로 돌렸다. 그는 심하게 피를 흘리고 있었다. 그리고 잘려진 자리는 내가 생각했던 것보다 더 크게 벌어져 있었다. 거의 식도가 들여다보일 정도였다. 그럼에도 불구하고, 그의 얼굴 위로 장난스런 미소가 떠돌고 있었다. 그는 아주 천천히, 간신히 눈을 뜨고는 나를 골똘히 바라보았다. 이제 그 눈 속엔 아무런 분노도, 아무런 비난도, 두려움도 담겨 있지 않았다. 그러나 후회 역시 담겨 있지 않았다.

"온 세상이 너무 캄캄해," 그는 씨근거리며 간신히 말했다. "너무 캄캄해, 프란시스. 불빛이 안 보여. 그저 어둠뿐이야. 그리고 언제나 누군가가 그 어둠을 지고 가지. 언제나. 언제나. 언제나. 나는 사악한 자가 되어버렸어, 하지만, 한때는 나도 선한 자였지……"[13]

에필로그

그 집은 완전히 불타 잿더미가 되어버렸다. 생명이 사라진 그 몸뚱이도 집과 함께 불타버렸다. 인간들로부터 다양한 이름을 부여받았던 자, 그러나 그의 진정한 이름은 영원히 비밀로 남겨졌다. 그의 진짜 이름은 그 자신이 갖고 떠나버린 것이다. 이름이나 어떤 특정한 종에 속하는지가 더 이상 아무런 의미를 지니지 않는 곳으로……화염은 악마의 프로그램 '펠리데'도 삼켜버렸고, 오직 범죄와 공포만을 간직했던 수백만 개의 컴퓨터 데이터들도 화염 속에 함께 사라져버렸다.

나는 그 지옥 같은 광경 속에서 겨우 아슬아슬하게 도망쳐 나올 수 있었다. 내 몰골은 살아있다기보다는 시체에 더 가까웠다. 눈보라를 뚫고 간신히 도착한 소방대원들이 꽁꽁 얼어붙은 수도꼭지를 돌리기 시작했을 때, 이미 '칼 라거펠트 저택'은 완전히 타버린 후였다. 이렇게 불은 또 한 번, 한 조각의 '악'을 세상에서 제거시켰고, 어둠을 빛으로 바꿔 놓았다.

그러나 이 복잡한 이야기가 이렇게 간단하게 끝나도 되는 것일까?

이 질문에 과연 누가 대답해줄 수 있겠는가? 누가 옳았고, 누가 틀렸던 것일까? 누가 선하고, 누가 악한 자였을까? 어둠은 어디에서 끝나고, 어디에서부터 빛은 시작되는 것일까? 흰색과 검은색, 그것은 하나의 환상이며, 어린아이들을 위한 성탄절 동화이며, 도덕주의자들의 망상이다! 다른 모든 훌륭한 이야기들처럼, 이 이야기도 회색 중의 회색으로 끝난다고 나는 믿고 있다. 누가 알겠는가? 이 특별한 색을 아주, 아주, 열심히 연구한다면, 결국 언젠가는 아름답게 보이게 될런지……아니, 적어도 실감나게 느껴지게는 될 것이다.

나는 넋을 잃은 듯이 집으로 비척비척 돌아와 도쿄 한가운데서, 즉 내 새 침실 한가운데서, 정신을 잃고 쓰러졌다. 다음 날 아침, 구스타프는 내 상처투성이 몸과 피투성이 털을 보고는 놀라 비명을 지르고, 재빨리 나를 자신의 씨트로엥 CX-2000에 싣고 수의사에게로 달려갔다. 이 의사는 어찌나 나를 괴롭히고 주사로 찔러댔는지, 그 혐오스러운 프레테리우스의 학대 실험을 연상시킬 정도였다. 그 후의 회복과정도 끔찍한 고통 속에서 이루어져, 나는 클라우단두스의 슬픈 운명과 지금의 내 상태를 어쩔 수 없이 비교하게 되었다.

그러나 나는 결국 완전히 회복되었고, 최고의 건강 상태를 되찾게 되었다.

블라우바트와 이 구역의 멍청이들에게는 살해자의 정체에 대해 알려주지 않았다. 그건 더 이상 중요하게 느껴지지 않았다. 그들 모두가 파스칼에 대해 좋은 기억만을 그대로 갖는 편이 나을 것이다. 증오와 복수는 그의 몫이었지, 내 것은 아니니까. 조커 사제에게 덮어씌워졌던 혐의도, 마찬가지 이유로 조금씩 흐리게 해놓았다. 그리고 결국은 성탄절 전야의 회합에서 모두에게 전해졌던 그의 간악한 인상을 수정해 놓을 수 있었다. 이제는 모두 조커 사제가 이 구역을 떠나 다른 곳으로 선교 여행을 떠났다고 믿고 있다. 결과적으로 아무도 그를 살해자로 여기지 않고 있다. 물론 그 도자기 상점에 살고 있는 자들은 봄이 와서 태양 빛이 뜨거워지면, 악취 나는 충격을 경험하게 될 것이다.

살해자가 누구였는가 라는 문제는 결국 다른 자들에겐 수수께끼로 남게 되었다. 그러나 더 이상의 살해 사건은 벌어지기 않았기 때문에, 그 누구도 이 문제에 대해 계속 파고들려고 하지 않았다. 그리고 언젠가는 아무도 이 사건에 대해 생각하지 않게 될 것이다. 그 끔찍한 사건들에 관한 기억을 더듬으려 들지도 않을 것이다. 살해자들도 죽는다. 그리고 그들의 죽음과 더불어, 한동안 우리를 긴장에 빠뜨렸던 그 기이한 이야기들도 사라져버리는 것이다.

끝으로 몇 가지 덧붙이고자 한다.

먼저, 가장 불길한 소식은 다음 달에 아치발트가 우리 집 위층으로 이사온다는 것이다. 그는 수리 작업을 하는 동안 그의 고상한 표현을 빌리면, '이 집에 홀딱 빠져버렸다'는 것이다. 이제 머지 않아 또다시 고막을 손상시킬 새로운 공사 소음을 들어야 한다는 사실을 제쳐두고라도, 구스타프와 나는 장차 이 '시대 정신-테러리스트'가 끊임없이 떠들어 댈 바보 같은 '내적·외적 유행에 대한 잡담들'을 매일 들어줘야 한다는 말이다. 내가 이 괴물에 대해 알고 있는 바대로, 그는 아마 개도 한 마리 끌고 올 것이며, 그 놈에게 '워홀'이나 '파바로티', 아니, 심지어 '케빈 코스트너'라고 이름 붙일지도 모른다! 이제 정말 비참한 시대가 열리게 된 것이다. 물론 이 위협적인 사태를 휴머니스트다운 관점에서 바라본다면, 어쩌면 뭔가 조금은 긍정적인 면을 발견해낼지도 모르겠다. 구스타프는 어쨌건 좀더 인간적인 (여전히 속은 텅 비었다 할지라도) 교제를 누릴 수 있게 될 것이다. 그리고 어쩌면 자신의 고독의 감옥 속에서 탈출해 나올 진정한 기회를 얻게 될지도 모르겠다.

또 다른 한 존재는 차가운 고독의 시간을 이미 넘어 섰다. 블라우바트와 나는 온갖 설득 방법을 동원해서 이사야를 지하 묘지에서 끌어낼 수 있었다. 그리고 우리 집 근처에 사는 늙고, 괴짜인 마음씨 좋은 술집 주인에게 데려다 주었다. 그 오랜 세월을 지하 세계에서 보낸 끝에 처음으로 파란 하늘을 보게 되었을 때, 그는 흥분과 기쁨으로 눈물을 흘렸다. 그는 처음에 다른 동족들에 대해, 그리고 특히 인간들에 대해 무척 두려워했지만, 점차 극복해 낼 수 있게 되었다. 그는 벌써 주인이 경영하는 술집에서 귀여움을 독차지하며 지내고 있다. 유일한 걱정거리는 술집 손님들이 그에게 귀엽다며 자꾸 술을 권한다는 것이다. 게다가 그도 넙죽넙죽 잘 받아 마시곤 한다. 내 동족 하나가 술을 마신다는 사실 그 자체는 학문적으로 연구해 볼 가치가 있는 일이라고 본다. 하지만 부디 알코올에 중독은 되지 말길!

파스칼의 '기적의 종'들은 점점 더 방종해져 가고 있다. 좀더 명확하게 표현하자면, 점점 더 많은 '오래되고도 새로운 종'들이 '평범한' 종들과 짝짓기를 하고 있고, 그 결과 다음 세대들에게 다시 '길들여진 속성'이 유전되고 있다는 것이다. 파스칼의 죽음과 함께 그들은 모든 동기를 잃어버린 것 같다. 그리고 새로운 지역에 발 딛는 데 열을 올리고 있다. 나의 매혹적인 연인 느호젬프흐트에크흐는 종종 정원을 돌아다니다 마주치곤 한다. 우리는 서로 정중하게 인사를 나누고 의미심장한 미소를 주고받는다. 그녀에게 다시 발정기가 찾아오기만을 기다리고 있는 중이다. 그러면 마법 같았던 그 아침의 달콤한 도취가 다시 찾아올 것이다. 그리고 둘이서 함께 쾌락의 은하수를 헤엄쳐 다니게 되겠지. 콩이 방해만 하지 않는다면 말이다!

바로 이런 소원과 관련해서, 블라우바트와 나는 많은 일을 계획해 두었다. 무시무시한 일들이 모두 지나고 난 후, 우리는 앞으로 다가올 봄과 여름엔 아주 편안하고도 즐거운 시간만을 갖자고 약속했다. 즉 사랑의 날개를 달고 훨훨 날아보기로 한 것이다.

어느새 태양은 철회색의 차가운 구름 사이로 빛을 발하며, 얼음을 가차없이 모두 녹여버리기 시작했다. 그리고 구스타프가 최근에 장만한 컴퓨터 위에도 새해의 첫 광선을 희미하게 비춰고 있다. 이 컴퓨터로 나는 지난 며칠 동안 클라우단두스 사건에 대한 내 기억들을 모두 기록해두었다. 구스타프 자신은 물론 단 이틀 만에 이 기계에 흥미를 잃어버렸다. 여섯 권이나 되는 매뉴얼을 읽고도 사용법을 전혀 터득하지 못했기 때문이다. 아치가 우리 집으로 이사해 들어오면, 구스타프도 조금은 더 배우게 되지 않을까 라는 가능성은 희망 사항으로 남아 있다.

모든 진실한 이야기들은 슬프게 끝난다고 나는 말했었다. 글쎄, 적어도 부분적으로는 그렇다. 우리의 삶은 어떤 면에서는 신(神)이 들려주는 하나의 이야기일지도 모르겠다. 우리는 신과 함께 그 이야기를 써나간다. 우리는 소위 공동 저자인 셈이다. 우리의 자유 의지와 그의 은혜가 함께 작용하지만, 끊임없이 갈등에 부딪히곤 한다. 결국 이 이야기는 그렇게 나쁘지만은 않은 것이다. 그리고 한 쪽 눈은 웃고 한 쪽 눈은 울고 있는 이 살해자, 클라우단두스의 이야기도, 어떤 관점으로 바라보는지에 따라서 각기 다른 결론을 얻게 될 것이다. 나로 말하자면, 나는 양 쪽 모두의 관점에서 이 사건을 바라볼 수 있는 능력을 충분히 갖고 있다. 클라우단두스는 물론 그런 능력을 갖지 못했다. 그는 세상을 끔찍한 장소로 여겼다. 그는 행복하지 않았고, 결코 행복해질 수 없었다. 그는 인간들을 증오했다. 그는 온 세상을 증오했다. 그는 우리 모두가 이 세상의 현실을 모르고 있다고 말했었다. 아니, 하지만 이 세상은 그렇게 나쁘지만은 않다. 그러나 물론 때로는 방심하지 말고 세상을 지켜볼 필요가 있다. 가끔씩 세상이 미쳐 돌아가기도 하기 때문이다.

어쩌면 내가 순진한 생각을 하고 있는 것일 수도 있다. 클라우단두스가 인간으로 인해 겪어야 했던 것 같은 그런 끔찍한 경험이 내게 결여되어 있기 때문에, 내 주위의 혼란스러운 상황들을 분홍빛 안경을 쓰고 바라보고 있는지도 모르겠다. 그를 둘러싼, 그를 조금씩 잠식해갔던 그 모든 어둠에도 불구하고, 살해자는 사물의 진정한 속성에 대해 깊이 이해하고 있었다. 실제로 그가 이야기했던 많은 내용들이 너무나도 진실에 근접해 있었다. 그러나 그에게 결여되어 있었던 것은 바로 희망과 빛을 향한 믿음이었다. 이토록 불안한 세상에서 살아가고 있는 이토록 불안한 존재인 우리에게, 믿음과 희망조차 없다면 어떻게 되겠는가?

그러므로 우리는 한 눈으로는 경계의 빛을 게을리하지 않으면서도, 희망을 가져야만 한다. 그리고 악을 악으로 갚으려 했던 그 냉혹한 살해자에 대해서 생각해 봐야 한다. 그렇지 않으면, 그 악마 같은 프레테리우스가 정신이 말짱했던 어느 순간에 '그는 순결함을 잃어버린 것 같아 보인다'고 깨달았던 것처럼, 그렇게 되고 마는 것이다. 그렇다, 바로 그렇게 되었던 것이다. 클라우단두스의 약점은 그가 순결함을 잃어버리고 말았다는 데 있었다. 마치 인간들처럼 말이다.

우리는 그러나, 순결함을 믿어야만 한다. 그리고 무엇보다 인간들은, 그들의 발생 기원이 동물에 있다는 사실을 결코 잊지 말아야 할 것이다. 결국 그들 속에도 아주 조금은 순결함이 남아 있다는 것이다. 클라우단두스는 이렇게 말했다. "동물들이 좋은 인간들이고, 인간들은 사악한 동물들이다" 선하든, 악하든, 우리 모두가 결국은 동물들이며, 그러므로 서로 동료애와 사랑으로 만나야 한다.

이제 여러분의 보잘 것 없고 충실한 프란시스는 이렇게 작별인사를 하고자 한다. 이것은 또한 이 세상의 모든 똑똑한 놈들에게 보내는 진심에서 우러나오는 인사가 될 것이다. "계속 수수께끼를 풀어나가십시오, 혹시 그 해답이 무가치한 것이라 해도 말입니다. 그리고 동물들과 인간들이 조화를 이루며 함께 살아나가게 될 세상에 대한 믿음을 포기하지 마세요. 물론 인간들보다 더 숭고하고 지적인 종들도 포함해서죠. 예를 들면, 펠리데(FELIDAE) 말입니다!"

주 석

1. (p.16) 고양이는 인간과 다르게 후각과 미각의 중간쯤에 해당하는 제3의 감각을 갖고 있다. 사슴이나 말 같은 짐승들에게도 이와 유사한 감각기관이 있다. 발견한 사람의 이름을 따서 '제이콥슨 기관'이라고 불리는 이 독특한 기관을 통해서, 어떤 자극(냄새를 맡을 수 있는 미립자들)을 감지하게 된다. 이 작은 기관은 입천장으로 연결되어 있는 작은 통로 안에 위치하는데, 모양은 대강 담배 모양의 자루처럼 생겼다. 이 기관을 가진 동물은 공기 중에 있는 입자들을 '핥은' 다음에 혀를 입천장에 대고 눌러서 이 기관을 자극한다. 이 과정에서 고양이는 특이한 얼굴 표정을 짓는데, 이것을 이 책에서는 flehmen이라고 표현하고 있다(우리말에는 이에 상응하는 단어가 없기 때문에 '공기를 핥아 입천장에 댄다'고 풀어서 표현함). 우리 인간에겐 이 표정이 좀 우스꽝스럽게 보일 수 있다. 또한 수 고양이가 발정기에 있는 암 고양이의 오줌 냄새를 맡을 때 이렇게 flehming하는 것을 종종 볼 수 있다.

2. (p.23) 메인주(the state of Maine, 미국 동북부에 위치)에서 생겨났을 것이라고 추측하고 있는 메인 쿤(Maine-Coon)은 크고 힘이 세며 꼬리가 텁수룩한데, 미국에서 생겨난 소수의 고양이 종류다. 특히 전형적인 짙은 털색깔과 너구리 비슷한 얼룩무늬 외관 때문에, 메인 쿤이 집에서 기르는 고양이와 너구리가 교배해서 생겨난 것이라는, 과학적으로 말도 안 되는 추측을 낳게 했다. 그러나 대다수의 고양이

사육자들의 의견에 따르면, 대략 백 년 정도의 발생 기원을 갖는 메인 쿤 종은, 짧은 털을 가진 집 고양이와 과거 영국 선원들이 가져온 앙고라(Angora) 고양이가 교배된 것일 가능성이 더 높다.

이 동물은 매우 튼튼한 고양이 종으로서, 어깨까지 늘어지는 두툼하고 추위에 강한 외피를 지니고 있다. 뉴 잉글랜드주의 농장에서는 이 고양이를 해로운 동물을 막는 데 유용하게 사용해서, 쥐들이 오리에게 피해를 입히는 것을 방지할 수 있었다. 목 주위 털이 풍성하며, 길고 각진 얼굴을 지니고 있는 메인 쿤은, 집 고양이치고는 보기 드물게 육중한 몸을 갖고 있으며(수컷은 7킬로그램까지 나간다), 아주 늦게 개량된 종류라고 할 수 있다. 출생 후 4년만 지나도 완전히 성장하는 이 고양이는 이상적인 집고양이로 여겨지곤 한다. 익살스런 기질과 아주 재미있는 성격을 지니고 있고, 또 돌보기 용이한 털을 갖고 있어서 아주 인기 있는 고양이 종이다. 메인 쿤 종은 아주 다양한 색깔과 무늬를 갖고 있다. 이 고양이는 여러 가지 색을 나타내는 유전자를 갖고 있기 때문에 한 배에서 태어난 새끼들이 각각 다른 색을 띠고 있는 일도 드물지 않다.

3.(p.30) 암 고양이는 교미 중에 아주 특이하고 냉혹한 태도를 보인다. 수 고양이가 사정을 할 때 암 고양이들은 날카로운 비명을 지르면서 갑자기, 거의 폭발적으로 수컷으로부터 떨어져 나가, 수컷을 향해 상당히 위협적인 태도로 돌아선다. 집짐승들 가운데 교미 파트너에 대한 태도가 이렇게 갑자기 돌변하는 동물은 오직 고양이뿐이다. 수 고양이의 생식기가 특이한 모양을 하고 있다는 점을 염두에 둔다면, 그런 행동은 쉽게 이해될 수 있다. 수컷 생식기의 끝 부분에는 여러 개의 돌출부가 있어서 암컷의 생식기에 강한, 심지어는 고통스런 자극을 줄 수 있다. 이는 자연의 가학적인 변덕이 아니라 중요한, 그리고 실질적인 생물학적 기능을 담고 있다. 이것을 통해 암컷의 질을 자극함으로써 인해 신경과 호르몬은 극도로 반응하게 되며

배란을 이끌어 낸다(교미 후 약 24시간 후에). 즉 수정을 가능하게 만드는 기능을 갖고 있는 것이다. 교미가 끝난 후에 암컷은 땅바닥에 뒹굴면서, 다시 한 번 교미할 기회를 기다리고 있는 수컷을 향해 공격적으로 으르렁거리거나 수컷을 물어뜯기도 한다.

4.(p.39) 고양이는 강인한 신체를 지니고 있으며, 그 복잡한 근육 조직은 집중적으로 관리해야 한다. 고양이 몸에는 500개가 넘는 근육이 있다. 고양이보다 훨씬 큰 인간도 고작 650개의 근육을 갖고 있을 뿐이다. 고양이의 근육 가운데 가장 큰 것은 강한 뒷다리를 움직이는 근육이다. 또 목과 앞다리에도 많은 근육이 분포되어 있는데, 이는 먹이를 잡는 데 사용된다. 뇌의 명령에 따라 의식적으로 움직이는 근육 이외에도, 내장 기관들을 담당하고 있는, 무의식적으로 활동하는 많은 근육들이 있다. 그렇기 때문에 고양이는 잠을 자고 난 이후나 오랜 시간 동안 가만히 있다가 움직일 때, 몸을 뻗어 기지개를 펴는데, 그 이유는 근육이 손상을 입지 않기 위한 철저한 사전 준비라고 볼 수 있다.

5.(p.40) 고양이가 스스로 몸을 청결하게 닦는 것은 단지 위생적인 이유에서만은 아니다. 고양이가 계속해서 스스로를 문지르고 핥는 이유는, 몸에 묻은 때와 불순물, 그리고 음식 찌꺼기를 제거하기 위한 것만이 아니라, 그렇게 함으로써 털을 부드럽게 만들고 털의 방수 효과를 촉진하는 피부 밑에 있는 분비 기관들을 자극하기 위한 것이기도 하다. 또 부수적 효과로, 햇빛을 받은 고양이의 털에는 소량의 필수적인 비타민 A가 생기는데, 혀를 통해 이를 흡수하는 것이다. 또 고양이가 지나치다 싶을 정도로 몸을 깨끗이 다듬는 것은 체온을 관리하는 역할도 하는 것이다. 몸의 털 때문에 열을 몸밖으로 발산하기 어렵기 때문에, 고양이의 침은 열을 식히는 땀과 같은 작용을 한다. 이와 같은 이유로 인해서 고양이는 특히 더운 날씨에는 몸을 철저하

게 닦고, 또한 사냥이나 놀이, 음식을 먹는 등의 활동을 한 후에도 이와 같은 행동을 보인다. 마지막으로, 고양이가 몸을 닦는 이유는 몸의 오래된 털이나 기생충을 제거하기 위함이다. 그리고 이렇게 핥는 행위는 새로운 털이 잘 자라도록 하기 위한 것일 수도 있다.

6.(p.50) 커다란 머리와 작은 귀, 짧은 다리와 짧은 꼬리, 그리고 크림색에서 아이보리색까지 나타나는 부드럽고 매끈한 털을 갖고 있는 컬러포인트(Colourpoint) 종은 인위적인 조작으로 개량된 종류다. 이 종에서 나타나는 특징들은 교배를 통해 유전적 문제를 해결하고자 하는 의도와 함께, 정교하게 계획된 이종 교배를 통해서 새로운 종류의 고양이를 만들고자 한 노력의 산물이다. 이 새로운 개량종은 샴 고양이의 전형적인 특징들(전체적으로 밝은 색의 털을 갖고 있고 얼굴, 귀, 다리, 꼬리에 짙은 점박이가 있으며 초롱초롱한 눈을 지님)과 페르시안 고양이의 특징들(길고 부드러운 털과 강인한 신체를 지님)을 혼합하여 만들어졌다. 그러나 이런 목표가 있었음에도 불구하고, 유럽과 미국의 고양이 사육자들은 이 고양이 종을 어떻게 불러야 할지에 관해서 의견일치를 이루지 못하고 있었다. 미국에서는 '히말라야 고양이'라고 적당히 명명되어 완전히 독립된 종으로 여겨지고 있다. 미국의 고양이 사육자 연합(GCCF)은 이 고양이의 명칭을 '컬러포인트 종'이라고 불러야 한다고 합의했으며, 지금은 더 이상 사용되지 않는 명칭이지만, 이전에 종종 사용했던 '크메르(Khmer) 고양이'라는 이름은 거부되었다.

이 고양이 종류의 경우에서 볼 수 있듯이—그리고 푸른 눈의 포린-화이트(Foreign-White) 종에서도 보듯이—, 고양이 사육자들은 자기들이 기대한 것에 부합하는 '생산물'이 만들어졌을 때에는 주저 없이, 그리고 고집스럽게 일을 추진해 나간다는 점을 명백히 보여준다. 세계 연합의 규정에 의하면, 한 새로운 종류가 '공인'되기 위해서는 적어도 3대에 걸쳐서 순수한 혈통이 이어져야 한다. 즉 그 고양이가 자기 새끼들과 문제없이 교배될 수 있어야 함을 의미한다. 이 규정을 만족시키기 위해서 수백 마리의 고양이가 철저한 동종 교배 방식을 통해 번식되었다. 그리고 마침내 1955년에 이 새 개량종이 공식적으로 인정되었다. 그러나 그 이후 사육자들은 컬러포인트 종의 털과 체격을 보다 향상시키기 위해서는 페르시안 종과의 교배가 필요하다는 것을 인식했다. 결국 이들의 목표가 달성되었음을 공식적으로 자랑스럽게 발표할 수 있게 되기까지는 18년이라는 세월이 걸렸다.

7.(p.64) 길고 딱딱한 고양이의 수염(vibrissae)은 접촉에 매우 민감한데, 이것은 단지 가까운 거리에 있는 물체를 감지하고 인식하기 위한 것만이 아니다. 이 초고감도를 지닌 인지 기관을 통해서 고양이는 공기 중에 있는 지극히 미세한 변화마저도 감지해서 방향 감각을 얻게 된다. 고양이들이 어둠 속에서도 부딪히지 않고 크고 작은 많은 물체들을 피해 움직일 수 있다는 것은 분명히 확인된 사실이다. 고양이는 고정되어 있는 물체에 접근할 때, 그 주위에서 일어나는 미미한 공기 순환의 차이를 알아챈다. 이렇게 놀랄 만한 능력을 지닌 수염 덕분에 고양이는 미세한 공기의 움직임도 포착하게 되고, 어떠한 방해물이라도 유연하게 피할 수 있는 것이다.

수염은 야간 사냥에 아주 중요하다. 온전한 수염이 있다면 칠흑처럼 어두운 밤이라도 사냥이 가능하다. 감각 기관에 해당하는 이 수염에 손상을 입은 고양이는 오로지 낮에만 사냥을 할 수 있을 뿐이다. 밤에는 목표물의 위치를 제대로 인식하지 못한 채 돌진하여 엉뚱한 방향에서 먹이를 찾게 된다. 수염은 시각적으로 볼 수 없는 사냥감의 영상을 식별할 수 있게 해주는 탐지 장치와도 같다. 이렇게 순식간에 식별이 이뤄지기 때문에, 고양이는 사냥감의 목을 금방 물어버릴 수 있다. 즉 수염은 먹이의 영상을 자세하게 '해석'해서 그 다음 취해야 할 동작이 무엇인지를 알려준다. 수염은 윗입술 주위에 자라나 있으며 다른 털들보다도 세 배 이상 더 깊숙이 박혀 있다. 수염의 뿌리에는 많은 신경들이 연결되어 있어서 감지한 모든 결과들을 뇌에 아주 빠른 속도로 전달한다.

8.(p.83) 고양이들은 교미에 들어가기 전에 매우 긴 준비 시간을 갖는다. 그리고 열정적인 교미 활동, 상대를 가리지 않는 성적 기호 등으로 인해 고양이는 관능적인 동물로 인식된다. 사실상 고양이는 쉬지 않고 한 시간 동안이나 교미를 하고, 몇 번 정도의 휴식을 취하면서 하루 종일 교미하기도 한다. 그런데 교미를 할 때는 암컷이 주도권을 가진다. 오직 암컷만이 교미 과정을 리드할 권리를 갖는 것이다.

발정기의 암컷은 사기 주변의 수컷들이 모두 들을 수 있도록 울음소리를 낸다. 또한 암컷은 특별한 향기를 발산하여 수컷들을 유인하기도 한다. 처음부터 우선권은 암컷이 선택한 곳의 영역권을 갖고 있는 수컷에게 주어진다. 왜냐하면 다른 수컷 경쟁자들은 그의 영역을 침범하기 어렵기 때문이다. 그러나 결국 암컷의 유혹을 참지 못한 다른 수컷들은 금지된 남의 영역을 침범하게 된다. 영토 침입으로 말미암아 경쟁 관계에 있는 수컷 구애자들은 실컷 싸움을 벌이고 만다. 이러한 싸움의 과정에서 생겨나는 움직임과 비명 소리는, 교미의 희열에 대한 표현으로 종종 오해된다. 하지만 이는 실제로 단지 으르렁거리는 싸움의 표시일 뿐이다. 보통의 경우 관심사가 금방 암컷에게로 넘어가서 수컷들은 각자 조용해진다. 결과적으로 한 마리의 수컷이 선택되지만, 그렇다고 해서 선택받은 놈이 다른 수컷들보다 힘센 놈이라고 볼 수는 없다. 상대를 선택하는 것은 전적으로 암컷의 취향에 따라 결정되기 때문이다.

9.(p.89) 고양이가 진정한 미식가라는 사실이 충분한 주목을 받지 못한 경우가 많다. 그렇기 때문에 대부분의 동물들은 똑같은 먹이로만 만족해야 한다. 실제로 국립 과학 아카데미(National Academy of Sciences)에 의하면, 고양이는 깡통에 들어 있는 건조한 고양이용 먹이를 먹어야 한다고 되어 있다. 그러나 도대체 누가 통조림 음식만으로 살 수 있단 말인가? 고양이 먹이에 관한 법적인 규정들은 전체적으로 지나치게 엄격하다. 결국 고양이들은 깡통 음식만으로 살 수밖에 없다. 그러나 진정한 고양이 애호가들은 고양이에게 정기적으로 신선한 먹이를 제공해준다.

모든 고양이는 싱싱한 생선과 육류(돼지고기는 제외), 그리고 특별히 신선한 간을 매우 좋아한다. 하지만 고양이들은 세상에서 가장 까다로운 성격의 소유자들이므로, 폭넓고 다양한 입맛을 지니고 있다. 인간과 마찬가지로 각각의 고양이들마다 좋아하는 것과 싫어하는 것이 따로 있다. 고양이들도 맛있는 것을 먹길 원하며, 알 수 없는 까다로운 이유 때문에 어떤 것들은 먹기 싫어한다. 즉 인간의 경우와 마찬가지로, 고양이에게도 부적절한 먹이를 주는 것이 매우 해로울 수 있다.

주의 : 날고기를 줄 경우 고양이의 목숨이 위험해질 수도 있다. 날고기와 내장은 기생충에 감염되어 있을 수도 있고 살모넬라균과 같은 박테리아가 있을 수도 있다. 쇠고기의 경우도 마찬가지이다. 쇠고기에는 고양이에게 치명적인 바이러스가 있음이 점차 밝혀지고 있는 실정이다. 살균된 상태로 준비된 고양이용 통조림 먹이와는 달리, 날고기와 내장은 반드시 익혀서 주어야 한다.

한편, 고기를 전혀 먹이지 않는 경우에는 칼슘이 부족해질 수 있다. 칼슘이 부족해지면 뼈가 약해진다. 몸이 뼈에 있는 칼슘을 흡수해서 부족한 칼슘 부분을 메우려고 하기 때문이다.

질 낮은 단백질을 고양이에게 준다면(예를 들어 고기 찌꺼기나 버릴 음식들) 고양이가 죽게 될 수 있다. 필수 아미노산이 부족하게 되면 고양이는 점점 마르고 털에 윤기가 없어지고 거칠어지며, 점차 식욕부진과 낮에도 놀고 싶은 의욕을 잃는 증상들을 보이게 된다.

날 민물고기에 들어 있는 티아민(thiamine) 효모는 필수적인 비타민 B₁을 파괴한다. 이것이 몸에 침투하면 전형적인 증상들이 금방 나타난다(예를 들어 식욕부진, 메스꺼움, 복통). 따라서 민물고기는 반드시 익혀서 먹여야 비타민 B₁을 보호할 수 있다.

보다 주의할 점 : 비록 만약에 고양이 스스로가 식물성 음식을 먹으려 한다고 해도(고양이는 풀을 뜯어먹기도 한다), 고양이는 일차적으로 육식성임을 명심해야 하며, 육식동물에 적합한 먹이를 주어야 한다. 고양이에게 계속해서 채식만 강요하고 고기를 주지 않으면 심각한 잘못을 범하게 되는 것이다. 전적으로 채식만을 준다면 고양이는 심각한 병에 걸리고 점차 고통스럽게 죽어가게 된다. 고양이 전문가인 데스먼드 모리스(Desmond Morris)는 최근 출판된 고양이 채식 방법에 대한 책을 명백한 동물 학대 행위라고 비난한 바 있다.

10.(p.112) 고양이가 가정용 애완동물로 선호되기 이전에는, 고양이는 쥐 같은 설치류를 잡을 수 있는 능력을 소유하고 있다는 이유로 인간과 가까워졌다. 호모 사피엔스(Homo sapiens)가 곡식을 저장하기 시작한 이래, 그 곡식을 지키는 일에 고양이가 적합하다는 것이 발견됐다. 시골 농장에서는 탐탁지 않은 쥐들이 늘어나는 것을 통제하기 위해, 잘 훈련된 고양이 몇 마리만 있으면 충분했다. 사실 이렇게 고양이가 이용되기 전까지 쥐에 대한 대책은 전혀 없었다. '쥐잡기' 챔피언은 랭카스터(Lancaster) 지역의 한 공장에 살았던 얼룩 고양이로 알려져 있다. 이 고양이는 23년 동안 살면서 약 22,000마리의 쥐를 없앴다고 한다. 이는 하루에 세 마리의 쥐를 잡은 대단한 성과이며, 덕분에 이 고양이는 주인으로부터 특별식을 받을 수 있었다. 그러나 이보다 더 놀라운 기록을 세운 고양이는 화이트 씨티 스타디움(White City Stadium)에서 쥐들을 먹어치운 한 마리의 암컷 얼룩 고양이다. 이 고양이는 단 6년 만에 12,480마리의 쥐들을 잡았으며,

평균적으로 하루에 5~6마리를 잡은 셈이다. 고대 이집트인들이 고양이를 길들이기 위해 온갖 노력을 기울이고, 고양이를 죽인 사람을 사형에 처하기도 했던 이유를 알 것 같다.

11.(p.169) 아주 먼 옛날부터 사람들은 아주 높은 곳에서 떨어져도 상처를 입지 않고 살아 남을 수 있는 놀라운 능력을 가진 고양이에 대해서 경탄해왔다. 그리고 심지어는 고양이에게 9개의 생명이 있다는 전설까지도 생기게 되었다. 뉴욕에 있는 두 명의 수의사들의 보고에 의하면, 어떤 고양이가 32층 높이의 고층 빌딩(150미터 이상의 높이)에서 떨어졌는데도 아주 경미한 상처 몇 군데를 제외하고 무사했으며, 단지 이틀 정도만 병원 신세를 졌다고 한다. 인간을 포함한 다른 동물들에 비해서 고양이의 신체 표면적은 자기 몸집에 비해 다소 넓다. 따라서 떨어지기 시작할 때부터 낮은 속도를 유지할 수 있어서 고양이는 더 부드럽게 착지할 수 있는 것이다. 더욱이, 육식동물의 후예답게 고양이는 매우 발달된 시력을 지니고 있고, 착지할 때 네 발로 동시에 떨어짐으로써 하중을 동일하게 배분할 수 있다.

12.(p.195) 이러한 전형적인 고양이의 행동을 힘을 과시하는 마초풍의 강압적인 폭력으로 이해하는 것은 심각한 잘못이다. 성관계에 있어서 암 고양이가 주도권을 전부 다 쥐고 있다고 말할 수는 없다. 암컷을 차지하기 위해 수컷 스스로 어떤 노력을 하던 상관없이, 사랑을 나누는 중에 폭행을 가하는 쪽은 항상 암컷 쪽이다. 수컷이 암컷의 목을 무는 행동은 공격적 행위가 아니라, 오히려 수컷이 암컷의 거친 공격으로부터 스스로를 방어하기 위해 필사적이면서도 심리적인 트릭을 사용하고 있는 것이다. 이러한 행동은 이른바 '교미 마비(impregnation paralysis)'라고 불리는 자동적인 반사행위를 자극하는 것인데, 이는 새끼 시절의 행동을 말한다. 어미 고양이가 새끼를 입으로 물어서 이동시킬 때 새끼 고양이는 동작을 멈추고 가만히 있

게 된다. 위험한 상황에 처했을 때, 새끼 고양이들의 난폭한 움직임을 방지하며 이동을 용이하게 하기 위해 이러한 행동이 필요한 것이다. 새끼들의 이러한 본능적 반응은 성장하면서 부분적으로 사라져가지만 완전히 없어지는 것은 아니다. 그러므로 수컷이 자신의 난폭한 상대방 암컷의 목덜미를 이빨로 무는 행동은, 그 암컷을 어린 시절 어미의 입에 물려 옮겨지던 것과 마찬가지의 순종적인 자세로 전환시키기 위해 가장 좋은 기회를 만드는 것이라고 볼 수 있다. 이러한 최면술과 같은 행동을 하지 않는다면, 수컷은 이미 사랑을 위한 탐색전에서 흘렸던 것보다 더 많은 피를 교미중에 흘리게 될 것이다.

13.(p.299) 집 고양이들이 서로를 죽일 수 있다는 지적에는 사실상 근거가 있다. 고양이는 종종 통제하기 힘들 정도로 격렬한 싸움을 통해 정말 심각한 상처를 입을 수 있다. 자기 영역을 쉽게 확보할 수 있는 야생 고양이들 사이에서는 비교적 드물게 싸움이 발생한다. 그러나 사람의 도시에 사는 고양이들은 협소한 영토를 지니고 있기 때문에, 이 점이 다툼의 원인이 된다. 특히 경쟁 관계에 있는 수컷들 사이에서 그러하다. 고양이는 공격을 할 때 상대방의 목을 물어서 치명적인 상처를 입히려고 시도한다. 이는 먹이를 사냥하는 방법과 유사한 것이다. 이렇게 공격을 가하는 고양이는 복잡한 감정을 나타내어 보이는데, 이는 자기의 공격으로 말미암아 심각한 반격을 받을 수 있기 때문이다. 그렇기 때문에 진짜 싸움이 시작되기 전에 먼저 위협적인 행동을 보이는 일이 종종 있다. 상대방에게 치명적인 상처를 주면서 물어뜯게 되면, 공격을 당한 고양이는 날카로운 앞발을 뻗어 상대를 공격한다. 동시에 상대방에게 강력한 뒷발의 힘을 인식시킨다. 서로 목청 높여 위협하고 마구 뒤엉켜서 싸우는 이와 같은 맹렬한 싸움의 결과로, 한 마리가 죽거나 또는 심각한 상처를 입어 죽어가게 될 수 있는 것이다.

역자 후기

말러의 부활 교향곡을 즐겨 듣고, 고고학과 종교 철학에 남다른 식견을 갖고 있는 '똑똑한' 고양이 프란시스는 주인인 구스타프와 함께 새 집으로 이사를 온다. 이사온 첫 날, 새 집에서 풍겨 나오는 수상스런 기운을 감지한 프란시스. 아니나다를까, 오래된 저택들을 현대식으로 개량해 놓은 이 고급 주택가를 둘러보던 그는 처참하게 목이 찢겨진 채 죽어 있는 동족의 시체를 발견하고 탐정의 직감과 논리를 풀 가동시키기 시작한다……

이렇게 시작되는 이 이야기는, 시종일관 명쾌한 속도감과 팽팽한 긴장감 속에서 매우 독특하고 기이한 내용들을 풀어나간다. 동물들이 주연으로 활약하는 소설은 드물지 않다. 그러나 이 작품의 독특한 매력은, 동물을 의인화하여 '동물의 가죽을 뒤집어 쓴 인간의 연극'을 보여주는 것이 아니라, 철저히 '고양이'라는 동물의 특성에서 벗어나지 않는 생생한 고양이들의 이야기라는 것이다. 단지 고양이를 화자로 내세워 인간들의 세계를 그려내는 조연으로 삼는 것이 아니며, 고양이에 인간을 빗대 풍자한 것도 아니다. 말 그대로 진짜 고양이다운 시각에서 고양이들만을 주연으로 내세운 작품이다. 이 속에서 인간은 그저 볼품 없는 조연들에 불과하며, '깡통 따개'라는 신랄한 호칭으로 불리고 있다. 물론 고양이 세계에서 벌어진 이 잔혹한 사건의 시발점은 인간의 이기심과 잔인함에서 비롯되었지만 말이다.

이 작품에는 '고양이'라는 단어가 한 번도 사용되지 않는다. 그러나 작품을 읽는 동안 독자는 프란시스가 고양이라는 사실을 계속 인식하게 된다. 그는 자신이 고양이라는 정체성을 항상 명확히 인식하고 있으며, 스스로를 인간보다 우월한 존재라고 여기고 있지만 인간의 '애완동물'이라는 현실도 분명히 자각하고 있다. 현학적인 논리를 늘어놓으면서, 신랄하고 오만하게 인간 세상을 평가하지만, 인간의 흉내를 내지는 않는다. 책을 읽고, 컴퓨터를 조작하고, 심지어 신비종교를 만들어 제의 행위까지 하는 고양이들이 등장하지만, 그들의 행동방식은 어디까지나 고양이답다. 이것은 아마 저자가 고양이에 관한 전문 서적을 집필할 정도로 박식한 전문 지식을 바탕으로 하고 있기 때문일 것이다. 연쇄 살해 사건이 신비종교와 관련되고, 그것이 곧 '동물 실험'이라는 인간의 잔인한 횡포와 연관된다는 게 밝혀지면서, 새로운 종의 개량 프로젝트라는 살해 동기가 점차 드러나게 된다. '연쇄 살해' '신비종교' '동물실험' '유전자 개량' 등은 매우 자극적이지만 아주 색다른 소재는 아니다. 하지만 이 '인간적인' 냄새가 강하게 풍기는 소재들을 철저히 고양이다운 관점과 방식으로 풀어나가고 있다는 점이 이 작품의 매력이다. 중간 중간 등장하는 고양이들의 영역권 투쟁과 쥐 사냥, 짝짓기 행위 등은 너무나 생생하고 흥미진진하며, 전체적인 사건의 흐름 속에 자연스럽고 설득력 있는 조화를 이루어 작품에 긴장감과 생기를 더하고 있다.

이 작품에는 다양한 종의, 다양한 개성을 지닌 고양이들이 등장한다. 냉철하고 논리적이지만 한편으로 직관과 감수성과 행동력을 보여주는 프란시스. 어두운 과거를 간직한 상처투성이 불구의 몸이지만 언제나 쿨한 터프가이 블라우바트(메인 쿤 종). 폭력적이고, 비열한 유머감각의 소유자인 카리스마 건달 두목 콩(컬러포인트 종). 온화한 아름다움과 천재적인 두뇌의 소유자인 파스칼(하바나 종). 바깥 세상에 대한 환멸과 동경 속에서 격리된 채 살아가다 비극적 최후를 맞는 눈먼 미녀 펠리시타(러시안 블루 종)……이들은 얼핏 인간적인 전형을 보여주는 듯 하지만, 철저히 각각의 종적인 특성을 구체화시킨 고양이다운 캐릭터들이기도 하다. 재미있는 점은 우리의 주인공 프란시스는 어떤 종의 고양이인지, 어떤 색의 털과 눈을 가졌는지 알 수가 없다는 것이다. 다만 암시적인 내용으로 미루어 '흔한 유럽계 짧은 털 종'일 것이라는 짐작은 할 수 있다. 프란시스만큼은 특정한 종적 특성에 묶어두지 않으려고 한, 저자의 의도일 수도 있지만, 2권에는 혹시 프란시스가 거울을 보는 장면이라도 나와서 독자의 궁금증을 풀 수 있다면 좋겠다.

모든 고양이들의 이름엔 각각의 개성을 암시하는 뜻이 담겨있다. 프란시스는 아마도 철학자 프란시스 베이컨에게서 따온 게 아닐까 싶다. 논리적이면서도, 결정적인 순간에는 직관과 행동력을 중시한다는 점에서 그렇다. 블라우바트는 '푸른 수염'이라는 뜻으로, 그 유명한 잔혹한 동화를 떠올린다. '콩'은 거대한 몸집과 힘을 연상시키는 '킹 콩'에서 비롯된 이름이며, '파스칼'은 컴퓨터 언어의 이름이다. '펠리시타'는 '지고한 복'이라는 뜻으로 매우 슬픈 역설을 담고 있는 이름이다. 이 작품의 곳곳에는 많은 암시와 풍자가 담겨 있어서, 문화적 코드가 풍부하고 눈치가 빠른 독자라면 좀 더 알찬 재미를 찾아낼 수 있을 것이다.

'모든 진실된 이야기는 결국 슬프게 끝나기 마련'이라는 프란시스의 말대로, 이 작품의 결말은 씁쓸한 여운을 남긴다. 물론 우리의 주인공 명탐정은 사건을 해결했고, 살해자를 찾아 응징했으며, 더 이상의 살해는 일어나지 않게 되었지만, 그의 말대로 '보는 관점에 따라' 이 사건을 해석하는 것은 독자의 몫일 것이다. 냉혹한 연쇄 살해자가 남긴, '언제나 누군가가 끝없는 어둠을 지고 간다……'는 독백은, 상처와 트라우마를 안고 비관적이고 적대적인 세계관으로 살아가는 자들의 공포와 절망을 보여준다. 여기에서 연민과 공감을 느끼는 독자들도 많을 것이다. 이 어둠에 대항하는 프란시스의 비전은, 언뜻 보기에 최근 유행처럼 번지고 있는 뉴에이지적 패턴으로 여겨질 수도 있다. 그러나 '인간과 동물이 평화롭게 공존하는 세계'에 대한 그의 신념은, "사자들이 어린 양과 뛰놀고 어린이도 함께 뛰노는……"이라는 성경의 한 구절을 연상시킨다. 이 책의 제일 앞면의 표제어로 등

장하는 성경 구절처럼, 결국 "하나님이 보시기에 좋았더라"는 태초의
창조 질서의 회복을 꿈꾸는 것이, 저자가 제시하고자 하는 '공포와
절망에서 비롯된 범죄에 대한 응답'인 것 같다. 이것은 종교적 신념
과 무관하게, 모든 '끝없는 어둠'을 보고 있는 자들에게 던져질 만한
희망의 비전이 아닐까 싶다.

　이 책은 추리소설 독자들에게는 독특한 개성의 새로운 명탐정을
소개시켜주었을 것이며, 특히 고양이 애호가들에겐 매우 생생하고 매
력적인 독서경험이 되었을 것이다. 역자는 이 작품의 번역을 마치면
서 고양이라는 동물에게 새삼 매혹되어, 꼭 한번 길러보고 싶다는 생
각을 하게 되었다. 하지만 지금은 프란시스가 그토록 경멸하는 설치
류를 네 마리나(햄스터) 기르고 있어서 낭분간은 어려울 듯하니 유감
이다…….

2003년 4월.
역자 씀.